Klaus E. Spieldenner
Elbtraum

Der Roman spielt hauptsächlich in allseits bekannten Stätten, doch bleiben die Geschehnisse reine Fiktion. Sämtliche Handlungen und Charaktere sind frei erfunden.

Bibliografische Information der Deutschen Nationalbibliothek
Die Deutsche Nationalbibliothek verzeichnet diese Publikation in der Deutschen Nationalbibliografie; detaillierte bibliografische Daten sind im Internet abrufbar über http://dnb.ddb.de

2. Auflage, 2019

www.niemeyer-buch.de

Umschlaggestaltung: C. Riethmüller
Der Umschlag verwendet Motiv(e) von 123rf.com
Druck und Bindung: Nørhaven, Viborg
Printed in Denmark
ISBN 978-3-8271-9497-8

Klaus E. Spieldenner

Elbtraum

Hamburg-Krimi

CW Niemeyer

Manchmal trennt nur ein schmaler Grat den Polizisten vom Kriminellen und nur die Wahl ihrer Rollen und Berufe unterscheidet sie voneinander.

(Dr. ML Rapier PhD, Clinical Psychologist)

Prolog

„Das ist nicht Weg zu Flugplatz?“

Die Stimme der jungen Philippinerin aus dem Fond des fahrenden Wagens klang überaus ängstlich. Der Fahrzeugführer vor ihr antwortete mit undeutlichen Lauten, während er den rot-weißen VW-Bus über den unbefestigten Weg beim Ohrmoorteich lenkte. Wilbert Sachs war am frühen Morgen mit der jungen Au-pair vom Büro beim Chilehaus aufgebrochen. Ziel: Der Flughafen Hamburg und der Flieger, der das Mädchen – nach sechs Monaten als Au-pair – zurück nach Bacolod auf die Philippinen bringen sollte.

Unterwegs hatte es Sachs wieder regelrecht übermannt. Erst hatte er sich bemüht, seine Erregung in den Griff zu bekommen. Aber die 18-jährige Joyce, an ihrem Rückreisetag nur mit einer dünnen Bluse und einem knappen Rock bekleidet, hatte ihn – aus seiner Sicht – geradezu herausgefordert. Wie die kleine Japanerin vor zwei Wochen. Auch sie wollte es und er hatte es umgesetzt. Nein, es war nicht sein Wunsch gewesen, sie zu töten. Aber er war damals sicher, sie würde dankbar sein für seine Zärtlichkeiten. Und Sachs war mit der jungen Frau in die leere Wohnung nach Hamm gefahren. Doch alles war anders gekommen. Nun lag sie dort im Luisenweg rum und verrottete wie ein toter Vogel im Wald. Täglich hatte er die Hamburger Tageszeitungen gecheckt. Niemand hatte ihre Leiche bisher entdeckt. In gewisser Weise wurmte ihn das. Eine starke, innere Unruhe überfiel ihn, seine Hände begannen zu zittern. Ihm war sofort bewusst, was die Ursache war.

Äste knackten, der VW-Bus tat sich schwer, den unbefestigten Weg zu meistern. Die junge Frau hinten klammerte sich an einen himmelblauen Koffer. Dieser war jugendlich geschmückt mit Aufklebern, die unter anderem einen riesigen Frosch, das Hamburg-Wappen und das Chilehaus zeigten. Sie hielt das auffällige Gepäckstück fest, als biete ihr das Teil aus Polycarbonat die Möglichkeit, sich aus dem Fahrzeug nach Hause oder an einen sicheren Ort zu beamen. Durch die Bäume blitzten die letzten Fetzen des Hamburger Nachthimmels.

„Hier ist es prima!" Sachs machte einen nervösen Kopfschwenk nach hinten. Er glaubte sich im Griff zu haben.

„Was du ...!", schrie die junge Frau plötzlich.

Doch noch bevor sie ihren Satz abschließen konnte, brachte Sachs den Wagen abrupt zum Stehen. Das Heck scherte etwas aus. Die Kleine auf der Bank stieß – trotz Sicherheitsgurte – fest mit dem Schädel gegen den Fahrersitz. Sachs spürte ihren Aufprall als Stoß im Rücken. Er empfand es als Liebkosung und seine Erregung stieg um ein Vielfaches.

Der Bus stand nun quer auf dem Feldweg, abgestellt zwischen hohen Fichten. Die aufgehende Sommersonne hatte sich schon ihren Weg durch die Schonung gesucht, der frisch polierte Lack blitzte dazu und Sachs freute sich über seinen brandneuen Dienstwagen. Er verließ den VW-Bus, schaute sich kurz um: Keine Menschenseele. Dann lief er um die Front und riss am Hebel der elektrischen Schiebetür.

Er hoffte, dass ihn die Kleine, benommen vom Schlag am Kopf, regungslos auf der Rückbank kauernd erwarten würde. Doch weit gefehlt. Mit einem Satz wollte die knapp 1,60 Meter große Person durch die inzwischen offene Wagentür an dem Mann vorbei ins Freie und in den Wald flüchten. Doch irgendwie hatte Sachs es vorhergesehen. Es war nur so ein Gefühl. Aber er hatte reagiert: seinen Arm herausgeschoben und die in Vorwärtsbewegung befindlichen knapp 50 Kilogramm Mensch zurückgehalten. Wie ein Flitzebogen kippte Joyce in seinem Arm vorwärts, um dann – wie in Zeitlupe – zurückzuschnellen. Es war der erste Körperkontakt mit der Kleinen, fiel ihm ein. Eigentlich sogar schon der zweite, hatte er ihr nicht beim Einsteigen in den Wagen die Hand hingehalten und sie hatte die seine mit einem breiten Lächeln ergriffen? Es schauderte ihn.

Gerade schlug Joyce Kopf mit einem dumpfen Geräusch im Fahrzeug an. Erst am Türrahmen, Blut floss aus einer Wunde an ihrem Kopf. Dann knallte sie, sicher schon bewusstlos, mit dem Schädel auf die harte Bodenplatte. Noch beim Fallen glaubte Sachs zu wissen, dass er mit der jungen Philippinerin nur Ärger haben würde.

*

Joyce war tatsächlich tot. Weinend stand Sachs neben dem VW-Bus und starrte in die reglosen, offenen Augen des Au-pair-Mädchens. Sie musste sich das Genick gebrochen haben, vermutete er. Ein Unglück also und nicht sein Verschulden. Sachs' Körper verlangte erneut nach etwas, was ihn herunterbrachte: Kokain. Und er hatte nichts zur Beruhigung dabei. Aber im hellblauen Koffer der kleinen Philippinerin war genügend, wusste er. Doch wie sollte es jetzt weitergehen? Er wollte doch nur ein wenig Spaß. Und auch sie schien an Spaß interessiert zu sein. Hatte er doch ihr Einverständnis beim Einsteigen an ihren Gesten und Blicken festgemacht. Nun waren beide leer ausgegangen und die junge Frau war tot. Ein Jammer. In Sachs' Kopf liefen schlimme Szenarien ab. Die Polizei spielte dabei noch die harmloseste Rolle. Die Leiche der Toten musste verschwinden – dauerhaft. Sachs bemühte sich, die Emotionen aus seinem Kopf zu verdrängen. Ein klarer Gedanke, eine Lösung, ein Ausweg musste her. Der 56-Jährige stierte auf den Koffer mit dem riesigen Froschaufkleber, der hinter der Toten schräg zwischen Rückbank und Fahrersitz klemmte.

WENN ER SIE IN DEN KOFFER …?

Sachs zog die tote Philippinerin aus dem Bus. Er nahm keinerlei Rücksicht bei dieser Arbeit, sie war doch schon tot. Plötzlich stoppte er seine Tätigkeit, hörte mit wild schlagendem Herzen in das unheimliche Düstere des Waldes. Bis auf Turbinengeräusche war nichts zu hören. Der Hamburger Flugplatz „Helmut Schmidt“ erwachte zum Leben. Wenn er nur eine Zigarette dabeihätte. Aber nein, da war Schmidt stets besser vorbereitet gewesen. Der Gedanke an den Altbundeskanzler hatte ihn kurz abgelenkt. Er musste sich sputen, man erwartete ihn schon bald von seiner Mission zurück. Sachs riss den Koffer nach draußen, öffnete ihn. Jede Menge Mädchenkleider, eine Kosmetiktasche mit einem Einhorn bemalt, ein Stoffhund und einige in braunes Plastik gewickelte Pakete fielen auf den Waldboden.

IN DEN PAKETEN WAR DAS GESUCHTE.

Sachs war sich bewusst, es würde riesigen Ärger geben, wenn er eines der Pakete aufriss. Aber war das jetzt nicht auch egal? Seine Unruhe wechselte um in Euphorie. Doch es blieb noch immer eine graue Wolke vor seinen Augen. „Nein, du brauchst keine Angst zu haben“, beruhigte er sich. Er wusste genug, um den Doktor auffliegen zu lassen. Sie konnten ihm nichts, absolut nichts. Und das bisschen Kokain – den Rest würde er ihnen zurückbringen. Der Stoff ging mit dem nächsten Au-pair raus. Sachs packte eines der Pakete vom Waldboden und versuchte zitternd mit dem Fingernagel durch das Plastik ins Innere vorzudringen. Doch die Kunststofffolie tat das, für was sie bestimmt war: widerspenstig zu sein und den Inhalt zu schützen. Endlich gelang es ihm, eine Öffnung zu schaffen. Etwas des weißen Pulvers bröckelte auf den Waldboden. Egal, es war genügend da. Der Doktor würde es verschmerzen können. Mit zwei Fingern griff Sachs hinein und zog sie bestäubt zurück. Wie damals als Kind, wenn Mama backte, fiel ihm ein, und er hatte große Lust, laut zu lachen. Er ließ es aber. Dafür hielt er sich die Finger vor die Nase und sog das Puder hinein. Den Rest massierte er sich ins Zahnfleisch. Seine Überlegung, die Hand erneut in die Packung zu schieben, schenkte er sich. Es gab jetzt Wichtigeres zu tun. Seine Gedanken wurden auf einen Schlag klarer, als habe er die beschlagenen Gläser seiner Brille geputzt. Auch das Graue vor seinen Augen war verschwunden und hatte sich aufgeklart wie eine Wolke nach dem Abzug des Gewitters.

DAS TEUFELSZEUG HALF SCHNELL.

Später musste er alle persönlichen Gegenstände der Kleinen loswerden, bevor ein übereifriger Wanderer Alarm schlug. Einen Spaten hatte er nicht mit. Stöhnend vor Ärger und Aufregung packte er Joyce Leiche an den Armen und warf sie voller Verzweiflung in Richtung des Koffers.

*

Die junge Frau war doch größer, als Sachs angenommen hatte. Der Koffer war ihm vorab riesig erschienen. Aber das stellte sich jetzt als Trugschluss heraus. Sofort war ihm klar, dass die Leiche nicht so einfach hineinpassen würde. Sie ragte wie eine übergroße Puppe aus der halben Schale. Sachs beugte sich über die Tote, drückte den Kopf mit dem Pagenschnitt so tief vor die Brust des Mädchens, dass ein lautes Knacken zu hören war. Es schmerzte ihn, doch dann lächelte er, streichelte ihr über das dunkelschwarze Haar.

„Verzeih mir, Joyce, aber du spürst keinen Schmerz mehr!“, flüsterte er leise, mit einem entschuldigenden Blick zum Himmel. Die Arme der Toten stellten kein Problem dar. Ausgekugelt fanden sie genügend Platz in der Kofferschale. Nur die langen Beine weigerten sich, sein Werk zu vollenden. Zum Glück waren sie dünn. Sie erinnerten ihn an seine dürre, und wie er glaubte, magersüchtige Nachbarin. Gewaltsam brach er die Knochen von Schien- und Wadenbein. Direkt unterhalb des Knies. Die lauten Knackgeräusche ließen sogar ihn, den gelernten Metzger, für einen Moment erschaudern. Die Röhrenknochen hatten keine Chance gegen seine brachiale Gewalt. Es nutzt nichts, beruhigte er sich selbst – und er warf ein weiteres Stoßgebet zum Himmel. Nun war alles egal, doch dieser unmenschliche Vorgang würde dazu führen, dass er selbst in Ruhe weiterleben durfte. Ein Notfall also. Der Doktor würde es verstehen – glaubte er.

Kapitel 1

Die junge Frau schien sichtlich überfordert. Die Menschenmenge, die sich vor dem Backsteinkomplex im Hamburger Luisenweg versammelt hatte, brüllte laut und unverständlich durcheinander. Fenster des mehrstöckigen Hauses öffneten sich; Bewohner schauten argwöhnisch und verärgert heraus.

„Halt, Ruhe! So hört mir doch mal zu!"

Das Gesicht der dreißigjährigen Blondine bildete deutlich ihren erhöhten Blutdruck ab und die Worte entwichen ihr mit zittriger Stimme. Nur langsam beruhigte sich die aufgebrachte Menge. Die junge Maklerin wischte sich die Schweißtropfen von der Stirn und zählte kurz durch: Knapp fünfzig Personen hatten sich an diesem Nachmittag zur offenen Wohnungsbesichtigung, hier im Hamburger Stadtteil Hamm, versammelt.

„Gut ...", begann sie, nachdem der Lärm der Anwesenden sich einigermaßen reduziert hatte, „... wir werden die 2-Zimmer-Wohnung im Parterre mit jeweils zehn Personen gleichzeitig besichtigen. Anschließend lasse ich die nächste Gruppe hinein. Stellen Sie sich hintereinander auf, dann ..." Diese Aufforderung hätte die Frau tunlichst unterlassen sollen, denn wie aus dem

Nichts wuchs das Gekreische wieder an. Hinzu kam ein Drücken und Schieben, sodass die Frau zu ihrem eigenen Schutz mit einem Schritt seitlich auf die Fahrbahn ausweichen musste.

„Jetzt gebt doch mal Ruhe, Leute – Schlange war angesagt!"

Die dunkle, markante Stimme kam von einem Mann mit grauem Haar und Zopf. Als sei er der Anführer der wilden Horde, verstummte diese, und wie auf Kommando war die interessierte Menge halbwegs diszipliniert bemüht, dem Wunsch der Frau vor dem Hauseingang zu entsprechen.

„Geht doch!", grinste der Mann und machte mit der Hand einen einladenden Schwenker zur Maklerin.

„Vielen ... vielen Dank!", stotterte diese und ihre rote Gesichtsfarbe nahm noch um eine Nuance zu.

Frau Sowereit war Angestellte einer Hamburger Wohnungsbaugenossenschaft und für die Vergabe von Mietwohnungen verantwortlich, doch in solchen Momenten wünschte sie sich ihr altes, überschaubares Leben als Bürokauffrau zurück.

EINER NACH DEM ANDEREN!

Vorsichtig spazierte sie seitlich an der Schlange vorbei. Sie entnahm ihrer Lederumhängetasche ein Schlüsselbund und schloss – noch immer argwöhnisch hinter sich blickend – die alte Haustür des Backsteinbaus auf. Jeden Moment erwartete sie lautes Indianergebrüll und das Vorbeibrechen einer Herde wild gewordener und sicher schmerzfreier Wohnungssuchender. Doch zu ihrer Verwunderung schien nun alles ruhig und gesittet abzulaufen.

Der bezopfte Grauhaarige stand ziemlich am Anfang der wartenden Mietinteressenten. Frau Sowereit registrierte es mit gewisser Erleichterung. Mut gefasst, betrat sie mit energischem Schritt den kühlen Hausflur. Es roch nach Kebab, nach Kreuzkümmel und Tomaten. Dazu kalter Zigarettenrauch und nach etwas Süßlichem. Sie vermochte nicht zu sagen, um was es sich handelte. Irgendein orientalisches Gewürz, vermutete sie. Auf jeden Fall wollte sie das Aroma nicht in ihrem Essen haben, ging es ihr durch den Kopf. Ihre Stimmung besserte sich. Sie redete sich den Umstand schön. Im Flur versperrten zwei riesige Kinderwagen widerrechtlich den Weg zum Kellerabgang.

Die freie Parterrewohnung lag links und die Maklerin atmete kurz durch: 52 Quadratmeter, 2 Zimmer, 590 Euro kalt. Wie so oft wunderte sie sich, dass es – trotz des hohen Preises – für solch kleine, kaum isolierte und fast 100 Jahre alte Wohnungen so viel Zuspruch gab. Aber in Hamburg war nichts unmöglich. Sie hatte schon Tiefgaragenstellplätze für 200 Euro vermittelt.

Die Frau steckte den Schlüssel in das Türschloss, immer bemüht, die ihr folgende Menschenschlange nicht aus den Augen zu verlieren. Die Wartenden schoben etwas und der Herr mit Zopf reagierte prompt mit einem Ruf: „Lasst doch das Gedränge. Jetzt wird's eh noch nicht entschieden!"

Übertriebener Stolz packte Frau Sowereit und sie fühlte sich durch die Vermittlung des Mannes in ihrer eigentlichen Funktion etwas nach hinten geworfen. Sie ergänzte: „Alle Anwesenden werden die Wohnung besichtigen dürfen, das verspreche ich Ihnen. Anschließend verteile ich an die Interessierten die Anmeldebögen. Also, gleiches Recht für alle."

In ihrem Rücken reagierten mehrere Personen auf ihre Aussage mit Gelächter. Einer schrie: „Als ob das etwas mit Recht zu tun hat!" Andere stimmten dem anonymen Stänkerer lautstark zu.

Die Holztür öffnete sauber und sofort nahm Frau Sowereit wahr, nichts war wie sonst. Zögernd und mit Zurückhaltung betrat sie den kleinen Flur der Wohnung. Die Atemluft, die ihr entgegenschlug, empfand die Frau als extrem gewöhnungsbedürftig. Auch einige Fliegen schwirrten umher. Sicher mochte die Hitze der letzten Juli-Tage an all dem schuld sein. Ärger zog in ihr hoch, ihr Blutdruck stieg. Später würde sie mit dem Hausmeister Tacheles reden müssen und sicherstellen, dass leere Wohnungen – speziell im Sommer – von ihm regelmäßiger gelüftet wurden.

„Gott, wie stinkt das? Das Wohnen hier ist ja unzumutbar!", rief jemand nah bei ihr. Die Maklerin kümmerte sich nicht darum.

Sabine Sowereit hob einen Arm und legte den Stoff ihrer dünnen Bluse unter ihre Nasenlöcher. So wurde der grässliche Geruch etwas gefiltert und sie bemühte sich, schnell in das Wohnzimmer zu gelangen. Ihr Ziel war es, baldigst ein Fenster zu öffnen. Die Atemluft wurde bei jedem Schritt unerträglicher und würgend und mit einer Art Tunnelblick stürzte die junge Frau die wenigen Schritte durch den Eingang zum Wohnzimmerfenster.

Die Anzahl der Fliegen war auf ein beachtliches Maß angestiegen. Sabine musste den Arm von der Nase nehmen, um einen vermeintlichen Angriff des Ungeziefers zu verhindern. Durch diese Wolke schwarzer Lebewesen registrierte sie seitlich auf dem Boden einen großen Gegenstand. Während ihre zweite Hand Richtung Fenstergriff glitt, wunderte sie sich darüber, dass die Wohnung doch nicht komplett leer geräumt war. Dann jagte ein markerschütternder Schrei große Mengen von Adrenalin durch ihren Körper.

„Da liegt eine ... Leiche!", brüllte eine, wie es ihr schien, weibliche Stimme, und hinter Frau Sowereit wuchs ein Tumult an, gegen den das Geschiebe draußen ein Miniaufstand war. Im Nu war der Raum erfüllt von lärmenden Menschen, und die Frau bekam Angst, erdrückt zu werden. Die Atemluft, die Fliegen, dazu die verschlossenen Fenster verursachten bei ihr zusätzliche Beklemmung. Panik stieg hoch. Das Würgen trieb Reste des Mittagessens in Sabines Speiseröhre und ein Hustenanfall bahnte sich an. Noch das Wort „Leiche" im Gehörgang, suchte sie nach der Antwort für diese fremde und abartige Situation. Ihr Blick fiel auf eine alte Matratze, die seitlich der Tür zum zweiten Raum auf dem Boden der Wohnung lag. Darauf befand sich ein

Körper. Er schien nackt und war doch mit einer grauen, eher schwarzen Schicht bedeckt. Erst glaubte die Hobbysurferin an einen Neoprenanzug. Doch dafür war die Farbe nicht dunkel genug. Eher – so ging es ihr durch den Kopf – ähnelte es Ruß aus einem alten Ofenrohr. Der leblose Körper lag zusammengeschoben da wie ein Embryo. Er musste der Auslöser dieses Infernos sein.

DIE MINIMALITÄT IM RAUM GLICH EINEM KUNSTWERK.

Im ersten Moment dachte die Maklerin an einen Obdachlosen, der sich hier hineingeschlichen haben musste und verstorben war. Dann erst fielen ihr die kleinen Krabbeltiere um den Körper auf sowie ein riesiger, roter Fleck, der wie deplatziert hinter dem Körper die unansehnliche, graue Matratze etwas aufhübschte. Ihr Magen hatte ein Einsehen und sie erbrach sich.

Hustend wurde der jungen Frau klar, es war an ihr, nun etwas Entscheidendes zu tun – aber sie wusste absolut nicht, was. Die Hilflosigkeit trieb ihr den Schweiß in dicken Tropfen über den Körper, zugleich schoben sich immer mehr Wohnungssuchende – neugierig geworden – von draußen in das kleine Parterre. Der Raum war inzwischen überfüllt wie ein gut besuchtes Rockkonzert.

Schreiend, stöhnend, würgend, drückten sich Personen gegen den Körper der Maklerin und schoben sie immer näher zu dem, was dort lag und was ihr selbst den Tag verdorben hatte. Dazwischen wurden vermehrt Hilferufe laut.

„Ist das abartig, ein Toter!“

„Hier werde ich sicher nicht einziehen!“

„Holt endlich die Polizei!“

„Igitt!“

Und wieder war es der ältere Herr mit dem Zopf, der Sabine Sowereit aus der Patsche half. Er hielt sich den Stoff seines Shirts vor die Nase, ein weißer Schwabbelbauch wuchs darunter hervor.

„Hier ist ein Verbrechen geschehen. Hört endlich auf zu fotografieren, seid ihr noch ganz bei Trost?“ Böse geworden, schlug er einem jungen Mann ganz vorne das Smartphone aus der hochgestreckten Hand. Es entglitt dem Typen und blieb irgendwo in der dichten Menge stecken. Der Besitzer reagierte auf den Verlust des Handys mit dem Versuch, dem Mann ins Gesicht zu schlagen. Nur die Enge des Mobs verhinderte das.

Frau Sowereit erwartete eine Schlägerei, aber irgendwie schaffte es der Mann, alle Anwesenden nach draußen zu schieben. Laut brüllend und mit roher Gewalt schloss er nach einer gefühlten unendlichen Zeit die Tür von innen. Schnellen Schrittes kehrte er zurück und riss beide Fenster auf. Der spärlich eindringende Sauerstoff brachte langsam Linderung. Würgend schnappte die Frau nach Luft. Als Sabine Sowereit glaubte, mit dem Mann und der Person am Boden alleine zu sein, rannte noch ein junges Paar aus dem angrenzenden Badezimmer. Sie schauten entschuldigend, machten schnell ein Handyfoto von der Leiche auf der Matratze und verließen dann hastig und hustend die Wohnung.

Gesprächsfetzen aus dem Flur wurden lauter – nach dem Zuschnappen der Eingangstür klangen sie ab.

*

Es war der erste Kontakt der Maklerin mit dem Tod. Sie spürte ihre unkontrollierte, hochfrequente Atmung und versuchte ihr entgegenzuwirken. Ihr leerer Magen hatte sich etwas beruhigt; sie sog wie besessen die Außenluft ein. Der Mann neben ihr war in die Hocke gegangen. Er schüttelte den Kopf und schien fassungslos. Aber war nicht er es, der einen kühlen Kopf besaß?

„Der ... ist doch ... tot?"

Frau Sowereit war sich nicht sicher, warum sie das fragte. Auch ohne spezielle Ausbildung musste jedem halbwegs klar denkenden Menschen bewusst sein, dass die Person tot war und schon einige Tage hier herumlag – vielleicht sogar seit Wochen. Der Mann mit dem Zopf vor ihr in der Hocke – er war sicher jenseits der fünfzig – hatte die Frage der Maklerin wohl gehört. Denn er nickte beruhigend, jedoch ohne sie anzublicken.

„Wir müssen die Polizei rufen!", flüsterte er wenig später, kaum vernehmbar. Als ob er um ihr Einverständnis bettelte, drehte er nun seinen Kopf und schaute sie unvermittelt mit fragendem Blick an. Sie nickte und hatte das Gefühl, den bewegenden Kopf nicht mehr zur Ruhe bringen zu können. Erschöpft lehnte sie sich an die gekalkte Wand und bemühte sich, die Leiche nicht anzuschauen. Aber ein seltsamer Zwang ließ das nicht zu. Ihr Blick glitt über die Matratze: Lag da nicht ein Kind, klein und schmal? Ausgedünnte Strähnen pechschwarzer Haare nahm sie als weibliche Frisur wahr. Kein Mann – ein Mädchen! Der aufgedunsene Teil der Gesichtshälfte, der sich der Maklerin entgegenstreckte, gab zusätzlich Anlass zu ihrer Vermutung. Auf den ersten, längeren Blick war der Körper unbekleidet. Und es schien ihr, als schliefe die Person nur. Als schüttelte die Tote jeden Moment die dunkle Schicht von der Haut und würde sich – aufgeweckt vom Umgebungslärm – lebensfroh aufrichten.

Frau Sowereit erschrak über eine leise Stimme. Dann wurde ihr bewusst, dass sie es war, die ein Vaterunser betete. Draußen ertönte ein kurzes Hupkonzert. Es erschreckte die Frau erneut und sie unterbrach das Gebet.

Wie durch einen Nebel vernahm die Maklerin eine Stimme: „Kommen Sie sofort, Luisenweg ... welche Hausnummer? Moment, hallo, welche Hausnummer haben wir hier? Welche Hausnummer? Frau Maklerin?"

Frau Sowereit spürte, die Antwort lag bei ihr, und erst jetzt fiel ihr ein, der Mann neben ihr fragte sie.

„Hausnummer 6, Luisenweg, Hausnummer 6, Parterre!", rief sie mechanisch und wie fremdgesteuert. Der Mann sprach leise Worte in ein Handy.

Sie lehnte sich tief aus dem Fenster, beobachtete draußen die aufgewühlte, lärmende Menschenmenge. Sabine Sowereit freute sich plötzlich auf den Feierabend, auf ihre Katze und den Abend vor dem Fernseher. Und sie war sich absolut sicher: dem Herrn mit grauem Zopf würde sie diese Wohnung vermieten – falls er noch Interesse haben sollte.

Kapitel 2

Wenige Stunden später standen Hauptkommissarin Sandra Holz, ihre Kollegin Emma Meyfeld sowie Rechtsmediziner Dr. Uwe Pellin in der Wohnung im Luisenweg. Sie waren zugeknöpft bis unter den Scheitel und hielten sich – trotz des Mundschutzes – noch ein Eukalyptus getränktes Taschentuch vor die Nase.

„Sie werden es abreißen müssen!", flüsterte Pellin nach einer Weile, und es klang durch Maske und Zellstoff, als befänden sie sich in einem schallgedämpften Tonstudio.

„Was meinen Sie?"

Sandra überforderte die Szene um sie herum und hinzu kam dieser grässliche Gestank, der trotz aufgerissener Fenster nicht entweichen wollte.

„Das Haus, sie werden es abreißen müssen. Hier zieht doch keiner mehr ein, da bin ich mir sicher. Wir hatten vor Monaten mal einen Selbstmörder in einem Porsche Cayenne. Die Angehörigen fanden ihn erst Wochen später in der Garage seines Ferienhauses. Der Wagen hatte einen geschätzten Wert von mindestens 50.000 Euro, aber man konnte ihn nur noch als Ersatzteillager verkaufen."

Die beiden Frauen schauten sich an und schüttelten den Kopf. „Männer!", entfuhr es der jungen Kommissarin Meyfeld und Sandra nickte.

„Was gibt es über die Leiche zu sagen?", wollte Sandra wissen.

„Junge Frau, wahrscheinlich Asiatin, eher unter als über zwanzig Jahre alt. Dem ersten Anschein nach erwürgt und vorher ..."

„Missbraucht?" Emma Meyfeld war Dr. Pellin zuvorgekommen.

„Davon gehe ich aus, werte Kolleginnen!"

„Haben wir genügend Spuren, um den Mörder zu identifizieren?", stieß Sandra leise hervor.

Pellin nickte. „Sperma, Hautpartikel, Haare und sogar Fingerabdrücke. Ich glaube, der Täter bettelt darum, dass wir ihn schnappen. Doch Genaueres morgen."

„Gute Nachrichten", stöhnte Kommissarin Meyfeld, „wie wäre es nun noch mit einem Todeszeitpunkt?"

„Oh, ja! Ich tippe mal, vor vierzehn, maximal vor einundzwanzig Tagen. Dem Aussehen der Leiche nach könnte man glauben, sie läge schon länger, aber diese Hitze hier im Raum ...!"

„Brauchen Sie mich noch?", fragte Sandra den Rechtsmediziner. Sie hustete und man konnte an ihrer Atemfrequenz und der Gesichtsrötung erkennen, wie sehr sie die Situation hier belastete.

Pellin schüttelte den Kopf, während er mit einem Spachtel und einem Röhrchen weiter an der Leiche herumwerkelte.

Die Kommissarin bewunderte ihn kurz, rannte dann aber aus der Wohnung.

Der Flur des Mehrfamilienhauses im Luisenweg war kühl. Aber das war nicht das einzige Gute. Die schlimmen Gerüche waren fast komplett verschwunden und Sandra riss sich die Maske vom Gesicht. Das Papiertaschentuch steckte sie erst durch den Overall hindurch in ihre Lederjackentasche. Dann holte sie es wieder heraus und suchte nach einer Möglichkeit, es dauerhaft loszuwerden.

„Was ist?“, fragte Kommissarin Meyfeld, die neben ihre Kollegin getreten war.

„Das stinkt sicher noch nach Leiche“, flüsterte Sandra etwas abwesend. Emma nahm ihr das Taschentuch mit spitzen Fingern ab, spazierte aus dem Flur bis zur Eingangstür und warf es seitlich neben das Gebäude.

Sandra hatte zugesehen. „Das ist aber kein Umweltschutz!“, grinste sie. Meyfeld zuckte mit den Schultern. „Wo das Haus doch abgerissen wird!“

„Wie bitte?“

Sandra und Emma erschraken. Die Stimme konnte schnell einer kräftigen Frau zugeordnet werden, die mit einem Satz im Eingangsbereich auftauchte. Das leichte Kräuseln von Rauch bei ihrer Hand zeigte, aus welchem Grund sie draußen gestanden hatte.

„Das Haus soll abgerissen werden? Spinnt ihr? Ich wohne seit ...“, die Frau überlegte einen Moment, „... zwölf Jahren hier und werde meine Wohnung nur unter Polizeigewalt verlassen.“ Plötzlich fing sie an zu weinen. „So eine Scheiße ...!“, flüsterte sie zwischen mehreren Weinattacken.

„Nein, nein!“

Mit einem Schritt war Sandra bei der Frau.

„Das betraf nicht Ihr Haus. Also nicht dieses hier. Es ging um etwas anderes. Sie haben wohl nur einen Teil unserer Unterhaltung mitbekommen.“

Das Weinen stoppte sofort. Die Frau trat die Zigarette im Hausflur aus und zog eine Packung Tabak hervor. „Gute Nachricht! Darauf muss ich mir gleich eine drehen“, rief sie und verschwand wieder durch die Haustür nach draußen.

Emma und Sandra atmeten auf.

„Das war knapp!“ Emma nickte.

„Emma, habt ihr alle Haushalte befragt?“

„Ja, eigentlich, bis auf einen. MikVit konnte den 71-jährigen Witwer im oberen Stock links nicht antreffen. Mik wird heute Abend noch einmal hinfahren und ihn verhören.“

Sandra nickte zufrieden. Eine junge, tote Frau, wahrscheinlich Asiatin in Hamburg, war das eine. Aber eine Leiche, die wochenlang herumlag, ohne aufgefunden zu werden, war noch eine Stufe extremer. Die Kommissarin entledigte sich umständlich des weißen Schutzanzuges.

„Lass uns Pellins Bericht abwarten. Ich werde im Büro noch etwas über das Gebäude recherchieren. Hausmeister gab es keinen, sagtest du?“

„Eigentlich schon. Sabine Sowereit von der Hausverwaltung – sie hat die Leiche entdeckt – gab mir die

Anschrift des Hausmeisters. Er wohnt in der Neustadt. Aber ihrem Kenntnisstand nach macht er gerade vier Wochen Urlaub in einer Finca auf Malle. Er kommt wohl Anfang nächster Woche zurück."

„Hausmeister müsste man sein!", grinste Sandra. Falcos Song ‚Der Kommissar' tönte laut durch den Hausflur. Sandra riss ihr Handy aus der Lederjacke.

„Holz!" Sie hörte dem Anrufer still zu. Aber man konnte sehen, dass sich ihre bereits düsteren Gesichtszüge noch etwas verdunkelten.

„Was ist los?", fragte Emma Meyfeld neugierig, als Sandra das Gespräch beendet hatte.

„Eine weibliche Leiche im Hamburger Airport. In einem Gepäckstück – wohl auch eine Asiatin."

Kapitel 3

Seit dem Tod des Ersten Hauptkommissars Alexander Schweiss hatte Sandra einige Dezernatsleiter beim LKA 41 erlebt. Es schien, als könnte sich Polizeipräsident Jochen Andres nicht entscheiden und so kamen und gingen die Kandidaten im Monatstakt. Aber geblieben war noch keiner. Bei allen hieß es: übergangsweise. So fiel für die Kriminalbeamten der Mordkommission plötzlich das umständliche „Um Erlaubnis fragen“ und „Rechenschaft abgeben“ aus.

Aus Sandras Sicht überzogen ihre Kolleginnen und Kollegen den Drang, nach eigenem Ermessen zu handeln. Aber letztendlich musste sie sich selbst eingestehen: Auch sie nutzte diese willkommene Freiheit großzügig aus.

Kurzfristig hatte die Kommissarin den vor der Tür im Luisenweg stehenden Streifenwagen beauftragt, sie und Kollegin Meyfeld umgehend nach Fuhlsbüttel zum Hamburger Airport zu fahren. Der Fahrer – ein kräftiger Uniformierter von sicher fünfzig Jahren – fühlte sich überrumpelt und sichtlich unwohl. Das drückte sich aber nur in seinen nervösen Blicken aus. Mit leichten Magenschmerzen stieg die Kommissarin in den Streifenwagen.

Der Kollege hatte sicher beim polizeilichen Rallyekurs den ersten Platz belegt, denn er schoss – unterstützt von Blaulicht und Sirene – durch die belebten Hamburger Stadtteile. Erst hatte Sandra Angst um Fußgänger – in der Eppendorfer Sierichstraße gab es einen Beinahe-Zusammenstoß mit einem Fahrradfahrer – und auch Kollegin Meyfeld, im Fond des Passats, klammerte sich am Türgriff fest. Doch nach einer Weile genoss es die Kommissarin – zum ersten Mal seit Langem –, ohne Stau und dauernden Halt durch Hamburg zu fahren. In Rekordzeit von siebzehn Minuten hielt der Wagen mit quietschenden Reifen vor dem Terminal 2 des Flughafens „Helmut Schmidt“ in Fuhlsbüttel.

Die Magenschmerzen hatten sich bei Sandra verstärkt. Der Gedanke an eine tote, junge Frau in einem Koffer machte der Kommissarin schwer zu schaffen. Hatte diese Perversion denn nie ein Ende? Seufzend verließ sie den Wagen und hob noch einmal den Daumen in Richtung des Fahrers. Sie wollte damit ihren Respekt vor seinen Fahrkünsten ausdrücken. Emma trat neben sie.

Die Mordkommission wurde schon in Fuhlsbüttel erwartet. Zwei uniformierte Kollegen der Bundespolizei standen am Eingang des Terminals und traten unruhig von einem Bein auf das andere. Neugierig schauten sie zum Fahrzeug, das mit Blaulicht und Sirene vorfuhr. Als die beiden Kriminalbeamtinnen den Streifenwagen verlassen hatten und energisch und selbstbewusst auf die Männer zutraten, schien es, als wäre es Absicht der Uniformierten, die Frauen wegzuschicken. Sie hatten wohl mit männlichen Kollegen gerechnet. Man konnte es in ihren eher ablehnenden Gesichtern erkennen. Als Sandra sie mit dem Spruch: „Hallo, wir sind vom Mord!“, begrüßte, entspannten sie sich etwas und grinsten sogar. „Oh, zwei Damen?“, meinte der Jüngere der beiden und Sandra bemerkte, wie er sie und ihre Kollegin von oben bis unten taxierte.

„Wir können auch zwei männliche Kollegen rufen“, erklärte Emma Meyfeld in ihrer ruhigen, aber bestimmenden Art. „Aber dann steht ihr beiden euch noch eine weitere Stunde hier die Weichteile platt!“

Erschrocken nickten die Männer mit errötenden Gesichtern und stolzierten – wie auf Kommando – sprachlos vorneweg.

„Wir müssen durch die Schleuse!“, war der erste Satz eines der Kollegen nach wenigen Minuten schnellen Schrittes durch die belebten Hallen des Hamburg Airports. Überall war großes Treiben, es war mitten in den Sommerferien und somit war klar, warum. Die Menschen schauten neugierig auf die beiden jungen Frauen, die im Schlepptau der Uniformierten durch das riesige Terminal liefen. Nach der Fahrt mit einer Rolltreppe zum Check-in hielt die Gruppe vor einer Glastür im äußersten Wandbereich. Sie wurde sofort geöffnet und eine ältere Frau in Jeans und roter Warnweste grinste sie an.

„Kolleginnen!“, erklärte einer der Polizeibeamten und wies auf Sandra und Emma. Die Dame nickte teilnahmslos.

„Dienstausweise, Perso, Lederjacke aus!“, wandte sie sich an Sandra. „Taschen leer, Handys und so. Dann hier rüber!“ Es klang nicht unfreundlich, eher bestimmt, und Sandra war sofort klar, hier wurden alle gleich schlecht behandelt. Sie und Emma befolgten die Anordnungen der Frau. Als beide Kriminalbeamtinnen auch den Scanner hinter sich und ihre Utensilien wieder eingesteckt hatten, wurde die Frau umgänglicher. „Es freut mich, dass es weibliche Mordermittlerinnen gibt!“, rief sie lautstark. Und leise hinterher: „Reißt den Machos den Arsch auf!“ Die Uniformierten, die gerade hinter ihren weiblichen Kolleginnen durch den Scanner liefen, hatten es sicher vernommen. Aber sie überhörten es aus gutem Grund. Die Frau des Security-Dienstes überreichte den beiden Kommissarinnen noch zwei gelbe Warnwesten und für jede einen Ausweis mit Hülle. Sandra und Emma zogen die Westen an und befestigten die Ausweise am Revers.

Einer der beiden Uniformierten öffnete eine Metalltür und die Gruppe betrat die Einkaufsmeile des Hamburger Airports. Es war ein echter Kulturschock für Sandra, so als ob sie in eine andere Welt wechselte. Eben noch ruhig und persönlich, nun ein Menschengewusel sondergleichen. Dazu Lautsprecherdurchsagen, monotone Geräusche zahlreicher Kofferrollen und Stimmen wie das überlaute Vogelgezwitscher frühmorgens vor ihrem Fenster in der Böckmannstraße. Sandra bemühte sich, alles irgendwie auszufiltern, und zum

Glück bogen sie nach einigen Hundert Metern in einen ruhigeren Bereich ab. Vorbei an grinsenden Bundespolizisten und durch zahlreiche weiße Türen erreichten sie endlich einen kleinen Raum, der – Sandra konnte es an den Gesichtszügen des Kollegen erkennen – ihr Ziel ankündigte. Ihr Herz schlug wild und die Magenschmerzen gerieten außer Kontrolle. Fleißig schluckte sie den Speichel hinunter, um das Brennen in der Speiseröhre zu verhindern. Es misslang.

Im Raum befand sich außer einem Stuhl und einem Tisch nur noch ein weiterer Kollege der Bundespolizei. Alles war in hellem Weiß gehalten und nur die Uniform des freundlich nickenden Polizisten hob sich von der einheitlichen Farbe seines Anzugs ab. Dann fiel Sandras Blick auf den riesigen Koffer. Eigentlich hätte er ihr als Erstes ins Auge fallen müssen. Aber es hatte etwas von einer Fehlinformation des menschlichen Sehvermögens und sie hatte ihn wohl gänzlich ausgeblendet.

Es handelte sich um einen übergroßen Hartschalenkoffer in himmelblauer Farbe mit riesigem Froschaufdruck. Als Kind hätte sie diesen Koffer geliebt. Der plötzliche Tod ihrer Mutter im Juni fiel Sandra in diesem Moment ein und das machte ihre Aufgabe nicht einfacher. Sie verschwieg den Kollegen Charlottes Tod und hatte für die Bestattung keine Freistellung beantragt, sondern einfach Urlaub eingereicht. Nur Freund Caro – noch immer bei der Aufbearbeitungsstelle des G-20-Gipfels im Einsatz – wusste darüber Bescheid, und das musste reichen.

*

Der himmelblaue Koffer war liebevoll geschmückt mit diversen Aufklebern. Unter anderem das Hamburg-Wappen, eine Weltkugel sowie ein großes Abziehbild, das das Hamburger Chilehaus zeigte. Die Sticker wiesen auf eine Jugendliche oder junge Frau als Besitzerin des Gepäckstückes hin. Die Reißverschlüsse waren zugezogen. Der Koffer hatte einige Kratzer und Schmutzreste. Es sah aus, als habe man ihn durch einen Wald gezogen. Es handelte sich dabei um einen sogenannten „Spinner", also einen Koffer mit vier Rollen. Sandra selbst hatte auch solch einen. Eine Rolle des Koffers fehlte und die anderen drei waren voller Schmutzreste. So thronte das himmelblaue Gepäckstück farbenfroh mittig im weiß getünchten Raum.

„Hier ist er! Also, der Koffer mit der ...!" Der Kollege stotterte rum und Sandra nickte ernst. Sie verdrängte den Verlust ihrer Mutter.

„Der Rechtsmediziner und die Kollegen der Spusi waren schon dran?"

Der Mann nickte. „Erst hatte der Entschärfer seinen Einsatz."

„Entschärfer?"

„Wir dachten an ein IED, also einen subversiven Sprengkörper."

„Wo sind alle?", wollte Emma wissen.

„Nebenan", der Uniformierte wies mit dem Kopf in seitliche Richtung.

„Auch der Entschärfer?"

Der Kollege nickte.

„Schaust du mal nach ihnen?" Emma stimmte zu und verschwand durch die Tür nach draußen. Der zweite Kollege folgte ihr.

„Dann erzählen Sie mal. Sie haben den Koffer gefunden?"

„Nein, nein, so einfach ist es nicht."

„Lassen Sie mich Ihnen nicht jedes Wort aus der Nase ziehen!" Sandra wurde langsam ungeduldig.

Der Beamte schaute leicht entrüstet, hielt sich aber mit Ausbrüchen zurück. „Das Gepäckstück muss sich schon einige Tagen hier im Airport befinden. Wir haben versucht, seinen Weg zu rekonstruieren."

„Und?" Sandra nervte die Fragerei. Der Kollege musste doch schon von Berufs wegen wissen, welche Angaben für die Aufklärung eines Mordes wichtig waren. Ob es ihm etwas ausmachte, dass eine Frau die Fragen stellte? Die Stimme der Security-Angestellten von eben schallte wieder in Sandras Ohren: „Reißt den Machos den Arsch auf." Sie lächelte und bemerkte, dass dieser Gefühlsausbruch den Kollegen noch mehr irritierte. Aber er riss sich zusammen.

„Ja, ohne Erfolg. Entweder stammt der Koffer aus einer ankommenden Maschine, Labels waren keine vorhanden ..."

„Oder ...?"

„... oder man hat ihn aufgegeben. Am Schalter. Wobei – bei dem Gewicht."

„Wie schwer ist er?"

„44 Kilogramm."

„Wie kann es sein, dass sich so ein Gepäckstück tagelang auf dem Airport aufhält? Jemandem muss das schwere Teil doch aufgefallen sein?"

Der Kollege zuckte mit den Schultern. „Wissen Sie, wir fertigen hier täglich über 50.000 Fluggäste ab. Und jeder hat mindestens ein Gepäckstück. Da kann auch mal eines liegen bleiben. Aber Sie sollten besser die Verantwortlichen dazu befragen."

Sandra wollte schon erwidern, dass die meisten Passagiere heutzutage nur noch mit Handgepäck reisten, ließ es aber.

Emma Meyfeld betrat den Raum. Im Schlepptau Dr. Fischer, der Stellvertreter von Dr. Pellin aus der Hamburger Rechtsmedizin im Butenfeld. Dazu eine weitere ihr unbekannte Person im Einsatzanzug der Bundespolizei. Sandra bedankte sich bei dem Kollegen und nickte Fischer zu.

Die Kommissarin war zu dem auffällig bunten Gepäckstück getreten und zog ihr Handy aus der Lederjacke. Schnell machte sie einige Aufnahmen.

„Wollen wir den Koffer mal öffnen?", sprach sie den Rechtsmediziner an.

Dr. Fischer hatte einen Moment überlegt, meinte dann: „Ich hatte schon das Vergnügen. Wollen wir ihn nicht zum Butenfeld ..." Er schaute in Sandras starre

Augen, die ihn ansahen, als ob sie im Begriff war, ihn zu hypnotisieren. „Alles klar, ich sehe schon ... aber gerne!“ Der junge Rechtsmediziner trat vor, legte erst beide Hände kurz auf die obere Hälfte des Koffers. Es sah aus, als beschwöre er die Geister oder betete, dass sich beim Öffnen des Gepäckstückes der Inhalt doch als völlig normal herausstellte.

Sandra geriet währenddessen in eine Art Trancezustand. Das metallene Geräusch des Reißverschlusses vernahm sie als eine Todesmelodie und nur mit Mühe hielt sie sich aufrecht. Sie spürte, wie die Übelkeit ihres Magens Besitz von ihrem Kreislauf ergriff, und machte einen Schritt seitwärts zur Wand. Sie lehnte sich dagegen – zum Glück hatte es keiner bemerkt.

Ein lauter Ton, der Sandra an den zufallenden Deckel ihrer Biotonne erinnerte, brachte sie wieder zurück. Die Atemgeräusche im Raum stagnierten. Nun war auch die Atmosphäre steril. Kein Wunder, der menschliche Körper im Koffer, auf den alle starrten, konnte einer Filmsequenz von ‚Das Schweigen der Lämmer‘ entsprungen sein, aber sicher nicht der allgemeingültigen Realität. Auch die bisher von Klimageräten kühl und angenehm gehaltene Atemluft änderte sich schlagartig. Süßlich und widerlich war das, was Sandra gerade in ihre Lungenflügel sog. Ein Aufsteigen der Magensäure brachte das Fass zum Überlaufen. Sie würgte, rief: „Wir machen im Butenfeld weiter“, und rannte aus dem Raum.

Draußen an einer Wand gelehnt stand, im Panzerkombi, ein Mann und schaute zu ihr hinüber. Im hellen Licht fand ihn Sandra sehr ungewöhnlich. Nicht nur, dass er sicher zwei Meter groß war. Er hatte eine Drei-Millimeter-Kurzhaarfrisur und trotz des weiten Kombis, den er trug, sah er extrem sportlich aus. Sandra schätzte ihn als sehr selbstbewusst ein und fand ihn als Mann äußerst interessant. Sie atmete ruhiger und langsam stabilisierte sich ihr Kreislauf wieder. Der Mann trat auf sie zu.

„Alles in Ordnung?“, grinste er Sandra an. Eine leichte Übelkeit, verbunden mit einem Schwächeanfall, überkam sie. Sie taumelte. Der Mann hatte das bemerkt und die Kommissarin geistesgegenwärtig am Arm festgehalten.

„Ein schlimmer Job!“, meinte er, während er Sandra zur nächsten Bank brachte. „Oder sind Sie vielleicht in ... anderen Umständen?“

Die Kommissarin musste lachen, obwohl ihr absolut nicht danach war. Sie schüttelte den Kopf und erwiderte: „Um Gottes willen, nein!“

„Wir haben uns noch nicht vorgestellt, Frau Kollegin. Mein Name ist Armin Stahl, ich bin der Entschärfer hier.“

Sandra war überrascht. Auch weil der Mann zunächst das *Sie* bevorzugte. Das war ihr schon bei ihrer Versetzung nach Hamburg negativ aufgefallen. Dieses andauernd kameradschaftliche *Du* kannte sie aus ihrer Zeit in Oldenburg überhaupt nicht und fand es eher störend. Sie griff die ausgestreckte Riesenpranke des Mannes in der Hoffnung, dass er etwas von ihrer kleinen Hand übrig lassen würde. Doch zu ihrer Verwunderung drückte Stahl nur ganz leicht zu.

„Sandra Holz“, stammelte sie und fühlte sich wie ein Teenager, der seiner ersten Liebe gegenübersteht.

„Ich habe viel Gutes von Ihnen gehört, Frau Kollegin!“, schmeichelte Stahl und wieder schoss mehr Blut in Sandras Gesicht als notwendig.

„Danke, ich bemühe mich! Und Sie sind derjenige, der bei den Drähten rot oder blau unterscheiden muss?“

Stahl grinste. „Kann es sein, dass Sie zu viel ‚Lethal Weapon‘ geschaut haben?“

Verlegen wühlte Sandra in ihrer Lederjacke nach einem Papiertaschentuch. Stahl griff in seinen Kombi und zog ein blütenweißes Taschentuch heraus. „Darf ich aushelfen?“

Sie nahm das Tuch und wischte sich mit zittriger Hand die Stirn ab. „Ich gebe es Ihnen gewaschen zurück!“

Stahl winkte ab, schaute auf seine riesige Armbanduhr und meinte dann: „Ich muss los, es gibt woanders mehr zu tun als hier. Wünsche Ihnen guten Erfolg.“

Er legte zwei Finger seiner rechten Hand an den Kopf und spazierte los. In wenigen Sekunden hatte er schon einige Meter zurückgelegt.

„Armin …!“ Sandra hatte das Gefühl, gerade die Koordination zwischen Verstand und Stimme verloren zu haben. „Warum rufst du den Mann zurück?“, fragte sie sich.

Stahl war stehen geblieben, hatte sich umgedreht und schaute die Kommissarin erwartungsvoll an.

Ihre Stimme sprach erneut wie von selbst: „Wenn Sie mir bitte Ihre … Handynummer geben könnten? Vielleicht habe ich ja mal Fragen …!" Sie stotterte wieder wie ein pubertierendes Mädchen, aber dem Mann schien es nichts auszumachen.

Der Entschärfer kam zurück und nannte ihr grinsend eine zwölfstellige Nummer. Sandra tippte diese, mit nervösem Blick auf das Display, zu ihren Kontakten. „Man weiß ja nie …", versuchte sie noch einmal alles herauszureißen. Stahl nickte und verschwand dann endgültig mit großen Schritten in der belebten Ankunftshalle des ‚Hamburg Airport'.

*

„Bist du schwanger, Sandra?"

Erst draußen vor dem Gebäude traf die Kommissarin mit Emma Meyfeld zusammen. Sandra sog die frische Abendluft ein und spazierte gemütlich auf dem Grünstreifen der Flughafenstraße entlang. Seitlich hinter ihnen rollte der Streifenwagen, gefolgt von einer Autoschlange genervter Fahrzeugführer.

„Jetzt fängst du auch noch damit an. Nein, bin ich nicht!", meinte sie und schüttelte den Kopf. Schwanger? Das fehlte tatsächlich noch.

„Lass uns heimfahren, Sandra", schlug die Kollegin vor, mit einem Blick in Richtung des Staus hinter ihnen.

„Du hast recht!“ Sandra winkte dem Streifenwagen und die Kommissarinnen stiegen unter aufkommendem Hupkonzert ein.

Kapitel 4

Am nächsten Tag fuhr Sandra schon früh zum Flugplatz nach Fuhlsbüttel. An ihrer Seite Kollege Kommissar MikVit. Emma Meyfeld war Richtung Butenfeld aufgebrochen. Sie hatte sich angeboten, mit Dr. Pellin und Dr. Fischer zu sprechen, und Sandra hatte dankend angenommen. Mik hatte schon am Flugplatz angerufen und den Verantwortlichen aufgefordert, das infrage kommende Schalterpersonal für eine Vernehmung zusammenzutrommeln.

„Stell dir vor, Sandra, erst haben die abgelehnt – zu viel zu tun! Als ich denen ein Treffen hier im Polizeipräsidium angedroht habe, hat die Dame, eine Frau Rosche, endlich zugesagt. Sie stammt auch aus dem Saarland, hab es an ihrem Dialekt bemerkt."

Sandra schaute überrascht zu ihrem Kollegen. „Du bist kein Hamburger?"

„Nein, ich bin im saarländischen Lebach geboren."

„Oh, ist mir bisher gar nicht aufgefallen. Und wie bist du nach Hamburg gekommen?"

„Bei einem Einsatz hier in Hamburg habe ich mich in die Stadt verliebt und auf eine Stelle beworben. Und es hat tatsächlich geklappt."

„Ich war nur einmal im Saarland", erklärte die Kommissarin.

„Echt? Und wo?"

„In Trier, vor Jahren bei einem Schulausflug!"

„Oh!" Miks Gesichtsausdruck zeigte Unverständnis.

„Was heißt – oh?"

„Trier gehört schon zu Rheinland-Pfalz!"

Die beiden Kommissare mussten wie auf Kommando lachen.

*

Frau Rosche, die Sicherheitsingenieurin des ‚Hamburg Airport', erwartete die beiden Kriminalbeamten ungeduldig in der Sicherheitsschleuse. Die ‚Macho-Mörderin' von gestern hatte keinen Dienst, dafür ein junger Mann, der freundlich, aber bestimmt seiner vorschriftsmäßigen Arbeit nachging.

Frau Rosche war etwas spröde und hatte Haare auf den Zähnen. Dazu dieser seltsame saarländische Dialekt. Schon bei den ersten Worten der Frau hatte die Kommissarin keinen positiven Eindruck von der etwa 60-Jährigen. Rosche war durch und durch *Airport*. Sie ratterte gleich los, ohne dass sie einer der beiden Kriminalbeamten etwas gefragt hatte. Sie sprach stets von ‚ihrem Airport' und Sandra war klar, das würde anstrengend werden. Dann entschloss sie sich, die Notbremse zu ziehen.

„Frau Rosche ...!“

Die Frau reagierte nicht, erzählte in Hochgeschwindigkeit von ihrem schwierigen Unterfangen, hier auf dem Flughafen alle ‚ihre‘ Fluggäste zu schützen. „Ich breite meine Flügel über alle hier“, erklärte sie: Dabei hatte sie ihre Arme geöffnet wie der Papst beim Segen ‚Urbi et orbi‘. „Sinnbildlich natürlich ...!“, grinste sie.

„Frau Rosche ...!“

„... seit ich hier verantwortlich bin, gab es keinen ... Sie wollten mich etwas fragen?“ Ihr Gesicht zeigte Neugierde.

„Lassen Sie es uns so machen: Sie schweigen, bis ich Ihnen eine Frage stelle. Dann wird die Sache auch für uns erträglich.“ Sandra wunderte sich selbst über ihre strenge Wortwahl. Frau Rosche bekam einen knallroten Kopf und schien beleidigt. Aber sie schwieg fortan. Zumindest einige Meter. Dann hatte sie Sandras Anweisung wohl schon wieder vergessen und begann von Schwierigkeiten zu erzählen, gut ausgebildetes Personal zu finden. Sandra schaute zu Mik. Der lachte sich eins und zuckte mit den Schultern.

„Wann treffen wir die Schalter-Crew?“

Sofort schwieg die Ingenieurin. „Gegen Mittag.“

Sandra schaute auf die Uhr, es war kurz vor elf. „Sind Sie in der Lage, uns zur Gepäckabfertigung, also zu den Förderbändern zu bringen? Ich würde mir das System gerne mal anschauen.“

Wieder bekam Frau Rosche einen roten Kopf. Es verschlug ihr fast die Sprache. Dann meinte sie: „Wo denken Sie hin? Ich habe den Universalschlüssel. Ich komme überall hinein. Folgen Sie mir!“ Mit schnellen Schritten hatte sie einen Bogen nach rechts gedreht und öffnete mit einer Karte eine unscheinbare Tür seitlich des Flurs. „Nach Ihnen!“

Geräusche von Elektromotoren und Förderbändern drangen an Sandras Ohr. Die Atemluft hatte gewechselt: Von klimatisiert zu leicht öligem, gummilastigem Geruch. Sofort legte sich der Geruch auch auf ihrer Zunge ab und sie bemerkte, wie ein Gefühl von Unwohlsein ihren Körper durchflutete. Sie schluckte eifrig Speichel – es besserte sich ein wenig.

Sie betraten eine riesige, niedrige Halle. Der dunkle Betonboden war mit gelben Pfeilen und Linien gekennzeichnet. Die Seiten waren zugeparkt von zahlreichen Gepäckwagen. Schummerige Neonröhren warfen mehr Schatten als Licht. Ein schmutziger, elektrischer Schlepper, dessen Lackierung früher wohl weiß war, zog leise an ihnen vorbei. Sein Fahrer grüßte durch müdes Heben seines Armes. Frau Rosche grüßte erfreut zurück.

„Das sind alles Gepäckwagen der Fluglinien“, klärte die Ingenieurin auf und zeigte auf die zum Teil farbenreichen Anhänger. Inzwischen war Sandra auch in der Lage, die Aufschriften lesen zu können: ‚Iran Air‘, ‚Emirates‘, ‚Air France‘.

„Hier herrscht der Bodenverkehrsdienst, sprich die WISAG. Wir selbst haben diese Tätigkeiten outgesourct. ‚Gepäckratten‘ nennen die Anzugtragenden diese Arbeiter.“ Frau Rosche grinste, merkte aber, dass der

Spruch bei den Kommissaren nicht ankam. „Ist eher spaßig gemeint!“, ergänzte sie.

Gemächlich spazierten sie weiter. An einer Gruppe von Arbeitern vorbei, die dabei waren, sperrige Teile wie Surfbretter und Alu-Kästen auf einen offenen Gepäckwagen zu hieven. Daneben standen Wagen, abgedeckt mit grüner Folie. „Das alles geht zur Surf-Weltmeisterschaft nach Fuerteventura“, wusste Frau Rosche und zum ersten Mal staunte die Kommissarin über deren Wissen.

Die Halle öffnete sich nach oben und nun sah man darüber durch Metallgitter eine weitere Ebene, auf der sich Koffer bewegten und über Rutschen nach unten fielen.

„Können wir hinauf?“, fragte Sandra und Frau Rosche nickte. Über eine Treppe erreichten sie den oberen Bereich. Die Decke war niedrig und hier waren die Geräusche der Förderbänder extrem laut zu hören. Die Gruppe bewegte sich nun nur noch auf Metallgittern und unter ihnen konnte man die zahlreichen Arbeiter, Bodengeräte und Fahrwege erkennen.

„Das Gepäck wird im Terminal 1 von den Reisenden aufgegeben und kommt letztendlich durch diese Öffnung!“ Frau Rosche zeigte zur Wand, wo sich gerade – wie durch Zauberei – ein roter Hartschalenkoffer durch die weiß gekalkte Betonöffnung schob. Gemächlich wurde das Gepäckstück von einem schwarzen Förderband bewegt, um dann von einem großen, silbernen Kasten geschluckt zu werden. Der Gedanke, dass man den Kasten mit Koffern fütterte, überkam Sandra und sie stieß einen Lacher aus. Mik nahm es lächelnd zur Kenntnis. Keine Sekunde später erschien der Koffer wieder, fiel aus dem Schlund der Maschine fest auf das Band und schob sich – kurz darauf – wenige Zentimeter an der Gruppe vorbei. Sandra konnte mit der Hand nach ihm greifen, ließ es aber.

„Was ist das für ein Kasten?" Die Kommissarin zeigte auf das kofferschluckende Teil.

„Das ist unser Röntgenscanner zur Waffen-, Drogen- und Sprengstoffdetektion", erklärte Frau Rosche stolz.

„Eine Leiche erkennt das Gerät wohl nicht?", haute Sandra ihren Frust heraus. Frau Rosche war gerade im Begriff, eine Stufe zu nehmen, und musste sich am Geländer festhalten. Mik knuffte Sandra zart in die Seite und flüsterte: „Übertreib es nicht. Wir brauchen sie vielleicht noch. Außerdem ist sie meine Landsmännin."

Die Frau hatte sich wieder gefangen. Mit errötetem Gesicht erklärte sie: „Sie haben recht, Frau Holz. Leichen erkennt das Gerät nicht. Aber dafür wurde es auch nicht gebaut."

„Überprüft der Scanner den Kofferinhalt selbstständig oder sitzt, wie beim Check-in, eine Person vor dem Bildschirm?", wollte Mik wissen. Es schien, als wolle er die Ingenieurin etwas besänftigen.

„Er macht es selbstständig. Gibt es Hinweise auf Sprengstoff oder speziell geformte Metalle, also Waffen oder gar Drogen, wird ein Alarm ausgelöst. Der Koffer wird aus seiner durch die Banderole vorgegebenen

Route aussortiert, in eine andere Schleife geleitet und dort von Hand untersucht. Also von der Bundespolizei bzw. von unserem hauseigenen Entschärfer." Frau Rosche war in ihrem Element.

„Gibt es Gewichtsbeschränkungen, was die Gepäckstücke betrifft?", wollte Kommissar MikVit wissen.

„Natürlich. Es können Gepäckstücke bis maximal 32 kg aufgegeben werden. Für Sperrgut gibt es noch unseren Gepäckaufzug in T1. Dann darf es auch mal etwas mehr sein." Frau Rosche lachte und es klang wie ein Hüsteln.

Immer mehr Koffer spuckte das Loch in der Wand aus. Jedes Gepäckstück verschwand im Scanner, trat dann an der gegenüberliegenden Seite wieder aus und bewegte sich anschließend auf der schwarzen Gummifläche in Richtung Hallenmitte. Dort verlor die Kommissarin die Koffer aus den Augen. Unterhalb des Kastens lag ein dunkler Haufen Unrat. Sandra konnte nicht erkennen, um was genau es sich handelte. Sie spazierte dort hin, und da Frau Rosche sie nicht aufhielt, trat sie neben den Kasten. Bei der Ansammlung schien es sich um Banderolen zu handeln. Aber auch einige Textilbänder lagen dort. Waren das nicht auch Griffe von Koffern und sogar einige Rollen? Ein Sammelsurium sondergleichen stapelte sich dort. Sandra startete die Taschenlampen-App ihres Handys und leuchtete den Haufen an. Gerade fiel wieder ein Gepäckstück heraus, als habe es das Gerät selbst produziert. Im Schein der Handy-LED bestätigte sich ihre Vermutung.

„Liegt hier eine Zerstörung des Koffers vor?", fragte sie ungeniert.

„Na, so hart würde ich es nicht ausdrücken, Frau Kommissarin. Es kann passieren, dass lose Teile abfallen. Aber dann war der Koffer auch schon vorher beschädigt. Und viele Reisende nehmen zum Urlaub absichtlich ihre alten, beschädigten Koffer mit. Sie lassen sich dann von uns bzw. von den Airlines neue bezahlen. Eine offenkundige und still geduldete Angelegenheit."

Sandra ging nicht auf die Anschuldigungen ein. „Und die Banderolen, die dort zu Hunderten liegen?", sie bewegte erneut den Lichtstrahl über die Masse. „Sind die für die Beförderung der Gepäckstücke nicht zwingend notwendig?"

„Da haben Sie wohl recht. Aber täglich werden auf EU-Flughäfen etwa 10.000 Gepäckstücke vermisst. Weltweit jährlich mehr als 20 Millionen. Bei drei Milliarden Fluggästen im Jahr ein verschwindend geringer Teil, glauben Sie nicht auch?"

Die Zahlen überforderten Sandra. Dazu kamen der Lärm, der üble Geruch und auch der Gedanke an die tote junge Frau, die irgendein Perverser in ein Gepäckstück gezwängt hatte.

Kollege MikVit hatte die Unsicherheit Sandras bemerkt. „Wollen wir uns mal anschauen, wie es weitergeht?", fragte er und schob seinen Arm unter den ihren. Dankbar nickte sie. Sandras Handy klingelte. Es war Emma, sie sah es auf dem Display. „Entschuldigen Sie!", murmelte sie und trat etwas zur Seite.

„Hallo, Sandra, ich komme soeben aus der Rechtsmedizin", erklärte die Kollegin. „Pellin und Fischer haben sich der jungen Frau im Koffer ... angenommen. Sie sind im Besitz der exakten DNA des Mörders, das ist die gute Nachricht. Die schlechte: Ein Schnellabgleich auf dem Rechner ergab keinen Treffer."

Sandra stöhnte auf und Mik und Frau Rosche schauten zu ihr hinüber.

„Kannst du mir Angaben zum Todeszeitpunkt und zum Koffer machen, Emma?", fragte die Kommissarin.

„Natürlich! Die junge Frau starb vor etwa sieben Tagen, also um den 2. Juli, circa zwei Wochen nach der Leiche aus dem Luisenweg. Und das Gewicht des Koffers betrug tatsächlich 44 kg, die junge Asiatin selbst wog 39 kg bei einer Körpergröße von einem Meter fünfundfünfzig. Auch an dieser Leiche wurde wieder eine geringe Kokainspur gefunden. An der Hose des Mädchens. Aber das Beste ist, die DNA des Mörders der ersten Asiatin ist die gleiche, die Pellin am Koffermädchen gefunden hat. Und die DNA lügt nicht. Bist du noch im Airport?"

Sandra musste diese Angaben erst einmal verdauen. Nach einer Pause bestätigte sie Emmas Frage. „Danke, Emma, muss jetzt das Schalterpersonal befragen. Ja, ich bin noch auf dem Flugplatz. Und sende mir bitte ein Gesichtsfoto der Toten."

Ohne Kommentar war Frau Rosche auf den Gitterrosten weitergelaufen. Sandras Kollege MikVit stand etwas abseits, und die Kommissarin bemühte sich, die beiden zu erreichen. Nun konnte sie auch erkennen, wohin die gescannten Koffer verschwanden. Die im unteren Bereich der Halle schon wahrgenommenen, seitlich am Band angebrachten Klappen sortierten die Gepäckstücke aus und von dort rutschten sie eine Ebene tiefer in bereitgestellte Gepäckwagen. Sandra schaute zurück zur Wandöffnung, dann durch die Gitter nach unten zum laufenden Betrieb. Die Durchführung der halb automatischen Arbeiten sah alles andere als organisiert aus. Aber sie konnte sich natürlich auch täuschen. Auf jeden Fall musste es für einen Mitarbeiter hier ein Leichtes sein, hinaufzuspazieren, vorne an der Wandöffnung einen Koffer abzugreifen und sich dann um dessen weiteren Verbleib zu kümmern!? Das hieße aber, der Mörder hatte Komplizen hier im Flughafen.

„Frau Holz, es ist gleich elf Uhr. Wollen wir nicht langsam ...?“

Sandra wurde aus ihren Gedanken gerissen und nickte. Sie freute sich, endlich wieder klimatisierte Räume zu betreten. Ihr Handy vibrierte in der Lederjacke, sicher das gewünschte Foto, das Emma schickte.

*

Die Luft außerhalb der Gepäckhalle war sensationell, Sandra konnte gar nicht genug davon einatmen. Auf den Stühlen des kleinen Konferenzraumes hatten es sich etwa dreißig Frauen und Männer bequem gemacht. Allesamt in Airline-Uniformen, zum größten Teil unterschiedlicher Art und Couleur. Als die Gruppe um Hauptkommissarin Sandra Holz den Raum betrat, wurde es schlagartig ruhig im Zimmer. Sandra glaubte aber, es lag an der ausstrahlenden Autorität von Frau Rosche. Die Kommissarin trat nach vorne und stellte sich vor.

„Hallo, mein Name ist Sandra Holz, ich bin Hauptkommissarin bei der Hamburger Kriminalpolizei." Sofort wurde ihr bewusst, dass hier nicht nur Deutsch sprechende Personen saßen. So wiederholte sie ihre Vorstellung auch in englischer Sprache. Frau Rosche zeigte sich leicht verwundert und Sandra genoss ihren Blick.

„Ich möchte nicht lange drum herumreden. Wir haben hier im Airport ein Gepäckstück mit der Leiche einer jungen Frau gefunden."

Ein Raunen ging durch den Saal. Als Sandra ihre Worte dann noch übersetzte, wollten sich die Stimmen nicht beruhigen. Die Kommissarin hob beide Hände und bat um Ruhe. „Ich zeige Ihnen nun einen großen, himmelblauen Koffer und bitte Sie nachzudenken, ob Sie sich an dieses Gepäckstück oder an die Person, die den Koffer aufgegeben hat, erinnern." Sie zog ihr Handy aus der Tasche und scrollte auf dem Display – in der Absicht, es danach durchzureichen.

Frau Rosche mischte sich ein. „Frau Holz, wenn Sie mir die Fotos sofort mailen, können Sie diese den Anwesenden oben auf dem Bildschirm zeigen." Die Frau wies auf einen riesigen Monitor an der Wand. Dankbar nahm Sandra die gute Idee der Frau an und nahm sich vor, ab sofort einen besseren Eindruck von Frau Rosche zu haben.

Wenig später war das große Display ausgefüllt vom himmelblauen Koffer, und alle Personen, einschließlich der Kriminalbeamten, schauten schweigend und mit ernstem Blick darauf.

Die von Sandra geschossenen Fotos wechselten nun im Zehn-Sekunden-Takt und plötzlich war der Raum erneut erfüllt von lauten Stimmen, in unterschiedlichen Sprachen.

Nach einer Weile fragte Sandra: „Kann mir jemand – was den Koffer betrifft – weiterhelfen?"

Das Stimmengewirr verstärkte sich noch, aber niemand der Anwesenden meldete sich zunächst. Die Kommissarin ließ ihnen Zeit. Mik trat zu ihr. „Der Koffer kam sicher von auswärts", rief er Sandra gegen den Stimmenlärm ins Ohr. Sie nickte. Plötzlich stand eine weibliche Person auf. Sandras erster Eindruck war, sie könnte Angehörige der *Air France* sein, und nun erwartete die Kommissarin eine Frage in Französisch. Doch zu ihrer Verwunderung sprach die junge Frau bestes Deutsch.

„Ich bitte mal um Ruhe!", rief Sandra und trat zu der Frau. „Ist Ihnen etwas eingefallen?"

Es war ruhig geworden im Saal. Alle schauten erwartungsvoll auf die Dame des Check-ins.

„Also, den Koffer kann ich nicht identifizieren. Aber was mir auffällt, ist der Aufkleber mit dem Globus, dort!“ Sie zeigte zum Monitor. „Unten steht ein Hinweis zu einer Hamburger Au-pair-Agentur. Mitarbeiter dieser Agentur bringen fast täglich Koffer von jungen Frauen zum Schalter. Und überwiegend von Asiatinnen.“

Sandra war verblüfft. Was erzählte die Frau da von einem Aufkleber? Sie drehte sich und blickte nach oben. Gerade zeigte das riesige Display ein Foto der linken Kofferseite. Endlich erschien wieder die Großaufnahme des Deckels mit diversen Stickern.

„Könnten Sie das Bild bitte stoppen, Frau Rosche?“ Sandra schwankte zwischen Hoffnung und Verärgerung.

Die Frau entsprach dem Wunsch der Kommissarin, drückte auf einen Knopf der Fernbedienung und das Foto war eingefroren.

Bei dem genannten Aufkleber handelte es sich um einen runden Sticker in Form eines gezeichneten Globus. Durchmesser etwa zehn Zentimeter. Sandra hatte ihn zwar auch wahrgenommen, aber – im Gegensatz zu den großen Stickern – nicht näher betrachtet. Nun schaute sie genauer hin. Einige Länder der angezeigten Weltkarte waren beschriftet. Unter anderem war Deutschland zu sehen und im oberen Bereich konnte man Hamburg lesen. Darunter, recht klein, befand sich der Hinweis „Infinite Freedom – Au-pair“. Sandras Kreislauf kam ins Schwanken. Sie wollte in den Boden versinken und wünschte sich wieder zurück in die stinkende, aber sichere Gepäckhalle.

Kapitel 5

Die Kommissarin hatte zusammen mit ihrem Kollegen MikVit die nächste S-Bahn genommen und war in Richtung Hauptbahnhof gefahren. Ihr war klar, Mik hatte Redebedarf, aber ihr selbst war nicht danach. Sie schloss die Augen und dachte nach. Nach dieser Pleite war es an der Zeit, so schnell wie möglich wieder einen Treffer zu landen. Kurz vor Ohlsdorf rief sie Kommissar Sokolowski an. Soko hatte heute seinen ersten Arbeitstag nach dem Jahresurlaub und auch gleich den Bereitschaftsdienst für die komplette Restwoche übernommen. Sie beauftragte ihn, alles Wichtige über den Au-pair-Dienst zu recherchieren und sie, am besten noch vor ihrem Eintreffen dort, zu unterrichten.

Die „Infinite Freedom – Au-pair-Agentur" hatte ihren Sitz im Hamburger Chilehaus. Eine noble Adresse, fand die Kommissarin. Aber solche Au-pair-Dienste gab es tatsächlich zahlreiche und alle schienen wirtschaftlich gut dazustehen. Sie malte sich aus, wie einer der Angestellten das Mädchen getötet, in den Koffer gepackt und am Airport als Gepäck aufgegeben hatte. Was erhoffte er sich damit? Dass der Koffer nie wieder auftauchte? Sicher gab es einen plausiblen Grund, aber sie fand es trotzdem seltsam. Warum machte sich jemand so viel Aufwand? Die Leiche irgendwo abzuladen, wäre sicher einfacher gewesen. Und hätte auch nicht über das Gepäckstück eine Spur hinterlassen.

*

Die beiden Kriminalbeamten rannten vom Hauptbahnhof über die Steinstraße zum Chilehaus und erreichten das Gebäude beim Burchardplatz. Betreten hatte Sandra das bekannte Hamburger Bürogebäude, von dem sie nur wusste, dass es sich um ein UNESCO-Weltkulturerbe handelt, bisher noch nie. Sie erinnerte sich nur, dass Luca sie – am Anfang ihrer Liebelei – während eines Stadtbummels dort vorbeigeführt hatte. Luca! Ihr Herz machte ein paar Sprünge, als der Name in ihren Überlegungen auftauchte. Doch der Grund war ein anderer. Wie lange hatte sie ihre kleine Tochter nicht mehr gesehen? Die WhatsApp-Nachrichten und Facetime-Gespräche waren nichts gegen einen echten Kontakt. Wie gerne hätte sie das Kind mal wieder in ihre Arme genommen!

„Sandra, Vorsicht!" Mik hatte sie am Arm zurückgerissen. Sie war auf die Straße getreten und ein Taxi hatte sie fast gestreift. Der Fahrer brüllte Unverständliches aus dem offenen Wagenfenster und brauste davon.

Die Büroräume von ‚Infinite Freedom – Au-pair' befanden sich – laut einer Gravur in der Tafel im Block A – im siebten Stock.

Der riesige Flur des Blocks war kühl und zeigte sich offen und großzügig. Geflieste Wände bis hoch zur Decke, alte gepflegte Holzfenster und ein Blick nach oben, der die große Zahl an Stockwerken erahnen ließ. Gleich bei den Aufzügen des alten Klinkerbaus hatte der Hausmeister seinen Bereich. „Haustechnik/BMZ" stand über der Tür neben einer Treppe. Die Tür stand offen und schnell blickte Sandra auf einen unaufgeräumten Arbeitsplatz mit mindestens drei Monitoren, Werkzeugen auf dem Schreibtisch sowie einem Fahrrad im Hintergrund. Eine dunkelhäutige Person in blauer Latzhose schaute sie erschrocken an. Der Mann hatte wohl nicht mit diesem ungebetenen Gast gerechnet. „Chef nicht da?", rief sie ihm zu. Doch sofort war ihr klar, wie dumm dieser Spruch war. Vielleicht war der Mann hier geboren und ärgerte sich über diese blöde Frage. Doch zum Glück schien das nicht der Fall zu sein. Der Schwarze antwortete in gebrochenem Deutsch: „Herr Giesecke ist unterwegs, andere Block, soll ich ausrichten?" Sandra schüttelte den Kopf. Da war sie noch mal davongekommen. Der heutige Tag war nicht ihrer. Sie schrieb sich den Namen des Hausmeisters in ihr Handy und bestieg, zusammen mit dem Kollegen, den großzügig bemessenen Aufzug.

„Das fucking Chilehaus – vom Architekten Fritz Höger in den ‚Golden Twenties' erbaut, besitzt zehn Stockwerke und war einer Hamburgs erster Wolkenkratzer." Soko hatte angerufen und leierte den Auszug aus Wikipedia in seiner eigenen, übertriebenen Art herunter. Sandra hatte ihr Smartphone auf Mithören gestellt. Eigentlich wollte sie etwas über die Au-pair-Agentur wissen, doch sie wartete ab, während der Lift gemächlich von Stockwerk zu Stockwerk fuhr. Die Fahrt entschleunigte regelrecht und eigentlich hätte sie sich hundert Stockwerke und mehr gewünscht, doch mit dem leisen Klang einer Glocke hatten sie den siebten Stock erreicht.

„Diese Au-pair-Agentur gibt es seit Mitte der Neunziger, also eigentlich seit dem Jahr 1996. Inhaber oder Chef ist ein Herr Gullasch." Soko lachte über seinen eigenen Witz, beruhigte sich und fing neu an: „Nein, also der Eigentümer ist ein Doktor Gollasch, bisher nicht in unserem System gemeldet. Und es gibt einen Geschäftsführer, Doktor Erwin Kneiser. Dazu, laut Homepage, vierzehn Leibeigene. Man hat sich wohl spezialisiert auf Au-pairs aus Asien, sprich den Philippinen, Thailand, Neuseeland und Australien. Auch Venezuela steht auf ihrer Liste. Überall, wo ich gerne mal hin möchte, Fuck! Den Grund dieser bevorzugten Länderwahl habe ich nicht herausbekommen, Sandy. Und das Gästebuch von *Freedom* ist voller Lobpreisungen. In allen Sprachen. Aber so wie es aussieht, werden die Mädchen, und ich glaube, es handelt sich ausschließlich um Mädchen, nur an Mitglieder der High Society – also der besser verdienenden Klasse – vermittelt. Mehr später!"

Noch bevor sich die Kommissarin bedanken konnte, hatte Soko das Gespräch mit einem „CU" beendet.

*

Auch in der siebten Etage erwartete sie alter Backsteinimpressionismus der 20er-Jahre. Weiße Fliesen endeten in braunen Holzleisten und darüber ebenfalls weiß gekalktes Mauerwerk mit einem Schuss Stuck zum Abschluss. Alles wirkte auch hier gepflegt und sauber.

„Hier kannst du vom Boden essen!“, war Miks erster Satz seit einer Weile und Sandra nickte. Ein Schild gegenüber der Aufzugtür verwies auf den Au-pair-Dienst mit einem Pfeil nach rechts, wo ein Durchgang mit riesigen Flügeltüren lauerte. Links empfahl sich eine dunkelbraune Holztür, die wohl ins Nirgendwo führte. Zumindest gab es keinen schriftlichen Hinweis dazu. Sandra war kurz in Versuchung, nach links abbiegen zu wollen. Doch Mik war mit großen Schritten zu den Flügeltüren geeilt und hielt sie nun für die Kollegin offen. Sie nahm also den Weg nach rechts.

Der Zugang zur Agentur *Infinite Freedom* war verschlossen und so nutzten sie die Klingel seitlich der Aluminium-Glastür. Sofort ertönte ein Summer und Mik schob die Tür auf. Sie standen vor einem Anmeldetresen und eine junge Dame grinste sie, beruflich eingeübt, an. Das kleine Schild auf dem massiven Holztresen machte deutlich: Sie sprechen mit Frau Liebig.

Während Kommissar MikVit die Frau bat, Herrn Gollasch sprechen zu dürfen, schaute sich Sandra im Raum um. Sie waren nicht alleine. Seitlich, in einem kleinen Wartebereich, hatte ein grobschlächtiger Herr Platz genommen. Er war in eine Illustrierte vertieft. Eine Kaffeetasse stand vor ihm und er hing mehr als er saß in einem der drei Ledersessel. Die Anmeldedame hatte sicher den Auftrag, alle unnötigen Besucher abzuwimmeln; das war Sandra sofort klar. So zückte sie, noch bevor die Dame etwas erwidern konnte, ihren Ausweis und erklärte: „Wir sind von der Hamburger Kriminalpolizei. Unterrichten sie Herrn Gollasch, dass es wichtig ist und wir keine Zeit zu verlieren haben." Mehr wollte sie zunächst nicht sagen. Während die Dame im Höchsttempo und mit hochrotem Gesicht nach hinten verschwand, rührte sich auch seitlich in der Kaffeelounge etwas. Der Grobschlächtige hatte seine Illustrierte beiseitegelegt. Er wischte sich den Schweiß vom Gesicht und schien sehr nervös zu sein. Plötzlich zog er ein Handy aus der Tasche und fingerte daran herum. Gerade als Sandra ihn nach seinem Anliegen hier fragen wollte, ließ Dr. Gollasch bitten.

*

Das Büro des Au-pair-Besitzers lag mit einem traumhaften Blick in den tiefen Innenhof des Chilehauses. Es war aus dem gleichen dunkelbraunen Holz ausgeschlagen wie der Flur und Sandra glaubte an die Verarbeitung von Unmengen an Mahagoni-Holz. Auch der aufwendig mit Messingbeschlägen im Schiffsstil gearbeitete Schreibtisch bestand aus diesem Tropenholz. Die roten ‚Stressless'-Ledersessel gehörten irgendwie nicht in den Raum, aber sie passten trotzdem. Gollasch selbst setzte den Begriff *Best Ager* perfekt um. Sicher schon Mitte sechzig, war er schlank und gepflegt mit grauem Vollbart, und der Körper unter der schwarzen Anzugjacke und dem weißen Hemd ließ kaum Bauchspeck vermuten. Gollasch besaß noch alle Haare, die inzwischen aber ihre frühere Farbe eingebüßt hatten und die er in einem modernen Fassonschnitt trug.

Als ob der ältere Herr, der Sandra entgegensprang, ihre Gedanken über das Mobiliar gelesen hätte, verkündete er grinsend: „Ja, die Sessel habe ich ausgetauscht gegen die alten. Mein Rücken, wissen Sie! Und es gibt nichts Besseres für mich und meine Gäste als diese Funktionssessel. Wollen Sie mal ...?", er wies mit einer Handbewegung auf einen der einladenden Sitzplätze.

Sandra blieb stehen. „Wir sind hier, weil wir der Annahme sind, dass zwei ihrer schutzbefohlenen Mädchen auf das Grausamste ermordet wurden." Sie sah, wie Gollasch regelrecht aus den Latschen kippte. Aber auch ihr Kollege musste sich nun setzen. Diese brachiale Herangehensweise war nicht Miks Ding. Gollasch ließ sich mit einem Ausfallschritt auf einen seiner Sessel fallen und die Automatik, die nicht mit diesem Angriff gerechnet hatte, kippte ihn sofort in die Liegeposition. Nur mit letzter Kraft konnte sich Gollasch an der Tischplatte festhalten. Ansonsten hätte es ihn nach hinten umgehauen.

Er schien nicht über diese Morde informiert zu sein, nahm Sandra an.

Gollasch atmete heftig und es dauerte einige Sekunden, bis er den Sessel in eine aufrechte Haltung und seinen Atem wieder unter Kontrolle hatte.

„Zwei unserer Mädchen – tot? Nein, Frau Kommissarin, da müssen Sie sich irren." Er schüttelte vehement den Kopf und Sandra glaubte, dass dies seiner Halswirbelsäule nicht guttat. Es knackste laut und Gollasch griff sich schmerzverzerrt an den Hals. Er versuchte das Übel zu überspielen. „Erklären Sie mir bitte, wie Sie ausgerechnet darauf kommen, dass es sich – bei ... bei den Toten ... um unsere Au-pairs handeln sollte?"

Sandra schaute zu Mik und der hatte verstanden. Sofort übernahm er Gespräch und Vernehmung.

„Wir haben zwei tote junge Frauen gefunden. Beide Asiatinnen, eine davon ...", er überlegte kurz und fuhr dann fort, „hatte einen hellblauen Koffer dabei, mit einigen Aufklebern. Hier, schauen Sie mal." Sandra hatte schon das Handy gezückt und hielt es Gollasch hin. Fasziniert schaute der Mann kurz darauf, um dann den Kopf zu schütteln. „Sollte der Koffer tatsächlich einer unserer Au-pairs gehören, könnte ich mit dem Foto nichts anfangen. Ich treffe alle beim Eingangsgespräch und bemühe mich auch, sie bei den Gastfamilien zu besuchen, aber ihre Gepäckstücke sind mir – natürlich – unbekannt. Aber nochmals, wie kommen Sie auf unsere Agentur? Keine unserer Mädchen werden als vermisst gemeldet, also zumindest ist mir nichts darüber bekannt."

„Hier ist ein Foto von einer der toten Frauen!" Sandra übernahm wieder die Vernehmung.

Erschrocken blickte Gollasch auf das Handydisplay Sandras und es kam ihr vor, als spiegelte sich Todesangst in seinen Augen. Aber sie konnte sich auch täuschen, Fotos von Toten mochte keiner gerne betrachten.

„Wir möchten Sie um Namenslisten der Au-pairs bitten. Bei dem Mädchen, das wir im Luisenweg tot aufgefunden haben, wurden auch Spuren von Kokain sichergestellt."

Diese Aussage riss Gollasch vom Sessel hoch. Seine Hände zitterten und auch seine Lippen taten sich schwer, ihren Dienst zu tun. „Jetzt ist es aber genug, Frau Kommissarin. Ich möchte Sie bitten, einen Moment zu warten. Ich werde meinen Rechtsbeistand anrufen und auffordern, bei dem weiteren Gesprächsverlauf dabei zu sein." Bevor Sandra noch etwas entgegnen konnte, sprang Gollasch mit einem Satz zur Tür, hatte sie aufgerissen und war im Flur verschwunden. Sandra und Mik schauten sich verblüfft an. „Was war denn das?", wollte Mik wissen. „Soll ich ihm hinterher?"

„Nein, lass nur, der kommt schon wieder."

Nach wenigen Minuten war Dr. Gollasch zurück. Er warf sich auf den Sessel und man sah ihm an, dass ihn die Angelegenheit richtig fertigmachte.

„Und, kommt Ihr Anwalt?", fragte Mik grinsend.

„Ja, also eigentlich nein. Ich konnte ihn nicht erreichen. Aber, meine Dame, mein Herr, Sie kommen hier mit solchen Vermutungen herein. Das überfordert mich voll.“ Er griff seitlich eine Karaffe, goss sich ein Wasserglas mit einer bräunlichen Flüssigkeit halb voll und schluckte den kompletten Inhalt des Glases in einem Zug hinunter. „Hätte ich Ihnen etwas anbieten sollen ...?“, er schaute schuldbewusst auf die Kriminalbeamten.

„Nein, danke“, erklärte Sandra, „wir sind im Dienst, Sie wissen?“ Eigentlich hätte sie auch einen Hochprozentigen vertragen können. Es klopfte an der Bürotür. Eine Unbekannte betrat den Raum, in den Händen hielt sie eine dünne Mappe. Die Frau legte die Mappe vor Dr. Gollasch auf den Tisch und dieser stellte sie als seine Mitarbeiterin vor: „Das ist Jasmin Meinradt, in ihre Zuständigkeit fallen sämtliche Personalgeschäfte von *Infinite Freedom*.“ Die Kommissarin schätzte die Frau auf etwa Mitte bis Ende fünfzig.

„Frau Meinradt wird uns nächsten Monat leider in ihren wohlverdienten Ruhestand verlassen.“

Sandra war überrascht. Für eine Rentnerin von sicher 65 Jahren hatte sich die Frau – was Figur und Haut betraf – gut gehalten. Das musste sie neidlos zugeben.

„Frau Meinradt weiß über den Grund unseres Besuches Bescheid?“ Mik war aufgestanden und hielt der Dame – gentlemanlike – seine Hand hin. Die Frau schlug ein, während Gollasch die Anfrage verneinte. Der Agenturinhaber griff nach der Mappe vor sich und hielt sie MikVit hin. Zögernd, aber mit fragendem Blick, nahm er sie an sich.

„Sie beinhaltet alle Namen unserer derzeitigen Au-pairs und ihre Aufenthaltsorte in den jeweiligen Gastfamilien." Sandra war sich nicht sicher, ob diese Liste hilfreich sein würde, aber es war zumindest ein Anfang. Sie stand auf und trat zu ihrem im Aufbruch befindlichen Kollegen. „Wir melden uns, Herr Gollasch."

Der Angesprochene erhob sich ebenfalls und öffnete die Tür. Als Sandra und ihr Kollege das Büro verlassen hatten, schloss er diese lautstark und ließ die Kriminalbeamten alleine im Flur zurück.

„Was gibt es so Wichtiges zu bereden?" Mik zuckte mit den Schultern.

Im Empfangsbereich saß Frau Liebig vor ihrem Monitor und spielte SUDOKU. Sie erschrak, als Sandra und Mik das Büro von der anderen Seite betraten. Sofort klickte sie das Spiel weg und sprang auf. „Sie haben alles klären können?"

Sandra nickte. Ihr war aufgefallen, dass der Mann von eben verschwunden war. Seine volle Tasse Kaffee stand noch dort, die Illustrierte lag auf dem Boden.

„Ihr Kollege ist schon wieder los, wie heißt er noch gleich?"

„Ach, Sie meinen Herrn Sachs, unseren Fahrer?" Die Frau war froh, dass niemand sie auf ihr Spiel ansprach, und plapperte fleißig drauflos.

„Ja, Wilbert Sachs ist einer unserer Chauffeure. Wissen Sie, er holt die anreisenden Mädchen vom Flugplatz ab, bringt das Gepäck dorthin, wenn sie zurück in die Heimat fliegen. Eigentlich ein ganz Netter, nur hin und wieder nervt er mit seinen sexistischen Anspielungen. Aber sind nicht alle Männer ...?“ Sie stoppte und schaute entschuldigend auf den jungen Kommissar an Sandras Seite.

„Und Sachs hatte einen speziellen Auftrag, oder warum ist er so schnell los?“

„Keine Ahnung, plötzlich hatte er es eilig. Wissen Sie, ich bin froh, wenn er hier nicht herumlungert. Seine Witze, Sie verstehen?“

„Gibt es einen Raum, in dem das Gepäck untergebracht wird? Ich meine, wie im Hotel, als Zwischenlager?“

„Natürlich, unten im Keller gibt es einen Kofferraum.“

„Haben Sie diesen Koffer schon einmal gesehen?“ Sandra hatte ihr Smartphone gezückt und hielt es der Empfangsdame genau vor ihr Gesicht.

„Natürlich, der Koffer gehört Joyce, einer sehr netten, jungen Frau von den Philippinen. Am Ankunftstag stand sie mit diesem himmelblauen Mädchenkoffer hier vor mir. Ist etwas mit ihr?“

„Bei welcher Gastfamilie ist sie untergebracht?“

„Joyce ist schon letzte Woche abgereist. Herr Sachs hat sie in der Früh zum Flugplatz gebracht.“

„Besorgen Sie mir sofort die Adresse von diesem Fahrer Sachs!“ Sandra schrie es regelrecht heraus.

Kapitel 6

Sandra befand sich im Jagdfieber. Den Informationen des Polizeicomputers nach war Sachs vor zwei Jahren ins Visier der Ermittler geraten, als in Hamburg ein Kinderporno-Ring gesprengt worden war. Doch irgendwie reichte die Beweislage damals nicht aus, Sachs zu verurteilen. Und nun fungierte dieser Mann als Fahrer einer Au-pair-Agentur? Es gab doch auch polizeiliche Führungszeugnisse. Inzwischen war sie sich sicher, dass Sachs der Mörder der jungen Frau im Koffer sein musste. Vielleicht auch der toten Asiatin aus dem Luisenweg. Oder zumindest einer von Sachs' Gehilfen. Sie ärgerte sich, dass sie den Mann nicht angesprochen hatte. Hätte sie doch mal auf ihren Instinkt vertraut! Hätte, hätte, Fahrradkette! Doch gleich würden sie ihn sicher festnehmen.

Sachs – so hatte Frau Liebig von der Au-pair-Agentur erklärt – bewohnte ein kleines Haus im Curslacker Heerweg. Während Sandra fahrtechnische Unterstützung beim Kommissariat 11 am Steindamm anforderte, hatte MikVit die Dame vom Empfang noch weiter ausgequetscht. Kommissar Sokolowski war informiert und ebenfalls unterwegs nach Curslack, um den vermeintlichen Mörder zu verhaften. Sandra war sich absolut sicher, dass Sachs die beiden jungen Asiatinnen auf dem Gewissen hatte.

Der Stadtteil Curslack hatte eigentlich nichts mehr gemeinsam mit der Metropole Hamburg. Man konnte meinen, man befände sich plötzlich in einer anderen Welt. Ein überwiegend ländlicher Stadtteil, südlich von Bergedorf gelegen, und die Kommissarin genoss die Fahrt dorthin. Der Fahrer war das Gegenteil vom letzten Chauffeur. Er fuhr ruhig, sicher, und obwohl es in Sandra voller Erwartung brodelte, ließ sie ihn gewähren. Auch Mik im Fond des Streifenwagens sah man an, dass er lieber etwas früher angekommen wäre.

Das Haus von Sachs lag weit hinten in einer nicht enden wollenden Straße. Ein kleines Einfamilienhaus, wenig gepflegt. Im Vorgarten und seitlich des Hauses dominierten hohes Gras, welke Büsche und Unkraut. Während die Nachbarhäuser sich alt, aber kultiviert präsentierten, war Sachs' Haus extrem vernachlässigt. Der Hauseigentümer schien offensichtlich wenig Freude an der Gartenarbeit zu besitzen. Sogar das Feld gegenüber zeigte sich in besserem Pflegezustand als Sachs' Grundstück. Seine Ehefrau, so hatte Frau Liebig erklärt, war vor einigen Jahren verstorben und seither schlug sich der Mann alleine herum. Der 56-Jährige schien nicht sehr umgänglich und ein etwas sonderbarer Mensch zu sein.

Mik rief: „Hausnummer 39, hier ist es!" Der Streifenwagen stoppte vor dem kleinen Backsteingebäude und beide Kriminalbeamte stürzten aus dem Wagen. Dem Haus gegenüber stand ein alter VW Golf geparkt. Dieser hatte seine besten Jahre hinter sich und der ehemals glänzend rote Lack war arg verblasst. Sein Fahrer hatte ihn schräg auf dem Bürgersteig abgestellt; alles sah nach äußerster Eile und Hektik aus.

„Ist das Sachs' Auto?", wollte Sandra wissen. Mik zuckte mit den Schultern. Soweit gingen die Informationen von Frau Liebig wohl nicht. Die beiden Kriminalbeamten schoben das rostige Gartentor auf. Knarrend gab es nach und öffnete den Blick auf einen gepflasterten Weg, auf dem hohe Stauden von Unkraut in der Trockenheit verwelkten. Sandra schaute zurück, der uniformierte Kollege machte keine Anstalten auszusteigen. Sie sah auch keinen Grund, ihn um Unterstützung zu bitten.

Die alten Holzläden hingen leicht schief vor den Fenstern. Auch hier fehlten Farbe und Fürsorge. Hinter den Fenstern, im oberen Bereich des Einfamilienhauses, hatte der Besitzer verblichene Vorhänge zugezogen. Die Straße selbst, aber auch der kleine Gehweg war menschenleer. Bei der vorherrschenden Hitze der letzten Tage hielten sich die Bewohner wohl vorsorglich bis zum kühlen Abend in ihren Häusern auf.

Die beiden stoppten vor der Haustür. Dem Holz, von Rissen durchzogen, fehlte hier dringend eine Lasur, aber das war nicht ihr Problem.

„Hörst du die Geräusche?" Mik hatte den Kopf gegen die Tür gedrückt. Auch Sandra hörte ein Poltern, das aus dem Haus kam. Sie betätigte den wackeligen Klingelknopf, aber er schien ohne Funktion zu sein. Warum wunderte sie das nicht?

„Herr Sachs, machen Sie auf, Kriminalpolizei!“, brüllte Mik.

Drinnen waren die Laute verstummt.

„Lass uns die Tür eintreten, Mik. Der Weg durch diesen Dschungel nach hinten ist nahezu unmöglich.“

Mik nickte, nahm Anlauf und prallte mit der Schulter gegen die Tür. Das alte Schloss hatte der Kraft des jungen Kriminalbeamten wenig entgegenzusetzen und die Tür sprang mit einem lauten Schlag auf. MikVit hatte seine Pistole aus dem Halfter gezogen und betrat als Erster den Flur. Erneut gab es ein Geräusch, wenige Meter von ihnen entfernt. Die Tür zum Inneren des Hauses war ebenfalls verschlossen und durch das schmutzige Milchglas war nichts zu erkennen.

„Herr Sachs, kommen Sie mit erhobenen Händen heraus. Wir sind bewaffnet.“

Nichts geschah und Mik trat mit einem Fußtritt auch die Flurtür auf. Sie blickten in ein Wohnzimmer, das sich völlig unordentlich zeigte. Die Wohnung eines Messies, vermutete Sandra. Seitlich führte eine Holztreppe in den ersten Stock. Sandras Blick ging nach oben.

„Schau!“

DORT HING SACHS SEITLICH DES GELÄNDERS AN EINEM TAMPEN AUS BLAUEM POLYESTER UND ZAPPELTE IM TODESKAMPF.

*

„Scheiße!", rief MikVit und sprintete die Treppe hinauf. Die Kommissarin schnappte sich einen alten Stuhl in der Hoffnung, er würde ihr Gewicht tragen. Und er tat es. Sie packte den strangulierten Mann an den Beinen und schob ihn – unter voller Kraftanstrengung – hoch. Mik versuchte währenddessen, oben den Knoten zu lösen.

„Hol ein Messer!", stöhnte er, sprang nach unten und übernahm die Position seiner Kollegin. Sandra spurtete los. Seitlich neben dem Wohnraum befand sich eine kleine Küche. Die Spüle, aber auch der Esstisch waren vollgestellt mit schmutzigem Geschirr. Der Geruch war äußerst unangenehm und erinnerte die Kommissarin an den Leichenfund im Luisenweg. Angeekelt packte sie ein schmutziges Brotmesser von einem Teller, rannte zurück und die Treppe hinauf. Miks Gesichtsfarbe war von der Anstrengung gezeichnet. Lange würde er den schweren Sachs nicht mehr halten können. Die Beine des Mannes zuckten noch immer im Todeskampf. Doch nur noch in Zeitlupe. Sandra rieb die geriffelte Klinge des Messers schnell über das Kunststoffseil. Sie war ganz nahe am Gesicht des Mannes. Er stank nach Alkohol. Unten hatte sie auch jede Menge leere Schnaps- und Weinflaschen gesehen. Der Tampen war stabil, aber endlich zeigte er ein Nachsehen. Wilbert Sachs fiel dem Kommissar in die Arme und MikVit legte ihn vorsichtig auf die verschlissene Auslegeware im Flur.

„Wir müssen ihn reanimieren!", rief der Kommissar, nachdem er Sachs' Vitalfunktionen überprüft hatte.

Sandra schob den keuchenden Kollegen zur Seite und begann mit der Herz-Lungen-Wiederbelebung des Mannes. Von draußen hörten sie Bremsgeräusche. Dann schlug eine Autotür, Schritte waren zu hören. Vor dem Haus fluchte jemand, dessen Stimme nach der ihres Kollegen Sokolowski klang. Schon sprang Soko durch die Eingangstür auf die beiden zu, verschaffte sich einen Überblick von der Situation und rief dann: „Fuck! Sandy, ich übernehme!“

*

Das Team des herbeigerufenen Krankenwagens hatte Sachs auf eine Trage geschnallt. Sein Herz schlägt unregelmäßig, erklärte der Notarzt und hatte ihm einen Beatmungstubus in die Luftröhre geschoben. Nun hieß es abwarten. Sandra nahm noch eine Speichelprobe des Verdächtigen und schickte Soko los, sie bei Dr. Pellin im Butenfeld abzugeben.

„Wir müssen Gewissheit haben, ob Sachs tatsächlich der Mörder ist.“

Die Spurensicherung war inzwischen eingetroffen und hatte begonnen, das Gebäude gründlich zu untersuchen.

„Sucht auch nach einem Abschiedsbrief“, bat die Kommissarin die Kollegen. Auf dem Rückweg ins Polizeipräsidium meinte Mik: „Irgendwie kommt mir dieser Selbstmordversuch komisch vor.“

Sandra stutzte. „Wieso?"

„Ja, zunächst schien mir dieser Sachs volltrunken. Und hast du die Knoten gesehen? Am Hals, aber auch am Geländer?" Sandra schüttelte den Kopf. „Sauber und akkurat. Entweder hat er diesen Selbstmord schon lange geplant ...!"

„Oder?"

„Oder jemand hat ihm dabei geholfen!"

*

Schon am nächsten Morgen saß die Kommissarin im Büro des Rechtsmediziners Pellin im Butenfeld. Er hatte sie gebeten, ihn aufzusuchen, und sie tat nichts lieber als das. Von ihrer Wohnung in der Böckmannstraße aus war sie sofort nach Eppendorf gefahren. Sandra war guter Dinge. Pellin würde ihr sicher die Ergebnisse eröffnen und mit etwas Glück würden sie den Mörder der beiden jungen Frauen dingfest machen können. Sachs selbst hatte man im UKE untergebracht, bewacht von Kollegen. Noch lag, außer einem Verdacht, nichts gegen ihn vor und der Staatsanwalt hatte den Antrag auf U-Haft abgelehnt. Aber er erlaubte zumindest die Bewachung des im Koma befindlichen Mannes.

„Hallo, Sandra!" Pellin stürzte regelrecht durch die Bürotür und warf sich erschöpft auf seinen Bürostuhl. Er hatte eine blutbefleckte Schürze an und glich eher einem Metzger. Sandra erinnerte sich, ihm vor einigen Tagen das Du angeboten zu haben, und meinte: „Hattest du keine Zeit, den Kittel loszuwerden, Uwe?“ Der Rechtsmediziner schaute verblüfft an sich herunter, sprang auf und riss sich grinsend den schmutzigen Kittel über den Kopf. Er zerknüllte ihn und warf ihn nach hinten neben ein Bücherregal.

„Entschuldige, hier ist gerade die Hölle los. Eben kamen noch zwei Drogentote herein. Dann dieser Sachs. Vom Tagesgeschäft ganz zu schweigen!“

Drogentote? Das war der Kommissarin neu. Aber sicher würde man sie nach ihrer Rückkehr im LKA darüber informieren. Das war auch nicht der Grund ihrer Anwesenheit im Butenfeld.

„Lass mich nicht zappeln!“

„Also gut. Die DNA Sachs’ ist identisch mit den – an beiden toten Asiatinnen – festgestellten Tatortspuren. Sachs ist also definitiv ihr Mörder.“

Sandra sprang auf und riss die Arme hoch: „Strike! Das sind gute Nachrichten.“ Sie setzte sich wieder. „Gibt es sonst noch etwas? Ich kann natürlich später auch den Bericht der Spurensicherung lesen.“

Pellin grinste. „Was mich stutzig macht, ist: ich fand zwar Hautpartikel von Sachs am Tampen. Aber ganz weit oben und nicht beim Knoten. Und dann hatte der Mann eine Verletzung am Hinterkopf. Sie könnte von einem Schlag herrühren. Aber gleichzeitig fand ich Haare und Blutspuren am Treppengeländer.“ Pellin schwieg und schien über seine eigenen Worte nachzudenken.

„Vielleicht hat er sich bei der Strangulation verletzt, ist mit dem Kopf beim Fallen an das Geländer gestoßen", mutmaßte die Kommissarin.

Pellin schüttelte den Kopf. „Alles sieht danach aus. Aber mein Gefühl sagt mir, da hat jemand nachgeholfen."

Sandra staunte.

„Wir haben Geräusche im Untergeschoss gehört. Da muss Sachs schon am Seil gehangen haben. Gibt es frische Spuren einer Person im Haus?"

„Eigentlich nicht, du hast ja das Chaos dort gesehen. Das Einzige, was die Kollegen entdeckt haben, war eine offene Verandatür und frisch niedergetretene Büsche im Garten. Wenn man überhaupt von einem Garten reden kann."

„War Sachs Rauschgiftkonsument?"

„Ich weiß, worauf du hinauswillst. Ja, er war tatsächlich Konsument. Die Kollegen haben unter einer Diele ein aufgerissenes Päckchen Kokain gefunden. Zu viel für einen Mann wie Sachs. Einen Moment."

Pellin kramte nach Fotos. Aus einem Stapel zog er ein DIN-A4-Foto heraus. „Hier, schau!"

Auf den Fotos waren ungepflegte Hamburger Dielen zu sehen. Seitlich an einer Wand hatte man eine kurze Diele entfernt. Sie gab ein schwarzes Loch frei, in dem ein in Plastikfolie gewickeltes Päckchen lag. Aus einer Öffnung trat weißes Pulver aus."

„So geht kein Süchtiger mit seinen Drogen um", stellte die Kommissarin fest.

„Da hast du recht. Es scheint mir, dass Sachs diese Packung gefunden hat und sich damit versorgte. Es handelt sich um ein knappes Kilogramm, und das heißt …?"

„… dass die Drogen jemandem fehlen", ergänzte Sandra den Satz, „jemandem, der diesen Verlust sicher nicht so einfach wegsteckt und nach seinem Eigentum suchen lässt."

Pellin nickte eifrig. „Das Zeug ist noch oben im Labor. Ich gebe dir Bescheid, wie hoch der Reinheitsgrad ist."

Kapitel 7

Die Kommissarin hatte alle am Fall beteiligten Kolleginnen und Kollegen in den Besprechungsraum des LKA 41 gebeten. Auf der Rückfahrt nach Alsterdorf ging ihr einiges durch den Kopf. Wenn es sich bei Sachs um Mord und nicht um Suizid handelte, machte das die Sache kompliziert. Und die Drogen sprachen für eine solche Theorie. Sie wollte erst mit den Kollegen reden, bevor sie weiter in diese Richtung ermittelte.

Sokolowski schien wenig geschlafen zu haben, gähnend saß er ihr gegenüber. Sandra erinnerte sich an dessen Bereitschaftsdienst. Sie begann ihre Ausführungen mit dem DNA-Ergebnis und der Schuld Sachs' an den Morden sowie seinen Suizidversuch. Die Augen aller Anwesenden leuchteten auf vor Freude über den Erfolg. Ihre Vermutung über einen möglichen Mordversuch an Sachs behielt Sandra noch für sich.

„Was habt ihr inzwischen herausbekommen?“, fragte sie in die Runde.

Emma Meyfeld begann: „Anhand der Liste der Au-pair-Agentur konnten wir die Namen der in Hamburg lebenden Mädchen überprüfen. Wie ihr wisst, hat sich die Agentur auf ein paar Länder spezialisiert, und ich habe bei Interpol dort nach vermissten, jungen

Frauen aus Hamburg nachgefragt. Der Zeitraum war uns ja in etwa bekannt. Gleichzeitig habe ich mir vom Hamburg Airport eine Liste der Frauen mailen lassen, die in den letzten Wochen ihren Flug von Hamburg aus nicht angetreten haben." Sie grinste. „Zwei Mädchen waren das: Eine Japanerin namens Hinata Tanaka, 19 Jahre alt, aus der Nähe von Okinawa. Sie hatte einen Flug nach Naha gebucht. Und Joyce Mercay Costello, philippinische Staatsbürgerin, ebenfalls 19 Jahre alt. Sie war für einen einfachen Flug nach Bacolod auf den Philippinen gebucht. Es scheint sich bei Hinata Tanaka um die Tote aus dem Luisenweg zu handeln und bei Joyce Mercay Costello um die Koffertote. Der DNA-Abgleich steht noch aus. Ihre Eltern in Bago City, einer Stadt in der philippinischen Provinz Negros Occidental, haben sie als vermisst gemeldet. Aber ihr wisst ja, unsere Anfrage bei den Kollegen dort kann Tage oder sogar Wochen dauern."

„Leider", fügte sie nach einer kurzen Weile hinzu.

„Prima, Emma, dann besorge Material für einen endgültigen DNA-Abgleich. Vielleicht von den Gasteltern. Ansonsten müssen wir auf Material aus Übersee warten."

Die Tür zum Besprechungsraum öffnete sich und eine Schreibkraft streckte ihren Kopf hinein. „Frau Holz, Telefon!" Als Sandra die störende Person wenig begeistert anschaute, ergänzte die Dame: „Der Staatsanwalt ist am Apparat. Es scheint dringend zu sein."

*

„Frau Holz, wie ich weiß, werden Sie in Vertretung des abwesenden Abteilungsleiters heute Nachmittag die Pressekonferenz leiten."

Die Kommissarin konnte sofort am französischen Unterton erkennen, wer ihr Gesprächspartner war: Dr. Nischer-Durand. Noch war sie sich der Ehre des Anrufs nicht bewusst und reagierte zunächst nicht darauf. Sie kannte Nischer-Durand bisher nur vom Sehen. Als „einen kauzigen, dürren Halbfranzosen, den ich nicht leiden kann", hatte ihn der verstorbene Kollege Schweiss Sandra einmal beschrieben.

„Wie ich aus der Ermittlungsakte weiß, arbeitete Wilbert Sachs bei diesem ... dieser Au-pair-Agentur im Chilehaus. Und so wie der Ermittlungsstand sich darstellt, war es alleine die sexuelle Perversität des Mannes, die dazu geführt hat, dass er zum Mörder geworden ist."

Sandra verstand nicht. „Worauf wollen Sie hinaus?"

„Ich möchte, dass Sie den Namen der Au-pair-Agentur, aber auch das Chilehaus bei dieser Konferenz und bei zukünftigen Gesprächen mit Pressevertretern nicht erwähnen."

Sandra verstand noch immer nicht. „Aber er hat nun mal im Chilehaus ..."

Dr. Nischer-Durand unterbrach sie. „Ich bearbeite diesen Fall und es gibt einen zwingenden Grund für dieses Gespräch und auch für mein Anliegen. Habe ich mich deutlich ausgedrückt?" Die Stimme des Anwalts kippte etwas und Sandra bestätigte seine Anordnung.

Mit einem kurzen „D'accord" beendete der Staatsanwalt das Telefonat.

Während Kollege Sokolowski von einer langen Nacht mit drei Drogentoten - zwei am Hauptbahnhof und eine junge Frau in Wilhelmsburg - berichtete, sinnierte Sandra über das Gespräch mit dem Staatsanwalt. Irgendetwas kam ihr seltsam vor. Sicher gab es öfters Einmischungen in Fälle vonseiten der Staatsanwaltschaft. Auch wurden ihnen hin und wieder Vorschriften zu Ermittlungsabläufen gemacht. Sie waren schließlich nur die Exekutive. Aber den Namen von *Infinite Freedom* zu verschweigen, schien ihr äußerst dumm. Sicher würden die cleveren Schreiberlinge eh schnell auf das Chilehaus und die Au-pair-Agentur stoßen. Sie nahm sich vor, Nischer-Durands Wunsch zunächst ernst zu nehmen.

*

Die Pressekonferenz verlief äußerst gesittet. Auch der Polizeipräsident hatte daran teilgenommen, sich aber dezent im Hintergrund gehalten. Sandra hatte für die teilnehmenden Journalisten und Pressevertreter einen USB-Stick zusammengestellt: mit Fotos des Mörders, des Tatortes und dem, was die Öffentlichkeit erfahren und sie selbst der Presse preisgeben durfte. Sie händigte jedem Anwesenden einen der Speichersticks aus und alle waren sofort voll des Lobes. So war die Konferenz auch schnell beendet. Es brannte den Teilnehmern wohl unter ihren Nägeln, zurück in die Redaktionen zu fahren und mit den erhaltenen Informationen ihre Berichte zu verfassen.

Beim Verlassen des Besprechungsraumes holte die Kommissarin mit schnellem Schritt Frau Lebowski-Wahn ein. Sie war Journalistin und Kolumnistin beim *Hamburger Abendblatt*. Sandra mochte ihre Kolumnen.

„Kann ich Sie noch einen Moment sprechen, Frau Lebowski?"

Die Frau hatte ihre Schritte abgebremst, als sei ihr etwas vor die Füße gestolpert. Sie grinste Sandra freudig und erwartungsvoll an.

„Aber natürlich, meine Liebe!"

Sandra nickte. „Es gibt da noch eine Information, die – wie soll ich sagen – offiziell nicht von mir kommt. Also von Frau zu Frau sozusagen."

Die Augen der Journalistin zeigten eine unbändige Erwartungshaltung.

„Aber Frau Holz, von Frau zu Frau, ich schweige wie ein Grab. Nun legen Sie mal los!"

*

Im Flur traf Sandra auf den Kollegen Sokolowski. Ihr fielen die toten Drogensüchtigen ein. „Was war da los in der letzten Nacht, Soko?“

Sokolowski hatte nicht viel Lust auf Kommunikation. Die Augen des jungen Beamten zeigten deutlich Schlafdefizite. „Der Bericht darüber liegt schon auf deinem Schreibtisch, Sandra“, grinste er müde.

„Bitte das Ganze schnell mit deinen eigenen Worten.“ Sie versuchte ein flehendes Gesicht aufzusetzen. Es half.

„Also gut, heute Nacht musste ich drei Mal raus. Erst fanden die Kollegen einen 27-jährigen Franzosen am späten Abend tot beim Hauptbahnhof. Wiederbelebung zwecklos. Einen zweiten bekannten drogensüchtigen Hamburger dann eine Stunde später im U-Bahnschacht der U3 beim Hauptbahnhof. Auch mausetot. Beide Männer starben mit absoluter Sicherheit an einer Überdosis, vielleicht auch an verunreinigtem Kokain. Das wird noch von den Kollegen im Labor geprüft. Eine junge Frau aus Dortmund, auf der Durchreise nach Schweden, fand man dann zum Abschluss am frühen Morgen in Wilhelmsburg. Ebenfalls tot, Überdosis oder verunreinigtes Kokain. Doc Pellin ist dabei, die Leichenschau durchzuführen!“ Er gähnte herzzerreißend.

„Danke, Soko!“

„Immer gerne; und du hast nächste Woche Urlaub? Wo geht es hin?“ Sandra fühlte sich von der Anfrage überrascht. Sie stotterte verlegen herum. „Mit ... die Tochter und ich ... wir wollen mal wieder ... also Erholungsurlaub. Nach Gran Canaria!“

Kapitel 8

Ende der Woche begann ihr geplanter Urlaub und Sandra wollte noch das eine oder andere Thema vorher abarbeiten. Der Besuch beim Au-pair-Dienst *Infinite Freedom* im Chilehaus war eines dieser Dinge. Sie fuhr mit der S-Bahn zum Hauptbahnhof und spazierte durch die Wandelhalle. Der grausame Mord an den beiden Asiatinnen dominierte die Titelseiten aller Hamburger Zeitungen und sogar der *Stern* hatte es sich nicht nehmen lassen und ein Extra-Blatt gedruckt. Erst wollte die Kommissarin ein Exemplar davon kaufen, dann ließ sie es. Sie würde sich sicher nur aufregen über die wilde Fantasie der Schreiberlinge. Ihr Handy klingelte, genau als sie über den belebten Fußgängerüberweg beim Glockengießerwall spazierte. Sie nahm den Anruf entgegen, rief: „Einen Moment", und stellte sich seitlich neben dem Nike-Store in der Spitalerstraße in einen Hauseingang.

„Ich bin's, Uwe!", erklärte die Stimme.

Sandra überlegte kurz, wen sie mit diesem Vornamen kannte, und es fiel ihr zunächst niemand ein. Sie nahm das Handy vom Ohr und schaute auf das Display: „Doktor Pellin". Das hätte der Rechtsmediziner doch auch gleich sagen können.

„Sandra, bist du noch dran?"

„Ja, Uwe!" Sie bemühte sich, ihren ersten Fehler wiedergutzumachen. „Ich habe dich erkannt", schwindelte sie.

„Sandra, kannst du Geheimnisse für dich behalten?"

Was war das nun schon wieder? Dieser seltsame Rechtsmediziner ließ auch nichts aus. Aber sie machte das Spiel mit. „Natürlich, ich bin ein wandelnder Tresor", entgegnete sie und wunderte sich, wie ihr dieser Spruch so spontan eingefallen war.

„Gut! Zunächst das Wesentliche: Das Kokain aus Sachs' Haushalt ist vom Feinsten. Kein Mischmasch, hundertprozentige Ware. Da freut sich das Konsumentenherz." Pellin lachte erregt, als habe er die gesamte Packung des Rauschgiftes selbst geschnupft.

„Hast du etwas davon genommen?", fragte Sandra scherzhaft. Er verstand den Spaß und lachte noch lauter.

„Aber jetzt kommt es. Die Kollegin fand auf der Kunststofffolie, die um das Kokain gewickelt war, ein wenig blaue Farbe. Nicht viel, aber durch das Rastermikroskop gesehen, gingen wir davon aus, dass es sich um eine Art Stempel handeln könnte."

Stempel? Sandra verstand nicht. Gab es neuerdings bei Rauschgift Verfallzeiten wie beim Joghurt?

„Wir haben diesen Stempel extrahiert und digital aufgearbeitet. Eigentlich mehr aus Quatsch. Keiner von den Kollegen hat ein echtes Ergebnis erwartet. Aber jetzt kommt es."

Sandra kam es auch gleich. Wenn Pellin nicht endlich mit dem Ergebnis rausrückte, platzte sie vor Aufregung.

„Dieser Stempel könnte, und ich sage extra: könnte, von einem Asservat stammen." Pellins Stimme stoppte und Sandra war klar, er wartete auf ihr Lob und ihre Anerkennung.

„Ja großartig, Uwe. Heißt das, das bei Sachs aufgefundene Rauschgift stammt aus der Asservatenkammer des Polizeipräsidiums?"

„So genau ist uns unser Ergebnis nun nicht, Sandra. Regal, Platz und Ort können wir dir leider nicht mitteilen. Ich glaube, eher, wenn überhaupt, hat das Päckchen schwitzend neben einem Asservat gelegen und dessen Stempel sozusagen absorbiert."

Sandra bemühte sich, ihre Gedanken zu ordnen. Zur gleichen Zeit hatte ein Straßenkünstler, wenige Meter neben ihr, seine Position bezogen. Während sie über Pellins Worte nachdachte, hatte der junge Mann einen Koffer geöffnet und mit einigen Handgriffen sein Saxofon herausgezogen und zusammengebaut. Schon erklangen die ersten, schrillen Töne.

„Sandra, bist du noch da? Nimmst du am Saxofon-Unterricht teil?"

Sandra rannte zwei Blocks weiter und blieb leicht keuchend stehen. „Nein, nein, ein Straßenmusikant. Uwe, tu mir bitte einen Gefallen. Schreibe diese Erkenntnisse oder Vermutungen noch nicht in deinen Bericht."

Dr. Pellin versprach es.

*

Noch beim Betreten des Chilehauses ging Sandra die Sache nicht aus dem Kopf. Ihre Vermutung, dass Dr. Gollasch und sein Au-pair-Laden tiefer drinsteckten als sie zugaben, festigte sich. Aber ihr war auch klar, ohne Beweise ging nichts. Aber wenn sie Gollasch ein wenig erschreckte? „Der Zweck heiligt die Mittel", flüsterte sie und drückte den Anforderungsknopf des Aufzugs.

Sie wartete, bis sich der Lift öffnete, und orderte dann die siebte Etage. Doch der Lift reagierte nicht. Vermutlich hatte sie zu zart gedrückt. Sie versuchte es erneut. Nun presste sie den Messingknopf so fest sie nur konnte. Noch immer setzte sich der Lift nicht in Bewegung. Ob er defekt war? Sandra drückte auf den Knopf mit der Zahl sechs und endlich schloss sich die Tür und der Aufzug fuhr los. In der sechsten Etage stieg sie aus und spazierte die Treppe hinauf zur Au-pair-Agentur *Infinite Freedom*.

„Doktor Gollasch ist in einer Besprechung. Ich glaube nicht, dass er Sie empfangen möchte." Frau Liebig schien eingeschüchtert, sie hatte sich gegenüber dem Besuch vor einigen Tagen extrem gewandelt. Sicher hatte Gollasch sie zusammengestaucht und ihr mit Kündigung gedroht, wenn sie nochmals etwas unaufgefordert ausplauderte. Die Frau hatte sich zwischen den Tresen und die Fensterfront gestellt und versperrte

Sandra den Durchgang. Sie fuchtelte mit den Armen wie eine Degenfechterin. Die Kommissarin amüsierte sich.

„Frau Liebig, wir ermitteln immer noch in zwei Mordfällen. Wie Sie sicher inzwischen wissen, handelt es sich bei dem Mörder um einen Mitarbeiter der Agentur.“ Frau Liebig ließ die Arme fallen und hatte die Augen ängstlich aufgerissen.

„Sie marschieren jetzt zu Gollasch und kündigen mich an, okay?“

Noch immer bewegte sich die Empfangsdame nicht. Sandra verlor etwas die Geduld. „Das wird Sie weniger Ärger kosten, als wenn ich an Ihnen vorbei in das Büro stürze.“

Nun hatte Frau Liebig begriffen. Sie nickte resigniert und drehte auf dem Absatz um. Im Selbstgespräch verließ die Angestellte den Empfangsraum. Sandra setzte sich an den Tisch, an dem Sachs damals saß, und schaute hinaus auf die zahlreichen, alten Fenster des Chilehauses. Das Gebäude selbst war ja fast hundert Jahre alt. Sicher hatte es schon jede Menge Gauner beherbergt. Wenn es nur davon berichten könnte!

Mit kalkweißem Gesicht betrat Frau Liebig nach wenigen Minuten wieder ihr Reich. Sie wollte der Kommissarin etwas mitteilen, aber ihre Stimme schien zu versagen. So nickte sie nur mit dem Kopf nach hinten und auch ihr rechter Arm bewegte sich unkontrolliert in diverse Richtungen. Gollasch war sicher kein guter Chef, da war sich Sandra sicher.

*

Dr. Gollasch hatte die Kommissarin schon erwartet. Er stand lässig gelehnt an der noblen Mahagoni-Bürotür und musterte den ankommenden Gast ohne Worte. Sandra war klar, ihm passte ihr Besuch keineswegs in den Kram. Gollasch wies mit der Hand auf einen Sessel und die Kommissarin setzte sich. Er selbst lief vor seinen Schreibtisch und nahm demonstrativ auf der Tischplatte Platz. Dann verschränkte Gollasch die Arme und stierte die Kommissarin eher wütend als freundlich an.

„Na, sind Ihre Stimmbänder entzündet?", frotzelte Sandra und grinste ihr Gegenüber listig an.

„Sagen Sie mir doch, wie ich als Bürger, Unternehmer und Steuerzahler meinen Verpflichtungen nachkommen kann?"

Was für ein Satz? „Dass Wilbert Sachs nachweislich der Mörder zweier in Ihrer Obhut befindlichen Mädchen war, haben Sie noch nicht begriffen?" Sandra wollte keinen Schmusekurs und der Satz zog. Der Inhaber des Au-pair-Dienstes kletterte etwas ungelenk von der Tischplatte, umrundete fast den Schreibtisch und ließ sich in seinen Sessel fallen.

„Sie haben recht, Frau Holz, dieses Monster! Sachs hat uns allen so etwas von geschadet. Und obwohl niemand den Namen unserer Agentur veröffentlicht hat, muss es doch durchgesickert sein. Wir bekommen Anfragen über Anfragen, und sogar vor unserer Agentur haben bis heute Morgen Reporter genächtigt. Ich habe sofort den Sicherheitsdienst gerufen und man hat den Aufzug in die siebte Etage sperren lassen."

Sandra war nun klar, warum sie nicht bis ganz oben gelangen konnte. Aber vielleicht wäre Gollasch gut beraten, noch eine Trennwand auf den Flur der sechsten Etage bauen zu lassen!

„Irgendjemand muss unseren guten Namen preisgegeben haben!" Sandra bekam kurzzeitig ein schlechtes Gewissen. Dann dachte sie an Gollaschs letzte Sätze. In keinem hatte er sein Bedauern gegenüber den Eltern der ermordeten Mädchen ausgedrückt. In ihren Augen war der Mann eiskalt.

„Aber das stehen wir durch, Frau Holz. Ich bin damals nach dem Mauerfall wieder aufgestanden. Ich mache mir keine Sorgen. Was nun genau war Ihr Anliegen?"

„War Ihr Angestellter drogensüchtig?"

Die Frage riss Gollasch regelrecht vom Sessel. Er rutschte nach unten und für einen Moment geriet sein Oberkörper aus Sandras Blickfeld. Doch schnell hatte er sich wieder hochgezogen, den Anzug gerichtet und ein geschäftstüchtiges Gesicht aufgezogen.

„Wie ... wie kommen Sie denn darauf?" Die eben noch vom Blutdruck ausgeglichene helle Gesichtsfarbe hatte ins Tomatenrot gewechselt. Gollasch wusste, dass man ihm das ansah, und es setzte ihn noch mehr unter Druck. Es schien, als habe er nur einen Wunsch: sich in Luft auflösen zu können.

„Wir haben ein Kilogramm Kokain in Sachs' Haus gefunden. Auch bei den beiden Leichen gab es Rückstände. Die Mädchen nahmen keine Drogen?"

Gollasch bemühte sich zu antworten. Aber bei dem Versuch schien Spucke in seine Luftröhre geraten zu sein. Er begann zu husten. Erst nur wenig und Sandra wollte einfach warten, bis der Anfall vorbei war. Dann hörte er nicht mehr auf und sie sprang zu ihm und schlug ihm mit der flachen Hand auf den vorgebeugten Rücken. Sie musste sich richtig zurücknehmen, um nicht ihre ganze Wut auf seinem Rücken auszulassen. Endlich wurde es besser. Durch angegriffene Stimmbänder flüsterte Gollasch nur noch: „Ich werde nichts mehr ohne meinen Anwalt sagen." Sandra war sich sicher, er meinte es so, wie er es von sich gab. Die Kommissarin verabschiedete sich mit einer lässigen Handbewegung, rief: „Ich finde schon alleine raus!", und verschwand aus dem Büro.

*

Noch während Gollasch sich räusperte und bemüht war, den Reiz aus dem Hals zu entfernen, öffnete sich eine Nebentür des Büros und ein Mann trat ein. Er schlich zur Ausgangstür. Dort schaute und hörte der Mann mit leicht ängstlichem Blick auf den leeren Flur. Ein Seufzer der Erleichterung war zu hören und er kam zurück und schloss das Büro des Agenturinhabers. Nun wendete er sich der Bar zu, schenkte sich ein großes Glas Cognac ein und setzte sich vor Gollasch.

„Merde, woher weiß diese dämliche Kuh das?“ Sein französischer Akzent war unüberhörbar.

Sein Gegenüber versuchte zu antworten, aber außer einigen unverständlichen Lauten kam nichts heraus.

„So ein Mist. Da müssen wir uns etwas überlegen. Ich werde gleich mit Silwer telefonieren. Der kennt die Holz gut. Vielleicht hat der eine Idee. Diese Kommissarin wird uns nicht in die Pfanne spucken. Das verspreche ich, so wahr ich Pierre Nischer-Durand heiße.“

*

Als Sandra – nach Verlassen des Aufzugs – das Erdgeschoss des Chilehauses betreten hatte, rannte gerade ein großer Mann in blauer Latzhose in das Büro des Hausmeisters. Der Mann warf der Kommissarin einen sparsamen Blick zu und verschwand dann in seinem Kontor. Sandra spazierte hinterher. Sie streckte den Kopf in den Raum und klopfte vorsichtig an den Türrahmen. Der Mann hatte inzwischen vor einem der Monitore Platz genommen und nach einer Kaffeetasse gegriffen. Eher genervt als freundlich blickte er zur Tür.

„Wenn in Ihrem Büro die Beleuchtung defekt ist, schicken Sie mir eine Mail!“, erklärte er, hob die Tasse, nahm einen Schluck und damit schien die Sache für ihn erledigt. Sandra Holz betrat den Raum, machte zwei Schritte auf den überraschten Hausmeister zu, zückte ihren Ausweis und hielt ihm diesen fast unter seine Nase.

„Wie soll ich da etwas lesen können?“, protestierte der Mann und schob Sandras Hand einige Zentimeter von sich.

„Polizei, sagen Sie es doch gleich!“ Seine Stimme klang plötzlich freundlicher und sofort bot er Sandra einen Platz an. Sie räumte dicke Betriebsanleitungen einer Heizungspumpe zur Seite und nahm seitlich des Hausmeisters Platz.

„Darf ich Ihren Namen erfahren? Meiner ist Sandra Holz.“

„Ich bin der Giesecke Gerold. Sie können aber einfach Gerold zu mir sagen.“

„Gut, Herr Giesecke, wir ermitteln oben im siebten Stock bei der Au-pair-Agentur. Können Sie etwas über Herrn Gollasch und seine Mitarbeiter berichten?“

Giesecke kratzte sich am Kinn. „Ich habe von den beiden toten Au-pairs in der MOPO gelesen. Schlimme Sache. Aber über Mieter und Angestellte hier im Chilehaus rede ich grundsätzlich nicht.“

Sandra wusste Bescheid. Aus dem Typen war wenig herauszuholen. Sie musste es anders versuchen. „Was ist denn so Ihre Hauptaufgabe – hier in diesem Prachtbau?“

Mit Prachtbau hatte sie ins Schwarze getroffen, denn Gieseckes Brust schwoll sofort an. „Da haben Sie recht, hier Hausmeister zu sein, ist etwas ganz Besonderes. Das Haus besitzt 2.800 gleiche Fenster ...", begann Giesecke sein Loblied.

„... aber Sie müssen sie doch nicht alle selbst putzen?"

Der Mann schaute sie prüfend an. Er schien zu überlegen, ob die Kommissarin es ernst meinte oder ob sie ihn verarschte.

„Ihre Haupttätigkeit ist also, defekte Leuchtmittel auszutauschen?", wechselte sie das Thema.

„Nein, um Gottes willen. Es gibt so viel zu tun: Heizung, Wasser, Müllentsorgung. Das Chilehaus ist fast autark und wie eine kleine Stadt." Neugierig schaute Sandra auf den Monitor vor Giesecke. Darauf schien eine Art Schaltplan abgebildet zu sein. Dem Hausmeister war ihr Blick nicht entgangen. „Das hier sind alle Brandmelder im Haus: Sie sind vernetzt und kommunizieren intelligent miteinander." Er schob die Computermaus etwas nach vorne und drückte einen Knopf. „Das gleiche gilt für die Fluchtwegleuchten. Auch sie sind zusammengeschaltet. Wenn eine Leuchte ausfällt, bekomme ich sofort einen Alarm hier auf dem Monitor. Ich hab mir diesen Alarm auch auf meine Smartwatch schalten lassen." Stolz zeigte Giesecke auf seine Apple Watch.

„Und dann rennen Sie in der Nacht los und tauschen defekte Glühbirnen aus?" Das war wieder nicht sehr respektvoll, stellte Sandra sofort klar, und sie ergänzte schnell: „Aber ein sehr ehrenwerter Beruf!"

„Und es gab bisher noch keine Verletzten hier im Chilehaus, von Toten ganz zu schweigen!"

„Wie lange machen Sie den Job schon, Herr Giesecke?"
„Sechs Jahre!"
„Und über Gollasch wollen Sie mir nichts erzählen?"
Giesecke schüttelte den Kopf und griff beleidigt nach seiner Kaffeetasse.

*

Die Kommissarin Emma Meyfeld war an diesem Freitagnachmittag gerade dabei, die Stufen des Polizeipräsidiums hinunterzulaufen. Es war 17.50 Uhr und sie war verärgert. Schon wieder verließ sie ihre Dienststelle später als geplant. Das Wetter war seit Wochen bestens und noch immer hatte sie es nicht geschafft, im Hohendeicher See zu baden. Aufgewachsen war die junge Kommissarin in Ochsenwerder. Dort hatte sie als Kind die Sommertage oft am See verbracht. Und heute, im Beruf, schaffte sie es nicht mal mehr, einmal im Sommer dort den Abend bei den Freunden zu verbringen. Doch heute und vor allem am bevorstehenden, freien Wochenende wollte sie das alles nachholen.
„Kollegin Meyfeld!"
Sie hatte den schlanken Mann seitlich der Treppe auf sich zukommen sehen, doch nicht damit gerechnet, dass er sie ansprechen würde. Das fehlte noch, dass heute jemand ihren Plan vereitelte. Sie hielt in ihrer Bewegung inne und schaute den Sprecher fragend an.

„Ja?"

„Silwer, Bernd Silwer! Sie erinnern sich?"

Die eine Hirnhälfte der Frau war bemüht, den Mann zu identifizieren, die andere überlegte schon Ausreden, warum sie für das Einspringen in einen Bereitschaftsdienst keine Zeit haben würde.

„Ich glaube, Sie sind damals gerade zu *Mord* gekommen, als ich ... also, als ich zum Hamburg Airport gewechselt bin", plapperte der Mann drauflos.

Emmas hochgefahrener Kreislauf beruhigte sich leicht. Von ihrem Gegenüber schien – was ihre abendliche Planung anging – doch keine Gefahr auszugehen. Sie rang sich ein freundliches Lächeln ab und musterte den Mann. Er schien sicher fünfzig plus zu sein, eher vom Typ *unsympathisch,* und auch seine schlechten Zähne hinterließen einen ungünstigen Eindruck. Sein Mundgeruch machte ihr absolut keine Freude. Silber, oder wie immer er hieß, schien beständig auf eine Antwort zu warten. Emma blickte auf die Uhr, es war 18.00 Uhr und sie wollte eigentlich schon in der U-Bahn sitzen. Die Fahrt nach Ochsenwerder zu ihren Eltern, bei denen sie ausnahmsweise das Wochenende verbringen wollte, war lang, und wenn der Typ sie jetzt noch aufhielt?

„Frau Meyfeld, sicher haben Sie es eilig! Müssen Sie auch zur U-Bahn? Das trifft sich gut, dann begleite ich Sie." Emma sah in der Begleitung des Typen weniger Probleme, als wenn er sie auf den Treppenstufen des Polizeipräsidiums löcherte.

„Sie sind ein Kollege?“, fragte Meyfeld höflich, als sie den Bruno-Georges-Platz Richtung U-Bahnhof Alsterdorf verließen.

„Wie man es nimmt!“, versuchte sich der Mann herauszureden.

Sie hatte einen schnellen Schritt aufgenommen und ihr Begleiter kam kaum nach. Seine Kondition schien nicht die beste zu sein.

„Kennen Sie Schweiss noch, Alexander Schweiss?“, kam es stoßweise aus seinem Mund.

Kommissarin Meyfeld horchte auf und nickte dann. Sie verlangsamte ihre Schritte etwas.

„Ich und Schweiss, wir waren so!“ Der Mann zeigte zwei verkrümmte Finger, mit denen die Kommissarin nichts anfangen konnte.

„Es ist schlimm, dass er von uns gegangen ist!“

„Wie heißen Sie noch?“, wollte Emma Meyfeld wissen.

„Silwer, Bernd Silwer. Aber nennen Sie mich ruhig Bernd!“

Ruhe und Beherrschung waren bei der jungen Frau wieder eingekehrt. Die U-Bahn Station war schon in Sicht und die Kommissarin sah sie als Art Ziel, diesen menschlichen Nerv von ihr abzuschütteln.

„Ich bin seit geraumer Zeit als stellvertretender Sicherheitsleiter beim Hamburg Airport tätig“, verkündete der Mann stolz.

Ein Bahnfahrer überholte die beiden rennend, und Emma war klar, auch sie musste sich sputen. Sie wollte endlich zum Ende kommen, denn noch immer hatte Silwer ihr den Grund seines Ansprechens nicht kundgetan.

„Wie kann ich Ihnen denn nun genau helfen?“

„Ach, eigentlich hatte ich geplant, heute Sandra einen Besuch abzustatten. Sandra Holz, eine liebe Freundin. Ist sie denn im Dienst?“

Sie hatten das U-Bahn-Gebäude Alsterdorf erreicht und die Menschenmenge um die Nachmittagszeit wuchs stetig an. Wenn der Typ nun noch in der Bahn mitfahren würde?

„Sandra, nein, sie ist seit heute im Urlaub.“

„Ach, das ist gut. Ich hoffe, sie erholt sich. Sie geht immer so sorglos mit ihrer Gesundheit um!“

Der Ex-Kollege kannte Sandra wohl tatsächlich gut. Woher wusste er sonst, wie sie sich im Dienst oft bis an ihre Grenzen aufrieb?

„Fliegt sie denn in den Süden?“, ließ er nicht locker.

Die Kollegin hatte nur Emma, mit Bitte um Verschwiegenheit, vom Tod ihrer Mutter und von der wiedergefundenen Familie erzählt. Auch davon, dass sie mit Töchterchen Lara Sophie in den nächsten Tagen nach Los Angeles zu fliegen beabsichtigte.

„Nein, Sandra fliegt nicht in den Süden. Aber sie wird sich – dort, wo sie hinfliegt – sicher erholen.“

„Das ist gut!“

Silwer stand auf der Rolltreppe dicht hinter ihr. Sein Atem war nicht auszuhalten und sie hielt schon ihren an.

„Ich werde Sie noch ein Stück begleiten, wohin fahren Sie?"

Das ging zu weit, wie bekam sie ihn bloß los?

Die beiden hatten den Bahnsteig erreicht, die Anzeigetafel zeigte die Ankunft des Zuges in einer Minute an.

„Sicher fährt Sandra nach Oldenburg zu ihrer Mutter?", schrie der Mann gegen die gerade einlaufende U-Bahn. Sein Gesicht zeigte ein Grinsen.

„Ihre Mutter ist vor einigen Wochen verstorben."

Silwers Grinsen war verschwunden. Emma lief zu einer der sich öffnenden Zugtüren hin. Der Mann folgte ihr.

„Also doch Malediven?", nervte Silwer.

Emma sah keine andere Chance, ihn loszuwerden, als ihm die Wahrheit zu erzählen. „Nein, sie fliegt übermorgen zu ihren Verwandten nach Los Angeles!"

Abrupt stoppte ihr Begleiter auf dem Bahnsteig. Emma Meyfeld nutzte die Gelegenheit und sprang in den Wagen, bevor sich die Türen schlossen. Sie drehte sich um, Silwer war draußen stehen geblieben. Beruhigt und zufrieden suchte und fand die junge Kommissarin tatsächlich noch einen freien Fensterplatz. Als die U-Bahn an Silwer vorbeirollte, glaubte Meyfeld in ein tiefgründiges, fast zu einer Fratze verzerrtes Gesicht zu blicken.

Kapitel 9

Tage später.

An diesem Abend blickte die Hamburger Kommissarin Sandra Holz aus dem Fenster einer Boeing 777 in den schwarzen Himmel hoch über dem Atlantischen Ozean. Ihre vierjährige Tochter Lara Sophie lag quer über den beiden Sitzplätzen links von ihr. Die beiden hatten gegen 16.45 Uhr Ortszeit Los Angeles verlassen und waren auf dem New Yorker Flugplatz John F. Kennedy von einem Airbus 321 in eine A380 der British Airways gewechselt. Ein weiterer Wechsel stand ihnen noch in London Heathrow bevor, doch um 18.30 Uhr mitteleuropäischer Zeit sollten sie den Hamburger Flughafen erreicht haben.

Sandra streichelte ihrer kleinen Tochter sanft über das Haar. Inzwischen war sie schon vier Jahre alt und die letzten Monate hatte das Kind fernab seiner leiblichen Mutter in Italien gelebt. So war es wichtig, diese Woche mit der Kleinen gemeinsam in den USA zu verbringen. Sandra dimmte das Licht über ihrem Kopf noch weiter herunter, lehnte sich zurück und schloss ihre Augen. Mutter Charlotte war am 3. Juni des Jahres, wenige Tage nach Hassels Tod, unerwartet verstorben. Sie erlitt einen Hirnschlag und schon ein paar Tage danach wurden die lebenserhaltenden Maschinen – in Absprache mit ihrem Mann, Gerhard Wollenhauer – abgestellt. So wie Frau Holz es in einer Patientenverfügung vorgegeben hatte. Die Nachricht über Mutters Schlaganfall verursachte bei der Tochter eher Mitleid als Trauer, ebenso ihr späterer Tod. Sandra war sich gerade nicht sicher, was sie mehr geschmerzt hatte: der Verlust des Kollegen Alexander Schweiss oder der von Charlotte. Sie wunderte sich über sich selbst, fand diese Frage äußerst befremdend. Ihre Mutter hatte sie großgezogen, hatte versucht, ihr alles zu geben. War das der Dank? Ein wenig spielte bei dieser fehlenden Trauer auch die Tatsache hinein, dass plötzlich ein Bruder der Kommissarin aufgetaucht war. Gerhard Wollenhauer hatte sie mit dieser Neuigkeit nach der Bestattung der Mutter auf dem städtischen Friedhof in Oldenburg überrascht. „Deine Mutter hatte, 18-jährig, eine kurze Affäre mit einem dunkelhäutigen, amerikanischen Soldaten. Er war auf dem Fliegerhorst in Oldenburg stationiert und aus dieser heimlichen Liaison ist ein Junge hervorgegangen." Sandra war nach dieser Botschaft völlig durcheinander. „Mutter gestorben – Kind lebt", hatte sie Gerhard geantwortet und dessen Leid wurde dadurch sichtlich nicht weniger.

„Sie hat den Jungen damals nach der Geburt an den volljährigen Vater übergeben und nie wieder gesehen. Der Soldat hat den Säugling wenige Tage später in die USA mitgenommen." Sofort war ihr klar, dass das Militär Wert darauf gelegt hatte, die Sache bedeckt zu halten. Sicher hatten die Verantwortlichen der US-Streitkräfte dem Mann nahegelegt, Deutschland umgehend zu verlassen.

„Hast du denn wenigstens einen Namen für mich?“, wollte Sandra wissen.

„Charlotte meinte, der Vater hätte damals von Jayden gesprochen und an den regulären Namen ihres damaligen Freundes konnte sie sich auch noch erinnern: Warren J. Waterfall.“

Diese Geschichte nahm Sandra tagelang mit, und da alle im Morddezernat glaubten, ihre Betrübnis rühre noch immer vom Tode ihres Kollegen Alexander Schweiss her, ließ man sie in Ruhe. Caro, ihrem Freund und Kollegen, erzählte sie alles und er meinte nur. „Jetzt hast du einen Bruder, freu dich doch!“ Hauptkommissar Carsten-Oliver Lutteroth war schon seit Wochen abgestellt, um die seit Monaten laufenden G-20-Ereignisse aufzuarbeiten. Er verrichtete seinen Dienst in Hannover und kam nur am Wochenende nach Hause. Sandra hatte gerade in letzter Zeit wenig Lust verspürt, ihren Freund zu treffen, und Caro hatte tatsächlich schon verängstigt nachgefragt, ob er mit dem Abbruch der Beziehung zu rechnen habe. Männer! Sandra würde etwas dafür geben, dass sie verständnisvoller im Umgang mit Frauen wären. Eine Durchsage des Flugkapitäns riss Sandra aus ihren Überlegungen. Er kündigte Turbulenzen an und sie schloss wieder ihren Sitzgurt. Die Stewardess half ihr, die kleine Tochter etwas aufzurichten und auch sie anzuschnallen. Lara schlief dabei seelenruhig weiter.

Dank ihrer Funktion als Kriminalbeamtin war es Sandra in wenigen Tagen gelungen, den aktuellen Aufenthaltsort ihres Bruders und dessen Familie herauszubekommen. Jayden wohnte in einem kleinen Ort namens Carpinteria, nahe der Metropole Los Angeles. Carpinteria selbst war eine 14.000-Seelen-Gemeinde, gelegen im amerikanischen County Santa Barbara. Sandra suchte umgehend telefonischen Kontakt mit Jayden und schon nach einer halben Stunde Bemühungen, ihr Englisch an den Bruder zu bringen, war klar, sie würde ihn besuchen wollen. Jayden wusste – im Gegensatz zu ihr – von der Existenz einer Schwester. Doch sein Vater, Sheriff von Carpinteria, hatte damals davon abgesehen, Beziehungen nach Deutschland aufzunehmen. Der Jugendfreund ihrer Mutter schien sehr traurig zu sein, als er vom Tode der Frau gehört hatte. Er rief schon am nächsten Tag zurück und bat um aktuelle Fotos, auch von der Grabstelle.

Sandra behielt die gesamte Geschichte weiterhin für sich und nur ihr Freund Caro war eingeweiht. So war sie – zusammen mit Lara Sophie – vor zehn Tagen nach Los Angeles geflogen. 5.500 Kilometer für 1.732 Euro! Ein schöner Batzen Geld, und sie hatte sich eingesetzt, für die vierjährige Tochter Ermäßigung zu bekommen. Doch British Airways ließ nicht mit sich handeln. Trotzdem ging dieser Preis in Ordnung. Zumal es sich um Premium Economy handelte und sie während des Fluges reichlich Platz und Beinfreiheit genossen. Geld war zurzeit nicht Sandras Problem und sie wollte, dass

Laras erster Flug optimal verlief. Doch schon bei der Ankunft in Los Angeles war ihr Gepäck unauffindbar. Man vertröstete sie auf die nächsten Tage, versprach, ihren Koffer zu finden und nachzuliefern. Doch das blieb aus und das Gepäckstück nach wie vor unauffindbar. Als kleinen Trost drückte man ihr Tage später beim Schalter der Airline einige Dollarscheine in die Hand und gab ihr den Ratschlag, damit das Notwendigste für ihren USA-Aufenthalt zu kaufen. Zum Glück hatte sie Laras riesigen Teddy – nicht wie erst geplant im Koffer verstaut, sondern trotz Gemecker der Crew – mit in den Flieger genommen. Ansonsten wäre der Urlaub wohl anders vonstattengegangen.

Lara zuckte und öffnete kurz die Augen. Sicher lag es an der wackeligen Maschine. Ein turbulenzfreier Flug war wohl bei Premium Economy nicht inklusive. Aber Sandra war sich sicher, auch die First-Class-Passagiere mussten da durch.

Den Aufenthalt bei Familie Waterfall empfand sie im Nachhinein als etwas ganz Besonderes. Es war ihr, als habe sie dort mehr Familie angetroffen, als sie in ihrer Kindheit in Oldenburg je erleben durfte. Warren, der Vater von Jayden, hatte nie geheiratet, und man spürte, dass er Sandra sofort als seine leibliche Tochter ansah. „Ich habe es ihm auch einfach gemacht!“, flüsterte sie leise zu sich selbst und Tränen bildeten sich in ihren Augen. So eine herzliche Familie! „This ist my daughter Sandy, a German detective“, stolz stellte Warren jedem in seiner Heimatstadt seine neu gewonnene Tochter vor. Der Mann war dort seit Jahrzehnten Sheriff und schien großes Ansehen zu genießen. Kein Wunder, von der Statur her sah er aus wie *Dwayne The Rock Johnson*. Aus diesem Grunde nannte man ihn dort in Carpinteria, dem kleinen Ort am Pazifischen Ozean, auch „The Rock".

Das fehlende Gepäck stellte zum Glück kein großes Problem dar. Die komplette Familie besorgte für sie und Lara Kleider, Schuhe und Waschutensilien. Noch nicht einmal eine Zahnbürste ließ man Sandra kaufen. Das erledigte Doris, Warrens Schwester. Der Aufenthalt ging viel zu schnell vorbei, fand sie. Tochter Lara Sophie sah das sicher anders. Ihr deutscher und italienischer Sprachschatz entpuppte sich doch oft als Hemmschuh. Sicher war das Kind froh, bald wieder zurück bei Papa und Oma zu sein.

Mit ihrem Bruder verstand sich Sandra auf Anhieb. Ob es die Musikrichtung, das Essen oder die Weltpolitik war, sie hatte das Gefühl, dass der Mann trotz seiner dunklen Hautfarbe ihr richtiger Bruder sei. Auf der Fahrt zum Los Angeles Airport erklärte Vater Warren, er wäre stolz, wenn er Sandra adoptieren könnte. Sie hatte seine Worte erst nicht richtig verstanden und nur müde genickt. Als er es dann genauer erklärte und von amerikanischer Staatsbürgerschaft und ihr als Nachfolger seines Postens (als Sheriff von Carpinteria) sprach, war ihr alles klar. Sie ließ ihm seine Freude und noch lange winkten die beiden Sandra und Lara Sophie auf dem riesigen Airport von Los Angeles nach.

*

Lara hatte bis Heathrow geschlafen und die Mutter musste das Kind sogar nach der extrem holprigen Landung sanft aufwecken. Wie so oft, wenn man das tat, war Lara schlechter Laune und nur durch eine Kinderzeitschrift mit Gimmick wurde sie etwas zugänglicher. Zum Glück betrug die Wartezeit bis zum Direktflug nach Hamburg nur knappe dreißig Minuten, und obwohl Lara sich zunächst weigerte, in die Maschine nach Hamburg zu steigen, gelang es der Stewardess mit einem aufblasbaren Flieger, das Kind letztendlich doch noch zu überreden. Am Abend um 18.30 Uhr erreichte der Airbus A319 pünktlich die Hansestadt.

Die Geduld der Tochter war am Ende, als Sandra und sie, nach Hunderten von Metern durch endlose Hallen, endlich das Gepäckband erreichten. Nach dem Verlust ihres Koffers besaß sie nur noch wenig Gepäck, aber dieses, zusammen mit der Tochter, von einem Flieger zum anderen zu schleppen, war ihr doch zu viel gewesen. So hatte sie sich entschieden, es schon in L.A. aufzugeben, und Jayden hatte ihr dafür einen alten Koffer besorgt. Die Maschine aus London war eher mit Geschäftsreisenden denn mit Urlaubern besetzt, so waren Sandra und Lara Sophie fast die einzigen, die vor dem Laufband auf ihr Reisegepäck warteten. Sandra sehnte sich nach frischer, echter Luft. Die letzten Stunden in den klimatisierten Maschinen und in den Warteräumen der Airports hatten sie extrem mitgenommen und sie fühlte eine leichte Erkältung aufsteigen.

„Sollen wir noch schnell bei McDonalds vorbei, Schatz? Ein Happy Meal wäre doch toll, oder?“ Das Gesicht des Kindes leuchtete für einen Moment auf, dann gähnte sie herzzerreißend und Sandra schob die Kleine seitlich zu einer Bankreihe.

„Frau Holz?“

Sandra erschrak, als die Stimme hinter ihr ihren Namen rief. Mit Schwung hob sie ihre Tochter auf die Bank und drehte sich um. Zwei Herren standen vor ihr. Irgendwie fand sie, die Männer sahen nach Kollegen aus. Es war eher ein Gefühl, vielleicht auch, weil einer der beiden – er hatte eine Hakennase – ihr auf irgendeine Art bekannt vorkam.

„Ja?“

„Frau Holz, wir sind vom ‚Dezernat interne Ermittlungen‘ ... wir haben einen Haftbefehl und ... bitten Sie, uns zu folgen.“ Der ohne Hakennase hatte den scheckkartengroßen Dienstausweis gezückt und wies sich als Kriminalbeamter aus. Sandra riss es die Beine weg – der Kreislauf geriet etwas in Schieflage. Sie griff Hilfe suchend nach der Bank und wollte sich setzen – immer noch im Glauben an einen Scherz der Kollegen.

„Halt, setzen ist nicht – Sie müssen mitkommen.“ Der Mann riss grob an ihrem Arm und ein Schmerz durchzuckte Sandras Körper.

„Hallo, ich bin eine Kollegin, sind Sie sich dessen eigentlich bewusst?“ Sandra war aufgefallen, dass man sie plötzlich siezte. Wie ungewöhnlich! Seit sie als Kommissarin in Hamburg Dienst tat, wurde sie stets mit einem simplen Du angequatscht und jetzt kam man ihr so. Hinter ihnen waren einige Fluggäste und Angehörige des Flughafenpersonals stehen geblieben. Neugierig schauten sie auf das Szenario. Man war sich nicht sicher, ob die Frau belästigt wurde oder was dort genau vorging.

„Wir wissen das und es tut uns leid, Frau Holz. Aber ...", der Blick der Hakennase sollte wohl Bedauern ausdrücken. Aber irgendwie sah es nach beruflichem Alltagsgesicht aus.

„Und was soll das? Wenn es sich nicht um einen schlechten Scherz handelt ...", die Stimme der Kommissarin war lauter geworden. Lara Sophie verzog plötzlich ihr Gesicht und begann zu weinen.

„Das ist kein Scherz, kommen Sie bitte mit!" Der zweite Mann machte eine einladende Geste und aus Sandras Kehle erklang ein heiseres Lachen. Noch immer glaubte sie an einen Spaß. Vergebens suchte sie in der Menge nach ihrem Freund Caro, der das Ganze vielleicht auflösen konnte. Sie streckte die Arme in Richtung ihrer Tochter, doch die Hakennase ließ es nicht zu und drückte sie von der Bank weg. Mit Entsetzen sah die Kommissarin, dass der Kriminalbeamte nach hinten an seinen Gürtel griff. Ihr war bewusst, dort hingen die Handschellen, und die Situation schien tatsächlich nicht zum Lachen.

„Sie werden verdächtigt, in Ihrem Gepäck Rauschgift mitgeführt zu haben, um es in den Vereinigten Staaten von Amerika zu veräußern. Alles, was Sie jetzt sagen, kann ..."

Sie unterbrach die Hakennase: „Ja, danke, ich kenne meine Rechte. Welche absurde Idee, ich ..."

„Kann ich helfen? Was geschieht hier mit der Frau ... und dem Kind?"

Ein älterer Herr war unvermittelt aus der Menge auf die drei Beamten zugetreten. Sandra wunderte sich über die Zivilcourage, machte sich aber nicht allzu viel Hoffnung zu dessen Einmischung.

„Kriminalpolizei, treten Sie zurück!" Hakennase hatte sich blitzschnell umgedreht, seinen Dienstausweis herausgezogen und hielt ihn dem Mann nun vor sein Gesicht.

„Wenn das so ist ...", stotterte der hilfsbereite Herr und verschwand wieder in der Menge.

„Aber Lara Sophie ...?"

„... wird von der Großmutter abgeholt. Ist schon alles geklärt. Eine Dame vom Jugendamt wird sie zunächst in ihre Obhut nehmen." Der Typ wies zur Seite, und erst jetzt registrierte die Kommissarin eine Frau, die mit einem dämlichen Grinsen und gefalteten Händen in Reichweite stand. Zwei uniformierte Beamte hatten hinter ihr Aufstellung genommen.

„Ich lasse es nicht zu ...", verlieh Sandra lautstark ihrem Zorn Ausdruck. Sie spürte ihren Herzschlag wie das Dröhnen eines Subwoofers. Das Unwohlsein kehrte zurück. Erneut packte sie einer der Männer barsch am Arm. Erst wollte sie sich losreißen, ließ es dann völlig resigniert. Das zögerliche Weinen ihrer Tochter wuchs nun zu einem intensiven Schreien an. Die Vierjährige spürte, dass hier etwas nicht stimmte. Laute Durchsagen über ankommende Flüge erfüllten den Raum. Die vielen Lichter um sie herum verursachten bei Sandra Kopfschmerzen und sie wünschte sich nur noch, aus diesem bösen Traum endlich zu erwachen.

*

Die Untersuchungshaftanstalt Hamburg, das ‚Holstenglacis', war Sandra gut bekannt. Aber eher von außen als von innen. Etliche Male hatte sie dort inhaftierte Zeugen befragt oder Straftäter abgeliefert. Zum Glück waren die Kollegen mit ihr den sogenannten ‚Schlangenweg' gefahren. Da war die Gefahr geringer, von einem Fotografen der Hamburger Gazetten abgelichtet zu werden. Es fehlte noch, dass ganz Hamburg darüber informiert wurde, dass die hochdekorierte Kommissarin Sandra Holz in U-Haft einsaß.

Dass sie selbst einmal im Holstenglacis eingeliefert wurde, daran hätte die Kommissarin nicht im Entferntesten geglaubt. Der Zuführrichter eröffnete ihr den Haftbefehl und man verbrachte sie in eine der Zellen. Mit dem erlaubten Telefonanruf informierte sie sofort ihren Freund und Kollegen Caro Lutteroth über ihre unglaubliche Situation, und auch er glaubte an ein

Missverständnis. Er versprach Sandra, sich sofort darum zu kümmern. „In einer Stunde bist du draußen. Und dann reiß ich denen den ...", brüllte Caro genervt in das Mikrofon seines Mobilfunkgerätes.

Nun saß sie angeekelt auf einer dünnen Matratze, schaute unablässig auf den tropfenden Wasserhahn eines verblichenen Waschbeckens ihr gegenüber. Zum Glück war das kleine, vergitterte Fenster der Zelle kippbar und minutenlang hatte sie dort auf den Zehenspitzen gestanden und die Hamburg-Luft genossen. Obwohl der nahe Straßenverkehr sie – was Sauerstoff anging – zunächst beunruhigt hatte.

Draußen war es inzwischen tiefe Nacht. Wie lange lag sie schon hier? Sie schaute auf ihr leeres Handgelenk. Mist, man hatte ihr die Smartwatch ja abgenommen. Ebenso wie andere Kleidungsstücke. Was war bloß geschehen? Nervlich schwankte sie zwischen Unverständnis und Resignation. Sie erinnerte sich an die Worte des Kollegen: Rauschgift im Koffer aufgefunden. War das der Grund, warum das Gepäckstück verschwunden war? Konnte sie einer Verwechslung zum Opfer gefallen sein? Sie, die hochdekorierte Kommissarin, endete nun in einer Gefängniszelle. Irgendwie fehlte ihr die Kraft. Sie legte die Beine hoch, den Kopf auf das Kissen und versuchte, nicht über Hygiene und Sauberkeit nachzudenken. Sie schloss ihre Augen.

Tage zuvor in Carpinteria/USA

„Sandy, Sandy ... please wake up. We need your help."

Die männliche, sanfte Stimme erinnerte Sandra an ihren Vater und sie wollte mehr davon hören. Doch statt zu reden, schüttelte sie jemand und endlich öffnete sie die Augen. Warren beugte sich über sie, es schien Nacht zu sein. Sie konnten draußen die Straßenbeleuchtung von Carpinteria erkennen.

„Was ist passiert?" Sofort schob sie die Beine aus dem Bett und war mit einem Sprung neben dem Bettchen der Tochter. Lara schlief sanft und atmete gleichmäßig.

„Alles ist okay", flüsterte Warren, der nun in voller Größe neben Sandra stand. Er zupfte sanft an ihrem Schlafanzug. „Come with me!" Sandra folgte ihm.

„We have a big problem and we need your help, Sandy!", erklärte Warren, und nun sah Sandra auch weitere Personen im Flur des kleinen Holzhauses stehen. Darunter Jayden, aber auch einige männliche Nachbarn. Sandra suchte nach einer Uhr, doch ihre lag auf dem Nachttisch und sie wollte Lara nicht aufwecken.

„In Montecito gab es einen schlimmen Erdrutsch. Wir alle müssen helfen."

Man konnte an Warrens Blick erkennen, dass es sich um etwas Ernstes handeln musste, aber Sandra verstand noch nicht, was vor sich ging. Montecito, fiel ihr ein, war eine kleine Stadt, wenige Meilen den Strand hoch. Malerisch am Pazifischen Ozean und vor den Santa Ynez Mountains in einer Küstenebene gelegen. Mit Bikes waren Jayden und sie – bevor die starken Regenfälle begannen – dorthin geradelt.

Die Gegend um L.A. war die letzten Wochen extrem gebeutelt durch das verheerende Feuer. Die Segen bringenden, starken Regenfälle der letzten Tage schienen nun wiederum erneute Probleme geschaffen zu haben.

„Viele Verletzte! Wirst du uns helfen?"

„Natürlich!", rief Sandra und schlich zurück in das gemeinsame Zimmer. Schnell hatte sie sich angezogen und eilte nach draußen zu den Wartenden im großen Truck.

„I'll take care of Lara!", erklärte ihre Cousine und drückte Sandra fest zum Abschied. Schon gab Warren Gas und brüllend schob sich der PS-starke Wagen Richtung Westen.

*

Das kleine Strandbad Montecito war nicht wiederzuerkennen. In der aufgehenden Morgensonne hielt Sandra den Atem an. Schlammlawinen, ausgelöst durch die Regenfälle und die fehlende Vegetation, hatten den Ort fast vollständig mit schmutzigem Matsch bedeckt. Wie ein Schlachtfeld sah es im wohlhabenden Promi-Ort aus. Schon einige Hundert Meter nach dem Ortsschild verließen sie den Wagen und liefen zu Fuß weiter. Warren hatte hohe Gummistiefel ausgeteilt und so kämpften sie sich Meter für Meter durch die braune Masse Richtung Stadtzentrum. Um sie herum waren die Gebäude eingestürzt wie Kartenhäuser. Menschen – bis zum Gesicht mit Schlamm überzogen – stocherten fassungslos in ihrem Eigentum. Überall waren die für Amerika typischen Sirenen zu hören. Es kam Sandra vor wie in den Katastrophenfilmen, die ihre Mutter so gerne angeschaut hatte: Riesige Feuerwehrfahrzeuge bahnten sich ihren Weg über umgestürzte Bäume. Sie schoben die ehemals gepflegten Hecken der Wohlhabenden nieder und umfuhren vorsichtig die mit braunem Schlamm gefüllten Swimmingpools. Ein Szenario wie nach einem Krieg. Es roch nach Verbranntem und Kloake. Sandra unterdrückte einen Würgereiz. Frühstück war ausgefallen, aber was war das gegen dieses Elend, das sich ihr hier offenbarte. Noch immer war ihr nicht bewusst, wie sie hier helfen konnte. Doch ohne jeglichen Kommentar folgte sie der Männergruppe.

„Wir brauchen jemanden, der koordiniert. Hilfskräfte, Aufräumarbeiten, Verpflegung. You know?“

Endlich verstand Sandra. Warren wollte, dass sie, als Kriminalbeamtin, im Lagezentrum mitarbeitete. Ja, das konnte sie gut. Innerlich beruhigte sich nach dieser Aussage ihr Magen und mobilisierte ihre schwindenden Kräfte.

*

Der Trupp hatte das Rathaus von Montecito erreicht. Aufgrund seiner hohen Bauweise war nur das Untergeschoss mit Schlamm durchflutet. Über rutschige Treppenstufen ging es nach oben. Dort im Sitzungssaal hatte man Tische zusammengeschoben und war dabei, Computer zu vernetzen. Warren stellte Sandra dem Bürgermeister der Stadt vor. Ein kleiner Mann mit spärlichem Haarwuchs und hängenden Schultern. Seine Tränensäcke waren dick wie trockene Feigen und darunter zogen sich dunkle Augenringe bis zu den Wangenknochen. Dem für die Stadt verantwortlichen Mann ging es augenscheinlich nicht gut. Sandra hätte weinen wollen. Auch einigen Uniformierten stellte Warren „seine Sandy" vor. Alle schüttelten ihr die Hand, nickten ihr freundlich zu und widmeten sich dann wieder still ihren Aufgaben. Sandra wurde der Platz vor einem PC zugewiesen und schon war Warren wieder verschwunden.

Erst am nächsten Morgen wurde Sandra abgelöst. Schon kurze Zeit nach ihrem Eintreffen hatte man ihr die gesamte Koordination überlassen und sie hatte ihr Bestes gegeben. Fast vierundzwanzig Stunden sorgte die deutsche Kommissarin mit den amerikanischen Offiziellen, aber auch Freiwilligen dafür, dass Kräfte gebündelt dort eingesetzt wurden, wo man sie dringend benötigte. Dabei hatte sie viel schwarzen Kaffee getrunken und mit wabbeligen Sandwiches ihren Magen gefüllt. Man sprach von über zwanzig Verletzten, darunter zwei Schwerverletzte. Aber sicher war man sich da nicht. Der Rücken tat Sandra weh. Aber nicht vom Sitzen. Nein, von den freundlichen Schlägen der Mitstreiter auf ihre Schultern, als sie sich verabschiedete. Voller Stolz stieg Sandra in den Streifenwagen, der sie nach Carpinteria zurückfuhr. Sie machte es sich auf dem Rücksitz bequem und war sofort in einen Tiefschlaf gefallen.

„Frau Holz! Frau Holz, Sie haben Besuch!"

Erschrocken wachte Sandra auf und erwartete das Gesicht des Amerikaners Jayden Waterfall. Doch eine Gefängniswärterin beugte sich über sie und im Hintergrund nahm sie einen steifen, alten Mann mit schütterem Haar und in altmodischem, dunklem Anzug wahr.

„Ihr Anwalt!", nuschelte die Wärterin und zuckte mit dem Kopf in Richtung des Mannes nahe der Zellentür. „Ich lasse sie mal alleine." Mit schlurfenden Schritten verschwand sie, nicht ohne die Tür hinter sich zugezogen zu haben.

„Hans von Gerechten, Anwalt! Hallo, Frau Holz. Es gibt eigentlich nicht viel zu tun. Der Zuführrichter hat diesen unsäglichen Haftbefehl schon wieder aufgehoben ... Kokain im Koffer einer Hauptkommissarin!" Von Gerechten schüttelte den Kopf und verzog dabei sein faltiges Gesicht zu einem Grinsen. „Aber Herr Lutteroth hat mich beauftragt, nach Ihnen zu schauen. Ihm selbst hat die „Interne" den Besuch verboten. Wissen Sie, Frau Kommissarin, ich bin seit Jahrzehnten Anwalt der Lutteroths. Schon als junger Jurist habe ich ...!" Er stoppte mitten im Satz. Sicher lag es an Sandras uninteressiertem Gesichtsausdruck. Sie hatte sich aus der Ruheposition in eine sitzende Haltung aufgerichtet und sich durch die Haare gestrichen. Ihr Blick streifte durch den kleinen, weiß getünchten Raum. Hier gab es nicht einmal ein Spiegel und zu allem Ärger musste sie noch äußerst dringend auf die Toilette. Ob sie den Anwalt bitten konnte, den Raum zu verlassen?

„Frau Holz, Sie werden im Laufe des Vormittags das Holstenglacis verlassen dürfen. Eigentlich sehr ungewöhnlich. Sogar bei hochgestellten Persönlichkeiten im Bereich Politik, aber auch bei Schauspielgrößen geschieht das äußerst selten. Wissen Sie, bei Herrn Kachelmann damals ...", erneut unterbrach er sich selbst. „Wie dem auch sei, es liegt wohl ein Fehler, ein Missverständnis vor und ich werde gerne für Sie eine großzügige Haftentschädigung einklagen. Was sagen Sie dazu?"

Sandra meinte etwas verlegen: „Würden Sie bitte den Raum verlassen, ich muss dringend für kleine Mädchen."

*

Sofort nach ihrer Entlassung hatte Sandra mit ihrem Ex-Ehemann in Italien telefoniert und nach Lara Sophie gefragt. Luca zeigte sich sehr überrascht von Sandras Verhaftung, erklärte aber, mit der Tochter sei alles in Ordnung. Man habe sich vonseiten der Polizei gut um sie gekümmert. Die Kollegen hatten etwas von dringendem Einsatz der Mutter erzählt und sie mit Schokolade und Gummibärchen abgelenkt. Schwiegermutter Marie-Therese hatte wohl Glück mit dem Flieger. Man hatte sie früh informiert und die Kleine musste nur wenige Stunden fremdbeaufsichtigt werden.

Kapitel 10

Die Kommissarin empfand es als eine Art Spießrutenlauf, als sie schon am nächsten Tag wieder ihre Arbeit aufnahm. Ob an der Schleuse des Polizeipräsidiums, im Lift, aber auch auf dem Gang in Richtung ihres Büros schlug ihr – vonseiten der Kollegen – große Unsicherheit entgegen. Für Sandra war es verständlich, keiner konnte so richtig damit umgehen, dass eine Kollegin plötzlich in der Untersuchungshaftanstalt an der Glacischaussee einsaß.

Auf MikVit traf sie als Ersten. Grinsend hielt er ihr die Hand hin und fragte. „Hi, Sandra, wie war der Urlaub?" Sicher wollte er mit seinem Spruch das Eis brechen.

Sandra lachte unvermittelt los. Sie wusste nicht warum, es überkam sie wie ein Brechreiz. Es handelte sich regelrecht um einen Anfall, ausgelöst durch den Satz des jungen Mannes und es war wie ein befreiender Akt. Immer mehr Kolleginnen und Kollegen des LKA scharrten sich im Flur um sie und MikVit. Und plötzlich lachten alle mit. Die Stimmung war ausgelassen, bis eine laute Männerstimme plötzlich rief: „Darf ich erfahren, was hier so spaßig ist?"

Die Stimme des Spielverderbers kam der Kommissarin nicht ganz unbekannt vor. Doch zuordnen konnte sie diese auch nicht. Erst als der Flur sich plötzlich leerte, fiel ihr Blick auf einen großen, durchtrainierten Körper, im beigen Jackett und in Jeans. Die Morgensonne schien durch das Flurfenster und verhinderte, dass Sandra das Gesicht der Person sofort erkennen konnte.

„Darf ich dir vorstellen", schallte die Stimme der jungen Kommissarin, Emma Meyfeld, über den Flur, „unser neuer Leiter, Kriminalrat Rolf Jensen!"

*

„Hallo, werte Frau Holz. So trifft man sich wieder." Kriminalrat Jensen hatte die Kommissarin in sein Büro gebeten, ihr Platz und Wasser angeboten und grinste sie nun im Akkord an. „Wieder mal was von Anton Schimick gehört?", wollte er wissen.

Sandra war noch leicht perplex über diese Begegnung mit dem ehemaligen Kommissar der Kripo Bremen. Sie kannte Jensen noch von einem Entführungsfall während ihrer Zeit bei der Mordkommission Oldenburg und sie schüttelte verneinend den Kopf.

„In der Hochschule für Polizei in Münster traf ich einen alten Freund von ihm, der sprach davon, dass Schimick in Afghanistan Polizisten ausbildet. Zumindest", Jensen überlegte, „war das vor drei Jahren der Fall. Wo er sich wohl heute rumtreibt?"

Sandra nickte. Ihr glanzloser Besuch in der U-Haft steckte ihr noch immer in den Knochen. Ihr war klar, das warf ein schlechtes Bild auf sie beim Neuankömmling und sie war um eine Entschuldigung bemüht: „Bei dem Ganzen muss es sich um ein Missverständnis gehandelt haben, man hat mich noch immer nicht über die Hintergründe informiert. Sicher wissen Sie mehr ...!"

Jensen winkte ab und Sandra schwieg.

„Machen Sie sich keine Sorge, was diese Sache angeht. Sie sind voll rehabilitiert, und wenn Sie damit schlaflose Nächte haben, empfehle ich Ihnen unseren Polizeipsychologen."

Was redete Jensen da? Psychologen? Man sollte die Verantwortlichen ihrer Verhaftung selbst mal für einige Tage einbuchten, kochte Sandra innerlich.

„Aber nun zum Fall der beiden toten Asiatinnen. Sie haben mitbekommen, dass er aufgeklärt ist?"

Daran hatte Sandra gar nicht mehr gedacht. Siedend heiß fielen ihr die Ermittlungen auf dem Airport und im Chilehaus vor ihrem Abflug in die USA ein. Sie musste alles verdrängt haben. Aber hatte sie die letzten Wochen nicht genügend andere Dinge erlebt?

„Wie – aufgeklärt? Ist Sachs aus dem Koma erwacht und hat ausgesagt?"

„Nun, die Details lassen Sie sich bitte von Ihren Kollegen erzählen. Nur so viel: Sachs liegt noch im Koma, natürlich hinter Gittern. Der Fall ist eindeutig. Die Untersuchungen sind abgeschlossen. Alles liegt nun vollständig beim Staatsanwalt."

„Womöglich bei diesem ... Nischer-Durand?", wollte die Kommissarin wissen.

Kriminalrat Jensen hob die Augenbrauen und meinte. „Da liegen Sie nicht falsch." Dann schaute er auf seine Armbanduhr. „Nun habe ich aber einen Termin beim Polizeipräsidenten." Der Abteilungsleiter war aufgestanden und auch Sandra erhob sich.

„Ach ja, nehmen Sie bitte noch ein paar Akten mit." Jensen wies auf einen der riesigen Stapel Mappen, die seitlich des Schreibtischs auf einem Schränkchen lagen. „Ich gehe davon aus, dass Sie in nächster Zeit viel Büroarbeit erledigen werden. In Ihrem eigenen Interesse. Und das, was sich da angesammelt hat, haben meine Vorgänger einfach für mich liegen lassen." Jensens Gesicht zeigte seine Verärgerung über diesen Zustand und die Kommissarin ergriff im Gehen eine Handvoll Akten. Damit spazierte sie zur Tür.

„Halt, halt! Wer wird denn so sparsam sein?" Jensen trug ihr einen weiteren Stapel hinterher und legte diesen auf den ersten. „Die haben Sie doch bis Mittag durch", grinste er. Als Sandra schon im Türrahmen stand, sprach der Kriminalrat sie noch einmal an: „Noch ein guter Rat, Frau Holz: Halten Sie sich die nächsten Wochen etwas im Hintergrund."

Sandra war mit offenem Mund stehen geblieben.

*

Grübelnd saß die Kommissarin vor dem Berg an Papieren. Sie mochte eigentlich keine Büroarbeit, aber heute kam ihr das sehr entgegen. So hatte sie Zeit, ihre Gedanken zu ordnen. Wenn sie sich nur den Hintergrund dieser Aktion mit dem Kokain in ihrem Koffer erklären könnte. Wenn es sich um ein Missverständnis handeln würde, wäre das sehr beruhigend für sie. Aber diese Ungewissheit ließ ihr keine Ruhe. Das konnte kein Zufall sein. Und dass man vonseiten des Dienstherrn alles herunterspielte, war sicher auch nicht in Ordnung. Sie nahm sich vor, am Wochenende mit Caro darüber zu reden.

*

„Diese unsinnige Fliegerei der ganzen Truppe jedes Wochenende von Hannover nach Hamburg kostet den Senat doch ein Vermögen!?", rief Sandra durch die Küche ins Wohnzimmer. Caro saß vor dem Fernseher und schaute ein Spiel der Fußballweltmeisterschaft, und sie kochte.

Ihr Freund und Kollege war die Woche über bei der ‚unabhängigen, polizeilichen Untersuchungskommission zum G-20-Gipfel' eingesetzt. Obwohl das ganze schon Monate her war, schien noch kein Ende in Sicht.

„Mir egal, ich habe mich nicht darum gerissen!", rief Caro Lutteroth zurück.

Die beiden Hauptkommissare waren seit dem letzten Jahr ein Paar. Zwar eher am Wochenende, und dann lief es auch mehr platonisch als körperlich ab, aber Caro – so glaubte Sandra – liebte die Gespräche mit ihr mehr als heißen Sex.

„Ein Bus hätte es doch auch getan." Sandra gab nicht auf und Caro ignorierte es.

„Weißt du, wen ich auf dem Airport gesehen habe?"

Sandra wusste es nicht.

„Bernd Silwer, und zwar in einer Uniform der Flugplatz Security. Er scheint wieder zu neuen Ehren gekommen zu sein."

Sandra staunte. Nach alldem, was sich Silwer zuschulden hatte kommen lassen, stellte man ihn wieder bei einem Sicherheitsdienst ein? Da musste jemand doch sicher etwas gedreht haben, glaubte sie zu wissen. Oder Caro hatte sich getäuscht.

„Komm essen, Schatz!"

Während der Mahlzeit fragte sie Caro nach einem Kontakt zu Mitarbeitern beim Rauschgiftdezernat.

Caro überlegte, während er die Nudeln in den Mund stopfte. Als er den Kauvorgang abgeschlossen hatte, erklärte er: „Ein früherer Abteilungsleiter von mir hat seine letzten Jahre vor der Pensionierung bei den Rauschis verbracht. Sigbert von Zentis, Erster Hauptkommissar. Ist seit letztem Jahr zu Hause und lebt in Eilbek."

*

Der Kontakt zu Zentis war schnell hergestellt, und schon am übernächsten Tag trafen sich Sandra Holz und von Zentis im Café Schmidtchen in der ehemaligen Pathologie in Eilbek.

„Was sich wohl früher hier so alles abgespielt hat?", begrüßte Zentis die Kommissarin.

„Hören Sie auf, sonst habe ich die Lust auf ein Frühstück verloren."

Zentis, ein knochiger Mann Anfang sechzig, mit blitzenden Augen, grauem Kurzhaar und altmodischer Kleidung, hatte Sandra schon vor dem Café erwartet.

„Lassen Sie uns reingehen, ich habe einen Tisch reserviert und Bärenhunger. Wann kommt es schon mal vor, dass man von einer Kollegin zu einem opulenten Frühstück eingeladen wird?"

Lachend spazierten sie in den leeren Nebenraum. In einer Ecke schob Zentis Sandra galant den Stuhl zurecht.

„Alte Schule!", grinste sie und der ehemalige Kriminalbeamte nickte.

„Wie geht es meinem Ziehsohn Lutteroth?"

„Ziehsohn? Das erzähle ich ihm. Nein, alles gut. Er arbeitet noch immer an der Aufarbeitung des G-20-Gipfels und ich habe ihm anfänglich gesagt, das ist ein Politikum und wird eh nie aufgeklärt. Aber er hat nicht auf mich gehört."

„Es hat mich gewundert, aber auch gefreut, dass man ihn wieder in den Polizeidienst aufgenommen hat."

„Ja, die Zeit war gut, und mit Alexander Schweiss hatte er einen sehr gewichtigen Fürsprecher." An der

Stimmlage der Kommissarin war ihre Trauer über den Tod ihres Kollegen noch deutlich erkennbar.

„Das mit dem Kollegen Schweiss tut mir leid. Ich kannte ihn. Ein Kauz, aber ein liebenswürdiger. So muss niemand enden. Schon gar nicht so kurz vor der Zurruhesetzung."

Sie bestellten Frühstück und Zentis wollte den eigentlichen Grund der morgendlichen Einladung erfahren.

Sandra erzählte vom Verlust ihres Koffers auf dem Flug in die Staaten und dem späteren Fund des Gepäckstückes voller Kokain. Zentis staunte. „Da hat sich einer ganz schön Arbeit gemacht. Das war kein Dummejungenstreich mehr, da gehört viel mehr dazu. Irgendjemand – ich drücke es mal freundlich aus – mag Sie nicht, Frau Holz!"

„Ich bin zwar die Jüngere, aber lassen Sie uns doch das Du benutzen", schlug Sandra vor. Zentis stimmte zu und während die Bedienung das Frühstück deckte, unterhielten sich die beiden über Belangloses.

„Wie sind deine Erfahrungen mit gestohlenem Rauschgift aus Asservatenkammern?", überraschte die Kommissarin den Mann später beim Biss in ein Mehrkornbrötchen.

„Ups! Du kannst ja Fragen stellen!" Zentis kaute zu Ende und meinte dann: „So etwas gab es ständig und nicht nur beim Rauschgift. Besonders Bündel voller Geldscheine verschwanden immer mal wieder. Aber das wird dich eher weniger interessieren. Was das Rauschgift betrifft, so liegen in der Asservatenkammer im Polizeipräsidium nur wenige Kilogramm. In der Staatsanwaltschaft Hamburg, beim Gorch-Fock-Wall, da ist schon mit größeren Mengen an Rauschgift zu rechnen."

„Und wie sieht es mit Diebstählen bei großen Drogenfunden aus? Also, wenn man im Hafen containerweise Kokain entdeckt!"

„Ja, da werden schon riesige Mengen gefunden. Ende letzten Jahres erst wieder 717 Kilogramm und kurz davor sogar über drei Tonnen."

Zentis schaute auf. Ein junges Paar hatte seinen Kopf in den Raum gesteckt. Sie hatten es sich dann aber doch anders überlegt. Die Köpfe waren wieder verschwunden.

„Das beschlagnahmte Rauschgift wird nach richterlichem Beschluss schnellstmöglich vernichtet. Und bis zu diesem Tag wird es selbstverständlich aufwendig bewacht. Das Personal dazu wird nach dem Zufallsprinzip aus unterschiedlichen Hamburger Dienststellen ausgewählt. Die Verantwortlichen möchten Absprachen zum Diebstahl und eine Erpressung des Standortes weitestgehend ausschließen."

Sandra klopfte ihr Ei auf und begann es auszulöffeln.

„Aber oft hängt die Dauer der Aufbewahrung vom bearbeitenden Staatsanwalt ab."

„Warum sollte der Staatsanwalt etwas dagegen haben, die Drogen nicht vernichtet zu sehen?"

„Zum Beispiel, wenn die Staatsanwaltschaft Personen dingfest gemacht hat. Drogendealer etwa, die am

Umschlag beteiligt waren. Dann bedarf es schon eines ‚Arsch in der Hose', die Drogen schon vor Prozessbeginn zu vernichten."

Sandra lachte. „Ist in unserem Job nicht immer ein ‚Arsch in der Hose' notwendig?"

Zentis nickte.

„Kannst du – was das betrifft – Namen nennen?"

Zentis überlegte. „Oft waren es die jungen, neuen Staatsanwälte, die sich da zierten. Aber auch Nischer-Durand könnte ich nennen. Er hat auch so manches Mal die Vernichtung aufgeschoben."

Beim Namen Nischer-Durand ließ Sandra ihre Brötchenhälfte aus der Hand auf den Teller fallen.

„Ich sehe schon, Sandra, ich habe ins Schwarze getroffen?"

Mit errötetem Gesicht griff Sandra die mit Marmelade bestrichene Hälfte auf und biss nickend hinein.

„Weißt du auch, dass man Nischer-Durand der linksextremen Szene zurechnet?"

Sandra war verblüfft.

„Da schaust du, was? Ja, tatsächlich. Als der Anwalt Nischer-Durand sich in den Neunzigerjahren bei der Hamburger Staatsanwaltschaft bewarb, lehnte man ihn ab. Damals war der Deutsch-Franzose mit einer Französin verheiratet. Sie war Vorsitzende oder Stellvertretende – ich weiß es nicht mehr genau – der ‚Parti de Gauche', einer linken Partei in Frankreich. Nischer-Durand hat sich dann scheiden lassen und wurde wenig später als Staatsanwalt eingestellt. Die Kollegen munkelten damals, er wohne seither noch immer mit der Frau zusammen. Und dass sie zwei gemeinsame Kinder haben. Ja, so läuft das eben."

Sandra kam aus dem Staunen nicht mehr heraus.

„Ein linksextremer Staatsanwalt? Und das toleriert der Justizsenator?"

„Du weißt doch, besser den Feind unter Kontrolle in den eigenen Reihen. Ich schätze, man hat Nischer-Durand dort im Blick und gegebenenfalls auch Zugriff auf ihn."

Sandra ließ sich noch einen Milchkaffee kommen. Zentis hatte keine Wünsche mehr und putzte sich mit der Serviette den Mund ab.

„Macht es Sinn, Kokain von Deutschland in die ganze Welt zu versenden?", wollte die Kommissarin wissen.

„Wirtschaftlich ist das nur noch in wenigen Ländern sinnvoll. Du hast es ja erlebt. Kokain in die USA zu schicken, ist großer Schwachsinn. Erstens sind die Vereinigten Staaten – aufgrund ihrer geografischen Lage – gut und günstig versorgt. Und zweitens lassen Scanner des Zolls und dann der Sicherheitsdienst auf den Flugplätzen nichts ins Land."

Der Milchkaffee wurde gebracht und Sandra bat um die Rechnung. Die Bedienung versprach, sie zusammenzustellen, und verschwand erneut.

„Also, wie gesagt, es macht kaum noch Sinn, von hier aus Rauschgift zu verticken. Vielleicht noch nach Japan, nach Neuseeland ..." Zentis überlegte und Sandra nutzte die Pause, um den Satz zu vollenden. „Und den Philippinen, Thailand und Venezuela?"

Der ehemalige Kriminalbeamte staunte nicht schlecht. „Da hat die junge Hauptkommissarin aber ihre Hausaufgaben gemacht!"

*

Im Büro ließ Sandra das Gespräch mehrfach Revue passieren. Immer wieder fiel der Name Nischer-Durand. Ob der Anwalt vielleicht hinter ihrer Verhaftung und der Nacht im Holstenglacis steckte? Aber aus welchem Grunde sollte er das tun? Was hatte sie ihm getan? Die Kommissarin rief auf dem Hamburger Flugplatz an und verlangte Frau Rosche. Sie sei gerade im Haus unterwegs, erklärte man und versprach, sie würde zurückrufen. Tatsächlich klingelte schon Minuten später das Telefon und die Frau entschuldigte sich eingehend für ihre Abwesenheit.

„Sie müssen sich doch nicht entschuldigen, Frau Rosche. Auch ich bin viel im Haus unterwegs. Das hat auch seinen Sinn. Aber ich möchte Sie etwas fragen. Ist es richtig, dass einer meiner Ex-Kollegen auf dem Hamburger Flugplatz arbeitet? Bernd Silwer, er war früher hier bei uns in der Mordkommission."

Frau Rosche bestätigte das. „Ja, Silwer ist ein sehr engagierter Mann. Innerhalb weniger Monate hat er sich zum stellvertretenden Leiter der Flughafen-Sicherheit hochgearbeitet. Sicher hat das mit seiner vorherigen Arbeit als Kriminalbeamter zu tun", schmeichelte die Frau.

Sandra bedankte sich und legte auf.

Wie konnte jemand, der so viel Dreck am Stecken hatte und von der Polizei entlassen wurde wie Silwer, schon wieder in einem Bewachungsjob arbeiten? Das ging doch nicht mit rechten Dingen zu. Hier musste einiges unter den Tisch gekehrt worden sein. Und sicher benötigte man dazu auch viel Vitamin B. Aber wenn schon Linksextreme leitende Funktionen bei der Justiz einnahmen, wunderte Sandra gar nichts mehr.

*

Caro rief auf ihrem Handy an. „Bin gerade in der Pause eines Meetings. Du glaubst es nicht, Sandra, Ende Dezember werde ich den Polizeidienst wieder quittieren."

Sandra vermutete einen Scherz. „Hast du etwas geraucht?", fragte sie lachend ihren Freund.

„Nein, echt. Die Personalabteilung hat bestimmte Jahrgänge und Ränge der Kriminalbeamten befragt, ob sie nicht gegen eine Teilrente aus dem Dienst ausscheiden würden. Man strukturiert den Polizeiapparat wohl wieder um, weißt du."

„Das gibt es doch nicht." Sandra war fassungslos. „Und dich hat man tatsächlich auch gefragt?"

„Ja, toll, nicht? Mir passt das gut. Irgendwie ist es doch nicht mehr mein Ding. Ich habe der Pensionierung zugestimmt und nächste Woche unterschreibe ich die Papiere. Reich werde ich nicht sein, eher eine Minirente. Also stelle dich auf karge Zeiten ein."

„Für einen ‚White Russian' wird es doch ausreichen?", scherzte Sandra.

„Ich muss jetzt auflegen, es geht weiter!", beendete Lutteroth das Gespräch.

„Eines noch, ist bei den G-20-Untersuchungen auch der Name Nischer-Durand gefallen?"

Lutteroth machte eine Pause. Dann bestätigte er das. „Und nicht zu wenig. Er hängt da tief mit drin. Ich kenne ihn noch von früher. Ein unsympathischer Kerl. Dazu linksorientiert. Ein Wunder, dass der sich so lange bei der Hamburger Staatsanwaltschaft gehalten hat. Ihn und einen Doktor Gollasch haben wir auf dem Kieker. Darf eigentlich nicht drüber sprechen – Interna! Bleibt aber in der Familie, oder? Also, tschüss."

Noch ehe Sandra sich verabschiedet hatte, war das Gespräch beendet.

Na, schau mal einer an, Gollasch und Nischer-Durand im Doppelpack. Wenn das nicht ein Volltreffer war? Sie musste unbedingt mit Jensen darüber reden, nahm sich die Kommissarin vor.

Was Caros Abschied vom Polizeidienst anging, gefiel das Sandra ganz und gar nicht. Ihre Ehe mit dem Italiener Luca scheiterte daran, dass sich beide Partner kaum sahen und Luca seine freie Zeit anders verbringen musste als seine Ehefrau. Nun bekam sie mit Caro einen jungen Pensionär, der sicher zu Hause saß und wartete, bis sie heimkam und endlich etwas kochte. Nein, das würde sie Caro schon austreiben, nahm sie sich vor.

Bis zum späten Nachmittag untersuchte die Kommissarin Akten, und erst als sie den Haufen tatsächlich abgearbeitet hatte, packte sie ihn und spazierte zu Jensens Büro. Auf dem Flur traf sie auf Soko. Der Kollege lief grinsend an ihr vorbei und flüsterte: „Na, du Büromaus!“ Sandra trat freundschaftlich mit dem Fuß nach ihm und er machte einen Sprung zurück. „Tätlicher Angriff, das sage ich meiner Mama!“

Kommissar Sokolowski hatte wieder eines seiner gefürchteten T-Shirts an und Sandra las darauf: „A lie gets halfway around the world before the truth has a chance to get its pants on – Winston Churchill.”

„Eine Lüge schafft es um die halbe Welt, bevor die Wahrheit auch nur eine Chance hat, sich die Stiefel anzuziehen.“ War dieses Zitat des englischen Staatsmannes und Politikers ein Wink mit dem Zaunpfahl, Jensen zunächst nichts über ihre Vermutung zu berichten? Während Soko lachend aus ihrem Blickfeld verschwand, lehnte sich die Kommissarin an das kühle Flurmauerwerk. Sie hatte nichts in der Hand als Vermutungen. Würde das ausreichen, einen langjährigen Staatsanwalt zu diskreditieren? Und das bei einem Abteilungsleiter, der gerade erst von Bremen nach Hamburg gewechselt war? Der Kommissarin wurde bewusst, wie lächerlich sie sich machte, und so spazierte sie zurück in ihr Büro.

*

Sandra war mit dem Bus zur *Rissener Landstraße* gefahren und bei der Haltestelle in den *Krähenhorst* abgebogen. Bei Familie Wellington befand sich seit über elf Monaten ein Au-pair-Mädchen aus Venezuela, das konnte sie Gollaschs Liste entnehmen. Die Kommissarin beabsichtigte, das Mädchen zu vernehmen, und hatte sich am nächsten Morgen in der Früh in Richtung Blankenese aufgemacht. Emma Meyfeld hatte sie eine WhatsApp geschrieben: „Habe heute Morgen einen Arzttermin", und das Ganze zusammen mit einem Smiley abgeschickt.

Die Villen im *Krähenhorst* lagen weit zurück hinter dicken, hohen Mauern, und dahinter zeugten alte Eichenbäume vom hohen Alter des Bestandes. Die Hausnummern hatte man wohl aus gutem Grund versteckt angeordnet, denn erst nach längerem Suchen fand Sandra das entsprechende Anwesen. Sie drückte einen Messingknopf auf einer schmiedeeisernen Platte. Über ihr bewegte sich etwas. Eine Kamera, wie damals bei der Fahrzeugverwahranstalt. Sie spürte, wie sich ein Schauer über Beine und Arme zog und sich rasend ausbreitete. Eine Stimme machte dem Ganzen ein Ende. „Hallo, was möchten Sie bitte?"

„Mein Name ist Holz, ich bin Kriminalbeamtin!"

Wenig später war die Kommissarin tief in einem Ledersofa eines altmodisch eingerichteten Wohnzimmers versunken. Man hatte sie mit Tee und Keksen versorgt und eine Frau von Ende dreißig saß ihr gegenüber. Ein junges Mädchen mit asiatischen Wurzeln stand seitlich am Kamin gelehnt.

Die Frau plauderte freundlich über ihre Erfahrungen mit Au-pairs und verwies auf deren Vorzüge. „Unsere drei Racker sprechen schon gutes Englisch und Helen hat sich, ebenso wie ihre beiden Vorgängerinnen aufopfernd um sie gekümmert."

„Haben die Au-pairs der Agentur untereinander Kontakt?", wollte Sandra wissen. Noch hatte sie den Grund ihres Besuches nicht mitgeteilt.

„Da fragen Sie doch besser Helen", die Hausfrau drehte ihren Kopf zu der jungen Frau.

„Helen, die Kommissarin möchte wissen ..."

„Ich habe es verstanden", unterbrach Helen ihre Gastmutter und Sandra wurde das Gefühl nicht los, irgendetwas stimmte hier nicht. Etwas überrascht schaute Frau Wellington das Mädchen an.

„Wir Mädchen haben uns oft vor dem Chilehaus getroffen. Doktor Gollasch war so freundlich, uns einzuladen. Von dort sind wir dann gemeinsam in die Stadt zum Shopping spaziert. Ein Fahrer der Agentur hat uns später wieder nach Hause gebracht."

Das als Helen vorgestellte Mädchen sprach tadelloses Deutsch, und noch bevor Sandra überlegen konnte, ob man so etwas in einem Jahr lernte, erklärte Frau Wellington: „Ihre Mutter ist eine Deutsche!“

Das Mädchen nickte zustimmend.

Sie trat von der Wand weg und setzte sich neben die Kommissarin.

„Ich habe Joyce gut gekannt, sie war eine liebe Freundin.“ Plötzlich liefen Tränen über Helens Wangen und Sandra legte automatisch ihren Arm um sie. Eine Weile saßen beide Frauen still auf dem Sofa, und zum Glück hielt sich auch die Gastmutter mit weiteren Gesprächsbeiträgen zurück.

Endlich erklärte die Kommissarin: „Wir haben den Täter und er wird nie wieder jemandem etwas zuleide tun.“

Helen rieb sich die Tränen aus den Augen und nickte dankbar.

„Helen, ich möchte dir einige Fragen stellen. Geht das in Ordnung?“

Wieder nickte die Venezolanerin.

„Gab es – bei Gesprächen mit den Mädchen – Hinweise auf Ängste und Ärger in den Gastfamilien? Aber auch über Probleme mit der Au-pair-Agentur *Infinite Freedom*?“

„Unstimmigkeiten und Klagen über die Gastfamilien gab es wohl hin und wieder. Aber es handelte sich, meiner Meinung nach, eher um Kleinigkeiten. Die Mädchen wollten gerne öfters am Wochenende weg in eine

Diskothek und das ließen einige Gasteltern nicht zu. Solche Dinge halt.“

Helen schaute zu Frau Wellington und die meinte: „Man trägt eine große Verantwortung für die jungen Dinger. Sie sind alle so hübsch.“ Sandra hatte den Satz fast erwartet und nickte.

„Also nichts über Gewalt und dergleichen?“

Helen schüttelte den Kopf und griff nach einem der Kekse.

„Du fliegst schon bald wieder zurück in die Heimat?“

„Ja, am dreißigsten!“, erklärte Helen unter leisen Mahlgeräuschen ihrer Zähne.

„Plant ihr Mädchen, den Kontakt auch nach der Aupair-Zeit noch zu halten?“

„Wir sind alle, also die meisten, in einer WhatsApp-Gruppe. Einige melden sich nach ihrer Rückkehr noch einmal aus der Heimat. Aber nur wenige. Für viele ist die Hamburger Zeit schnell Vergangenheit.“

„Könntest du mir den Chatverlauf zusenden?“

„Kein Problem, nennen Sie mir doch Ihre Handynummer.“

Das Mädchen hatte ihr Handy aus der Gesäßtasche ihrer Dreiviertel-Jeans gezogen und war schon am Scrollen.

Sandra nannte die Nummer und keine Minute später signalisierte das Handy der Kommissarin den Empfang einer WhatsApp-Nachricht. „Wie hast du das so schnell geschafft?“, staunte sie.

„Eine Kleinigkeit!“, grinste Helen.

*

Helen drückte die Kommissarin fest, bevor sie ihr die Pforte zur Straße öffnete. Mit einem warmen Gefühl in der Brust trat Sandra auf den Gehweg vor der Villa. Auf der gegenüberliegenden Straßenseite registrierte sie einen weißen Audi mit einem breiten, schwarzen Streifen über der Motorhaube. Am Kotflügel lehnte ein Schönling, in eine dunkle Lederjacke gekleidet. Er telefonierte und als die Pforte hinter der Kommissarin lautstark zuknallte, drehte er sich um und erschrak. Sandra musste über seinen Gesichtsausdruck lachen. Solche Bubis mochte sie: Dicke Autos fahren und dann bei zuschlagenden Türen erschrecken.

Sie hatte Glück, erwischte sofort einen Bus und setzte sich in die hintere Reihe. Wieder war sie einen Schritt weitergekommen. Den Chatverlauf von Helen würde sie im Büro auswerten. Sie hoffte, damit den Durchbruch erreichen zu können. Bei einem Blick aus dem Rückfenster des Busses fiel ihr erneut der weiße Audi mit dem Streifen auf. Erst glaubte sie an einen Zufall, dann erkannte sie den jungen Mann wieder. Er hatte eine riesige Sonnenbrille angezogen, aber Sandra war sich sicher, dass es sich um den vom *Krähenhorst* handelte. Wurde sie verfolgt? Eigentlich gab es keinen Grund. Sicherheitshalber schrieb sie das Hamburger Kennzeichen des Wagens auf und bat MikVit, es zu überprüfen. Schon wenige Minuten später rief er zurück. „Tut mir leid, Sandra, die Nummernschilder wurden gestern als gestohlen gemeldet. Ich habe den Wagen zur Fahndung ausgeschrieben.“ Sandra bedankte sich.

*

Als die Kommissarin in Blankenese den Bus verließ, war der Wagen spurlos verschwunden. Auf jeden Fall wurde sie beobachtet, da war sie sich absolut sicher. Sie stieg in die Hochbahn S1 in Richtung Hamburg Hauptbahnhof. Kurz hinter Hochkamp klingelte ihr Handy. Sokolowski war dran. „Sandra, ich bin etwas überfordert. Fuck, zwei Drogentote in den letzten zehn Minuten. Kannst du dich um einen der Fälle kümmern?“

Sandra überlegte kurz, versprach dann die Angelegenheit übernehmen zu wollen. Zumal die 26-jährige Tote – wie Soko berichtete – in Ottensen, nahe des S-Bahnhofs Altona, aufgefunden wurde. Der Kollege schickte die Daten per WhatsApp und nach wenigen Minuten kündigte die weibliche Stimme der S-Bahn den Bahnhof Altona an.

*

Das Studentenwohnheim *Am Feld 158* war fußläufig zu erreichen und Sandra genoss den Spaziergang dorthin. Wer wusste schon, was sie gleich wieder erwarten würde.

Schon etliche Meter vor der angegebenen Adresse konnte sie Blaulicht erkennen und die Kommissarin orientierte sich daran. Der Eingang des top sanierten und riesigen Wohnkomplexes war nicht abgesperrt, aber im kühlen Flur trat ihr ein uniformierter Kollege in den Weg. Sie wies sich aus und der neu aussehende, glänzende Aufzug brachte sie in den dritten Stock des Studentenwohnheims. Ihr war bewusst, hier wohnte sicher alles andere als Drogenabhängige. Vielleicht ein Dealer, aber der würde eher eine andere Gegend als Ottensen bevorzugen. Die Eltern der Toten mussten wohlhabend sein. Vielleicht verdiente die Frau die hohe Miete auch durch Jobs wie Prostitution oder Escort? Sandra riss sich aus ihren Gedanken, denn die Lifttüren öffneten sich und gaben den Blick auf eine offene Wohnungstür frei. Vom Aufzug aus konnte die Kommissarin bis in ein kombiniertes Wohn-Schlafzimmer blicken, wo zwei in weiße Overalls gehüllte Kollegen der Spurensicherung ihren Dienst verrichteten. Sandra betrat den Korridor. Dort nahm sie den nächsten Uniformierten wahr. Er lehnte gelangweilt seitlich an der Wand und richtete sich zögernd auf, als er die Frau erblickte. Sie zeigte ihm ihren Ausweis und ohne sein Einverständnis abzuwarten, ging sie in die Wohnung.

Die Kommissarin schätzte die kleine, moderne Wohnung auf eine Größe unter 40 Quadratmeter und die monatliche Miete auf sicher 800 bis 1000 Euro. Auf dem Boden des Flures lagen zwei Paar hochhackige Schuhe, eines – mit silbernen Nieten beschlagen – ordnete sie der teuren Marke Valentino zu. Ein Parka mit Echtpelzkragen hing mit der Kapuze an einem Garderobenhaken, was bei ihr als Tierschützerin sofort Verärgerung auslöste. Die Bewohnerin musste ihr Geld vermutlich nicht mit Schwerstarbeit erwirtschaften, schloss sie. Sie machte einen Schritt in Richtung Wohnzimmer und streckte den Kopf hinein. Die beiden Männer der Spusi stellten ihre Arbeit ein und kamen auf sie zu. Einer riss sich die Kapuze vom Kopf und stöhnte. „Sie haben es gut, Frau Holz. Warum müssen Sie eigentlich nie Overalls tragen?"

Sandra grinste, sie hatte Dr. Fischer – den Vertreter von Dr. Pellin aus der Rechtsmedizin – erkannt.

„Was heißt hier nie? Auch ich trage hin und wieder diese Plastiktüten. Erzählen Sie mal!"

Erst jetzt fiel ihr der Körper hinter dem weißen Ledersofa auf.

„Da sind wir schnell durch: Die Kleine hat sich mit Kokain weggeschossen. Reste davon liegen noch hier rum." Fischer wies auf den Tisch, auf dem mehrere Spritzen, aber auch weitere Fixerutensilien lagen.

„Hätten Sie noch ein paar Füßlinge für mich?"

„Sie dürfen ohne!", erklärte Fischer großzügig und Sandra machte sofort zwei Schritte in Richtung der Toten.

Das Mädchen sah aus, als schliefe es. Die Kommissarin wusste aus Sokos Ausführungen, dass ihr Alter sechsundzwanzig war, und so hätte Sandra die langhaarige Blonde auch geschätzt. Sie lag dort im langen Abendkleid, das etwas nach oben verschoben war, den Körper leicht verdreht, auf dem Rücken. Ihre Augen waren offen und zeigten starr Richtung Decke.

„Könnten Sie bitte ...!" Sandra zeigte auf den Kopf der Toten.

Dr. Fischer verstand, bückte sich und schloss mit einer Handbewegung die Augenlider der Toten.

„Danke!"

„Gern geschehen."

Sandra schaute sich ihr Abendkleid genauer an. Es schien aus bester Seide zu sein und von der Machart her tippte sie auf ‚*Erdem Moralioğlu*' als Designer, einen kanadischen Modeschöpfer, von dem sie sich auch gerne mal ein Kleid gegönnt hätte.

„‚*Moralioğlu*'", flüsterte die Kommissarin.

„Sie meinen?" Dr. Fischer hatte nicht verstanden. Sein Kollege hatte sich wieder gebückt und ging seiner Spurensuche nach.

„Vergessen Sie es, bitte einen kurzen Lagebericht."

„Frau Kommissarin, ich hatte doch schon ... na gut. Conni Wal, Studentin, ist laut ihrem Ausweis 26 Jahre alt und wurde von der Putzfrau gefunden. Diese wohnt im Nachbarhaus und sie konnte zunächst nichts aussagen – außer, die junge Frau leblos aufgefunden zu haben. Ich habe sie in ihre Wohnung zurückgeschickt und sie gebeten, dort zu verweilen, bis ...!"

„... bis sich eine Kriminalbeamtin um sie kümmert!"

„Richtig! Wir haben Reste von Kokain gefunden. Die Konzentration bzw. Verunreinigungen muss das Labor herausfinden. Es gibt keine Einstiche im Arm, dafür welche im Fußrücken. Todeszeitpunkt vor vielleicht drei bis vier Stunden. Also zwei Stunden vor dem Auffinden der Leiche durch die Putzfrau."

Die Einstiche im Fußbereich sprachen für eine Arbeit der Toten als Escort-Dame oder aber im horizontalen Gewerbe, glaubte Sandra zu wissen.

„Ja, ich gehe schon jetzt von einem goldenen Schuss aus. Keinerlei Gewalteinwirkung. Also kein Mord."

Nun wurde Fischer aber etwas zu feist. „Wollen Sie nicht auch noch meinen Bericht schreiben, werter Rechtsmediziner?", wies ihn die Kommissarin in seine Schranken.

„Oh, entschuldigen Sie, da habe ich mich etwas aus dem Fenster gelehnt." Sein Kollege am Boden griente. Als er Sandras ernsten Blick sah, stellte er das Grinsen ein und fummelte mit einem Pinsel weiter auf dem Flokati-Teppich.

„Kein Problem, Doktor Fischer. Da habe ich einen gut!", schmunzelte die Kommissarin.

Sie schaute sich in der kleinen Wohnung um. Gepflegte, teure Möbel, Designerlampen und zwei Kunstdrucke an den beiden einzigen freien Wänden, die nicht billig aussahen. Die Frau hatte Geschmack, und das wurde ihr womöglich zum Verhängnis. Viele hielten dem Druck nicht stand und spritzten oder schnupften zum Ausgleich Kokain. Seitlich befand sich eine Minibücherwand und die Kommissarin trat davor. Die wenigen Regalbretter enthielten überwiegend juristische Lektüre. Dicke Schmöker, dazu das Bürgerliche Gesetzbuch. Ob die Tote hier in Hamburg ein Jurastudium absolvierte? Sandra wusste, wie langwierig und teuer so ein Studium der Rechtswissenschaften war. Das könnte der Grund für ihre Tätigkeit im horizontalen Gewerbe und des Drogenkonsums sein. Sandra arbeitete im Kopf schon am kurzen Bericht: „Tod durch überhöhte Drogendosis. Keine Fremdeinwirkung. Fall abgeschlossen."

Sie machte einen Schritt in Richtung Balkontür. Seitlich war eine moderne Miniküchenzeile montiert. Bestimmt sehr teuer, bei dem hohen Edelstahlanteil. Ein teures Loom-Lounge-Sofa nahm fast die gesamten etwa vier Quadratmeter Balkonfläche ein. Dahinter fiel Sandra ein grün bepflanzter Innenhof auf, der von seiner Klasse nicht dem Hamburger Standard entsprach. Hier herrschte Dekadenz, aber wer es sich leisten konnte, bitte schön.

„Ich werde die Frau natürlich im Butenfeld noch einmal genauer untersuchen. Gesamtbericht folgt!", merkte Fischer an, als Sandra Richtung Wohnungsausgang trat.

„Und ich rede noch mit der Haushälterin. Wie lauteten noch Name und Wohnort?"

*

Das Gespräch mit Frau Marodić brachte Sandra nicht weiter. Immerhin hielt die aus Jugoslawien stammende 61-Jährige sich mit ihrer Meinung nicht zurück, was die nächtliche Arbeit der toten Conni Wal anging.

„Dieses junge Ding! Sich für Geld hinzulegen, nur um später alle wieder verklagen zu können. Nein, wie tragisch!“ Der Tod der Studentin schien der gläubigen Frau Marodić stark an die Nieren zu gehen. Ständig machte sie mit der Hand Kreuze vor ihrer Brust.

„Haben Sie Kinder, Frau Kommissar?“

Sandra verbesserte sie nicht, sondern nickte nur müde.

„Dann passen Sie gut auf Ihre Schutzbefohlenen auf. Der liebe Gott kann nicht überall einschreiten.“ Sandra versprach es.

Es war inzwischen schon nach 20 Uhr und Sandra fuhr von Altona in ihre Wohnung in die Böckmannstraße. Auch wohnungsmäßig musste bald dringend etwas geschehen. Caro hatte schon öfters davon gesprochen, dass es Sinn machen würde, wenn sie zusammenzögen. Sie war einer Antwort stets durch ablenkende Gespräche entgangen. Aber ihr Freund hatte tatsächlich recht. Lucas Wohnung am Steindamm war längerfristig nicht für sie geeignet. Auch wenn ihr Ex-Mann ihr sozusagen ein unbefristetes Wohnrecht eingeräumt hatte. Dazu kam, dass die kleine Wohnung Caros in der *Langen*

Reihe zwar wunderschön war und überaus zentral lag, doch Sandra konnte sich ein Zusammenleben zu zweit dort nicht vorstellen. Allein der Gedanke daran schnürte ihr die Luft ab.

Sie setzte sich – gegen ihre Gewohnheiten – draußen an einen der leeren Tische des *La Famiglia* und bestellte ein Glas Rosé und eine Pizza *Vier Jahreszeiten*. Sie genoss den inzwischen seit Wochen andauernden Sommer, der es ihr ermöglichte, gefühlt seit April des Jahres in lockerer Kleidung durch die Stadt zu laufen.

Was Helens Chatverlauf anging, war sie schon ungeduldig. Eigentlich wollte sie ihn in der Wohnung in Ruhe überprüfen. Doch hier, bei einem Glas Wein, zückte sie ihr Smartphone und öffnete die App. Mindestens zwanzig Au-pairs waren über einen Zeitraum von Oktober letzten Jahres bis Ende letzter Woche an dem Chat beteiligt. Alles lief in Englisch ab und vieles in Kurzform und mit Emoticons. Inzwischen – so hatte sie gelesen – gab es weit mehr als 2.000 dieser Abkürzungen und Smileys. Sandra wurde unsicher. Und schon gleich zu Anfang stand mit AFAIK etwas Unbekanntes. Sie musste googeln, um die Buchstaben zuordnen zu können: As far as I know – soweit ich weiß. Das fing ja gut an. Mit ‚EOM – End of Message', ‚HF – have fun' und ‚IDK – I don't know' ging es weiter. Sie fragte sich, ob es nicht besser wäre, die Chats morgen im Büro zu überprüfen? Dort stände gleich ein weiterer Rechner für die Findung der Abkürzungen zur Verfügung. Sie scrollte etwas tiefer und stieß auf eine Nachricht die mit ‚missing baggage' begann. Zum Glück keine Abkürzung. Ein Au-pair aus Neuseeland schrieb dort im Dezember letzten Jahres, bei der Heimreise sei ihr Koffer nicht angekommen. Sie wartete darauf, dass man ihn ihr nachliefere. Einige Wochen und viele Nachrichten später meldete das Mädchen mit Namen Naori, der Koffer sei nicht mehr aufgetaucht und berichtete freudig davon, dass die Airline ihr 350 US-Dollar Entschädigung bezahlt hatte. Sie schrieb von einer tagelangen Shoppingtour durch ihre Heimatstadt. Daraufhin antworteten ihr drei weitere Mädchen aus anderen Ländern, auch ihre Koffer hätten den Heimatflughafen nicht erreicht.

Die Pizza wurde gebracht und Sandra hatte beim Essen Zeit, über das Gelesene nachzudenken. War es Zufall, dass bei der Rückreise der Au-pairs der Koffer verschwand? Sicher gab es – laut Aussage von Frau Rosche – Millionen Reisende und somit auch Tausende von verlorenen Gepäckstücken. Aber auch ihr eigener Ärger hatte mit einem verschwundenen Koffer begonnen. Das konnte kein Zufall sein. Als sie aufgegessen hatte, nahm sie sich erneut den WhatsApp-Chat vor. Dem Pächter des *La Famiglia* war bekannt, dass sie Lucas Ex-Ehefrau war, und er brachte dem Gast noch einen *Grappa Di Moscato Vendemmia Tardiva*. Sandra genoss den edlen 42-Prozentigen, während sie im gesamten Chatverlauf die Nachrichten von siebzehn verschiedenen Mädchen mit ‚missing baggage' fand. Nein, das konnte tatsächlich kein Zufall sein. Und sie hatte auch schon die einleuchtende Erklärung dafür.

Kapitel 11

„Wir werden die Gepäckstücke der drei abfliegenden Mädchen direkt an den Maschinen abfangen, vom Gepäckwagen laden und vor Ort nach Drogen untersuchen. Mit etwas Glück finden wir die Beweise gegen Dr. Gollasch und seine Komplizen."

Sandra Holz war voller Euphorie und bemüht, auch die anderen Anwesenden, darunter ihren neuen Abteilungsleiter Jensen, anzustecken. Noch schien das nicht zu gelingen. Kollege Soko gähnte verstohlen. Sein knallrotes T-Shirt mit dem riesigen Clownskopf und der Aufschrift ‚Action Crew' sprach gegen seinen derzeitigen Zustand von Müdigkeit. Kommissarin Emma Meyfeld scrollte auf ihrem riesigen Handydisplay herum und nur MikVit schaute die Sprecherin interessiert an. Doch die hatte ihren Blick starr auf Kriminalrat Jensen gerichtet. Dessen Gesichtsausdruck war – was eine Entscheidung der Operation anging – für die Kommissarin schlecht zu deuten. Endlich kam Leben in den Abteilungsleiter.

„Frau Holz, Sie haben Ihre Ermittlungen und Ihren Standpunkt nun kundgetan. Alles in allem stehen die drei Operationen auf wackligen Beinen. Aber in Anbetracht dessen, dass auf der Hamburger Polizei ein enormer Druck lastet, ich nenne nur die inzwischen fünf Drogentoten – berichtigen Sie mich, Kommissar Sokolowski, wenn es mehr sind –, lässt dies mich den Maßnahmen zustimmen.“

Ein Schauer lief über Sandras Körper. Sie war sich sicher, damit war der Gollasch am Arsch.

*

Sechs Tage später saß Kommissarin Holz mit drei männlichen Kollegen der Bundespolizei in einem VW T6 auf dem Vorfeld des Hamburger Airports und starrte auf eine Boeing 777-200 der American Airlines. Die Maschine sollte in dreißig Minuten starten und auch die Venezolanerin Helen von Hamburg über London und Miami zum venezolanischen Flugplatz Maracaibo bringen. Die Betankung des großen, silbernen Flugzeugs mit dem rot-blau-weiß-gestreiften Heck hatte man gerade abgeschlossen, und wie ihr der uniformierte Nachbar erklärte, würde in wenigen Minuten das Boarding beginnen.

Sandra war äußerst deprimiert. Die beiden ersten Überprüfungen der Gepäckstücke zweier Au-pairs an den Tagen zuvor, verantwortlich durchgeführt von den Kommissaren MikVit und Emma Meyfeld, waren ohne Erfolg verlaufen. Sandra hatte die Namen der abreisenden Frauen aus Gollaschs Liste und glaubte damit einen Treffer zu landen. Die Flüge mit den Au-pairs nach Christchurch/Neuseeland und einen Tag später nach Krabi in Thailand konnten nach einer gemeinsamen Aktion von LKA und Bundespolizei nur mit 20-minütiger Verspätung aus der Hansestadt starten. Die Kommissare mussten Kriminalrat Jensen ihren Misserfolg eingestehen. Entsprechend groß war auch der Ärger bei den Flugkapitänen, den Passagieren und vor allem bei den Verantwortlichen des Hamburg Airports „Helmut Schmidt". Man sprach von Entschädigung und Sandra war sich nicht sicher, ob Jensen das Rückgrat hatte, auch die heutige Aktion zu verantworten. Inzwischen wusste sie, er hatte.

„Schauen Sie, die ersten Passagiere!"

Sandras uniformierter Nachbar im Bulli zeigte nach oben auf die Gangway, durch dessen Fenster man Menschen in Bewegung sehen konnte.

„Wollen hoffen, dass dieser Koffer endlich das gewünschte Resultat bringt!" Auch die Kollegen der Bundespolizei zeigten sich inzwischen schon leicht genervt. Sicher maßen auch sie dieser Aktion der Hamburger Kommissarin in ihrem Verantwortungsbereich Airport nicht viel Erfolg bei.

Ein Wagen des Hamburg Airports kam auf sie zugefahren und hielt seitlich des VW-Busses. Helen stieg aus. Der jungen Philippinerin hatte Sandra, wie den anderen beiden Au-pairs auch, entsprechende Angaben sowie ein Handyfoto ihres Koffers gesandt. Die Kommissarin versprach sich vom Gepäckstück der Venezolanerin den Durchbruch und hatte sie gebeten, bei der Durchsuchung dabei zu sein. Helen hatte zugestimmt. Die Bundespolizei bat zunächst darum, den Koffer vom Gepäckband in ihre eigenen Räume zu befördern, um ihn dort auf Drogeninhalt zu durchsuchen, doch Sandra konnte ihren Wunsch, das Öffnen des Koffers direkt am Flieger, letztendlich durchsetzen. Niemand war imstande vorherzusagen, wo das Einbringen der Drogen stattfand, und Sandra wollte die Polizeiaktion auf keinen Fall durch ein dummes Missgeschick gefährden.

Helen stieg zu ihnen in den Bus. „Hallo, Frau Kommissarin!“ Die junge Au-pair nickte den Männern freundlich zu und setzte sich auf den leeren Platz neben Sandra.

„Na, schon große Vorfreude auf La Chinita?“

Helen lachte laut und unbeschwert. „Oh ja, obwohl ich Hamburg sehr vermissen werde. Vielleicht studiere ich ja hier!“, ließ sie alle im Bus wissen.

„Und was soll es werden?“, fragte ein junger Beamter in der letzten Busreihe. Helen verstand nicht und Sandra korrigierte die Frage: „Was möchtest du denn studieren?“

„Jura! Ich möchte später Anwältin werden, wie meine Mutter.“

Sandra fiel die tote, junge Frau aus dem Studentenwohnheim von letzter Woche ein. Pellin hatte verunreinigtes Kokain zur Todesursache erklärt und war sich sicher, dass diese Mischung nicht von Drogendealern stammen konnte.

„Die hat ein dummes Kind zusammengemischt. Viel Puderzucker – wenig Kokain, daran musst du zwangsläufig elendig verrecken“, lautete seine überharte Aussage.

*

„Sie kommen!“ Sandra schaute nach vorne aus der Frontscheibe. Damit meinte der Kollege am Steuer sicher das Gepäck, und tatsächlich bewegte sich ein weißer Flughafenschlepper, mit drei beladenen Anhängern hinter sich, quer zu ihrem Standort. Der Schlepper hatte die Richtung zur American Airline-Maschine eingeschlagen, wo währenddessen ein Förderbandwagen seitlich Stellung bezog. Niemand vom Flughafenpersonal war eingewiesen in die bevorstehende Aktion und der derzeitige Ramp Agent, verantwortlich für die Beladung der Maschine, würde – ebenso wie seine beiden Kollegen bei den letzten Aktionen – nicht schlecht staunen.

„Dann mal los!“, gab die Kommissarin das Kommando. Zügig setzte sich der Transporter der Bundespolizei in Bewegung. Wenige Meter weiter stellte der Fahrer den VW-Bus genau vor dem Förderband ab. Sofort kam ein älterer Herr in grellgelber Jacke des Bodenverkehrsdiensts aufgeregt an das Fenster des Fahrers gerannt. Gemächlich verließen alle Beamten das Fahrzeug. Sandra wies Helen an zu warten. Sie würde sie später dazuholen.

Sandra lief um den Bulli zum Ramp Agenten, ihren Ausweis gezückt: „Die Maschine wird Hamburg leider etwas später verlassen. Zunächst werden wir eines der Gepäckstücke genauer untersuchen."

Der Ramp Agent – auf einem Stoffband an der Jacke stand ‚Milković' – rang nach Atem. Er schaute Sandra entgeistert an. Es dauerte einen Moment, bis sich sein Zustand besserte. Endlich schien er sich gefangen zu haben. Das Gesicht des Mannes signalisierte leichte Entspannung und Sandra war froh, mit ihm keinen großen Ärger zu bekommen. Dann schrie er plötzlich los. „Wird jetzt jeden verdammten Tag solch eine Kofferüberprüfung durchgeführt? Wer denkt sich denn so etwas aus? Reine Schikane! Wir haben Termine! Das kostet ein Vermögen. Hat die ...", der Mann zeigte auf die Kommissarin und schaute währenddessen zu ihren Kollegen von der Bundespolizei, „... überhaupt Befugnisse?" Sein Gesicht glich einer riesigen Tomate und die Nasenflügel bebten wie Pferdenüstern.

„Nun bleiben Sie mal ruhig, Herr Milković. Die Kollegin der Hamburger Mordkommission weiß schon, was sie macht!", kam ihr der ranghöchste Kollege der Bundespolizei zu Hilfe.

Der Ramp Agent fuhr seinen Ärger etwas hinunter, nicht zuletzt als er das Wort Mordkommission vernommen hatte. Er gab noch Unverständliches von sich, stellte sich aber etwas abseits. Währenddessen hatten die Kollegen die beiden Arbeiter angewiesen, nach einem bestimmten Gepäckstück zu suchen. Man erlaubte ihnen, alle anderen Koffer und Taschen auf das Förderband und damit in das Flugzeug zu laden. Sie hatten von den beiden letzten Operationen gelernt und der Bulli wurde etwas zur Seite gefahren. Auch einen Klapptisch hatte die Bundespolizei aufgebaut. Daneben lag eine Decke auf dem Asphalt. Ein DIN-A4-Blatt mit dem Foto des Koffers und der Beschreibung: „Hartschalen-Trolley, groß, 4-Roller, weiß mit riesiger EMINEM-Aufschrift, rotes Kofferband darum", in der Hand, ging die Sucherei für die Beamten der Bundespolizei los.

Oben im Flieger schien man sich für die laufende Polizeiaktion zu interessieren. Im Cockpit drückten sich einige Passagiere die Nasen an den Scheiben platt.

„Die Crew der Maschine ist informiert?", fragte Sandra den Verantwortlichen der Bundespolizei.

„Aber natürlich." Er warf einen kurzen, prüfenden Blick zur Nase der Boeing, um anschließend sofort wieder dem Gepäckpersonal zuzuschauen.

*

Der gesuchte Koffer war natürlich unter den Letzten und erst nach etwa zwanzig Minuten hatte ihn einer der Arbeiter zur Seite gestellt. Die Kommissarin rief Helen aus dem Bus. Sie stellte sich sofort an Sandras Seite.

„Ist das dein Koffer?“

Helen nickte.

„Und du hast auch nur den einen?“

Wieder nickte Helen und scherzte: „Ist doch groß genug, oder?“

Der Spruch nahm bei den Anwesenden die Spannung etwas heraus und einige der Polizeibeamten lachten.

„Gut, dann legen wir ihn auf den Tisch und öffnen ihn.“

Der Koffer war schwer und der Tisch hatte seine Probleme, dem Gepäckstück zu trotzen.

„Hoffe, du hast keine schmutzige Wäsche darin?“, frotzelte einer der Beamten und Helen grinste.

Das rote Band war schnell entfernt und der Reißverschluss geöffnet.

„Können wir?“

Sandra nickte. Der Kollege warf den Deckel regelrecht hoch, und als er auf dem Tisch aufkam, ging ein Zittern durch das Aluminium, doch der Tisch hielt.

Oben im Koffer lagen dicke Jacken und der Beamte öffnete beide Kreuzspanngurte. Er entnahm die Winterjacken und legte sie vorsichtig auf die Wolldecke neben sich. Man sah, dass Helen den Koffer aus gutem Grunde akkurat gepackt hatte, und neugierig schaute sie der Aktion aus der Entfernung zu. Es folgten Jeans, bunte Pullover, eine Stofftasche mit Schuhen und ein prall gefüllter Kulturbeutel, den der Beamte öffnete, um einen prüfenden Blick hineinzuwerfen.

Bei einer Lufthansa-Maschine in der Parkposition, etwas neben der Boeing, stauten sich neugierige Reisende auf der Treppe. Viele filmten das Szenario mit ihren Handys. Sandra bat den Ramp Agenten, dafür zu sorgen, dass dort kein Unfall geschah. Kleinlaut verschwand er.

Inzwischen war ein Stapel Bücher zum Vorschein gekommen. Gerade zog der Beamte Nachtwäsche aus dem Koffer und ein Kollege pfiff leise beim Anblick eines grauen Nachthemds. So langsam leerte sich der Koffer und damit stieg die Nervosität der Kommissarin. Wenn sie heute nichts fanden …

Seitlich rollte eine Maschine der ‚Emirates' vorbei. Die Triebwerke des Airbus summten und Sandra roch die Abgase. Wie gerne säße sie gerade in einem Ferienflieger nach Dubai oder sonst wohin. Die Maschine bog weiter vorne ab und verschwand aus ihrem Sichtfeld.

Die eine Halbschale von Helens Koffer war – nach Beiseitelegen eines Stapels an Leggings und Hemden – geleert. Nur die andere war noch leicht gefüllt. Sandra hatte inzwischen keinerlei Hoffnung mehr. Auch die dritte Aktion würde ergebnislos abgeschlossen werden. Der Uniformierte legte eine grüne Lederjacke auf die Decke – beide Halbschalen des Koffers waren nun leer.

Sandra trat neben das Gepäckstück. Der Beamte machte respektvoll einen Schritt zur Seite. Die Kommissarin schaute hinein, es gab keine Innentaschen, in denen man noch etwas hätte verstecken können. Dann tastete sie das dünne Futter ab. Darunter spürte sie sofort das Polycarbonat, aus dem die Schale hergestellt war.

Der Schweiß lief Sandra in Bächen die Stirn hinab. Sie glaubte höhnische Blicke um sich herum erkennen zu können, auch aus dem Cockpit. Ihr Blutdruck pumpte auf Hydraulikniveau und sie sah schon den wütenden Blick Jensens vor sich.

„Sie kriegen die Schurken noch!", flüsterte eine weibliche Stimme neben ihr und eine Hand hatte sich sanft auf Sandras Schulter gelegt. Die Hand gehörte Helen, der Venezolanerin.

Kapitel 12

„Das war ja wohl ein Schuss in den Ofen! Da haben wir uns ganz schön blamiert!“, polterte Jensen los, als Sandra wie erbeten nach dem Klopfen an die Tür dessen Büro betrat.

Jensen gegenüber hatte ein hagerer Mann im dunklen Anzug Platz genommen. Er nickte mit dem Kopf, während der Abteilungsleiter seiner Kommissarin die Konsequenzen der verpatzten Aktion herunterbetete.

„Sogar Dr. Nischer-Durand hatte seine Zustimmung zur Aktion gegeben und wurde nun enttäuscht.“ Jensen schaute – Zustimmung heischend – sein Gegenüber an.

Sandra musste sich an der Tischkante festhalten, ihr wurde plötzlich schwindelig.

„Ist Ihnen nicht gut, Frau Holz?“ Jensen war aufgesprungen und hatte der Kollegin einen Sessel herbeigezogen. Sie setzte sich vorsichtig darauf.

Jensen würde doch nicht Nischer-Durand vorab von den drei Aktionen in Kenntnis gesetzt haben?, kam ihr in den Sinn. Ihr Magen begann darauf zu rebellieren. Und wenn das der Fall war, hätte der Abteilungsleiter die Polizeiaktion in Fuhlsbüttel auch gleich in die *Morgenpost* setzen können.

„Frau Holz, wir sind uns persönlich noch nicht vorgestellt worden. Haben aber – soviel ich weiß – einmal miteinander telefoniert." Nischer-Durand war aufgestanden und platzierte sich – krumm wie ein Fragezeichen und grinsend – vor der Kommissarin. Er fuhr einen ewig langen Arm aus, an dessen Ende sich eine haarige Hand befand. Diese hielt er der Frau hin. Sandras Magen konnte das Fischbrötchen, das Soko auf den Ärger ausgegeben hatte, nicht mehr festhalten und sie erbrach sich vor die Füße des Hamburger Staatsanwalts.

*

Als Caro Lutteroth freitagabends aus Hannover zurückkam, befand sich Freundin Sandra Holz im Wohnzimmer seiner Wohnung in der Langen Reihe. „Hallo, Süße!", rief Caro schon im Flur, aber das Geräusch, das zurückkam, glich nicht unbedingt einem menschlichen Gruß. „Hoppla, was ist denn hier los?"

Dann erkannte Caro die Bescherung. Sandra lag auf der Couch, hatte ein leeres Rotweinglas auf dem Bauch liegen und eine ebenfalls leere Flasche lag am Boden. Er wusste, dass Sandra nicht viel vertrug, und drei viertel Liter Rotwein waren einfach zu viel.

Er setzte sich neben sie und nahm ihr das Glas aus der Hand. Sie hatte die Augenlider halb geöffnet und atmete schwer.

„Na, aufregenden Tag gehabt?“ Er küsste sie auf den Mund und sie zuckte zurück. Als sie die Augen geöffnet und Caro erkannt hatte, zog sie ihn über sich und lallte. „Du bist mein Held, endlich kommst du und rettest mich.“

„Ich mache dir erst einmal einen starken Kaffee und dann habe ich etwas Sushi mitgebracht. Mal schauen, ob dein Magen es behält, aber Essen musst du eine Kleinigkeit.“ Er verschwand in der Küche.

Etwa eine Stunde später war Sandra verpflegt, hatte einen Kaffee getrunken und saß zusammengesunken am Esstisch.

„Nun erzähl doch mal, was ist passiert?“

„Ich habe den Staatsanwalt vollgekotzt!“

„Was, du machst Scherze?“ Caro schaute seine Freundin an. In ihrem Zustand konnte man davon ausgehen, dass sie die Wahrheit sagte. „Echt, das gibt es doch nicht, Nischer-Durand?“

Sandra nickte. „Jetzt ist Jensen total schlecht auf mich zu sprechen.“ Sie hatte ihren Freund nach der Blamage auf dem Hamburger Airport schon angerufen und alles erzählt.

„Ach, mach dir nichts draus. Du machst ja nur deine Arbeit. Da muss man auch mit Fehlschlägen leben. Das war halt mal einer.“

„Einer ...?“

„Na gut, gerade läuft es nicht so optimal.“

„Meinst du, ich könnte auch diese ... also früher in den Ruhestand?“

„Du machst Witze. Du bist Kriminalbeamtin mit Leib und Seele. Was möchtest du denn danach anstellen; Hühner züchten?“

Sandra machte ein Huhn nach und Caro beugte sich nach vorne und küsste sie auf den Mund.

„Lass, ich rieche sicher noch nach Erbrochenem!“

„Ich liebe Erbrochenes!“, trällerte Caro und küsste sie erneut. Sie entzog ihm ihren Kopf durch eine kurze Bewegung und er bemühte sich, ihren Mund zu treffen.

„Du bist kindisch.“

„Wir müssen unsere beiden Leben zusammenlegen“, meinte Caro und trank einen Schluck Kaffee.

„Nicht heute dieses Thema, mir ist noch immer schlecht, lege mich wieder auf die Couch.“

Lutteroth hatte sich neben die schlafende Freundin gelegt, ihr eine Wolldecke über den Körper gepackt und schaute eine Serie von „Walking Dead“. Nach drei Folgen schlief Sandra immer noch, und gerade als Caro in sein Bett verschwinden wollte, wachte sie auf.

„Du willst doch nicht zu deiner Freundin verschwinden?“, grinste sie. Sandra war wach.

„Warum sollten Gollasch und Nischer-Durand gemeinsame Sache machen und Kokain ins Ausland verkaufen? Beide sind doch vermögend. Der eine Beamter, der andere besitzt eine gut florierende Au-pair-Agentur!“

„Wir haben uns in den letzten Tagen mit den Bankkonten der Demonstranten des *Schwarzen Blocks* beschäftigt“, ließ Caro seine Freundin wissen.

„Und was hat das mit meiner Frage zu tun?“

Lutteroth petzte ihr sanft in die Wange. „Jetzt warte doch erst einmal ab, bevor du dazwischen quasselst wie ein Schulkind.“

„Jawohl, Herr Lehrer!“

„Nehmen wir mal einen Demonstranten, der aus Frankreich zum G-20-Gipfel anreist. Von Paris bis Hamburg sind es 900 Kilometer. Er plant drei Tage für das Event ein ...“

„Wie das Wacken Open Air ...“

„Du nimmst das nicht ernst.“

„Entschuldige!“ Sandra küsste ihn lautstark auf die Wangen.

„Er muss im Betrieb Urlaub nehmen oder Freistellung ohne Fortführung der Bezüge. Muss essen, trinken, benötigt seine schwarze Kluft und rechnet natürlich auch damit, geschnappt zu werden. Das alles kostet ihn einen vierstelligen Betrag.“

Caro machte eine Pause und trank Fassbrause aus der Flasche.

„Also muss ihm jemand diesen Betrag vorlegen oder erstatten. Wir haben bei einigen auffälligen, französischen Demonstranten des G-20-Gipfels Einzahlungen von jeweils 2.000 US-Dollar gefunden. Das ist noch alles geheim und es kann sein, dass man dies der Bevölkerung gar nicht mitteilt. Also behalte es für dich.“

Sandra nickte schweigend. Sie hatte sich aufgerichtet und saß nun im Schneidersitz auf der Couch.

„Bei den Griechen im *Schwarzen Block* und auch bei den Russen ist es ähnlich. Die Summen variieren von 1.000 $ bis 5.000 $ bei einigen Linksextremisten aus Russland."

„Das heißt, man bezahlt sie für ihre terroristische Tätigkeit?"

„Wenn du so willst, ja. Was meinst du, wer die riesigen Banner mit den Hetzparolen finanziert?! Die Bühnenaufbauten, die Sprechanlagen, Getränke, bis hin zum Schlagstock. Die Pyrotechnik nicht zu vergessen!"

„Gollasch!"

„Vielleicht! Wir haben auf jeden Fall Hinweise dazu gefunden, dass er da dicke mit drinsteckt. Und jetzt weißt du auch, warum ein kleines R3-Gehalt und die Einkünfte einer Au-pair-Agentur finanziell nicht zwingend ausreichen."

Sandra schwieg und ihr Freund ließ sie in Ruhe nachdenken.

Nach einer Weile meldete sie sich zurück. „Der Verkauf der Drogen dient dazu, Gelder für linksextreme, gewaltbereite Demonstrationen zu generieren."

Caro nickte.

„Aber warum Verkauf von Rauschgift? Gibt es keine einfacheren Mittel, an Bargeld zu kommen?"

„In den Siebzigerjahren unter Baader-Meinhof wurden Banken ausgeraubt. Das ging ruckzuck. Innerhalb weniger Überfälle hatte man Gelder für diverse Anschläge und Aktionen zusammen. Heute, im Zeitalter bargeldlosen Verkehrs, sind die Banken – was riesige

Mengen Papiergeld angeht – absolut leer. Und die Überweisung an einen Extremisten per PayPal ist zu kompliziert und kann einfach nachvollzogen werden. Western Union ginge noch, aber da steckt ein hoher Verwaltungsaufwand dahinter. Also verticken sie geklautes Kokain und transferieren das Geld aus der Schweiz an gewaltbereite Autonome und Linksextremisten."

„Aber wie weisen wir Gollasch und Nischer-Durand Drogendiebstahl und Drogenhandel nach?"

„Du besitzt doch nicht nur ein schönes Köpfchen, sondern auch ein kluges!"

„Ich haue dich gleich, du ...!"

Kapitel 13

Sandra hatte ihren Dienst an diesem Montag schon in der Früh angetreten. So hoffte sie, allen Kollegen erst einmal aus dem Weg gehen zu können. Sicher war man enttäuscht von ihr. Die Kofferdurchsuchungen am Hamburger Airport waren extrem dumm gelaufen und die Schuld daran lag definitiv bei ihr. Sie zog sich in ihr Büro zurück und schmollte. Gegen acht Uhr wurde die Tür plötzlich aufgerissen. Kollege Sokolowski steckte seinen Kopf durch den Rahmen. Er sah Sandra hinter dem Schreibtisch sitzen und rief: „Oh, du bist ja doch ‚on duty'! Emma und ich haben Außentermine. Ach ja, und Mik kommt etwas später – Zahnarzt, poor boy!"

Noch bevor Sandra etwas erwidern konnte, war Soko wieder verschwunden. Das Letzte, was die Kommissarin sah, war sein Shirt-Aufdruck – eine US-Flagge im Totenkopfdesign. Diese Shirt-Manie Sokos hatte sie auch noch bei niemand anderem gesehen. Sicher steckte Soko sein ganzes Gehalt in diese Marotte. Aber andere butterten ihr Einkommen in die Tickets des HSV. Auch nicht besser, fand sie.

Kurz darauf klopfte es wieder, Kriminalrat Jensen trat ein. Sandra erwartete eine Wiederaufnahme seiner Moralpredigt. Sie hätte sich rechtfertigen können, aber im Moment wollte sie mit ihrer Vermutung – Staatsanwalt Nischer-Durand sei nicht ganz koscher – ihren Chef erst einmal nicht überraschen.

„Frau Holz, wir haben einen Außentermin und da möchte ich Sie gerne dabeihaben."

Sandra sprang auf und spazierte hinter ihrem Abteilungsleiter her. Was war denn da los, alle hatten heute Morgen einen Außentermin?

Sie folgte Jensen bis in die Tiefgarage, wo er der Kollegin die Tür zu einem schwarzen Audi A6 aufhielt. Erst wollte sie ihn über den bevorstehenden Termin befragen, hielt sich dann aber zurück und genoss die klimatisierte Luft im Wagen.

„Dieses Hamburg! Da bin ich vom Regen in die Traufe gekommen. Auch in Bremen gab es nur Baustellen!", schimpfte Fahrer Jensen, während sie seit einigen Minuten vor einer Baustellenampel verzweifelten. Endlich schaltete die Ampel um und mit überzogener Drehzahl und Geschwindigkeit schoss der schwere Wagen durch die Blumenstraße. Sandra spürte regelrecht die Aggressivität ihres Abteilungsleiters im Straßenverkehr und war glücklich, in einem sicheren Fahrzeug zu sitzen.

Bis zur *Krugkoppelbrücke* lief es rund, aber schon im *Harvestehuder Weg* stockte der Verkehr erneut. Die Straße war nur noch einspurig und somit abwechselnd befahrbar. Sandra war aufgefallen, dass Jensen inzwischen schon mehrfach auf seine Armbanduhr geschaut hatte. Er schien es eilig zu haben. Plötzlich riss der

Kriminalrat das mobile Blaulicht aus der Halterung, ließ die Fensterscheibe hinunter und packte das Sondersignal mit Wucht auf das Dach. Sandra war sich sicher, das hinterließ im Blech des Wagens eine Beule, aber ihr konnte es schließlich egal sein.

Jensen drückte den entsprechenden Knopf und schaltete das Martinshorn ein. „Macht endlich Platz!", polterte er und fuhr mit dem riesigen Audi direkt auf einen entgegenkommenden Fiat 500 zu. Der Fahrer des Kleinwagens konnte einen Zusammenstoß nur vermeiden, indem er über den Bordstein auf den Fußweg auswich. Als der Audi vorbeischoss, sah Sandra eine Frau am Steuer, die ihre Hand zur Faust geballt hatte und ihnen drohte.

Endlich schienen sie ihr Ziel erreicht zu haben. Jensen bremste am Ende der Straße *Alsterufer* scharf ab und parkte den Audi im absoluten Halteverbot.

Sandra kannte die Gegend vom Joggen. Hier lag – unter anderem – das US-Generalkonsulat unmittelbar an der Außenalster.

„Kommen Sie!", rief Jensen und verzichtete auf das Öffnen ihrer Wagentür. Fast schon im Lauf näherten sie sich einem kleinen Wachgebäude. Zwei Männer in weißen Hemden und dunklen Hosen – einer davon mit einer Maschinenpistole bewaffnet – stellte sich ihnen in den Weg. Der kleine Aufnäher ‚Polizei' beruhigte Sandra und Jensen grummelte: „Ausweis raus!" Sie entnahm der Lederjacke ihren Polizeiausweis und hielt ihn vor sich.

Die Beamten der Hamburger Polizei änderten sofort ihren Gesichtsausdruck. „Ach, die Kollegen! Sie kommen sicher wegen der ...!“

„Ja, genau!“, unterbrach der Leiter der Mordkommission den Beamten barsch und lief los. Beide Uniformierte ließ er mit offenem Mund zurück. Sandra überraschte gerade nichts mehr. Sie drehte sich nochmals um und zuckte mit den Schultern.

Erneut betraten sie ein Wachgebäude, dieses Mal – so hatte es den Anschein – eine US-Wache. Sie gaben dem Deutsch sprechenden Sicherheitsbeamten ihre Handys ab und ließen sich durchsuchen. Jensen ging die Prozedur nicht schnell genug. Verärgert grummelte er vor sich hin. Aber noch immer bewahrte er Stillschweigen über den Anlass dieser seltsamen Aktion.

Endlich entließ der US-Sicherheitsbeamte die beiden Kriminalbeamten aus dem Glaskasten der Wache in Richtung weiße Villa. Sie beherbergte seit Jahrzehnten das Hamburger US-Generalkonsulat. Während Jensen die Stufen hinaufsprintete, bewunderte die Kommissarin den Säulenvorbau, den sogenannten Portikus, des Generalkonsulats. Noch nie war sie bis hierhin vorgedrungen, das musste sie nun auch genießen. Die Fassade des ‚Kleinen Weißen Hauses an der Alster‘, wie man das US-Generalkonsulat auch nannte, war dem des *Weißen Hauses* in Washington, D. C., nachempfunden, wusste sie aus einer tagesfüllenden Stadtführung vor einigen Monaten. Auch dass der prominente Hamburger Architekt *Martin Haller* das Gebäude für einen reichen

Kaufmann entworfen hatte. Ebenso das Hamburger Rathaus. Später übernahm *Wilhelm Anton Riedemann*, einer der Gründer der *‚Deutsch-Amerikanischen Petroleum Gesellschaft‘ (später ESSO)*, dieses Kleinod an der Außenalster. Im Jahr 1934 zwang die *NSDAP* die Erben des Villenbesitzers Riedemann, das Haus an sie zu vermieten, und erst 1950, nach Konfiszierung der Villa durch die Besatzungstruppen, erwarb die US-Regierung das Gebäude.

„Frau Holz, nun kommen Sie doch endlich!"

Sandra hatte die drängenden Rufe ihres Abteilungsleiters nicht gehört, so tief war sie in die historischen Gedanken versunken. Sie rannte die Stufen hinauf, wo Jensen ihr die Eingangstür aufhielt.

Sie betraten ein großes Foyer. Links und rechts dominierten zwei riesige, grüne Ledersofas und an jeder Wandseite je ein ebenfalls überdimensionales Ölgemälde. Am Ende des Raumes wartete – hinter einer Glasscheibe – ein ungeduldig blickender US-Sicherheitsbeamter.

„Geben Sie mir bitte Ihren Ausweis, Frau Holz. Und setzen Sie sich!"

Wie in Trance tat Sandra, was Jensen von ihr verlangte. War das hier die Strafe für ihr Unvermögen am Flugplatz oder war sie nur ein Anhängsel zur Visite des neuen Leiters der Mordkommission beim amerikanischen Generalkonsul? Irgendwie wurde sie auch den Gedanken nicht los, die ganze Sache hinge mit ihrer neuen Familie in Carpinteria, USA, zusammen.

Jensen stand inzwischen – in feinstem Englisch diskutierend – beim Wachposten, als sich eine Seitentür öffnete. Ein groß gewachsener Mann im Nadelstreifenanzug trat heraus. Laute Stimmen waren aus dem Raum zu hören – sie verstummten, als die Tür wieder geschlossen wurde.

Der Mann trat auf Sandra zu. „Frau Holz?"

Sandra war aufgestanden und nickte.

„Doktor Huhnold, Pressesprecher des US-Generalkonsulats. Ich freue mich, Sie kennenzulernen. Sie haben Glück, der Botschafter ist im Haus, ich wollte mit Ihnen vorab das Protokoll durchsprechen."

Sandra verstand nur Bahnhof. Was erzählte der Typ vom Glück und dem Botschafter? Kriminalrat Jensen hatte sich plötzlich, nahezu gewaltsam, zwischen die Kommissarin und Dr. Huhnold gedrängt. Er unterbrach den Pressesprecher mit den Worten: „Sie ist noch nicht im Bilde!"

Huhnolds Gesichtszüge zeigten einige Fragezeichen, dann stotterte er. „Sie ist noch nicht ... also ... dann verzichten wir auf ... folgen Sie mir bitte!"

Dr. Huhnold lief kopfschüttelnd voraus und Kriminalrat Jensen schob seine Kollegin regelrecht hinter dem Mann her. Der Mitarbeiter des Generalkonsulats öffnete die Tür, aus der er bereits gekommen war, und machte den Beamten Zeichen einzutreten.

*

Sandra traute ihren Augen nicht. Im großen Ballsaal, der sich vor ihr auftat, standen etliche Personen. Darunter auch einige, die sie kannte. Da stand Soko im US-Shirt und grinste, Emma Meyfeld winkte verschämt. MikVit hielt den Daumen hoch und sogar Polizeipräsident Anders nickte ihr freundlich zu. Was war hier los? Plötzlich legte sich eine schwere Hand auf ihre Schulter. Sie drehte den Kopf und blickte in das Gesicht des Witwers ihrer Mutter, Gerhard Wollenhauer. Es war ihr zum Weinen und sie wusste nicht, warum. So fiel sie Wollenhauer um den Hals.

„Darf ich um Ihre geschätzte Aufmerksamkeit bitten!" Die Aussprache war in perfektem Deutsch, doch der amerikanische Dialekt war nicht zu überhören. Die Kommissarin drehte ihren Kopf. Die Worte kamen von einem Mann von beeindruckender Statur im schwarzen Anzug mit grauem Bürstenhaarschnitt. „Der amerikanische Botschafter!", flüsterte Wollenhauer Sandra ins Ohr.

„Was ist hier los?", wollte sie wissen. Wollenhauer legte den Zeigefinger über seinen Mund.

„Frau Holz, mein Name ist Arthur Brown und ich bin der Botschafter der Vereinigten Staaten von Amerika hier in der Bundesrepublik. Würden Sie bitte zu mir kommen?" Noch immer fehlte Sandra jeglicher Plan. Aber sie folgte der Aufforderung und spazierte – in einer Art Spießrutenlauf – an den Kolleginnen und Kollegen vorbei zu dem Mann, der sie gerufen hatte. Plötzlich stutzte sie. Stand da nicht ihr Freund Caro? Ihre

Augen blitzten vor Verärgerung, warum hatte er ihr nicht einen Tipp zu dieser Aktion gegeben? Sie schaute absichtlich an Lutteroth vorbei.

„Frau Hauptkommissarin Sandra Holz, wie ich hörte, hat man Sie über das, was sie gleich erwartet, noch nicht informiert?"

Sandra wollte etwas entgegnen, doch ihre Stimme versagte. So schüttelte sie nur den Kopf.

„Ich muss gestehen, Frau Holz", sprach der US-Botschafter, „ich habe schon einigen Zeremonien beigewohnt und selbst abgehalten, aber diese hier ist auch für mich einmalig. Und nicht nur, was das Digitale angeht." Die Stimme des Mannes fand Sandra extrem beruhigend, und auch seinen Akzent. Ihre bestehende Nervosität ließ schlagartig nach. Botschafter Brown machte eine kleine Handbewegung und sofort wurde ein riesiger Monitor seitlich an der Wand angeschaltet. Erst jetzt hatte Sandra einen Blick für den Raum, in dem sie sich befanden. Die Möbel passten zum Rest der historischen Villa. Große Marmorsäulen und eine atemberaubend schöne Deckenverzierung rundeten das Bild ab. Hinter sich erkannte Sandra einen riesigen Flügel, auf dem mit ‚Steinway & Sons' auch der berühmte Hersteller auf einem Messingschild zu lesen war.

Noch während die Kommissarin den Raum bewunderte, vernahm sie Stimmen, die aus dem Monitor kommen mussten. Neugierig geworden, drehte sie ihren Blick und schaute ... in das riesige Gesicht des Amerikaners Warren J. Waterfall. Die Kamera fuhr etwas zurück und zeigte Sheriff Waterfall in seiner feinsten Uniform, mit blinkendem Stern. Dahinter Schwester Doris und Sandras Halbbruder Jayden. Alle lachten und winkten.

Botschafter Brown bat die Anwesenden um Ruhe.

„Werte Gäste, ich möchte nun mit der Vorgeschichte dieses Anlasses beginnen. Frau Holz hat vor einigen Wochen ihren Urlaub bei ihrer Familie in Carpinteria, Kalifornien, verbracht. *A mudslide* – also ein Erdrutsch – hatte den Nachbarort Montecito in dieser Zeit überrascht. Zum Glück gab es nur Verletzte, aber einen geschätzten Schaden in Höhe einer halben Milliarde US-Dollar. Dass nicht mehr geschah, ist den Hilfskräften, aber auch Frau Holz zu verdanken."

Ein Raunen ging durch die Anwesenden. Der Botschafter hob die Hände.

„Frau Holz hatte sich – ohne zu zögern – bereit erklärt zu helfen. Sie koordinierte in den wichtigsten ersten Stunden nach dem Vorfall vorbildlich und effizient die Einsätze aller Hilfskräfte. Sie hat großen Schaden von der amerikanischen Bevölkerung abgewendet."

Sandra schaute in Richtung des Monitors, wo Sheriff Waterfall aus dem Nicken nicht mehr herauskam. Inzwischen war ihr klar, wie der Hase lief.

„The Governor of California awarded ‚*the Medal of Valor*' … oh, entschuldigen Sie bitte! Der Gouverneur des US-Staates Kalifornien verleiht mit der ‚*Medal of Valor*' seit dem Jahr 1959 die höchste Auszeichnung an Staatsangestellte, die sich durch ihre extraordinäre Tapferkeit verdient gemacht haben. Bisher wurden 613 *Medals of Valor* verliehen. Und noch nie an eine Nicht-Amerikanerin. Frau Holz, würden Sie bitte vor mich treten?"

Sandra machte zwei Schritte und drehte sich zu Botschafter Brown. Ihr Herz schlug wild und sie wusste noch immer nicht exakt, was sie von der Sache halten sollte.

„Kommissarin Sandra Holz! In Vertretung des Governors of California und im Namen des Staates Kalifornien verleihe ich Ihnen die 614. ‚*Medal of Valor*' für ihren vorbildlichen Einsatz beim Erdrutsch in Montecito."

Brown bewegte seinen Kopf etwas und sofort trat hinter ihm ein bisher unsichtbarer Angestellter des Generalkonsulats hervor, in der Hand ein kleines, blaues Samt-Schmuckkästchen. Vorsichtig öffnete er den Kasten und hielt ihn dem Botschafter hin. Dieser griff hinein und entnahm ihm eine runde, silberne Medaille in der Größe einer Brosche. Die Medaille hing an einem gelb-blauen Band. Brown hob es hoch und schob es vorsichtig über Sandras Kopf. Dann legte er die Auszeichnung auf ihrem Oberkörper ab und begann zu applaudieren. Alle Anwesenden fielen ein. Seitlich auf dem Monitor war ein Jubel ausgebrochen, der die Lautstärke im Saal noch übertraf. Verzweifelt war ein Mitarbeiter des Generalkonsulats bemüht, mit der Fernbedienung den Ton leiser zu drehen.

„Frau Holz, wir haben noch einen musikalischen Beitrag für Sie und Ihre Gäste. Ihr Kollege ...“, Brown schaute zum Polizeipräsidenten, der sich langsam dem Botschafter genähert hatte.

„... Sokolowski“, flüsterte der.

„Also, Herr Sokolowski spielt auf unserem Steinway-Flügel aus dem Jahr 1951 ein Lied von ...?“

Soko rief plötzlich laut und aufgeregt: *„Porz Goret* von Yann Tiersen!“

Dann spazierte er zum schwarzmatt lackierten Flügel, setzte sich und begann sofort mit der Darbietung.

Sandra war total überrascht davon, dass ihr Kollege Klavier spielen konnte. Davon hörte sie heute zum ersten Mal. Sie lächelte Soko zu.

Das Klavierstück beruhigte die angespannte Frau und rückte die letzten Minuten für sie in ein richtiges Licht. Während Soko die Tasten drückte, konnte sie endlich Freude über die Verleihung dieser Medaille gewinnen.

Großer Jubel brach aus, als der junge Kommissar das Lied des Franzosen Yann Tiersen beendet hatte. Auch Sandra klatschte und lief zum Flügel. Die Kollegen umarmten sich.

„Hattest du nicht von Holidays auf Gran Canaria gesprochen, du Schwindlerin?“, flüsterte Soko seiner Kollegin ins Ohr.

*

„Frau Holz, wir haben noch etwas Champagner und ein *Flying Buffet* aufgebaut. Wenn Sie und alle Anwesenden mir folgen möchten?"

Botschafter Brown brachte seine Gäste in einen angrenzenden Raum, wo man miteinander anstieß und einen Happen zu sich nahm. Polizeipräsident Anders gratulierte seiner Mitarbeiterin als einer der Ersten.

„Damit hatten Sie wohl nicht gerechnet?"

Sandra schüttelte den Kopf. „Nein, wirklich nicht."

„Das LKA, nein, was sage ich, die gesamte Polizei der Hansestadt ist stolz auf Sie, das können Sie mir glauben."

„Vielen Dank!", entgegnete Sandra und fühlte, wie ihr die Hitze wieder ins Gesicht zog.

Botschafter Brown trat zu den beiden. „Frau Holz, ich soll Ihnen auch von Generalkonsulin Livermore herzlich gratulieren. Sie musste kurzfristig zurück in die Staaten. Aber ich habe diese Verleihung natürlich gerne für meine Kollegin übernommen. Kann ich Sie oben im Büro bitte noch kurz sprechen?"

Sandra wunderte sich etwas, aber erklärte sich sofort bereit. Der Botschafter entschuldigte sich und die Kommissarin bei allen Anwesenden, öffnete eine Tür und trat vor ihr auf einen Flur. Brown bestieg die Treppe und machte Anstalten, die Stufen zum ersten Stock zu nehmen. Plötzlich blieb er abrupt stehen. Sandra hatte schon Bedenken, es könnte ihm schlecht geworden sein. Aber Botschafter Brown wandte sich zu ihr und meinte: „Sie sind doch bei der Mordkommission?

Vor mehr als 70 Jahren soll Hitlers Mann in Hamburg, Gauleiter Karl Kaufmann, hier auf dieser Treppe einen NSDAP-Kameraden getötet haben. Er wurde aber nie für diese Mordtat belangt." Brown nahm die nächste Stufe und blieb erneut stehen: „Am 3. Mai 1945 übergab Kaufmann Hamburg kampflos an die Alliierten – gegen den ausdrücklichen Befehl Hitlers."

Endlich erreichten sie eine offen stehende Bürotür und Brown bat die Kommissarin hinein. „Nehmen Sie bitte Platz. Das ist das Büro meiner lieben Freundin, Generalkonsulin Rachel Livermore, sie hat sicher nichts dagegen, wenn wir es uns auf ihrer Ledercouch bequem machen."

Brown hatte den Platz neben Sandra gewählt. „Frau Holz, Sie haben mit Sheriff Waterfall einen starken Fürsprecher in den Vereinigten Staaten. Zufällig kenne ich Waterfall, bin selbst in der Nähe von Carpinteria, in *Thousand Oaks*, aufgewachsen. Ich weiß nicht, ob er Sie – über seine Idee, Sie zu adoptieren – informiert hat?"

Sandra lachte. „Doch, aber da hat er sicher nur Spaß gemacht."

„Nein, Frau Holz. Tatsächlich liegt den US-Behörden ein solcher Antrag zur Adoption vor. Und ich wurde offiziell angewiesen, eine Art Vorgespräch mit Ihnen zu führen."

Sandra staunte und war gleichzeitig verlegen. Das war etwas viel Ehre an einem einzigen Vormittag.

„Sie würden dem Antrag von Mr. Waterfall aber zustimmen?"

Sandra überlegte kurz, dann erklärte sie: „Ich habe nichts dagegen."

„Gut, ich werde das so weitergeben. Ich habe Sie nun kennengelernt und man hat mir auch vorab sehr viel Gutes über Sie berichtet. Ich glaube, Sie werden eine tapfere und treue Amerikanerin. Sie bekämen dann automatisch die amerikanische Staatsbürgerschaft."

Sandra nickte stumm.

„Then let the show go on! Lassen Sie die Gäste sich noch an Ihrer Anwesenheit erfreuen." Brown war aufgestanden. Gemeinsam spazierten sie die Treppe wieder herunter und die Kommissarin stellte sich vor, wie in den Vierzigerjahren genau hier ein Mord geschehen war.

„Können Sie mir bitte noch die Toilette zeigen, Herr Botschafter?", fragte Sandra, als sie wieder im Parterre angekommen waren.

„Aber natürlich!" Brown zweigte rechts ab und zeigte auf eine Tür, auf der das Symbol für die Damentoilette angebracht war.

„Es gibt noch eine nette Geschichte vom G-20-Gipfel im letzten Jahr, Frau Holz. Man hatte diese Damentoilette während des Gipfels speziell Präsident Rumb zugewiesen. Wir Männer nutzten diese", Brown zeigte auf die Tür daneben. „In der Damentoilette ist alles vergoldet und nach dem Gipfel fehlte der kleine, goldene *Trashcan*. Wie sagt man in Deutsch?"

„Mülleimer!", half Sandra dem amerikanischen Botschafter aus der Patsche.

„Danke, man munkelt, der Mülleimer habe Ronald Rumb besonders gut gefallen. Aber das ist nur eine Geschichte. Ich langweile Sie, Frau Holz."

„Nein, Herr Botschafter. Danke, dass Sie mir diese Begebenheit erzählt haben."

Die Wasserhähne und die Abläufe der Damentoilette waren tatsächlich vergoldet. Einen Prägestempel konnte Sandra auf den ersten Blick nicht erkennen. Als sie sich auf den weißen Toilettendeckel setzen wollte, hatte sie erst etwas Bedenken. Sie war sehr empfindlich, was Hygiene – speziell in Toiletten – anging.

„Sicher hat Rumb alles sauber abgewischt", sprach sie zu sich selbst, „ansonsten hat die Reinemachefrau nachgebessert!"

Vergnügt verließ sie die Toilette in Richtung des Ballsaals.

Kapitel 14

„Da hat mehrfach eine Frau Kruger angerufen, Sandra. Den Zettel mit der Nummer habe ich dir hingelegt", unterrichtete sie ihre Kollegin Emma Meyfeld, als die Kommissarin dabei war, in ihr Büro zu verschwinden.

„Kruger? Sagt mir nichts."

„Die Frau war ziemlich am Ende. Wie ich herausgehört habe, liegt ihr Mann Leonhard im UKE und es geht ihm sehr schlecht."

Sandra war stehen geblieben und hörte gespannt zu.

„Aber wer wollte mich nun sprechen, die Frau oder der Mann?"

„Also soweit ich die völlig aufgelöste Frau verstanden habe, möchte ihr Mann mit dir reden."

Sandra überlegte intensiv nach dem Namen Kruger. Aber dazu fiel ihr nichts ein.

„Ich glaube, du solltest dich beeilen, Sandra. Wenn du mit dem Mann noch reden möchtest, meine ich. Die Frau sagte etwas von Pankreastumor im Endstadium."

*

Sandra hatte einige Schwierigkeiten, Leonhard Kruger ausfindig zu machen. Seine Ehefrau hatte zwar die Handynummer angegeben, ging aber beim Anruf der Kommissarin nicht an den Apparat. So fragte sie sich bei der Anmeldung im UKE durch und nach endlosem Suchen fand man Kruger in der Palliativstation C2B, im Gebäude O24 des onkologischen Zentrums des Universitätsklinikums. Die Kommissarin spazierte hoch in den zweiten Stock und fragte eine junge Frau im blauen Kittel nach Herrn Kruger. Mit leicht russischem Akzent wies die Angestellte der Kriminalbeamtin den Weg.

Kruger lag in einem Einzelzimmer. Sein Kopf war durch eine Vielzahl an Kabeln und Schläuchen kaum sichtbar. Auch die Silhouette seines Körpers war nur schwach unter der dünnen Decke wahrnehmbar. Sicher war das Körpergewicht des Schwerkranken extrem gering. Sandra trat vorsichtig neben sein Bett, in dem der Patient völlig waagerecht lag. Die sichtbaren Reste seines Gesichts zeigten fahle, graue Haut, die eingefallen war, und Sandra tippte auf einen 80-Jährigen. Kruger schlief. Zumindest hatte er seine tief in den Höhlen liegenden Augen geschlossen.

„Herr Kruger!“

Der Mann bewegte sich nicht. Ein Herzmonitor neben dem Bett zeigte Sandra einen schwachen Ausschlag. Aber er schien zu leben. Seitlich aus dem Fenster war ein Park zu sehen. Baumwipfel wiegten sich wie im Takt hin und her. Das Zimmer war sicher keines der billigen. Der Mann musste vermögend sein.

„Herr Kruger, mein Name ist Sandra Holz – von der Polizei. Sie hatten gebeten, dass ich Sie aufsuche!“

Noch immer keine Reaktion. Was sollte sie nun machen? Sandra nahm sich vor, die junge Angestellte über Krugers Zustand zu befragen, und trat an die Tür. Diese öffnete sich plötzlich und eine Frau erschien im Rahmen. Sie erschrak furchtbar, als sie der Kommissarin gegenüberstand, und Sandra hatte Angst, sie kippte um. So griff sie nach dem Arm der Frau und stützte sie.

„Wer sind Sie?“, fragte die Unbekannte, während die Kommissarin sie in Richtung eines Sessels schob.

„Herr Kruger hat nach mir gerufen. Ich bin Sandra Holz.“

*

Die beiden Frauen saßen in einem Wartebereich unweit Krugers Zimmer. Sie hatten sich frischen Kaffee aus einem Kaffeeautomaten besorgt und Frau Kruger, so hatte sich die Dame vorgestellt, rührte seit einer gefühlten Ewigkeit mit dem Kaffeelöffel in ihrer Tasse.

„Können Sie mir sagen, warum er nach mir verlangt hat?“, wollte Sandra schon eine Weile wissen. Doch die Frau schwieg. Endlich kam Leben in sie. Ihr starrer Blick wurde plötzlich lebendig und sie legte den Kaffeelöffel weg.

„Wir haben drei Kinder, Frau Holz. Jens ist schon siebzehn. Er braucht seinen Vater – und nun ...!"

Sie nahm einen Schluck Kaffee und behielt ihn im Mund. Sandra hatte Bedenken, sie würde sich verschlucken, doch endlich trank sie ihn aus. „Leonhard war immer ein guter Vater. Sicher war er anders, aber auf seine Art und bei seiner Vergangenheit – war er ein guter Vater."

Sandra nickte zustimmend.

„Er hat damals im Osten schlimme Sachen gemacht. Er hat mir früher mal unter Alkohol davon erzählen wollen. Aber ich habe abgelehnt zuzuhören. War das falsch?"

Sandra schüttelte den Kopf und legte die Hand auf den Arm der Frau.

„Danach hat er nie wieder darüber gesprochen. Und nun stirbt er. Die Ärzte geben ihm keine vierundzwanzig Stunden mehr. Aber hier findet Leo einen menschengerechten Abschied. Jens und seine Geschwister kommen gleich, um sich von ihrem Papa zu verabschieden."

Sandra fand die Situation tragisch, aber noch war sie unsicher, welche Rolle sie hier spielte.

„Ihr Mann wollte mich sprechen?", fragte sie erneut.

Frau Kruger nickte. Sie hielt die Kaffeetasse noch immer in der zittrigen Hand und Sandra nahm sie ihr vorsichtig ab. Sie stellte die Tasse vor die Frau auf einen Unterteller.

„Er hat Bargeld mitgebracht."

Jetzt wurde es interessant, glaubte die Kommissarin zu wissen.

„Nie hatte er etwas übrig. Nichts gespart und nie Bargeld. Vielleicht mal einen Zehner oder gar 20 Euro. Aber nie so viel."

Von wie viel reden wir?"

„50.000 Euro!"

„Das ist viel. Hat er gespielt, gepokert? Lotto?"

Frau Kruger schaute ihr Gegenüber entgeistert an.

„Leo? Niemals!"

„Wo könnte das Geld denn sonst herstammen?"

Die Frau driftete geistig wieder ab und Sandra griff zart an ihren Arm.

„Frau Kruger!"

Erschrocken riss sie Augen auf. „Ich habe davon schon etwas ausgegeben."

„Okay!"

„Den Aufenthalt hier. Ich kann hier schlafen." Sie ergänzte leise: „Wenn ich möchte. Auch die Kinder."

„Wann kann ich mit ihm reden?"

„Kommen Sie!"

*

Tatsächlich war Leonhard Kruger aufgewacht. Seine Gattin hatte die Hand ihres Mannes gestreichelt und sie geküsst. Plötzlich öffnete Kruger die Augen. Erst schaute er erschrocken zur Decke, dann sah er seine Frau, die neben ihm stand, und er lächelte. Frau Kruger fuhr das Rückenteil des Bettes vorsichtig hoch.

„Leo, das ist Frau Holz. Die Kommissarin."

Die Augen des Todkranken bewegten sich in minimaler Zeitlupe von seiner Frau hin zu Sandra. Ein fast nicht wahrnehmbares Nicken zeigte, dass er verstanden hatte. Er zog leicht an der Hand seiner Frau und sie beugte sich zu ihm. Er schien etwas zu flüstern, aber gewettet hätte Sandra nicht darauf.

„Ich werde draußen warten. Er möchte mit Ihnen reden, Frau Holz. Gehen Sie mit dem Ohr ganz nah an seinen Kopf. Dann verstehen Sie ihn."

Frau Kruger drückte noch einmal die Hand ihres Mannes und verließ dann das Krankenzimmer.

Sandra war alleine mit dem Mann. Sie zog einen Stuhl neben das Bett und setzte sich. Sie mochte eine solche Nähe nicht. Ältere Menschen rochen seltsam und gegen Mundgeruch hatte Sandra sowieso eine Aversion. Aber es nutzte nichts, da musste sie durch. Hoffentlich war das Ergebnis diesen Aufwand wert.

Leonhard Kruger schien frisch geduscht und seine Atemfrequenz war extrem hoch. Sein Atem roch neutral und die Kommissarin kam sich schon etwas schäbig vor, was sie dem Kranken alles unterstellt hatte. Sie beugte sich so weit zu ihm, dass ihr Ohr seinen Mund berührte. Sie hatte seine Hand sanft in ihre genommen. Vielleicht reagierte er ja auch auf Händedruck.

„Das Geld ... kommt ... von Gollasch“, waren seine ersten Worte. Hatte sie richtig gehört? Das Geld kam von Gollasch? Dem Gollasch, hinter dem sie her war? Dem sie nichts beweisen konnte?

„Dr. Gollasch, Hans Gollasch?“

Kruger reagierte nicht.

„Ich habe ... Schläfer ... geweckt. Flüssig ... Sprengstoff.“ Kruger nahm einen tiefen Atemzug. Es klang wie ein Knurren und Sandra glaubte schon an sein Ableben. Sie riss den Kopf nach oben, um auf den Monitor zu schauen. Kruger drückte fest ihre Hand. Sie bewegte den Kopf wieder nach unten.

Einen Moment hörte sie nur seine Atmung, dann ein Hüsteln. Endlich wieder die leise Stimme des Mannes.

„Sie haben ... Schlimmes vor ... hab Geld ... für die Familie. Fahr nach ... Gres ... Gresse.“ Plötzlich schwieg Kruger. Sandra drückte zart seine Hand in der Hoffnung, er würde reagieren. Aber der Kranke war eingeschlafen oder zu erschöpft. Die letzten Minuten hatten ihn sicher viel Kraft gekostet.

Sandra ließ seine Worte Revue passieren: Gollasch hatte ihn also bezahlt, um Schläfer zu wecken. Aber was waren Schläfer? Sie kannte das Wort aus einem amerikanischen Thriller. Und flüssigen Sprengstoff, den kannte sie auch nicht. Ob der Mann unter dem starken Morphium etwas durcheinanderbrachte? Und Gresse, was war Gresse? Ein Ort? Gresse klang eher nach einem Gemüse als nach einem Ort. Sie musste später danach recherchieren.

Plötzlich kam Bewegung in den Körper des Mannes. Kruger bäumte sich auf, stöhnte und mit einem Schritt war Sandra bei ihm. Er fiel zurück und rief etwas, was wie Entschuldigung klang. Sie legte seine Hand in die ihre und streichelte sie. Dann erklärte der schrille Ton einer Maschine Leonhard Kruger für tot.

Krugers Geschichte

Worte und Weise „Wir sind überall, auf der Erde, …"
Reinhold Andert

Zwei Monate zuvor

Leonhard Kruger lief nervös im leeren Wartesaal des onkologischen Zentrums im Gebäude O24 des Eppendorfer Klinikums auf und ab. Er hatte genug. Seit ihm die hiesigen Ärzte vor wenigen Wochen Bauchspeicheldrüsenkrebs diagnostiziert hatten, war sein bisheriges einer Achterbahn ähnliches Leben noch um einige Kurven reicher geworden. Als man ihm klarzumachen versuchte, er sollte seinen Nachlass in Ordnung bringen und dann Abschied nehmen, hatte er das gelassen aufgenommen. Wie oft stand er, der 63-Jährige, schon vor solchen Abgründen? Er blieb vor einem Wandbild stehen, in dessen Scheibe er sein Konterfei sehen konnte. Da bin ich, Leonhard Kruger, 63 Jahre, habe alles erlebt und nun schickt mich eine 73 Gramm schwere, 17 Zentimeter lange und zwei Zentimeter dicke Drüse ins Jenseits? Welch ein Hohn, aber auch welche Ironie, dachte er. Voller Sarkasmus schaute er in die Scheibe, sah ein blasses Gesicht und eingefallene Wangenknochen. Seit Wochen scheute er sich davor, in einen Spiegel zu schauen. Nein, eigentlich wollte er sich so in Erinnerung behalten, wie er war: Groß, stark und kämpferisch.

„Ein Pankreastumor, nicht operabel", hatte Frau Dr. Selwig kurz vor Pfingsten erklärt. Das Erste, was ihm bei diesem Wort einfiel, war ein Kumpel, der mit ihm in der Nationalen Volksarmee (NVA) gedient hatte. Ganz früher, in der Grundausbildung. Er hieß Pankratz. War sein Vorname nicht Wilhelm? Es fiel ihm nicht ein und irgendwann hatte er aufgehört, darüber nachzudenken. Dann kamen die Vorwürfe der Ärztin. Er hatte sie schon erwartet. Immer waren es Vorwürfe, die sich Menschen zuwarfen wie heiße Pellkartoffeln. Warum er nicht früher gekommen sei. Früher? Wann war früher? Zu dem Zeitpunkt, als er immer weniger Appetit verspürte? Er war nie ein großer Esser. Schon damals in der NVA-Sportauswahl riefen ihm die Freunde immer „Hungerhaken" hinterher. Nein, ihm lag nie etwas am Essen. Gut, die Übelkeit, das Erbrechen und der tägliche Durchfall, aber auch das Nasenbluten hin und wieder hätten ihm – dem gesundheitsbewussten Menschen – eine massive Fehlfunktion seines Körpers aufzeigen müssen. Aber sein ganzes Leben lang verabscheute Kruger Ärzte und bislang waren alle Krankheiten in seinem Leben stets ohne Krankenhäuser und ohne Medizin von selbst verschwunden. Zwei Knochenbrüche ausgenommen. Doch als er plötzlich neue Hosen brauchte, weil die alten sogar mit einem Gürtel rutschten, schickte ihn seine Frau zu ihrem Hausarzt. Irgendwie war er damals froh darüber. Alleine wäre er nicht gegangen. Das wäre wie ein Verrat an sich selbst gewesen. Aber so konnte er alles auf seine Ehefrau abwälzen. Hatte er geglaubt. Doch als er – nach einer Überweisung – bei Fachärzten vorstellig wurde, war es schon zu

spät. Hier im Universitätsklinikum Eppendorf fand man in tagelangen Untersuchungen schnell heraus, dass der exokrine Pankreastumor gestreut und schon die Leber, die Lunge und sogar die Knochen Krugers in Mitleidenschaft gezogen hatte. Nun ja, ändern konnte er es nicht, und eigentlich hing er auch nicht so sehr am Leben, redete er sich ein. Andere würden nun von Arzt zu Arzt rennen, würden schreien und jammern, gar zur medizinischen Behandlung in die Staaten fliegen und aus den Krankenkassen das Letzte herauspressen, um ihr kleines Leben noch einige Tage zu verlängern. Nein, nicht er, nicht Kruger. Er hatte sich vorgenommen, diese unbequeme Welt so zu verlassen, wie er gelebt hatte: Aufrecht, ohne Bücklinge und vor allem: ohne Gejammer. Seiner Frau hatte er damals etwas von einer Magenschleimhautentzündung erzählt. Sie hatte es sicher nicht geglaubt, aber, wie die letzten Jahre auch, genickt und nicht weiter nachgefragt.

*

Gerade kamen die Schmerzen zurück. Wann hatte er sich das letzte Mal ein Fentanyl-Pflaster aufgeklebt? Es musste jetzt kurz nach zwei Uhr am Nachmittag sein. Die Armbanduhr hatte er schon vor Wochen abgelegt. Aber dieser heutige Termin hier im UKE war für vierzehn Uhr festgelegt. Der letzte Pflastertausch musste also in der Nacht gewesen sein, er war sich nicht absolut sicher.

Stiche im Bauch wie Dartpfeile, die man aus kurzer Distanz auf seinen Körper warf. Der Schmerz raubte ihm fast die Möglichkeit nachzudenken. Das Schmerzmittel linderte nicht nur, es löste seiner Meinung nach auch eine Art Lethargie der Hirnzellen aus. So hatte er es einmal seiner Ärztin erklärt. Ja, er bemühte sich, alles, was mit der Krankheit zu tun hatte, in Abgeschiedenheit und ohne Zuschauer zu verrichten. Sicher war Ehefrau Silvia klar, dass es ihm immer schlechter ging, aber auf Krebs im Endstadium würde sie niemals kommen. Ach ja, das Pflaster! Die anhaltenden Schmerzen im Bauch und im Rücken brachten ihn zu seiner Überlegung zurück. Wann war jetzt der letzte Pflastertausch? Heute Nacht, auf der Toilette. Genau, da hatte er das letzte Fanta 4-Pflaster – so nannte er es scherzhaft – verbraucht. Und nun wollte er um ein neues Rezept bitten. Das hätte doch auch ein Apotheker übernehmen können. Aber nein, hatte man ihn hier belehrt. Das Opium ähnliche Schmerzmittel, das sich in dem kleinen Pflaster versteckte, habe eine etwa hundertfach höhere Wirkung als Morphin, und tatsächlich war er das erste Mal seit langer Zeit schmerzlos. Und dann musste er doch schmunzeln. Nämlich als die Ärztin erklärte, dass jegliche Darreichungsform unter ärztlicher Kontrolle geschehen müsse, da eine erhöhte Dosis im schlimmsten Fall zum Tode führen könne. Ihm fiel ein Sträfling auf dem elektrischen Stuhl ein, den man bat, nicht an die stromführenden Kabel zu kommen, da sie ihn umbringen würden. Er erzählte es der Ärztin. Doch sie hatte überhaupt kein Verständnis für seinen Witz. Einmal hatte sie dem Patienten von einer neu-

artigen Darreichungsform als Nasenspray erzählt. Darauf wollte er heute drängen. Das war besser zu dosieren, fand er. Speziell beim Bahn- oder Autofahren musste er sichergehen, nicht vor Schmerzen ohnmächtig zu werden. Obwohl, Autofahren hatte man ihm eigentlich untersagt. Er nahm sich vor, beim nächsten Arztbesuch die Praxis nicht ohne eine Schachtel oder ein Rezept dieses schmerzlindernden Nasensprays zu verlassen.

*

Kruger hatte vergeblich versucht, aus dem Automaten im unteren Wartebereich der Onkologie einen Kaffee zu ziehen. Der Automat streikte und gab zudem auch die eingeworfenen Münzen nicht zurück. Kruger fluchte. Sein Kaffeedurst war extrem hoch und so trieb ihn dieser in das Hauptgebäude des UKE. Er kaufte oben in der Cafeteria zwei Tassen Kaffee und suchte nach einem Platz. Gerade war ein Tisch frei geworden und so stellte er die beiden großen Tassen dort ab. Frau Dr. Selwig sei gerade im OP, hatte man ihm beim Termin in der Onkologie vor knapp einer Viertelstunde erklärt. Doch ein männlicher Arzt hatte sich dann seiner angenommen. Irgendwie fühlte Kruger für einen Moment, der Arzt verstände ihn besser. Frauen sind so hart und Männer eben weicher, redete er sich ein. Aber passte das in seine Weltanschauung? Natürlich nicht. Auf jeden Fall hatte ihm dieser Typ ein neues Pflaster aufge-

klebt und eine Schachtel mit dem Nasenspray in die Hand gedrückt. Dazu ein Rezept: „Wenn das Spray verbraucht sein sollte!" Beim Verlassen des Sprechzimmers meinte der Arzt noch: „Und denken Sie daran, die Dosis des Sprays gering zu halten. Das haut Ihnen sonst das Hirn weg!" Der Arzt lachte dabei wie ein kleiner Junge und auch Kruger gefiel der Spruch. Draußen überlegte er, ob das ein spezieller Wink gewesen war. Wenn er sich nun das gesamte Spray in die Nase schob …?

Die Schmerzen waren binnen kurzer Zeit verschwunden und es hatte ihn so sehr nach Kaffee gelüstet. Zwei große Tassen – Minimum! Kruger liebte Kaffee und als wichtigsten Erfolg des Mauerfalls gab er stets an, seit diesem Tag immer hochwertigen Kaffee trinken zu können. Andere Ostdeutsche hatten sich auf Bananen gestürzt oder auf Ananas. Er, Kruger, hatte sich vom Begrüßungsgeld eine Kaffeemaschine gekauft und Bohnenkaffee – eine ganze Palette. War das eine Feier!

Sein Blick fiel zwei Etagen tiefer nach unten, Richtung Empfangstresen. Von seinem Platz konnte er sehen, wie Personengruppen hier im Sekundentakt die Universitätsklinik betraten und auch wieder verließen. Hatte man im UKE denn überhaupt noch einen Überblick, wer in diesem riesigen Komplex herumsprang? Und dazwischen diese vielen Weißkittel! Konnte sich nicht jeder einen weißen Kittel kaufen und den Arzt raushängen lassen? Sarkasmus und Skepsis, waren das seine Tugenden? Er trank den ersten Becher leer, schob ihn zur Seite und den zweiten davor.

*

„Kruger, sind Sie das?“

Der Angesprochene erschrak und sofort stellten sich wieder Schmerzen bei ihm ein. Er griff sich spontan und überrascht an den Bauch und kam dabei gegen den Pott mit Kaffee. Dieser drohte umzufallen, doch die Person, die neben ihm stand, war schneller. Sie hatte reagiert und die Tasse festgehalten. Als der Schreck wieder aus Krugers Glieder gefahren war und seine Gedanken klarer wurden, schaute er einem vollbärtigen Mann mitten ins Gesicht. Der hatte sich etwas zu ihm hinuntergebückt und meinte: „Ist Ihnen nicht gut? Soll ich einen Arzt rufen?“ Kruger winkte ab, marterte sein Hirn, ob er den Typen kannte und wenn, wer er war.

„Ich bin Gollasch, Doktor Gollasch. Erinnern Sie sich?“

Am Nebentisch spürte Kruger Unruhe aufkommen. Er hoffte, es lag nicht an ihm. Er scheute jegliches Aufsehen. Nein, noch immer war er nicht stabil. Der unbekannte Mann hatte sich ihm gegenüber auf den leeren Stuhl gesetzt.

„Klar, sind Sie es! Kruger, Oberst Kruger. Mensch, das ist vielleicht lange her!“ Er hatte es geflüstert.

Wann hatte Kruger das letzte Mal jemand als Oberst Kruger angesprochen? Eine Art Dia-Show mit Hunderten von unterschiedlichen Bildern lief vor seinen Augen ab. Damals, ja damals, Jahrzehnte war es her! Aber da blieb noch immer diese Frage: WER WAR DIESER MANN IHM GEGENÜBER? Er nahm einen Schluck aus der geretteten Tasse und lehnte sich etwas zurück.

„Geht's wieder?", wollte der Mann nun wissen. Kruger nickte in der Hoffnung, diesen Geist der Vergangenheit wieder loszuwerden. Wer hat dich gerufen, Geist der Vergangenheit? Jahre wie ein Albtraum. Ich doch nicht. Also, verschwinde! Ihm fiel ‚Goethes Zauberlehrling', sein Lieblingsgedicht, ein: ‚Denn als Geister ruft euch nur, zu seinem Zwecke, erst hervor der alte Meister.'

„Sie erinnern sich tatsächlich nicht an mich?", riss die Stimme Kruger aus seinen Überlegungen. „Oder ist es Ihnen peinlich? Sicher es ist …", der Mann schien zu rechnen, „… dreißig Jahre her. Viele haben das abgehakt, wollen das Kapitel vergessen. Ich gehöre nicht zu diesen Idioten, Kruger. Ich stehe dazu. Zumindest wenn ich alte Kriegskameraden von damals treffe. Sie verstehen?" Kruger verstand nichts und doch alles. Er wünschte sich in seinen Wagen, den er weit entfernt vom UKE, in einer Nebenstraße, abgestellt hatte.

„Gollasch, Doktor Hans Gollasch, damals Major und junger Staatsanwalt beim MfS." Die Worte hatte der Mann ihm gegenüber mehr geflüstert als gesprochen. Doch Kruger hatte sie verstanden. Der Film vor seinen Augen nahm eine Wende. Er zeigte alte Schreibtische in veralteten Büros. Dazu Männer vor dicken Aktenbergen, umhüllt von dicken Rauchschwaden. Bittende, weinende und schreiende Menschen, Blut und Tod. Gollasch! Natürlich! Den Typen konnte er nie leiden. Und jetzt schien es den ehemaligen und trotz seines Alters schon hochdekorierten Stasi-Anwalt, den Herrn über Leben und Tod, nach Hamburg verschlagen zu haben. Schlimmer noch, er saß ihm gegenüber.

„Nun sagen Sie doch was, Kruger. Heißen Sie mit Vornamen nicht Reinhart?", spekulierte der Mann.

„Leonhard!" Leise kam das Wort aus Krugers Mund und es fühlte sich an wie ein Eingeständnis. Ja, ich war es, ich habe das getan.

„Leonhard Kruger, Oberst der ...!" Gollasch stockte. Unterdrückte die restlichen Worte. Aus Respekt, aus Angst, aus Mitleid? Nein, Mitleid konnte es nicht sein. Er wusste nichts von seinem gesundheitlichen Zustand. Oder doch?

„Sind Sie aus medizinischen Gründen hier, Leonhard?" Jetzt sprach ihn dieser noch mit dem Vornamen an, als ob sie jemals Freunde gewesen wären.

„Sie sehen etwas ... wie soll ich sagen ... mitgenommen aus!"

„Ich habe eine ... kranke Freundin besucht!", erklärte Kruger nach einer kurzen Pause und freute sich über diese ausweichende Antwort.

„Aha, Freundin besucht! Ich sehe schon, Kruger, Sie möchten nicht mit mir reden. Obwohl, mal wieder die alten Zeiten aufwärmen ... ich hätte nichts dagegen gehabt. Aber wenn Sie nicht wollen ...!" Gollasch war aufgestanden und machte Anstalten zu gehen. Wie ein Geist, fand Kruger, der im Begriff war, endgültig aus seinem Leben zu verschwinden.

„Dann machen Sie es mal gut, Kruger. Vielleicht sieht man sich wieder!" Gollasch hob eine Hand zum Gruß, schaute sich noch mal um und schritt dann seitlich in Richtung des großen Flurs. Arbeitete Gollasch hier im UKE? Zuzutrauen wäre es ihm. Der sah schon damals aus, als fiele er immer auf die Füße. Kruger atmete mehrfach ein und aus. Warum

machte ihm diese Begegnung so zu schaffen? Gollasch war bloß ein Geist aus früheren Zeiten und konnte ihm nichts ... absolut nichts. Es war damals alles anders und er hatte gebüßt. Und jetzt war er krank – sterbenskrank. Auf jeden Fall war Gollasch weg. Kruger ließ den Kaffeerest stehen, zog seine dünne Jeans-Jacke über und fuhr mittels Rolltreppen die beiden Etagen nach unten. Es fröstelte ihn trotz der Hitze draußen und dazu fühlte er sich schlecht. Wenige Minuten später verließ er die Universitätsklinik Eppendorf durch die Eingangshalle.

Zwei Etagen über ihm, an der Brüstung, stand Rechtsanwalt Dr. Gollasch und beobachtete den ehemaligen DDR-Oberst Leonhard Kruger.

*

Kruger war den ganzen Tag durch die Hansemetropole gestreift. Zunächst durch die City, später war er mit dem Renault nach Altona gefahren und spazierte nun dort umher. Die schon seit Tagen andauernde Hitze zehrte an Krugers Nerven. So warm und es ist sogar noch einen Monat hin bis Sommerbeginn, fluchte er und wischte sich mit dem Hemdsärmel den Schweiß von der Stirn. Etwas kühler, feuchter, so zum Abschluss seines Lebens, das würde ihm guttun. Doch wenn jeder sich das Wetter wünschen dürfte? Er grübelte. Wie lange war er nun schon ohne anständige Arbeit. Er, der Überflieger der ehemaligen DDR. Erst bei der NVA. Dort schaffte er es in wenigen Jahren bis zum Oberstleutnant, und später folgte seine Berufung zum Oberst und Leiter dieser ‚Spezialeinheit Schläfer', die er noch bis kurz vor dem Mauerfall führte. Und dann war nichts mehr wie bisher. Er hatte sich mit schlechtem Gewissen bei der West-Bundeswehr beworben. Das hätte er besser bleiben lassen sollen, dann wäre ihm diese große Schmach erspart geblieben. Seine Stasi-Akte, so erklärte man dem damals 40-Jährigen, sei so dick wie das Telefonbuch Berlins. Und diese Häme traf ihn ständig. Hochschulabschluss erworben, damals auf der Offiziershochschule der Landstreitkräfte „Ernst Thälmann" in Löbau. Und plötzlich wollte man das nicht anerkennen. Er stritt jahrelang um ein bisschen Rente. Dann hatte man seine Vergangenheit aufgearbeitet: Drei Jahre Haft. Er war gut dabei weggekommen. Mord und Totschlag konnten sie ihm nicht nachweisen. Alles fürs Regime, dachte er, und nun buchten mich die Westdeutschen ein. Danach arbeitete er ein paar Jahre als Sicherheitsberater und später als einfacher Wachmann in einer Berliner Kerzenfabrik. Das Vertrauen ehrte ihn, den Verurteilten. Er trank zu viel. Dann bei den Anonymen Alkoholikern in der Bundeshauptstadt das Zusammentreffen mit Silvia. Zwei gestrandete Ostdeutsche im Westen. Er war nach Hamburg abgehauen, hatte sie mitgenommen. Neuanfang. Zum Glück fand Silvia damals den Job als Erzieherin. So mussten sie und die drei gemeinsamen Kinder nie Hunger leiden.

Gerade überkam Kruger die Lust auf eine Zigarette. Schon Anfang der 90er-Jahre hatte er das Rauchen aufgegeben. Das war, kurz nachdem er die 20 Jahre jüngere Dresd-

nerin kennengelernt hatte. Damals hatte er sich selbst versprochen, sein Leben zu ändern. Leute bespitzeln, Familien zu zerstören und sogar töten, sollte nie wieder zu seinem Tagesgeschäft gehören. Irgendwann empfand er die Wende als glücklichen Umstand. So war für ihn dieser Neubeginn möglich. Dann wurden die Kinder geboren. Der heute 17-jährige Jens und die 11-jährigen Zwillinge Lillie und Larissa.

Kruger spazierte zu einem Kiosk. Die Auswahl an Zigaretten war riesig. Das war zu seinen Raucherzeiten anders. Da hatte man das Angebot in den Regalen eher im Blick. Nachdem der Verkäufer schon ungeduldig wurde, entschied er sich für Marlboro. Damals im Osten kam er hin und wieder über Beziehungen an US-Zigaretten. Und heute konnte er einfach alles kaufen. 5,20 Euro verlangte der Typ hinter dem Tresen für die Packung. Das erschlug Kruger fast. Er hatte sich nie mehr Gedanken über Zigarettenpreise gemacht. Aber mehr als fünf Euro für 19 Stück? Er zahlte mit seinem letzten Zehneuroschein und verließ den Kiosk. Die Luft draußen war extrem trocken und man konnte äußerst schlecht einatmen. So glaubte Kruger, die erste Zigarette nach mehr als 25 Jahren im Freien zu konsumieren, wäre sicher kein guter Einstand. Er spazierte weiter, immer die Packung fest in der Hand. Sie gab ihm das Gefühl von Luxus und Neubeginn. Von Zeit zu Zeit überprüfte er das Vorhandensein des Nasensprays. Es vermittelte ihm Sicherheit und Lebensqualität. Wenn auch nur noch Tage oder eine Handvoll Wochen. Weihnachten, so hatte die Ärztin erklärt, sollte er nichts mehr planen. Wie ein Mensch ei-

nem anderen so etwas mitteilen konnte!? Und das, ohne mit der Wimper zu zucken? Abgebrühtes Luder! Er fiel zurück in die alten Muster, machte innerlich eine Kehrtwendung. Aber war er besser als die Ärztin? Nein, auch er hatte zu Zeiten des Regimes … er ließ es sein, weiter darüber nachzudenken.

*

An der Ecke Ottenser Haupt- und Bahrenfelder Straße lag das Restaurant Möller. Durch die Fenster konnte er innen Rauchschwaden erkennen und Kruger betrat das Lokal. Schon beim ersten Schritt war klar, hier war die Welt noch in Ordnung. Zumindest für die Raucher. Die Luft war geschwängert von Gerüchen, die ihn vor 25 Jahren sicher glücklich gemacht hätten. Doch heute? Eigentlich konnte er gut auf das Rauchen verzichten. Kruger setzte sich an einen Fenstertisch und bestellte ein kleines Pils. Wie lange hatte er auf Alkohol verzichtet. Erst vor zwei Jahren war er sich sicher, nicht mehr rückfällig zu werden, und genehmigte sich beim Essen hier und da eine kleine Flasche Bier. Silvia war das gar nicht recht. Sie würde wohl bis zum Lebensende auf Alkohol verzichten. Ja, sie war eisern. Es war kurz nach elf Uhr und so früh trank er sonst noch keinen Alkohol. Aber heute war eine Art Feiertag. Ich ziehe Weihnachten einfach vor, lachte er laut, und am Tisch nebenan prostete man dem gebürtigen Ostberliner zu.

Der erste Zug, den er inhalierte, hatte nichts von alldem, was er glaubte über die Jahre vermisst zu haben. Er hustete und man nahm es um ihn herum nicht zur Kenntnis. 5 Euro 20, und die Dinger schmeckten beschissen. Beim zweiten Zug glaubte er schon eher an eine Rückkehr auf den Nikotin-Gipfel. Doch als der dritten Inhalation ein schwerer Hustenanfall folgte, drückte Kruger die angefangene Marlboro in den bereitgestellten Aschenbecher. Wie gewonnen – so zerronnen. Das war es mit dem angestrebten Wiedereinstieg als Raucher. Er trank das Bier in einem Zug aus, legte drei Euro auf den Tisch und schlich sich, wie ein geprügelter Hund, aus dem Restaurant. Draußen atmete er den sauberen Sauerstoff ein, bis ihm fast schwindelig wurde. Das ging daneben! Todeskandidaten hatten doch eine Hitliste dessen, was sie vor ihrem Ableben noch durchführen wollten. Er hatte mal einen Film darüber gesehen. Es war sicher ein amerikanischer, denn seiner Meinung nach waren nur die Amis in der Lage, so etwas Dämliches zu drehen. In dem Film erlebten zwei todgeweihte Schauspieler der ersten Garde noch einmal all das, was sie in ihrem bisherigen Leben vernachlässigt hatten. Fallschirmspringen, stundenlanges Achterbahnfahren in Vergnügungsparks, Wildwasserrafting und was weiß ich noch für Kindereien. Natürlich sah bei denen die finanzielle Lage anders aus als heute bei ihm. Aber was waren seine Top fünf? Rauchen? Ja, das hatte er hinter sich. Und dafür lohnte es sicher nicht zu sterben. Und die anderen vier Wünsche? Er nahm sich vor, darüber zu sinnieren. Mit diesen Gedanken spazierte Kruger wieder zurück ins Zentrum von Altona. Es hatte inzwischen tatsächlich etwas zu regnen begonnen. Nur wenige Tropfen, aber immerhin. Ein Zeichen? Die fast volle Marlboro-Packung warf er einem bettelnden Obdachlosen in den Schoß.

Erst spät am Abend kehrte Kruger zurück nach Wilhelmsburg. Die neunzig Quadratmeter große Wohnung im Rüdemannweg war nicht luxuriös, aber man hatte Platz. Jens hatte ein eigenes kleines Zimmer und die Zwillinge zusammen ebenfalls. Sicher hatten andere Familien Häuser oder gar Villen, aber hier in Hamburg gab es auch durchaus schlechtere Wohngegenden. Und dafür, dass er wenig bis nichts zum Einkommen beitrug, konnte er zufrieden sein.

Er parkte seinen alten Twingo, wie stets, etwas weiter vom Haus entfernt. Das war eine Marotte, seit er denken konnte. Stelle deinen Wagen nie direkt vor die Tür – das hatte man ihm schon bei der Ausbildung damals an der Stasi-Hochschule in Potsdam beigebracht. Inzwischen war es nach 19 Uhr. Silvia würde schon auf ihn warten, aber wie immer kein Wort darüber verlieren, wo er gewesen war. Das war eine Art „Gentleman's Agreement" und so fragte auch er seine Frau nie nach ihrem Tagesablauf. Eigentlich sprach das Ehepaar nicht viel miteinander. Aber das war schon immer so. Beide waren sie gejagte Menschen, die sich ungern produzierten und die vor allem ungern etwas von sich preisgaben. Inzwischen hatte Kruger das Gefühl, dass auch ihre Kinder in diese Art schlugen. Nach Anfragen dauerte es immer eine Weile, bis man von ihnen Antworten bekam.

*

Eine Wolke am Himmel brachte Schatten und ließ ihn durchatmen. Sofort fühlte sich Kruger besser. Eben, vor der Fahrt, hatte er sich noch einmal einen Spritzer Schmerzmittel in die Nase gesprüht. Die Schmerzen waren zurückgekehrt und es ging nicht mehr ohne. Er war bemüht, so wenig wie möglich aus der kleinen Plastikflasche zu entnehmen. Vielleicht hielt sie noch ein paar Tage, ansonsten hatte er noch das Rezept für eine weitere Flasche.

Es hupte neben ihm. Kruger ignorierte es. Hupen fand er schrecklich und wenn schon, konnte es nicht ihm gelten. Er war hier in der Straße unbekannt, wusste weder den Namen seiner direkten Nachbarn noch den eines sonstigen Bewohners hier. Als er auch beim zweiten Hupen nicht reagierte, hörte er hinter sich das Geräusch einer sich öffnenden Autotür und eine Stimme rief: „Kruger, Mensch, Kruger, sind Sie schwerhörig?"

Ihm war sofort klar, wem die Stimme gehörte, und sofort fragte er sich, wie ihn diese Person gefunden hatte. Er blieb stehen, suchte noch einen kurzen Moment nach einem Ausweg. Es fiel ihm keiner ein und so drehte er sich um. Gollasch stand winkend, im dunklen Anzug neben einem silbernen Mercedes Coupé. Kruger zögerte kurz, dann schritt er langsam auf ihn zu. Als er ihn erreicht hatte, grinste der Typ ihn an wie ein Honigkuchenpferd. Kruger hatte das Gefühl, seine Schmerzen kämen zurück, und das machte ihn besonders zornig. Er packte Gollasch am Revers und drückte ihn gegen das hochglanzpolierte Luxusfahrzeug. „Was soll das, Gollasch? Spionieren Sie mir nach?" Der Mann schob Kruger vorsichtig weg und befreite sich aus seiner unglück-

lichen Haltung. „Halt, Kruger, halt! Ich bin ein Freund, und behandelt man so Freunde?"

Was laberte der Kerl da von Freunden? Die Schmerzen waren noch immer da, aber jetzt eher in zweiter Ebene und das Denken fiel Kruger wieder leichter. „Also, was ist der Grund, dass Sie mir hier auflauern?"

Gollasch lachte und es klang eher gehetzt und unglaubwürdig. „Na ja, auflauern. Lassen Sie uns im Auto darüber reden!" Er machte eine einladende Geste. Er hatte recht, so schnell würde er den Unsympathen nicht loswerden. Und bevor jemand ihre Unterhaltung beobachten konnte?

Der Mercedes roch nach frischem Leder, und gegenüber dem Twingo kam sich Kruger wie im Cockpit eines Airbus vor. Er lehnte sich zurück und genoss die Wellnessposition. Wieso hatte Gollasch solch einen Wagen und er nicht? Beide waren aus der DDR übrig geblieben und wieso hatte Gollasch es geschafft? Sicher war man ihm bisher nicht auf die Schliche gekommen.

„Siehst du, alles wird gut!"

Gollasch war nun wieder auf ein freundliches Du umgeschwenkt. Kruger konnte es egal sein. Egal was Gollasch von ihm wollte, er würde es ablehnen. Seine Zeit hier war zwar abgelaufen, doch gab es keinerlei Gründe, irgendjemandem noch einen letzten Gefallen zu tun.

„Ich weiß, dass du nur noch wenige Wochen zu leben hast: Bauchspeicheldrüsenkrebs!"

Kruger erschrak. Darauf war er nicht vorbereitet. Die Wahrheit über seine Gesundheit war das bestgehütete Geheimnis der Welt. Zumindest hatte Kruger das bisher ge-

glaubt. Und so sollte es bleiben, bis er es Silvia und den Kindern beichten würde. Und jetzt kam dieser Gollasch daher und seine Offenbarung klang, als lese er sie aus der Morgenpost ab. Kruger kochte innerlich und bemühte sich dabei ruhig zu bleiben. „Woher ...?“

„Keine Angst, ich behalte es für mich!“

Ach, daher wehte der Wind! Gollasch arbeitete tatsächlich im UKE und hatte sich garantiert Einblick in seine medizinischen Unterlagen verschafft. Diese digitale Welt war Segen und Fluch zugleich. Der Spruch kam ihm bekannt vor, stand er so nicht in der Bibel? Kruger, der Atheist, zitierte aus der Bibel! Er musste laut lachen und erschrocken nahm Gollasch das zur Kenntnis. Gemeinsam schwiegen sie, während mehrere Schmetterlinge gerade an einer Straßenlaterne eine Art Paarungstanz aufführten. Endlich meinte Gollasch: „Also, lass uns miteinander reden wie zwei Erwachsene, Leonhard.“

Leonhard! Der Typ neben ihm wurde ihm immer unsympathischer. Wenn das überhaupt noch möglich war. Was wollte der bloß? So sehr Kruger sein Hirn auch anstrengte, es fiel ihm kein plausibler Grund ein.

„Also, Gollasch, sag, was du willst, und dann verschwinde!“ Die Worte fielen so aus ihm heraus und Kruger überlegte, wann er sie formuliert hatte.

„Gut, lass uns Tacheles reden. Ich weiß, dass du sterbenskrank bist, und das tut mir leid. Aber es ist nicht meine Schuld.“

Kruger erinnerte sich an die Stasi-Zeiten. Da waren diese Standardsätze auch stets im umgänglichen Gebrauch: „Sie sind selbst schuld, sie planten doch Republikflucht zu begehen. Sie tragen die alleinige Schuld ...!"

Gollasch fuhr fort: „Ich habe etwas recherchiert, habe so meine Beziehungen im UKE, aber auch sonst." Er kicherte und Kruger fand, es klang dümmlich. „Du stehst finanziell gesehen voll an der Wand. Verheiratet, drei Kinder – meinen Glückwunsch noch nachträglich, ich bin kinderlos." Gollasch machte eine kleine Pause. Woher wusste er das alles? Dann legte er nach: „Deine Frau arbeitet in der Kinderkrippe – auch halbtags. Einfache Wohnung hier in Wilhelmsburg. Altes Auto. Mensch, Kruger, was hast du aus deinem Leben gemacht? Du warst doch mal ein angesehener Oberst. Leiter des Sonderdezernats „Schläfer" mit Privilegien noch und nöcher. Was hast du verbrochen, dass du so tief ...?" Gollasch verstummte. Wahrscheinlich ging ihm das Gequatsche selbst auf den Geist. Kruger überlegte: Hatte Gollasch nicht recht? Er, der zweitjüngste Oberst im MfS, Anwärter auf die höchsten Posten. Was hatte er aus seinem Leben gemacht? Da gab es nur ein Wort, das Kruger einfiel: Nichts. Und auch wenn die Schmerzen gerade zurückkehrten, er bereute keinen Tag. Wieso auch, er konnte es eh nicht mehr rückgängig machen.

*

Die Botschaft Gollaschs war klar. Er, Kruger, sollte für Gollasch Sprengstoff besorgen. Das klang für ihn im ersten Moment nicht ganz so dramatisch. Vor drei Jahrzehnten, als

Oberst beim Staatssicherheitsdienst der DDR, hätte er kurz nach dem Telefonhörer gegriffen und das angeordnet. Doch heute? Und ausgerechnet flüssiger Sprengstoff sollte es sein. „Noch irgendeine spezielle Geschmacksrichtung?", ulkte Kruger trotz heftiger Schmerzen.

„Hör zu! Irgendwo in unserer Republik liegen noch genügend Fässer mit flüssigem Sprengstoff rum. Aus der guten, alten DDR-Zeit. Und du kennst die Schläfer, die dich hinführen. Den Rest erledigen wir." Gollasch war nicht ganz bei Trost. Und wer war „wir"? Rechte, Linke, IS? Und was zum Teufel wollten sie mit dem Sprengstoff? Auf Krugers Frage danach lenkte Gollasch ab, erklärte etwas von ‚schon lange nötig' und ‚politischem Interesse'. In Krugers Kopf dröhnte es und es drehte sich alles. Gollasch sah, dass er die Person auf dem Beifahrersitz überforderte, und hielt Kruger eine kleine Plastikflasche mit Mineralwasser hin. Nach einer Weile sprach er von fürstlicher Entlohnung, einer Lebensversicherung für Silvia, die sofort nach seinem Tode auszahlbar wäre. „Wie willst du das anstellen?", fragte Kruger.

„Lass das mal meine Sorge sein!", erklärte Gollasch.

„Wenn du zustimmst, wird sich schon morgen die Versicherung bei dir melden und du musst nur noch unterschreiben."

50.000 Euro in bar versprach Gollasch vorab – für das Gröbste. Silvia würde nie etwas davon erfahren.

„Überlege es dir! Ein paar Tage Arbeit und deine Frau und die drei Kinder haben ausgesorgt. Der Große kann studieren, die Kleinen bekommen eine schöne Aussteuer …!"

Kruger dachte nach und es strengte ihn mehr an als ein sportlicher Lauf entlang der Elbe. Sicher konnten sie das Geld brauchen. Er hatte weder an eine Lebensversicherung noch an eine andere Absicherung der Familie im Todesfall gedacht. Tränen stellten sich ein und er wischte sich über seine Augen.

„Und die Schläfer aufzutreiben, ist doch für dich … wie soll ich es sagen … ein Klacks!"

„Was passiert mit dem Sprengstoff? Wer wird geopfert?"

„Das willst du wirklich wissen, Kruger? Du, der damals nur nach vorne schaute. Dem Menschenleben nichts …"

„Es reicht!", unterbrach ihn Kruger mit lauter, zittriger Stimme. Erschrocken hatte Gollasch den Satz nicht beendet.

„Gut, eines darfst du wissen. Es wird die treffen, die uns den Mist eingebrockt haben. Die Politiker, die uns die schöne DDR genommen und zu einem kapitalistischen Schweinestall umgewandelt haben."

Gollasch schwieg. Kruger war fassungslos; der Mann schien seine Worte tatsächlich ernst zu meinen. Und das fast 30 Jahre nach Mauerfall. Auch Kruger war nicht so blauäugig zu glauben, dass sich die DDR Ende der Achtzigerjahre noch lange hätte auf den Beinen halten können. Der Russe hatte seine ehemalige Vorzeigerepublik schon aufgegeben und kämpfte zu dieser Zeit selbst um sein Überleben.

Was war Gollasch bloß für ein Idiot? Wusste der denn überhaupt, von was er da sprach? Und außerdem ging es – trotz aller Wut und Selbstmitleid – um den Tod von Menschen. Leben war Kruger immer heilig, auch wenn er da-

mals ...! Aber wenn er schon bei heilig blieb, heiligte nicht auch der Zweck die Mittel? Sicher habe ich früher einige Menschen getötet. Aber nie aus Freude, es musste halt sein. Und es gab immer einen plausiblen Grund. Der Staat war in Gefahr und er gehorchte. Plötzlich fand Kruger Gollaschs Idee gar nicht so dumm und abwegig. Wer hatte je nach ihm gefragt? Die Erde würde sich weiterdrehen. Auch ohne ihn und auch ohne diesen politisch durchgeknallten Typen. Und wenn er es geschickt anstellen würde, käme die Geschichte nie heraus – und wenn schon. Wenige Wochen später war er sowieso tot. Und ein paar hoch bezahlte Politiker mehr oder weniger? Also, was war schon dabei? Er machte sich mit seinen Gedanken selber froh. Aber vielleicht war das Ganze bloß eine Falle? Man wollte ihn auf die Probe stellen.

„Wer garantiert mir, dass du zahlst und dies hier kein Spaß ist?"

Gollasch grinste und Kruger registrierte etliche Goldzähne in seinem Mund. Er öffnete das Handschuhfach des Mercedes, zog einen darin befindlichen Handschuh über und griff nach einem braunen Kuvert. Dieses schmiss er Kruger regelrecht in den Schoß. „Zähl nach!" Umständlich und ängstlich öffnete Kruger das Kuvert und tatsächlich befanden sich einige Tausend Euro in 50er- und 100er-Scheinen darin. Kruger packte den Briefumschlag und legte ihn auf das Armaturenbrett, doch Gollasch wischte ihn sorgsam ab und schob ihn wieder vorsichtig zurück in das Handschuhfach. „Wenn du zustimmst, kannst du das Geld sofort mitnehmen. Als eine Art Soforthilfe." Er lachte und es klang übertrieben.

„Lass mich drüber schlafen, Gollasch!"

*

In dieser Nacht machte Kruger kein Auge zu. Ihm gingen so viele Dinge durch den Kopf. Erst erinnerte er sich an seine Zeit bei der Nationalen Volksarmee und an die Kameradschaft, die ihm damals so gutgetan hatte. Ihm, dem geschundenen und geschlagenen Jungen aus dem Ostberliner Getto. Später kam der Heranwachsende aus der Schleife seiner schlechten Familienverhältnisse nicht mehr heraus. Bis ihn die Armee auffing. Er war ihr noch heute dankbar. Was wäre aus ihm geworden, wenn …? Seit man Kruger über seinen Gesundheitszustand aufgeklärt hatte, vermied er Gedanken, wie es nach seinem Tode weitergehen sollte. Vor allem wie es mit Ehefrau Silvia und den Kindern weitergehen würde. Der Mann hatte sich eben aus dem gemeinsamen Ehebett geschlichen und sich ins Wohnzimmer gesetzt. Hatte er Silvia nicht schon vor Jahren versprochen, den Raum zu streichen? Gar neue Möbel anzuschaffen? Und – was hatte er gemacht? Nichts. Noch immer standen da der alte Röhrenfernseher und das beige Sideboard, das ihnen die Schwiegermutter vermacht hatte. Und die Sessel der Verstorbenen waren so durchgesessen, dass man jede Feder spüren konnte. War der Deal mit Gollasch vielleicht eine Möglichkeit, alles wiedergutzumachen? Sich einen guten Abgang zu verschaffen? Kruger war klar, Silvia würde von dem illegalen Geld keinen Pfennig anrühren. Aber Gollaschs Idee mit der Lebensversicherung – wenn sie denn umsetzbar wäre – würde sie nicht ableh-

nen können. Nach seinem Ableben würde es ihr und den Kindern besser gehen. Das erste Mal seit Wochen fühlte sich Kruger glücklich, und Tränen der Freude liefen seine Wangen hinunter.

*

Kruger war inzwischen klar, dass Gollasch recht hatte. Die Sache mit den Schläfern könnte tatsächlich klappen. Zahlreiche unterirdische Bunker hatte das DDR-Regime bauen lassen und reichhaltig mit Waffen und Munition ausgestattet. Man wollte vorbereitet sein gegenüber dem kapitalistischen Feind im Westen. Darunter waren auch hin und wieder Fässer mit flüssigem Sprengstoff. Ihm war nicht sofort bewusst, für welche Zwecke man den Sprengstoff einsetzte. Aber es konnte ihm auch egal sein. Sicher hatte man bis dato noch nicht alle Verstecke identifiziert. Ein Versuch wäre es wert, und mit etwas Glück würde er fündig werden. Was hatte er zu verlieren? Er hatte eh keine Beschäftigung, die ihn davon abhalten könnte.

Am nächsten Morgen hatten sich beide Männer in Möllers Restaurant verabredet. Kruger wusste nicht, warum er diesen Ort vorgeschlagen hatte. Jedenfalls war ihm nichts anderes eingefallen. In einer Nische tranken sie Kaffee und Gollasch ließ sich zwei Mettbrötchen schmieren.

„Das ist das erste und letzte Mal, dass man uns zusammen irgendwo antrifft. Ist das klar?“

Kruger grinste ihn an und wunderte sich dabei, wie ausgelassen er in den letzten Stunden war. Es schien ihm wie eine Gottesfügung. Da kommt einer, beschenkt mich reichlich und das für … ein paar Leben. Er hatte noch lange und viel über Gollaschs Vorschlag nachgedacht, und am Ende war er ihm sogar dankbar dafür.

*

„Weißt du, Gollasch, ich habe einige Menschen auf dem Gewissen. Aber es war ein Job. Nicht mehr und nicht weniger. Hätte ich es nicht getan, hätten es andere …", philosophierte Kruger. Gollasch nickte und tat verständnisvoll. Kruger fühlte sich äußerst unwohl. Da saß er hier und sprach über das Ableben von Menschen, Müttern, Familienvätern, als seien es digitale Wesen aus einem Computerspiel, die er mit einer Laserpistole umnietete. Die beim nächsten Spiel wieder auftauchten und ohne Fleisch, Blut und Seele waren. Während Gollasch das Gespräch übernahm, von Politik sprach, von Klassensystemen, sich wichtig tat, sich entschuldigte, herausredete, dann wieder plante, hatte er, Kruger, schon die wichtigsten Details dieses Vorhabens überdacht. Die Welt, in der sie tagtäglich lebten, war doch von terroristischen Anschlägen geprägt. Warum also nicht noch ein politisches Attentat, für das er später mit die Verantwortung trug? Ein schlimmer Anschlag, der – was die Nachrichten anging – schon Tage

danach durch ein anderes, schreckliches Ereignis in Vergessenheit geraten würde. Außer für die Menschen, die Verluste erlitten hatten. War nicht jeder Alkohol- und Drogentote ein Attentat auf den Menschen? Mord, für den Politik und Wirtschaft Verantwortung trugen? Und hatten wir nicht alle unser Päckchen zu tragen? Kruger wusste, von was er redete. War er doch selbst jahrelang Alkoholiker!

Schmerzen stellten sich bei seinen mörderischen Gedanken ein und Kruger war sich nicht bewusst, ob sie in seiner Krankheit begründet waren oder in den Sorgen dessen, was er gerade plante.

*

Leonhard Kruger stand in der Kleingartenanlage Sommerfreude e. V. in der Zeidlerstraße in Wilhelmsburg. Trotz des kühlen Morgens war er sich nicht sicher, das einzige Vereinsmitglied hier in der Anlage zu sein. Doch bisher war ihm niemand begegnet. Schon vor zehn Jahren hatten Silvia und er das Glück, die damals baufällige und unbewohnte Datscha günstig erwerben zu können. Über mehrere Jahre steckte er Arbeitsstunden und Baumaterial hinein und inzwischen war es der einzige Rückzugspunkt der Familie. Hier war Kruger auch bei den überwiegend älteren Nachbarn beliebt und sie hatten so manches Sommerfest in der Anlage gefeiert.

Kruger hielt einen Spaten in der Hand und starrte auf ein bierkastengroßes Loch im Erdreich vor seinen Füßen. Damals, als er mit dem Umbau begonnen hatte, versteckte er hier seine letzten Erinnerungen an die Zeit vor der Wende. Die Fotos, Papiere sowie alles andere hatte er in einer Feuertonne verbrannt. Nun bückte er sich und hob die freigelegte Munitionskiste heraus. Er stellte sie auf den Terrassentisch, an dem die fünf so oft gesessen hatten, und fegte mit einem kleinen Handbesen die Erdkrümel vom Holzdeckel. Wiederholt fiel sein Blick auf die Parzellen neben ihm, doch alles blieb ruhig. Kruger wusste, was ihm beim Öffnen des Behälters erwartete, und irgendwie freute er sich darauf. Es fühlte sich für ihn an wie Weihnachten. Nur dass er die Geschenke schon kannte. Das alte Vorhängeschloss klemmte etwas, gab dann aber nach und mit leichtem Quietschgeräusch öffnete er den alten Kasten. Da lag seine Vergangenheit, zumindest die Reste. Später würden seine körperlichen Überreste in einer Urne liegen – als Asche. Vielleicht sollte er Silvia vorschlagen, sie in diese Holzkiste zu schütten, um sie dann zu vergraben. Das würde sie nicht spaßig finden, da war er sich sicher. Als Erstes hob er die leicht angerostete Blechdose mit der Pistole heraus. Darin bewahrte Kruger die Ceska 83 auf, die ihm Mitte der Achtzigerjahre ein befreundeter tschechischer Offizier besorgt hatte. Der Schalldämpfer wurde vom Hersteller gleich mitgeliefert, und das hatte dem damaligen Oberst Leonhard Kruger ganz besonders gefallen. Vor einigen Monaten, beim sogenannten NSU-Prozess, war oft von einer Pistole gleichen Typs gesprochen worden und stets erinnerte Kruger sich an seine, die bislang hier vergraben lag. Er entfernte den fettigen Lappen und fasste das Metall am Griff an. Die Waffe fühlte sich gut an – genau wie damals. Er prüfte geübt ihre Funktion. Nein, er hatte nichts verlernt. Diese Pistole war früher sein Handwerkszeug, wie eine Säge die des Schreiners war. Er prüfte den restlichen Inhalt der früheren Keksdose. Alles war wie zu dem Zeitpunkt, als er sie versteckt hatte. Unten lagen der Schalldämpfer, zwei Magazine und eine Packung mit 50 Patronen des passenden Kalibers. Kruger wischte mit einem griffbereiten Geschirrspültuch das überschüssige Fett von der Waffe und spazierte dann zum öffentlichen Wasserhahn. Er wusch sich seine Hände mit dem Reststück Seife, das dort lag, und beobachtete die Umgebung. Alles blieb ruhig. Dann putzte er seine nassen Finger an der Jacke ab. Kruger fand, hier in der Kleingartenanlage war es ähnlich wie damals in der DDR: Ruhig, der Umgang mit den Menschen war unkompliziert und er genoss die Tage hier. Dann schlenderte er zurück.

Der alte Aktenordner roch etwas muffig, stellte Kruger fest. Aber die Papiere waren alle noch lesbar. Das war gut so. Er brauchte die Namen und Anschriften dringender denn je. Dort waren alle Personen vermerkt, die er als sogenannter Schläfer im Auftrag des Ministeriums für Staatssicherheit ausgebildet und in der Welt verteilt hatte. Sicher war das fast dreißig Jahre her und die meisten würden ihren Auftrag längst aus dem Gedächtnis verloren haben. Kruger erinnerte sich nach und nach an das Prozedere in der MfS-Zentrale im damaligen Berliner Stadtbezirk Lichtenberg. Sie hatten ihre Spione zwischen sogenannten Perspektivagenten und

Warteagenten unterschieden. Die Erstgenannten wurden als Lehrlinge ausgebildet und aufgebaut. So lange, bis sie an einem Punkt angelangt waren, an dem sie nützlich sein konnten. Dann brachte man die Perspektivagenten häufig in hohen Regierungsämtern im Ausland unter, sozusagen auf Abruf. Doch mit den Warteagenten arbeitete Kruger am liebsten. Damals lernte er auch Dr. Gollasch kennen, der als Staatsanwalt Zugriff auf alle regimetreuen Personen hatte und entsprechenden Druck ausüben konnte. Gollasch übernahm die Vorauswahl, beaufsichtigte aber auch die von Spezialisten durchgeführte Hypnose der ausgesuchten Schläfer. Gollasch nannte diesen Job immer Demontage, erinnerte sich Kruger. Warteagenten waren zuverlässige Leute, meist Genossen, die sich auf einen ihnen unbekannten Tag X vorbereiteten. Dann weckte man sie mit einer bestimmten Melodie auf und sie waren sofort bereit für ihren Auftrag, Sabotageakte zu verüben. Kruger blätterte die vergilbten Seiten durch. Phillip Freudensteyn, Helge Tschiske, Gregor-Alois Zierlisch, Sabine Rohierse, Christian Blumfeld, Wilfried von Gernau … Er glaubte sich an alle zu erinnern, aber die Liste war lang. Kruger hoffte, dass eine oder einer dieser Personen noch auf den alten Code reagieren und ihm helfen würde. Er wusste aber auch, dass er diese Person anschließend eliminieren musste. Kollateralschaden; nannte man das nicht so? Die alte Audiokassette entnahm er besonders vorsichtig der umfangreichen Verpackung. Würde sie sich nicht mehr abspielen lassen, könnte das alle seine Pläne zunichtemachen. Ihm war klar, er musste die Kassette hüten wie einen Schatz.

*

Jens Kruger hatte Kopfhörer an und hüpfte zur Rap-Musik auf der Stelle hin und her. Kruger stand im Türrahmen und schaute dem Sohn eine Weile zu. Bis Jens plötzlich bemerkt hatte, dass sein Vater eingetreten war. Sofort verzog er das Gesicht und riss sich die weißen Riesenmuscheln von den Ohren.

„Ich habe mehrfach geklopft!", entschuldigte sich der Vater sofort, und die Gesichtszüge des 17-Jährigen entspannten sich.

„Möchtest du dir 20 Euro verdienen, Jens?"

Ein Grinsen ging über das Gesicht des Schülers. „Wer möchte das nicht, aber ich soll doch keinen umbringen?" Dieser dumme Spruch löste in Krugers Bauch eine Folge von Schmerzen aus und er musste sich zusammenreißen, um sich nicht zu krümmen.

„Ist was, Papa?"

„Nein, nein. Alles gut." Kruger schnappte etwas nach Luft. „Habe mich erkältet … aber nun zu unserem Geschäft. Weißt du, was das ist?" Er zog eine Plastikhülle mit einer Kassette darin aus der Tasche.

„Mensch, eine Kassette, gibt es so etwas auch noch? Lass mal sehen!"

Der Junge wollte danach greifen, doch der Vater zog die Hand zurück.

„Langsam, Jens. Diese Kassette ist einmalig. Sie enthält einen Song, den ich umgewandelt in ein … heutiges Format

… brauche." Kruger merkte, dass er sich gegenüber dem 17-Jährigen nicht richtig ausdrücken konnte, und auch der Sohn grinste. „Also, wie dem auch sei. Es handelt sich um ein altes Lied meiner Jugend und ich möchte … ich möchte es gerne auf meinem Handy haben, um es hin und wieder abzuspielen."

Erstaunt schaute Jens den Vater an. „Und das fällt dir nach all den Jahren ein?" Dann zuckte der Junge mit seinen Schultern. Kruger war etwas erstaunt, wie Jens mit ihm redete. Doch er wusste auch, die Jugend war heute einfach anders als früher und er nahm es ihm nicht allzu übel.

„Zeig mal dein altes Schätzchen her. Mal schauen, ob es überhaupt MP3-fähig ist." Kruger verstand wieder nur Bahnhof. „Dein Handy, nun gib schon!" Der Vater zog sein Mobilfunkgerät heraus und ihm fiel auf, wie alt und abgegriffen es war. Aber dafür, dass er im Jahr keine zehn Telefonate führte, war es noch gut.

„Okay, das läuft. Da muss ich aber erst zu Heise. Der hat – soviel ich weiß – einen digitalen Kassettenrekorder. Damit kann ich den Song umwandeln und dir auf dein altertümliches Handy spielen. Hast du überhaupt Kopfhörer?"

Daran hatte Kruger bisher nicht gedacht. „Aber das Telefon hat doch einen Lautsprecher?", fragte Kruger verblüfft. „Oh Papa, in welcher Welt lebst du?" Jens schüttelte den Kopf und nahm seinen Vater in den Arm. „Das stelle ich mir lustig vor, wie du in der Bahn sitzt und laut die alten DDR-Lieder anhörst. Da wirst du dir hier in Hamburg nicht viele Freunde machen." Der Junge konn-

te sich vor Lachen nicht mehr halten. Auch Kruger lachte mit und freute sich wieder einmal darüber, Vater sein zu dürfen.

*

Jens Kruger und Heise – der junge Mann hieß eigentlich Tobias von Heisendorf, aber alle Freunde nannten ihn nur Heise – saßen gemeinsam im Zimmer des Schulkameraden im Hamburger Stadtteil Winterhude. Anfänglich waren beide Elternpaare nicht so begeistert von der Freundschaft der beiden Gleichaltrigen. Doch den Jungs hatten diese Klassenunterschiede, wie Jens es einmal ausdrückte, nichts ausgemacht. So kam Heise hin und wieder zum Playstationspielen nach Wilhelmsburg und Jens besuchte seinen Kumpel auch im Loft der Eltern in Winterhude.

„So ein alter Mist, und dein Vater steht voll drauf, sagst du?" Heise schüttelte den Kopf, während er auf dem Monitor den Überspiel-Erfolg der Kassette beobachtete.

„Der bringt mich um, wenn du das Band versemmelst", grinste Jens.

Heise machte eine Geste mit den Händen, als drehe er jemandem den Hals um, und beide Jungs lachten.

„Wird schon werden. Da, sieh nur, fertig!" Aus den Lautsprechern war soeben ein Klingelzeichen ertönt und Heise schob den Mauspfeil auf den Pseudobutton. Schon begann die Musik abzuspielen.

*Erst vernahm man einige Sekunden ein Klopfen, dann kam ein Schnarren dazu. Die Jungs schauten sich erstaunt an. Dann ertönte ein Gitarrenbanjo und endlich begann ein Chor junger Stimmen laut zu singen: „Wir sind überall, auf der Erde, auf der Erde, leuchtet ein Stern, leuchtet mein Stern. Wir sind überall, auf der Erde …"**

Heise hatte den Song abgedreht und meinte erschreckt: „Um Gottes willen, was ist das? Ist dein Vater ein Nazi?" Auch Jens war verblüfft über dieses von einem Jugendchor vorgetragene Lied. Und ebenso über den Spruch des Freundes.

„Spinnst du? Papa kommt doch aus der ehemaligen DDR!", versuchte er den Vater reinzuwaschen.

„Lass uns den Song auf sein Handy spielen", schlug Heise vor, mit einem Blick der Entschuldigung. „Oder sollen wir gleich einen ordentlichen Beat drunterlegen?" Die Laune der Jungs war wieder hergestellt.

*

Kruger hatte die Pistole und das gefüllte Magazin in das Drahtgeflecht unter den Sitzen des Twingos versteckt. Etwas Besseres war ihm nicht eingefallen. Der zwölf Jahre alte Renault hatte nicht einmal ein abschließbares Handschuhfach und der offenen Ablage im Wagen vertraute der Mann keinesfalls. Gestern hatte er oft und lange telefoniert. Und tatsächlich gab es noch ein paar alte Kameraden aus

---

* Liedstrophe aus „Wir sind überall"
Worte und Weise: Reinhold Andert

der Stasi-Zeit, die ihm bereitwillig halfen. So schaffte er es, an die Wohnorte und Anschriften von sechs der insgesamt sechsundzwanzig Schläfer auf seiner Liste zu kommen. „Alles ohne Gewähr!", hatten die Kameraden erklärt. Kruger war klar, dass manche der ehemaligen Schläfer unauffindbar sein würden. Andere tot. Doch die Ausbeute von sechs Personen erschien ihm nicht wenig. Auch war sie übersichtlich. Obwohl die Städte und Orte, an denen sie sich aufhielten, nicht im direkten Umkreis lagen. Kruger hatte Silvia erklärt, für einige Tage nach Berlin zu reisen und sich dort umzuschauen. Die Frau hatte schon Bedenken, ihre gewohnte Umgebung aufgeben zu müssen. Aber er beruhigte sie, nahm sie zärtlich in den Arm und murmelte etwas von ‚zur Ruhe kommen zu wollen'.

Phillip Freudensteyn

Phillip Freudensteyn musste inzwischen Mitte fünfzig sein. Er wohnte, laut der übermittelten Adresse, im Berliner Nikolaiviertel. Genauer gesagt: in der Poststraße. Kruger hatte Hamburg zeitig verlassen und die Bundeshauptstadt, trotz starken Bodennebels, kurz vor Mittag erreicht. Er fühlte sich nach der langen Autofahrt ausgesprochen gut. Schob es darauf, wieder eine Aufgabe zu haben. Und wenn es auch seine letzte sein würde, sie gab ihm Auftrieb. Er parkte den Wagen sicher und spazierte zur Poststraße. Bei der Wohnung Freudensteyns musste es sich um eine Mansardenwohnung handeln, das feudale Klingelschild aus Messing gab Auskunft. Kruger schaffte es nicht – auch nach längeren Bemühungen –, das verschlossene Gebäude zu betreten. Die Bewohner waren auf der Hut und zogen stets die Eingangstür hinter sich zu. So wartete er auf der anderen Straßenseite in einem kleinen Café darauf, dass es dunkel wurde. Jens war es tatsächlich gelungen, das alte Lied auf das Handy zu laden und unterwegs hatte Kruger den Song so oft abgespielt, dass der Akku irgendwann aufgab. Zum Glück hatte er ein Ladegerät dabei. Denn ohne dieses Lied machte es keinen Sinn, die alten Agenten aufzusuchen. Die Verantwortlichen im MfS benutzten damals unterschiedliche Praktiken, um die Schläfer aufzuwecken. Als ideal hatte sich das Lied ‚Wir sind überall, auf der Erde' erwiesen. Der Refrain wiederholte sich mehrfach und die Melodie wurde den Personen in Trance stundenlang vorgespielt. Dann wurden ihnen, wieder in Hypnose, die entsprechenden Befehle und Anweisungen übermittelt und sie anschließend aufgeweckt. Natürlich erst nach einer gebotenen Hirnwäsche und alles unter psychologischer und medizinischer Überwachung. Man war dabei vonseiten des MfS stets darauf bedacht, alleinstehende Personen für diese sensible Aufgabe zu finden. Solche, die wenig Kontakt zu Freunden und ihrer Familie unterhielten. SO WIE PHILLIP FREUDENSTEYN.

Kruger erinnerte sich, dass der damals 24-Jährige Mitreisender eines Wanderzirkus gewesen war. Der Zirkusdirektor, ein sogenannter inoffizieller Mitarbeiter, hatte ihn angeschwärzt und erklärt, dass Freudensteyn irgendwelche Westparolen von sich gab. Sofort hatte man sich um ihn ‚gekümmert'. Dabei war Kruger aufgefallen, dass der junge Mann ein überaus helles Köpfchen war. Seine Familie war Jahre zuvor in den Westen desertiert und Phillip schien ohne weitere Verwandtschaft zu sein. Ein ideales Opfer, erinnerte sich Kruger und nahm einen Schluck des inzwischen kalt gewordenen Café crème. Man hatte Phillip Freudensteyn als Stuckateur ausgebildet. Zumindest stand es so in den alten Papieren. Warum gerade Stuckateur? Kruger wusste es nicht. Wahrscheinlich hatte irgendeiner – ganz oben im MfS – einen Betrieb und konnte den jungen Mann damals gut gebrauchen.

Inzwischen war es draußen dunkel geworden. Die Bewohner schalteten in den Wohnungen des Mehrfami-

lienhauses ihre Beleuchtung an. Ständig betraten oder verließen nun Menschen das Gebäude in der Poststraße. Wenn er doch ein Foto Freudensteyns gehabt hätte? So musste er warten bis ... da, endlich leuchtete es oben in der vermeintlichen Mansarde Freudensteyns hell auf. Gezahlt hatte Kruger schon. Er zog seinen Mantel über, verließ das Café und rannte auf die andere Straßenseite. Aber wie sollte er den Mann dazu bringen, ihm zu öffnen? Ihn, den Fremden, in seine Wohnung hineinzulassen? Vielleicht war er ja noch immer Stuckateur? Und Geld brauchten doch alle. Kruger klingelte. Nach etwa einer halben Minute ertönte eine Stimme im Lautsprecher: „Ja?“

„Guten Abend, ich bin Besitzer eines renovierungsbedürftigen Mehrfamilienhauses hier um die Ecke. Und ich brauche dringend einen guten Stuckateur. Man hat mir Sie, Herr Freudensteyn, wärmstens empfohlen!“ Krugers Herz schlug bis zum Hals. Er war aufgeregt und wusste selbst nicht, warum. Noch war keine Gefahr und alles konnte rückgängig gemacht werden. Er vernahm vor sich ein Rasseln. Oben hatte man den Schließer freigegeben. Er war drin.

*

Phillip Freudensteyn musste eine Frohnatur sein. Er grinste den fremden Mann schon an, als er ihm die Wohnungstür öffnete.

„Mehrfamilienhaus? Das klingt nach großem Auftrag. Da muss ich sicher noch bei befreundeten Arbeitern anfragen!“ Er schien sichtlich begeistert von dieser Aussicht, an einen Auftrag zu gelangen, obwohl seine hochpreisige Wohnung nicht nach Armut aussah. Der hochwertige Teppichboden, die modernen Hochglanzmöbel, dazu ein Flachbildschirm an der Wand. „Groß wie mein Kleiderschrank“, dachte Kruger, während Freudensteyn selbst unterwegs zur Küche war, um Kaffee zu holen. Warum geht es denen, die ich zu dem gemacht habe, was sie heute sind, besser als mir? DER HIRTE HUNGERT UND DIE SCHAFE LEBEN IN SAUS UND BRAUS.

Kruger hatte auf einem Ledersessel Platz genommen. Doch erst nachdem ihn Freudensteyn aufgefordert hatte, die fleckige Jacke auszuziehen.

„Leder! Echtes Naturprodukt“, hatte der inzwischen ergraute Mittfünfziger gemeint. Kruger hatte gehorcht. Das war dreißig Jahre zuvor anders, dachte er und grinste. Der Wohnungsinhaber war inzwischen etwas fett geworden, fand Kruger. Aber das konnte ihm egal sein. Wenn er ihn nur zu einem Versteck führte, das flüssigen Sprengstoff enthielt. Der hypnotische Auslösebefehl konnte auch in die Hose gehen, und dann würde der Typ loslaufen und raubte vielleicht unkontrolliert eine Westbank aus. Kruger empfand diesen Gedanken als schweißtreibend, musste aber auch über seine wirre Idee lächeln. Die zugeordneten Programme und Aufgaben der Einzelnen waren nicht in seinen alten Akten vermerkt, so konnte der Agent auch Dinge tun, die Kruger keinerlei Nutzen einbringen würden. Beim ers-

ten Agenten sofort Glück zu haben, wäre wie ein Sechser im Lotto. Und davon hatte Kruger nie viel gehalten.

Freudensteyn kam zurück, zwei große Pötte dampfenden Kaffees in seinen Händen. Einen hielt er dem Gast hin. Kruger bedankte sich brav und nahm ihm den Becher ab. Der Wohnungsinhaber setzte sich auf einen Ledersessel, dem Gast gegenüber. Kruger trank einen Schluck, stellte die Tasse dann vorsichtig auf den Holztisch vor sich. Freudensteyn beobachtete ihn dabei genauestens. Ein typischer Junggeselle, fand Kruger. Ob er etwas ahnte? Nein, das war unmöglich. Kruger zog sein Handy aus der Hosentasche.

„Haben Sie denn Fotos der Räume oder zumindest einige vom Gebäude? Ich bin nicht nur reiner Gipser, Herr … ich habe Ihren Namen gar nicht verstanden." Freudensteyn stockte kurz, fuhr dann aber fort: „Ich mache Ihnen die alten Stuckornamente wieder so, wie sie früher waren. Darin bin ich absoluter Fachmann." Freudensteyn lachte und schien sich sichtlich über seine eigenen Qualitäten zu freuen.

„Würden Sie bitte mal zuhören?", unterbrach Kruger das Lachen des Mannes und drückte den Knopf zum Abspielen der Melodie:

„Wir sind überall, auf der Erde, auf der Erde, leuchtet ein Stern, leuchtet mein Stern. Wir sind überall, auf der Erde …"

Während die Stimmen des DDR-Jugendchors durch den kleinen Lautsprecher klangen, beobachtete Kruger angestrengt das Gesicht des ihm gegenübersitzenden Mannes. Wenn der Schläfer noch eingestellt war, musste sich so langsam etwas verändern. Dann würde Freudensteyn wie hyp-

notisiert aufstehen, sich anziehen und seinem hoheitlichen Auftrag nachgehen. So kannte es Kruger aus der damaligen Zeit, und sie hatten schon einige Schläfer – wenn auch zu Versuchszwecken – wecken müssen. Und wenn er alles erledigt hatte, war es an Kruger, ihn zu erschießen. Doch das würde viel später geschehen, und eine Pistole hatte Kruger im Moment auch nicht dabei.

Die Gesichtszüge Freudensteyns veränderten sich tatsächlich. Aber irgendwie war Kruger klar, das lag an etwas anderem. Nach vielleicht einer Minute sprang der Mann auf und brüllte: „Wollen Sie mich verarschen? Ist das hier versteckte Kamera oder was?" Kruger war sofort klar, das hatte nicht geklappt. Obwohl – vielleicht stellte sich der Erfolg später ein. Aber wann war später? Wenn ihn der Fettleibige aus der Wohnung geschmissen hatte? Unverdrossen tönte das Lied aus dem schlechten Lautsprecher: „Wir sind überall, auf der Erde, auf der Erde, leuchtet ein Stern, leuchtet mein Stern. Wir sind überall, auf der Erde …"

„Brauchen Sie nun einen Gipser oder verkaufen Sie bescheuerte Lieder?" Kopfschüttelnd und fassungslos stand der Schläfer vor dem ehemaligen MfS-Mitarbeiter. Kruger steckte das Handy ein, stand auf und verließ ohne ein Wort die Wohnung. Hinter ihm schimpfte noch immer Phillip Freudensteyn.

Bei Nummer eins hatte es sich um eine absolute Niete gehandelt.

Nach diesem Reinfall spazierte Kruger noch eine halbe Stunde an der Spree entlang. Er genoss die saubere Luft hier in Berlin und heimatliche Gefühle stellten sich dabei ein.

Er durfte auf keinen Fall aufgeben. Nein, zu viel hing von der Erfüllung seines Auftrags ab. Kruger setzte sich in seinen Wagen und fuhr los. Hunger und Informationsbedarf trieben ihn an. Doch wenige Hundert Meter, gleich um die Ecke in der Spandauer Straße, parkte er den Renault erneut. Dort befanden sich jede Menge Restaurants und Cafés und Kruger betrat ein Internetcafé mit angebautem Schnellimbiss. Er mochte das ausländische Essen eigentlich nicht so gerne, aber einem guten Döner konnte er nicht widerstehen. Er mietete sich für eine Stunde einen Internetplatz und aß zunächst den Döner. Dazu trank er eine Cola. Beim nächsten Agenten musste es einfach besser laufen. Auf jeden Fall wollte er angemessen vorbereitet sein. Halt so gut es eben ging.

Sabine Rohierse

Sabine Rohierse war inzwischen Künstlerin geworden, 54 Jahre alt, und Kruger erinnerte sich nicht mehr an ihren ursprünglichen Beruf nach der Demontage. Auch in den Papieren war wieder nichts vermerkt. Sie wohnte keine 100 Kilometer von seinem jetzigen Aufenthaltsort entfernt in Zeschdorf bei Treplin, und die Wegstrecke zu der Frau passte ihm gut. Kruger fand im Internet einen kleinen Zeitungsbericht über die Künstlerin. Frau Rohierse malte und stellte auch irgendwelche kunstvollen Skulpturen her. Kruger war das völlig egal, Hauptsache, sie reagierte auf das Lied. Er las den Bericht nicht zu Ende, druckte ihn aber vorsorglich aus und steckte das Papier in die Jackentasche. Dann zahlte er mit dem ersten Fünfzigeuroschein aus dem Kuvert von Gollasch. Irgendwie verspürte er ein ungutes Gefühl, als er den Schein auf den Tresen legte. Doch der Mann an der Kasse nahm das Papier ohne Murren und gab bereitwillig das Wechselgeld heraus. Kruger war froh, die 50.000 Euro Vorschuss erhalten zu haben. Aus eigenen Mitteln hätte er diese Fahrten nicht durchführen können. Er überlegte, sich für die Nacht ein Hotelzimmer zu leisten. Verwarf den Gedanken aber gleich wieder. Es war besser, das Geld zusammenzuhalten. Silvia und die Kinder brauchten es nötiger, als dass er hier den Krösus spielte. Er fuhr mit dem Twingo einige

Hundert Meter weiter. In einer Nebenstraße fand er eine Baustelle, die zum Teil noch begrünt war. Kruger stellte den Wagen neben einer Ecke ab, nahm seinen alten Schlafsack von hinten und einen Hieb aus der Flasche mit dem Nasenspray. Noch bevor er sich weitere Gedanken machen konnte, war er eingeschlafen.

*

Das Hämmern in Krugers Schädel schmerzte enorm. Und irgendwie passte es auch nicht zu seinem Traum: Er lag mit Silvia am Strand und auch die Kinder spielten vor den Eltern am Meer. Neben ihm, auf einem Drehstuhl, saß Frau Dr. Selwig im weißen Kittel und erklärte ihm in Schleife, wie gesund er sei. Silvia zählte währenddessen bündelweise Geldscheine. Sie strahlte über das ganze Gesicht. Die Kinder waren dabei, riesige Holzkisten aus dem Sand auszugraben und den Inhalt dort zu verstreuen. Der Traum erschien ihm großartig. Wenn da nicht dieses Dröhnen an seinem Schädel gewesen wäre. Plötzlich verstummte das Pochen und Kruger hatte wieder Hoffnung, der Traum würde sich entspannt fortsetzen. Doch da war es schon wieder, dieses Hämmern. Er öffnete langsam seine Augenlider. Und fand sich auf dem schräg gestellten Beifahrersitz des Renaults wieder. Alle Scheiben waren von innen beschlagen, und er erinnerte sich sofort an den Misserfolg des gestrigen Abends. Resignation waren die ersten Gefühle, die er spürte. Dann leichte

Schmerzen in der Bauchgegend. Ihm war klar, der Körper bettelte um Schmerzmittel. Doch Kruger entschied sofort, er wolle noch etwas warten und sparsam damit umgehen. Plötzlich war dieses Klopfen wieder da. Es bewegte leicht seinen Kopf, den er an die Scheibe der Fahrertür gelehnt hatte, und dazu schmerzte jeder der Schläge an seinem Ohr. Kruger nahm den Kopf etwas von der Scheibe fort. Das Klopfen verstummte. War da draußen jemand? Tatsächlich, er sah schemenhaft eine Gestalt neben seinem Wagen stehen. Die Scheiben waren von innen so heftig beschlagen, dass ihm die Vorgänge draußen wie unter Milchglas vorkamen. Mit dem Ärmelstoff seines Pullovers wischte er die Feuchtigkeit weg. Er schaute in das Gesicht eines schnauzbärtigen Mannes, der in einer Polizeiuniform zu stecken schien.

*

Die beiden Polizeibeamten hatten Kruger höflich um seine Papiere gebeten und waren dann zu ihren Streifenwagen spaziert, um alles zu überprüfen. Wenn die wüssten, wen sie da vor sich haben?, überlegte Kruger. Er durfte ihnen keinerlei Anlass geben, den Wagen zu durchsuchen. Zum Glück hatte er die Waffe, eine Ceska, gestern Abend wieder unter dem Sitz versteckt. Die Polizisten hatten ihn darauf hingewiesen, dass er hier nicht stehen und nächtigen dürfe. Er hatte von seinem Bauchspeicheldrüsenkrebs erzählt und dem Wunsch, hier vor seinem Tode die alte Heimat noch ein letztes Mal besuchen zu wollen. Ohne sichtliche Gefühlsregungen hatten ihm die Beamten zugehört. Inzwischen saßen sie schon einige Minuten im Polizeiwagen und Kruger packte die kalte Angst. Er verließ seinen Twingo und stellte sich daneben. Die Luft an diesem frühen Morgen war noch feucht und kühl. Sie tat gut und die Schmerzen ließen etwas nach. Bei der Baustelle handelte es sich wohl um die Errichtung eines Mehrfamilienhauses, und er war gestern Abend unbewusst durch ein offenes Gitter in den privaten Garten hineingefahren. Wenn ihn die Besitzer heute Nacht entdeckt hätten? Aber vielleicht hatten auch sie die Polizei gerufen. Was wäre, wenn man ihn einsperrte? Den Wagen durchsuchte? Plötzlich öffnete sich die Beifahrertür des Streifenwagens und einer der Polizeibeamten kam zurück. Ein großer Hagerer mit kaltem Blick, wie Kruger meinte. Sicher hatte er einiges erlebt.

„Es gibt keinen Grund, an Ihrer Geschichte zu zweifeln, Herr Kruger. Sie werden weder gesucht noch ist der Wagen gestohlen. Aber wir möchten sie trotzdem bitten, zukünftig zum Schlafen einen Campingplatz aufzusuchen. Berlin ist – was wild campende Touristen angeht – inzwischen zum Mekka geworden. Und das dürfen und wollen wir nicht zulassen." Der Uniformierte legte zwei Finger an eine imaginäre Mütze und ging zum Wagen zurück. Krugers Anspannung legte sich etwas und noch unter wildem Herzklopfen nahm sich der Mann vor, erst einmal ausgiebig zu frühstücken.

*

Für die Fahrt nach Zeschdorf hatte Kruger dem Navigationsgerät untersagt, Autobahnen vorzuschlagen. So fuhr er quer durch den Ostteil seiner Heimatstadt, weiter über Rüdersdorf und Müncheberg – Städte, die er aus dem Manöver seiner Militärzeit gut kannte – und näherte sich gegen Mittag der kleinen Gemeinde Treplin. Von hier aus nach Zeschdorf waren es nur noch wenige Kilometer und Kruger hielt kurz an und gab den Döbberiner Weg als Ziel in sein Navigationsgerät ein. Eigentlich wurde es Zeit zu tanken, aber auch sein Verlangen nach Kaffee war grenzenlos. Doch er durfte nicht auffallen, wer wusste schon, wie sein Besuch bei Frau Rohierse ausging. Eine videoüberwachte Tankstelle war sicher das Letzte, was er brauchen konnte. So nahm er den direkten Weg dorthin.

Das Örtchen kündigte sich durch ein sauber leuchtendes Schild als Alt-Zeschdorf an und lag augenscheinlich an einem See. Kurz überkam Kruger der Gedanke, diesen See aufzusuchen. Das Wetter für einen Spaziergang war ideal. Doch dann ließ er sein Vorhaben und bog links in den Döbberiner Weg ein.

*

Das Haus von Sabine Rohierse war leicht zu erkennen. Den Vorgarten des alten DDR-Baus aus den Sechzigerjahren schmückten zahlreiche Metallskulpturen, die Kruger schon extrem rostig und gammelig fand. Doch er zählte sich sicher nicht zu den Kunstexperten und wollte sich auf dieser Ebene mit Frau Rohierse erst gar nicht auseinandersetzen. Er stellte den Wagen auf der gegenüberliegenden, unbebauten Straßenseite ab und schaute noch einmal auf das Bild im ausgedruckten Zeitungsartikel. Frau Rohierse hatte darauf lange Haare, grau zum Zopf gebunden, der seitlich über ihre Schultern hing. Irgendwie widerstrebte es Kruger, die Frau für seine kriminellen Mittel einzuspannen. Aber er wusste aus der vergangenen Zeit, dass speziell das weibliche Geschlecht besonders gut für Agententätigkeiten geeignet war. Ihm fiel ein, dass auch Angehörige des Bundeskabinetts den entsprechenden Jahrgängen angehörten. Was wäre gewesen, wenn sie die aus der ehemaligen DDR stammende Bundeskanzlerin zum Schläfer demontiert hätten und sie sich dann später – nach Abspielen des Songs im Bundestag …? Kruger ließ die weiteren Gedanken darüber und stieg aus dem Wagen. Der Döbberiner Weg war eher wenig befahren und Kruger vergewisserte sich – nach links und rechts blickend – über den Verkehr. Doch er konnte kein herannahendes Fahrzeug erblicken. Hier lag der Hund begraben und die Abgeschiedenheit schien optimal für sein Vorhaben geeignet. Auf dem Parkplatz des Hauses war kein Fahrzeug abgestellt und eine Garage gab es wohl auch nicht. Zumindest nicht neben dem Altbau. Wenn sich die Frau im Haus befand – was Kruger hoffte –, war sie womöglich alleine. Er ging noch einmal zum Renault zurück, setzte sich auf den Fahrersitz und holte darunter die Pistole heraus. Vielleicht brauchte er sie ja dieses Mal.

*

Die Frau hatte lange, graue Haare, zu einem Zopf zusammengebunden. Sie mochte Mitte fünfzig sein und war in eine Art bunten Vorhang gewickelt. Zumindest war diese Hippie-Kleidung nicht nach Krugers Geschmack und sein Gegenüber stieß ihn etwas ab. Sie grüßte ihn beim Eintreten in den Laden recht freundlich und schaute ihn dann fragend an. Als er sein Handy herauskramte, meinte sie verkaufstüchtig: „Sicher möchten Sie sich unsere Exponate anschauen. Hier vorne sind noch mehr handwerkliche Dinge, zum Beispiel aus Ton, untergebracht. Und im Nebenraum der Galerie finden Sie Malereien und kleinere Holzskulpturen …!" Als Kruger nicht reagierte und dabei war, den Song in seinem Handy zu suchen, verstummte die Frau. Noch immer war ihr Blick voller Skepsis. Endlich hatte Kruger das Lied gefunden und drückte zitternd den Abspielknopf. Qualitativ schlecht, aber gut zu verstehen, tönte es aus dem Handy-Lautsprecher: „Wir sind überall, auf der Erde, auf der Erde, leuchtet ein Stern, leuchtet mein Stern. Wir sind überall, auf der Erde …" Es schien Kruger, dass ein Fuß der Frau im Takt mitwippte. Es hätte aber auch Nervosität sein können oder erste Anzeichen einer Reaktion. Zumindest hoffte der Mann Letzteres. Ihrem veränderten Gesichtsausdruck nach schien Frau Rohierse das Lied zu gefallen. „Ich erinnere mich …", meinte sie plötzlich und Kruger fühlte sich – was die Situation anging – gerade leicht überfordert. „Damals in der DDR wurde das schon einmal gespielt. Ja, ich erinnere mich!" Ihr Blick verdunkelte sich und die Gesichtszüge wechselten in Angst und Panik. Sie machte einen Schritt zurück und stieß dabei gegen ein kleines Tischchen. Eine große Blumenvase – gefüllt mit Tulpen – war im Begriff herunterzufallen, registrierte Kruger, und er sprang auf den Tisch zu, um Schlimmeres zu verhindern. Doch die Frau deutete dies wohl falsch.

„Was soll das, sind Sie Vertreter von alten DDR-Platten?", schrie sie plötzlich hysterisch. Hinter ihr zersprang unter lautem Knall die Vase auf dem Boden in kleine und große Stücke. Die Blumen legten sich neben die Schuhe von Frau Rohierse nieder. Und noch immer schallte das Lied durch den kleinen Lautsprecher: „Wir sind überall, auf der Erde ..." Kruger war stehen geblieben, hob das Handy näher zum Kopf der Grauhaarigen in der Hoffnung, dass sie jetzt reagieren würde. Doch diese machte erneut einen Ausfallschritt und brüllte mit feuerrotem Gesicht: „Kommen Sie mir nicht zu nahe! Sind Sie noch ganz bei Trost? Was soll das?" Das Gesicht der Frau war dabei schreckverzerrt. Kruger hatte den Glauben an eine eindeutige Antwort von Sabine Rohierse inzwischen verloren. Diese schreiende Alte würde ihn nicht zu einem Versteck bringen oder gar einen Auftrag ausführen. Der Song hatte aufgehört und es wurde plötzlich still im Raum. Enttäuscht bemühte sich Kruger – etwas umständlich –, das Handy in seine Hosentasche zu stecken. Dabei rutschte ihm die Pistole aus dem hinteren Hosenbund. Wie in Zeitlupe nahm der Mann dies wahr und verärgert darüber, rötete sich sein Gesicht. Metallen schlug die Waffe auf die alten Fliesen des Ladens auf. Das Poltern

war noch nicht verstummt, als alles Blut aus dem Gesicht der Frau gewichen war und sie leichenblass dem Bewaffneten gegenüberstand. Kruger – der sie nicht aus den Augen ließ – glaubte, dass sie für einen Moment ihre Atmung eingestellt hatte. Doch dann brüllte sie: „Stasi! Ich wusste, dass ihr Schweine irgendwann mal hier auftauchen würdet! Ist das denn nie vorbei?“ Ihre Lautstärke steigerte sich, sie wurde noch hysterischer, und plötzlich rannte die Frau schreiend an Kruger vorbei in den hinteren Teil des Ladens. Bei einem Tischchen blieb sie stehen, wühlte – für Kruger nicht einsehbar – herum. Er vermutete sofort, sie würde ein Telefon oder Mobiltelefon suchen und irgendwen anrufen. Irgendwen, der für den Abbruch seines Auftrages verantwortlich sein würde. Irgendwen, der die Zukunft seiner Familie gefährdete. Leonhard Kruger hob die Pistole vom Boden auf, entsicherte und spannte sie. Dann trat er mit zwei schnellen Schritten zu der kreischenden Frau und schoss ihr aus geringem Abstand in den Kopf.

*

Es war ein seltsames Gefühl, nach so langer Zeit wieder einen Menschen getötet zu haben. Krugers Hände zitterten noch, als er den Motor des Renaults startete und auf die noch immer unbefahrene Straße bog. Er öffnete das Seitenfenster und sog die Luft tief ein. Nummer eins hatte ihr Leben lassen müssen. Für seine Familie – und er fühlte gera-

de nicht, ob ihn das belastete oder eher egal war. Auf jeden Fall verursachte es großen Stress, fand er, und das konnte Kruger gerade so wenig brauchen wie ... wie den Verlust seines Schmerzsprays. Er passte sich der angegebenen Geschwindigkeit an, wollte bloß nicht auffallen. Nach wenigen Hundert Metern Fahrt kam ihm, in einer Tempo-30-Zone, ein alter VW Käfer entgegen. Ein Cabriolet, doch das graue Stoffdach hielt der Fahrer geschlossen. Am Steuer – so schien es wenige Meter vorher – musste eine ältere Frau sitzen. Sie hatte ebenfalls ihre Seitenscheibe unten und Kruger traf beim Vorbeifahren fast der Schlag. Die Frau war Mitte 50, hatte graue Haare, die zu einem Zopf gebunden waren. Wenn er nicht sicher gewusst hätte, Sabine Rohierse eben durch einen Kopfschuss getötet zu haben, wäre er absolut davon überzeugt, dass sie gerade an ihm vorbeifuhr. Kruger beschleunigte, um schnell aus dieser Gegend zu verschwinden. Erst im Kilometer entfernten Müncheberg bog er auf das Gelände einer Tankstelle ab. Die Reserveanzeige hatte sich schon gemeldet und es wurde Zeit. Wenn er ohne Sprit liegen blieb, kam womöglich noch der ADAC oder ein übereifriger Dorfpolizist. Er versuchte das Szenario aus seinem Kopf zu verdrängen. Als der Tank mit Super gefüllt war, zahlte Kruger und nahm sich noch einen ‚Coffee to go' mit in den Wagen. Etwas weiter, in einer unbefahrenen Seitenstraße, hielt er an und trank den Kaffee. Plötzlich fiel ihm dieser ausgedruckte Zeitungsabschnitt ein. Er kramte ihn aus der Jackentasche. Ganz am Ende des Artikels hatte der Verfasser geschrieben: „Frau Rohierse lebt – zusammen mit ihrer Zwillingsschwester Sandra – in ihrem Atelier in Alt-Zeschdorf.“

Gregor-Alois Zierlisch

Cammin war ein Ortsteil der Stadt Burg Stargard im Landkreis Mecklenburgische Seenplatte und lag malerisch schön. Doch Leonhard Kruger hatte irgendwie keinen Sinn mehr für Malerisches. Kunst in Ehren, aber der Tod der Schwester der ehemaligen Agentin war unnötig, und obwohl der Mann abgebrüht genug war, malte er sich aus, wie Sabine Rohierse ihre tote Zwillingsschwester auffinden würde. Während der Fahrt nach Cammin erwartete Kruger immer wieder Polizeisirenen, die hinter ihm auftauchten, ihn überholten und dann zum Stehen zwingen würden. Doch nichts dergleichen geschah.

Krugers bisherige Ausbeute war extrem kläglich. Ein beleidigter Stuckateur und eine tote Künstlerin. Kein flüssiger Sprengstoff in weiter Sicht und doch war das sein erklärtes Ziel. Gregor-Alois Zierlisch hieß sein nächster Kandidat und in den 56-jährigen Ostdeutschen setzte der Mann alle Hoffnung.

In einem Hotel namens Overdiek in Prenzlau hatte Kruger genächtigt und war – nach dem Frühstück und einem Spritzer Fentanyl – losgefahren. Der Wagen war getankt, er gesättigt – der Tag musste ein Erfolg werden.

Auch Cammin lag an einem See, irgendwie hatte er es mit Gewässern und wünschte sich – hier an der Seenplatte

– einen Zufluchtsort für seine Familie. Aber gesund, doch das war nicht möglich.

Laut Information des Kumpels – im Internet hatte er nichts über diesen Zierlisch gefunden – wohnte der Mann in der Camminer Hauptstraße Nummer 50. Es handelte sich um ein Mehrfamilienhaus, etwas abseits des Zentrums der kleinen Gemeinde, und die acht Wohnungen im Haus beunruhigten Kruger. So ließ er die Pistole zurück. Er wollte es heute eher diplomatisch angehen. ‚Zierlisch' stand auf dem Klingelschild und so wie es aussah, wohnte Zierlisch oder seine Familie im Erdgeschoss. Kruger drückte den Knopf und wartete. Doch niemand öffnete auf sein Klingeln. Er versuchte es ein weiteres Mal in der Hoffnung, Zierlisch müsse erst von der Toilette aufstehen. Doch noch immer blieb die Tür verschlossen und die Gegensprechanlage still. So setzte sich Kruger in den Twingo, den er auf der gegenüberliegenden Straßenseite geparkt hatte, und wartete. Er hatte keinen echten Plan, das war ihm bewusst. Doch als nach einer Stunde noch immer niemand das Haus betreten hatte, wurde er ungeduldig. Er stieg aus dem Wagen, ging langsam zur Haustür und drückte auf den Klingelknopf, neben den von Zierlisch. Aber auch hier regte sich nichts. Der Ort Cammin sah wie ausgestorben aus. Sicher waren die meisten berufstätig und gerade auf der Arbeit. Denn am Seeufer konnten die Bewohner bei diesem Wetter auch nicht liegen. Kruger entschied sich, etwas spazieren zu gehen. Er lief zum Seeweg und erreichte nach wenigen Hundert Metern den Camminer See. Ein kleines Café mit Seeblick hatte noch geöffnet und so setzte er sich auf die überdachte Terrasse und bestellte Kaffee und Kuchen. Eine Frau um die fünfzig brachte ihm das Gewünschte und versuchte ihren einzigen Gast in ein Gespräch zu verwickeln. Erst war Kruger nicht daran interessiert, doch dann sah er seine Chance und lenkte das Gespräch auf Familie Zierlisch. „Ich hatte hier mal einen Schulfreund", erklärte er, nachdem die Dame am Tisch erst vergeblich begonnen hatte, ihn über seine Absichten hier auszufragen. Sie horchte auf. Das schien ein willkommenes Thema zu sein.

„Ja, ich habe hier auch als Kind die Hauptschule besucht", erzählte sie. „Damals ging das noch. Heute karrt man die Kinder und Jugendlichen täglich mehrere Kilometer weit. Schlimm, ja schlimm! Es gibt nur noch diese Privatschule. ‚Storchenschule' heißt sie und die Kinder gehen nur halbtags." Sie schaute Kruger an und erwartete wohl irgendwelche Gefühlsregungen.

„Zierisch oder Zierlisch oder so ähnlich hieß der Schulkamerad", leitete Kruger genervt die Unterhaltung wieder auf das für ihn interessantere Thema.

„Ja, Zierlisch kenne ich, Caroline Zierlisch. Sie hat auch mal hier ausgeholfen, stellen Sie sich vor. Aber seit ihr Mann …!" Krugers Körperspannung nahm zu. „Was ist aus ihm geworden. Hieß er nicht Hugo mit Vornamen?"

Die Frau fiel auf den Trick herein. „Nein, Gregor, und dann noch ein zweiter Vorname." Sie schien nachzudenken. „Ja, ich meine, er hat noch einen zweiten Vornamen, aber der fällt mir nicht ein. Ja, schlimm, knapp fünfzig Jahre alt und schon die Parkinsonkrankheit!"

Kruger verstand nicht. War Frau oder Herr Zierlisch von der Krankheit betroffen?

„Wer jetzt, sie oder er?“, fragte er direkter.

Der Bedienung war der veränderte Ton aufgefallen und sie hatte sich etwas vom Gast fortbewegt. „Er natürlich, dieser arme Kerl ist seit Jahren an den Rollstuhl gefesselt. Ich meine, Zierlisch lebt nun im Katholischen Altenpflegeheim der Caritas in der Heidmühlenstraße in Neubrandenburg. Wollen Sie ihn mal besuchen?“

Er hatte genug. Drei Reinfälle in drei Tagen. Irgendwo musste endlich Land in Sicht kommen. Kruger hatte gezahlt und war dann losgefahren. Sicher hatte die Bedienung ihm noch eine Zeit lang nachgeschaut und sich über diesen Typen gewundert. Aber das war ihm egal und brachte ihm auch sicher keinerlei Probleme.

Wilfried von Gernau

„Wilfried von Gernau, Warnemünde-Diedrichshagen, Stranddistelweg 12; Thien Duc Giang, Pampow; Christian Blumfeld, Lam im Bayrischen Wald." Kruger hatte die drei Namen und Adressen laut von dem Blatt abgelesen. Fühlte sich einer wie ein Treffer an? Er konnte es nicht sagen. Aber der Bayrische Wald schien ihm so weit entfernt wie Afrika, und Pampow lag näher an Hamburg, war also besser für den Rückweg geeignet. So fasste er den Beschluss, erst nach Warnemünde zu fahren.

Das Seebad lag auf dem Weg zurück nach Hamburg und durch einen strömenden Gewitterregen fuhr Kruger die vom Navi angegebenen 182 Kilometer in einem Rutsch durch. Autohausbesitzer, hatte er sich aufgeschrieben, denn über den Autohändler von Gernau hatte Kruger Werbung im Internet gefunden. Sein Autohaus betrieb der 58-Jährige direkt in Warnemünde, und da Kruger gut in der Zeit war, entschied er sich, erst dort hinzufahren. Das schlechte Wetter jedoch machte ihm einen Strich durch seine Rechnung und so erreichte er das kleine Autohaus des Autoherstellers Toyota – gelegen im Industriegebiet Warnemündes – erst kurz nach 18 Uhr. Im Gebäude glaubte er noch Licht zu sehen, aber die Tür zum Verkaufsraum war schon verschlossen, er hatte sich selbst davon über-

zeugt. Kruger ärgerte sich, nicht schneller gefahren zu sein. War sich aber im Klaren darüber, dass dies mit dem Twingo nicht ungefährlich gewesen wäre. Er setzte sich in den Wagen und suchte nach einer Strategie. Plötzlich klopfte es an der Scheibe. „Bitte kein Polizist", dachte Kruger erschreckt und drehte vorsichtig die Fensterscheibe hinunter.

„Hallo!" Ein freundlich lachender Mann mit rotem Gesicht steckte seinen Kopf etwas durch die Scheibe in das Fahrzeuginnere und meinte: „Haben Sie ein Problem, oder wie kann ich Ihnen helfen?"

Kruger wartete, bis sich der Kopf aus dem Wagenfenster entfernt hatte, und stieg dann aus. Der Mann hatte die gleiche Größe wie er, schleppte aber einen gewaltigen Bauch mit sich herum. „Ich wollte mir eigentlich einige Wagen anschauen!", antwortete Kruger und fand diese Ausrede etwas dumm. Doch sein Gegenüber reagierte nicht. Er machte einen Schritt zur Seite und schaute auf das Kfz-Kennzeichen des Twingos.

„Und da kommen Sie extra aus Hamburg hierher? Oder machen Sie Urlaub in Warnemünde?"

„Urlaub!", erklärte Kruger spontan und bemühte sich, auf weitere Fragen in diese Richtung vorbereitet zu sein. „Silvia, also meine Frau, und ich machen hier Urlaub. Wunderschön in Warnemünde ...!"

Der Mann lachte lautstark und nickte dann zustimmend. Er hielt Kruger die Hand hin. „Wilfried von Gernau, ich bin der Inhaber des Autohauses. Stets zu Diensten!"

*

Seit geraumer Zeit verfolgte Kruger diesen Autohausbesitzer schon. Nachdem er ihm die Melodie aus dem Handy vorgespielt hatte, war von Gernau – ohne ein Wort von sich zu geben – in einen großen Toyota Geländewagen gestiegen und losgefahren. Kruger war sich sicher, das war sein Agent und er hatte angebissen. Nun noch der richtige Auftrag und alles würde perfekt laufen.

Kruger hatte etwas Schwierigkeiten, dem Geländewagen mit seinem Twingo zu folgen. Doch aufgrund der schlechten Straßenverhältnisse während des noch immer andauernden Regens und des dichten Verkehrs schaffte er es, sich von dem weißen Toyota nicht abhängen zu lassen. Von Gernau fuhr schon gefühlte dreißig Minuten über die Bundesstraße 103. Endlich wechselte er die Richtung, bog in Rostock auf die B 105. Sie befuhren ein Industriegebiet. Vorbei an einem Ikea, dann an einem McDonalds, wünschte sich Kruger nichts sehnlicher als einen Kaffee. Doch an einen Halt war absolut nicht zu denken. Die Sichtverhältnisse waren inzwischen immer schlechter geworden und schon bald würde er in der Dunkelheit dem PS-starken Geländewagen nicht mehr folgen können. Nach einer kleinen Ortschaft namens Sievershagen – Kruger war inzwischen direkt hinter dem Wagen des Autohändlers – beschleunigte der Toyota plötzlich und Kruger überkam Angst, dass der Fahrer etwas von der Verfolgung bemerkt haben könnte. Der Geländewagen vor Krugers Renault wurde immer schneller und schneller.

Nach einer leichten Kurve verlief die Straße nun absolut gerade. Sicher einen oder zwei Kilometer lang, glaubte Kruger zu erkennen. Links und rechts der Bundesstraße standen große Kastanienbäume und warfen ihre Schatten durch ein Gemisch von untergehender Sonne und aufgehendem Mond. Von Gernau musste sicher schon fast 150 km/h fahren. Was war bloß mit ihm los? „Spinnst du?", schrie Kruger. „Willst du dich umbringen?" Kruger versuchte alles aus seinem alten Twingo herauszuholen. Er selbst fuhr schon nahezu 120 km/h, konnte es auf dem Tacho ablesen. Mehr ging partout nicht und er musste zuschauen, wie sich der weiße Wagen immer weiter von ihm entfernte. „Was mache ich nur, wenn er mir abhaut?", überlegte Kruger und drückte das Gaspedal bis fast in den Motorraum des Renaults. Doch ganz plötzlich – Kruger traute seinen Augen nicht – zog der Geländewagen vor ihm nach links, schleuderte dann quer und prallte – keine Sekunde später – gegen einen der frei stehenden dicken Bäume. In Zeitlupe sah Kruger, wie der tonnenschwere Toyota sich in den meterdicken Stamm der Kastanie grub. Die Baumwipfel schwankten dabei wie im Sturm und Kruger leitete sofort einen Bremsvorgang ein. Der kleine Renault geriet dabei ins Schleudern und sein Fahrer ließ die Bremse augenblicklich wieder los. Krugers Wagen schoss noch rechtzeitig an der Unfallstelle vorbei, bevor ihn die Trümmer des verunglückten Toyotas treffen konnten.

*

Kruger saß zitternd im Twingo und schaute aus der Ferne auf den beleuchteten Unfallort. Das Tageslicht hatte sich inzwischen komplett verabschiedet und Dunkelheit herrschte um ihn herum. Das Gewitter war zum Glück weitergezogen. Die herbeieilenden Rettungskräfte hatten – wenige Hundert Meter entfernt – mit dem Licht ihrer Wagen, aber auch mittels einer externen Lichtquelle das traurige Szenario erhellt. Was war nur geschehen? Dass von Gernau tot sein musste, war für Kruger Fakt. Doch was hatte den Mann in den Tod getrieben? Oder war es bloß ein vermeidbarer Unfall? Kruger hatte nachgedacht, konnte sich aber nicht an das Aufleuchten von Bremslichtern erinnern. Der Toyota musste also ungebremst und mit voller Geschwindigkeit auf diesen Baum geprallt sein, da war er sich sicher. Respekt hatte Kruger mehr vor dem Baum als vor dem Todesfahrer. Die Kastanie hatte den Toyota abgeschüttelt, wie ein Ross seinen Reiter, und sie stand noch immer fest, stark und unverwundbar an der Straße. In beiden Richtungen der Bundesstraße hatten sich lange Staus gebildet und Kruger konnte sehen, wie die Insassen ausgestiegen waren und sich unterhielten. Wenn die wüssten, dass er für ihre Verspätung verantwortlich war? Nach knapp einer Stunde – das Zittern seiner Hände hatte sich gelegt – fuhr Kruger weiter Richtung Hamburg.

Thien Duc Giang

Die restlichen Stunden der Nacht hatte Kruger in ihrer gemeinsamen Wohnung in Wilhelmsburg verbracht. Wie immer war Silvia bei seiner Ankunft aufgestanden, hatte ihn mit fragenden Augen angeschaut, und ihm dann aber – als er nicht bereit war, etwas zu erzählen – Essen warm gemacht und vor ihn auf dem Küchentisch abgestellt. Die Zwillinge schliefen schon lange und Jens übernachtete bei einem Freund. Wie gerne hätte er Silvia eingeweiht. Ihr erzählt, dass sie bald reich sein würde, von einem besseren Leben als bisher geschwärmt. Aber war er sich sicher, ob es dazu kommen würde? Nein! Die Zeichen standen schlecht, und wenn sich nicht bald Erfolg einstellte, würde sein Deal mit Gollasch platzen, und das verursachte erneut starke Schmerzen.

Dieser Thien Duc Giang wohnte in Pampow, nahe bei Schwerin. Es musste sich – vom Namen her – um einen der vietnamesischen Vertragsarbeiter von damals handeln. Da war sich Kruger absolut sicher. Er erinnerte sich, den einen oder anderen damals auch zu Agenten ausgebildet zu haben. Dabei hatte er immer ein etwas ungutes Gefühl. Doch sein Vorgesetzter und General sprach sich wohlwollend dafür aus und so konnte Kruger nicht ‚Nein' sagen. Ihm war damals klar, dass man sich, vonseiten der DDR-Führung, mit solchen Vorgehen Vorteile gegenüber dem vietnamesi-

schen Staat versprach. Deren Volksvertreter waren – daran erinnerte sich Kruger – stets voller Freude darüber, wenn ihre Landsleute am Erfolg des sozialistischen deutschen Staats teilhaben durften. So bildete Kruger schulterzuckend und voller Skepsis in dieser Zeit wenige davon zu Agenten aus. Obwohl er nicht an sie glaubte.

UND ZU EINEM DER WENIGEN WAR ER HEUTE UNTERWEGS.

Dem Bauchgefühl nach würde auch dieser Tag zum Misserfolg, doch die leichten Schmerzen konnten auch vom Bauchspeicheldrüsenkrebs kommen. Seine Knochen taten ihm so weh, dass auch ein Spritzer Fentanyl keine Abhilfe brachte. Aber hatte man ihm nicht gesagt: „Legen Sie sich zu Hause in Ihr Bett, schonen Sie sich, verbringen Sie die letzten Tage mit Ihren Liebsten und dann wird der Tag kommen!" Und er fuhr gerade durch die Weltgeschichte. Der Krebs hatte in die Knochen gestreut und das kontinuierliche und nicht zu stoppende Auflösen hatte begonnen. Er musste sich sputen, um ein Ergebnis zu erreichen. Doch eigentlich lag sein bisheriges Versagen ja nicht an ihm, beruhigte er sich. Er hatte alles gegeben.

*

Pampow war eine Gemeinde im Landkreis Ludwigslust-Parchim in Mecklenburg-Vorpommern. Auf dem Weg dorthin überlegte Kruger, ob ihn etwas mit dieser Gegend verband.

Doch obwohl ihn dies die Fahrt über beschäftigte, fiel ihm nichts ein. Schwerin kannte er, aber auch nur vom Hörensagen. Zu seiner Zeit waren weite Reisen wie heute eher selten und wenn, dann oft nur aus dienstlichen Gründen. Privat blieb man zu DDR-Zeiten eher in der eigenen Umgebung, schon aus Gründen der allgegenwärtigen Überwachung durch die Stasi.

Thien Duc Giang arbeitete in einem vietnamesischen Restaurant in Schwerin. Er war Koch. Zumindest konnte Kruger das bei einem Telefongespräch mit seinem Sohn herausbekommen. Kruger hatte sich als alter Freund aus DDR-Zeiten zu erkennen gegeben, und der Mann hatte es geschluckt. Bereitwillig hatte er ihm den Arbeitsplatz und die Arbeitszeiten des Vietnamesen genannt.

Das Restaurant Sai Gon lag an der Wismarsche Straße nahe des Schweriner Hauptbahnhofs. Das Lokal war am heutigen Mittwoch nicht besonders gut besucht und Kruger setzte sich an einen der freien Tische. Eine freundliche, junge Asiatin im bunten Kleid brachte ihm die Speisekarte und betete in feinstem Deutsch die Spezialitäten des Hauses herunter. Eigentlich wäre ihm gerade ein Döner lieber. Aber das hätte ihn nicht zu Thien Duc Giang gebracht, war er sich im Klaren. So bestellte er bei der Vietnamesin einige unaussprechliche Gerichte und bemühte sich, in der nächsten Stunde davon zu konsumieren. Nachdem die Dame dem Gast auch keinen Nachtisch oder Reisschnaps näherbringen konnte, ließ sie ihn – ohne weitere Beachtung – in Ruhe.

In der Küche des Restaurants war nicht viel Bewegung. Kruger fand den weiß gefliesten Raum auf dem Weg zur

Toilette und sah, dass darin zwei Asiaten in Kochbekleidung arbeiteten. Einer davon musste der gesuchte Thien Duc Giang sein. Beide Köche schienen etwa gleichaltrig und das machte die Sache für ihn schwieriger. Nachdem Kruger schon mehrere Male die Toilette aufgesucht hatte und die Bedienung inzwischen darauf aufmerksam geworden war, hatte er endlich diesen Thien gefunden. Denn genau als die Bedienung den Namen des Kochs rief, stand Kruger an der Küchentür und sah, wie der schlankere der beiden Männer aufschaute und sich zu ihr bewegte. Inzwischen zeigte die Uhr im Sai Gon 23.21 Uhr. Der Sohn Giangs hatte am Telefon von einer Arbeitszeit des Vaters bis etwa 23.30 Uhr gesprochen. Kruger zahlte hastig und platzierte sich neben dem Haus. Nicht dass der Vietnamese ihm noch davonfuhr. Wie dieser Autohändler von Gernau. Wenig später erschien der Mann. Kruger sah, wie sich Thien Duc Giang eine Zigarette anzündete, einige Male daran zog und die Kippe dann auf die Straße warf. Kruger ärgerte sich über solche Verunreinigung. Na ja, dessen Heimat war es ja nicht, die er verschmutzte. Blitze leuchteten in weiter Entfernung auf. Ein Donner folgte. Es roch schon wieder nach Gewitter. Kein Wunder, bei der Hitze während der letzten Tage!

Der Asiate lief nun die Straße entlang und Kruger hoffte, er habe ein eigenes Auto und würde nicht den Bus nach Pampow nehmen. Tatsächlich blieb Giang bei einem roten VW Up unter einer spärlich beleuchteten Straßenleuchte stehen und begann nach seinem Fahrzeugschlüssel zu suchen. Der Wagen besaß ein Kennzeichen mit dem Kürzel

LWL. Kruger hatte schon sein Handy draußen und lief zu dem Mann. „Entschuldigung, ich habe mich verlaufen!"

Der Vietnamese war zusammengezuckt und hatte erschreckt aufgeblickt, als Kruger ihn ansprach. Dann jedoch beruhigte er sich sofort wieder. Kruger konnte die Veränderung der Gesichtszüge im Licht der Straßenlaterne erkennen. Der Mann fühlte sich in Sicherheit. „Aber gerne! Wo möchten Sie denn hin?" Thien Duc Giang sprach mit leichtem Dialekt, doch sauber und verständlich. So, dass es bei Kruger eine Gänsehaut auslöste. „Ich bin auch nicht zu Hause hier, aber kenne mich ganz gut aus in Schwerin!", erklärte der Mann weiter und blickte mit müden Augen zu Kruger, der an seinem Handy fingerte. Endlich hatte der den Abspielbutton gefunden.

„Wir sind überall, auf der Erde, auf der Erde, leuchtet ein Stern, leuchtet mein Stern. Wir sind überall, auf der Erde …"

Der Vietnamese Thien Duc Giang hatte sich – während das Lied aus dem Handylautsprecher erklang – aufgerichtet. Es schien Kruger, als nehme er Haltung an, und der Ex-DDR-Oberst wartete nur noch darauf, dass sein Gegenüber ihm salutierte. Doch das blieb aus. Stattdessen sagte der Vietnamese nur: „Jawohl!", drehte sich um, öffnete den VW und machte Anstalten wegzufahren. Natürlich hatte Kruger damit gerechnet. Aber trotzdem überrumpelte ihn dieser Prozess. Gerade am Ziel angekommen, fuhr ihm der Agent weg! Nein, das durfte nicht sein. So schnell es seine angeschlagene Kondition zuließ, rannte Kruger zum Twingo und völlig außer Atem startete er den Motor. Erst beim zweiten Anlassversuch sprang dieser endlich an. Das fehlte ihm noch. Ging jetzt alles schief? Noch immer rang der Kranke nach Atem. Mit quietschenden Reifen fuhr Kruger in die Dunkelheit Schwerins, in die Thien Duc Giang vor knapp einer Minute mit dem roten VW Up verschwunden war.

*

Giang fuhr Richtung Pampow. Kruger war schon fast der Verzweiflung nahe, als er den roten VW Kleinwagen endlich an einer Ampel entdeckt hatte. Krugers Atem ging stoßweise und schnell, und vorsichtig rollte er hinter das Fahrzeug. „Das Glück ist dir hold!", machte er sich selbst glücklich. Wenn ihn Giang jetzt noch zu einem brauchbaren Versteck … die Ampel schaltete in diesem Moment auf Grün und der Wagen vor ihm beschleunigte. Es begann leicht zu nieseln – Kruger glaubte auch, das Donnern sei näher gekommen. Die Straßen wurden schmierig. Er überprüfte mit einem Blick den Tankinhalt des Twingos und erschrak. Die Nadel stand etwas über Reserve und das hieß bei dem Renault: noch etwa 100 Kilometer. Mal mehr – mal weniger. Er versuchte das Schaudern unbeachtet zu lassen, konzentrierte sich wieder auf das Fahren. In sicherem Abstand folgte er dem Wagen Giangs. Es würde schon gut gehen. Aber wenn die Reserveanzeige aufleuchtete, was dann? Verschiedene Szenarien gingen Kruger durch den Kopf, doch nur eines blieb hängen: Er durfte den Vietnamesen auf keinen Fall aus den Augen verlieren, und wenn er ihm einen Reifen plattschoss. Kruger schaltete sein Navigationsgerät ein, um zu überprüfen, wo die Fahrt hinging. Im Moment sah es aus, als wäre Giangs Ziel sein Wohnort, Pampow. Und tatsächlich befuhren sie die Bundesstraße 321 bis in die kleine Gemeinde. Was wäre, wenn Giang einfach nach Hause fuhr, sich auf die Couch legte und weiter nichts geschehen würde? „Klappert der Motor des in die Jahre gekommenen Twingos nicht etwas zu laut?", erschrak Kruger. Dieser Gedanke brachte ihm vermehrt Schmerzen ein, lenkte ihn aber auch etwas ab. Sicher war es nur Einbildung. Der Gewitterregen war heftiger geworden.

In Pampow fuhren sie an einem Industriegebiet vorbei. Ähnlich wie jenes, wo von Gernau zu Tode kam, fiel Kruger ein. Und er hatte Schuld am Tode des Autohändlers. Sicher war dieser Ehemann, Vater, Großvater; und diese Überlegungen schmerzten den gebürtigen Berliner. Kruger öffnete das Wagenfenster und sofort wirbelten ihm Regentropfen in sein Gesicht. Erst überlegte er, das Fenster wieder zu schließen, dann erfreute er sich daran. Wer weiß, wie lange er noch Regen erleben durfte?

Schnell hatten die beiden Wagen Pampow hinter sich gelassen. Noch vorbei an einem Sportplatz und schon erklärte ein gelbes Ortsschild, dass es noch sechs Kilometer in den nächsten Ort mit Namen Warsow waren. Pampow, Warsow, irgendwie hießen diese Orte hier alle gleich. Aber der Osten Deutschlands, also die ehemalige DDR, war seine Heimat und Hamburg nur ein Rückzugsort. Kruger hatte vor einiger Zeit über seine Grabstätte nachgedacht. Er war sich sicher, Silvia würde ihn in Hamburg beisetzen. Eigentlich wäre ihm einer dieser neuen Waldfriedhöfe in seiner Heimatstadt Berlin lieber. Er hatte sich vorgenommen, es irgendwann in den letzten Tagen seines Lebens mit seiner Frau zu besprechen. Eigentlich war es ihm zwar egal, wo man seine Asche verstreute, aber Silvia würde sicher darauf bestehen. Doch was wäre, wenn dieser Schläfer gewalttätig werden würde. Ihn, noch bevor er ihn ausschalten konnte, im Versteck schwer verletzen oder gar töten würde? Diese Überlegung ließ Schmerzen in Kruger aufsteigen und er krümmte sich. Vielleicht tauchte seine eigene Leiche nie wieder auf? Dort im Versteck. Ihm fielen Silvia und die Kinder ein. Sie würden zu Hause sitzen, Tage, Wochen, und irgendwann würden sie nach ihm suchen. Die Polizei einschalten. XY … ungelöst. „Sie kommen dich zu holen! Sie werden dich nicht finden!" Der Text eines Falco-Songs fiel ihm ein. War der Text nicht so, oder zumindest ähnlich?

*

Als der rote VW Up bei einem Ort namens Bandenitz auf die Autobahn A24 abbog, wurde Kruger wieder zurück in die Gegenwart geholt. Er beschleunigte den Renault und folgte Giang mit einem Tempo von etwa 100 km/h. Eilig schien es der Vietnamese nicht zu haben. Das war auch gut so. Inzwischen regnete sich das Gewitter mit Bindfäden aus und es reichte, wenn andere todesmutige Autofahrer die beiden Fahrzeuge mit hoher Geschwindigkeit überholen mussten. Die Tankanzeige des Renaults schwankte recht tief im unteren Bereich und freudig nahm Kruger zur Kenntnis, dass sie noch nicht Reserve anzeigte. Er hatte den Gedanken noch nicht abgeschlossen, als ein Signalton und ein dauerhaftes Licht im Armaturenbrett auf genau diesen Zustand hinwiesen. „Nein! Bitte jetzt nicht noch das! Wo fährt dieses Schlitzauge bloß hin?“, ärgerte sich Kruger maßlos und hielt den nötigen Abstand zum Vordermann.

Der Gesamtkilometerstand des Twingos belief sich auf 178.010 Kilometer. Auf dem Tageszähler konnte Kruger die Zahl 376 ablesen. Er schaute zu, wie sich der Stand der beiden Anzeigeinstrumente Kilometer für Kilometer synchron erhöhte. Inzwischen schweißgebadet, hatte Kruger umständlich seinen Pullover über den Kopf gezogen und fuhr nun im T-Shirt. 178.036 und 402 auf dem Tageszähler. Das Allerletzte, was er nun brauchte, war ein Halt auf der Autobahn. Das ging gar nicht. Er musste Giang und seinen VW Up dazu bringen, an der nächsten Ausfahrt die Autobahn zu verlassen. Gerade hatten sie die Anschlussstelle Wittenburg passiert. Schon näherten sie sich Zarrentin. Auch diese Ausfahrt passierten die beiden Fahrzeuge. Wie hieß die nächste Ausfahrt noch? Kruger hatte es gelesen, aber sofort wieder vergessen. Seine Nase fing an zu bluten. Er drehte die Schulter und suchte unter leichter Panik hinter sich nach Taschentüchern. Sonst lag allerhand Unrat in seinem Wagen, doch anscheinend keine Papiertaschentücher. Schmerzen stellten sich zusätzlich zu einem erneuten Schweißausbruch ein. Er nahm ein T-Shirt, wischte sich damit das Blut ab und beugte sich auf die Beifahrerseite, um auch dort das Fenster herunterzukurbeln. Er hatte es fast geschafft, als ihm der Wagen plötzlich auszubrechen drohte. Er riss das Lenkrad zurück und der Frontantrieb schob den Twingo in einer S-Kurve zur Überholspur und dann wieder zurück, Richtung Leitplanke. „Langsam gegenlenken!", schrie Kruger sich selbst beruhigend zu, und nachdem er mit schnellem Blick im Rückspiegel kein Fahrzeug sehen konnte, bekam er den Wagen auch wieder langsam in den Griff. Sein Herz raste und es schien, als breche es gleich durch seine Brust. Kruger versuchte es mit Entspannungsübungen. Solche, die sie im Fernsehen – speziell für Autofahrer – gezeigt hatten. Er atmete gleichmäßig ein und presste die Finger als Faust am Lenkrad zusammen. Und tatsächlich wurde er dadurch etwas ruhiger.

Gallin! Die nächste Ausfahrt hieß Gallin. Das blaue Schild kündigte es im Lampenlicht an und noch sah es nicht so aus, als sei der Vietnamese am Ziel angelangt. Kruger gingen tausend Dinge durch den Kopf, doch er entschied sich, den VW zu überholen und kurz vor der Ausfahrt so auszubremsen, dass Giang nichts anderes übrig blieb, als die Autobahn zu verlassen.

Meter für Meter schob er sich an den Volkswagen heran, dabei immer wieder den Blick auf die Tankanzeige. Hinter ihm tauchten grelle Xenon-Lichter auf und blendeten ihn im Rückspiegel. Er brach den Überholvorgang ab, fuhr zurück auf die rechte Spur. Erst einmal den schnelleren Wagen vorbeilassen. Ein dicker BMW SUV schoss, Spritzwasserfontänen hochwirbelnd, ganz knapp an seinem Renault vorbei.

Der Wagen geriet dadurch leicht ins Schlingern, doch Kruger hatte ihn im Griff. Noch tausend Meter bis zur Ausfahrt! Noch immer machte Giang keine Anstalten, die Autobahn A24 zu verlassen. Kruger fuhr fast auf Giangs Fahrzeug auf und leitete dann den Überholvorgang ein. Es war ihm, als sei der VW langsamer geworden. Er lenkte den Twingo an ihm vorbei und setzte sich davor. Das Aquaplaning machte ihm zu schaffen, doch es gelang, ohne dass der Wagen Schaden nahm. „Mist, hoffentlich funktioniert mein Plan!", rief er und betätigte den Knopf der Warnblinkanlage. Dann presste er das Bremspedal bis zum Anschlag durch.

Der Twingo schlingerte – ähnlich wie eben – und Kruger bekam den ausbrechenden Wagen fast nicht mehr in den Griff. Das Gegenlenken hatte den Kleinwagen auf der regennassen Fahrbahn rutschen lassen und ohne Vorwarnung begann sich der Renault um seine eigene Achse zu drehen. Kruger schloss die Augen, ihm wurde schwindelig und er sah schon sein Ende kommen. Nein, bitte nicht so etwas! Nicht schon jetzt! Er wurde hin- und hergeschleudert. Krugers Kopf knallte schmerzhaft an die Nackenstütze des Beifahrersitzes. Ihm wurde schlecht und er riss am Lenkrad, um zumindest irgendetwas zu tun. Nach einer gefühlten Ewigkeit blieb der Twingo – mit abgewürgtem Motor – in der falschen Richtung zur Autobahn stehen, zum Glück auf dem Seitenstreifen. Kruger öffnete langsam seine Augen, griff sich an den schmerzenden Kopf und schaute durch die Windschutzscheibe, die der Scheibenwischer gerade von Spritzwasser und Regen reinigte. Der rote VW Up hatte den Blinker gesetzt und war dabei, die Autobahn Richtung Gallin zu verlassen.

*

Kruger glaubte, sein Herz setze aus. Sein Wagen stand auf dem Standstreifen, entgegengesetzt zur Fahrtrichtung, und der Mann erwartete jeden Moment, dass jemand anhielt und sich nach seinem Befinden erkundigen würde. Zum Glück fuhren nur wenige Fahrzeuge vorbei. Diese aber hupend und mit aufblitzendem Fernlicht. Die Autobahnausfahrt lag keine Hundert Meter vor Kruger. Mit zittriger Hand drehte er den Zündschlüssel und versuchte den Motor zu starten. Schwer arbeitete der Anlasser, aber er machte keinerlei Anstalten, den Motor zum Anspringen zu bewegen. Kruger musste an die verstreichende Zeit denken. Ihm war bewusst, jede Sekunde bekam Giang einige Meter Vorsprung, und das Schlimme war, er selbst konnte nicht sagen, in welche Richtung der Mann fuhr. Endlich sprang der kleine Vierzylinder stotternd an. Wie ein Herz nach dem Einsatz eines Defibrillators. Die Autobahn vor Kruger war leer und er nutzte die Gelegenheit und fuhr – entgegen aller Verkehrsregeln – mit Vollgas zur Abfahrt. Dort schlitterte der Wagen über einen feuchten Grünstreifen, um wieder in die vorgeschriebene Richtung zu kommen. Schlamm und Matsch prasselten in die Radkästen und es hörte sich an wie lautes Maschinengewehrfeuer. Doch Kruger achtete kaum darauf. Auch nicht auf durchdrehende Reifen und den sich gerade ändernden Bodenbelag. Es blieb ihm gerade wenig Zeit zum Überlegen.

Oben angekommen, hatte er zwei Möglichkeiten: Nach links oder nach rechts abzubiegen. Er entschied sich, Richtung Boizenburg/Elbe zu fahren. Das Wort ‚Elbe' klang ihm vertrauter. Der Motor des Twingos schien für einen Moment auszusetzen und Kruger glaubte schon, das Benzin sei endgültig aufgebraucht. Doch dann arbeitete die Maschine wieder und Krugers Wagen schoss über die autoleere Straße.

Die nächste Gemeinde hieß Gallin und auch sie war nicht groß. Kruger fuhr mit 90 km/h durch den menschenleeren Ort und hoffte, dass keiner der Bewohner auf die Straße lief. Wenige Sekunden später befand er sich schon wieder außerhalb auf einer Landstraße.

‚Gemeinde Greven' stand auf dem nächsten Ortsschild und Kruger schoss durch einen, wie er schätzte, maximal 1.000-Seelen-Ort.

DOCH WO WAR GIANG ABGEBLIEBEN?

Verzweiflung machte sich langsam in Kruger breit. Aber leuchteten dort nicht zwei rote Lichter? Ein Fahrzeug? Tatsächlich, weit vor ihm im Regen musste ein Wagen fahren. Ob es sich um den Vietnamesen handelte? Ganz sicher! Die Tanknadel des Renaults war schon am Endanschlag angekommen. Kruger hatte sich mit einem Blick davon vergewissert. Schweiß tropfte ihm über die Augenbrauen und behinderte seinen Blick. Er wischte sich über das Gesicht und beschleunigte noch weiter. Ein Ort namens Gresse wurde angekündigt. Die Geschwindigkeit hatte man auf 70 km/h begrenzt. Mit 100 km/h schoss Kruger in den Ort. Er sah gerade noch, wie ein roter Kleinwagen unter einer blassen Straßenlaterne mitten im Ort Gresse nach rechts abbog.

Auch Kruger fuhr rechts ab. Er hatte – aufgrund der hohen Geschwindigkeit – fast die Abfahrt verpasst. Die Rücklichter des Wagens vor ihm bogen, ohne Betätigung des Fahrtrichtungsanzeigers, nach wenigen Hundert Metern erneut nach rechts ab. ‚Zum Forsthaus' oder so ähnlich konnte Kruger lesen und er bemühte sich, über die verschmutzte, ländliche Straße Anschluss an das Fahrzeug des Vietnamesen zu halten. Wenn es denn der Vietnamese war! Links und rechts der engen Straße standen Neubauten oder welche, die es noch werden wollten. Kruger war das egal, er ließ die Straßenbeleuchtung hinter sich. Die Straße wurde schmaler. Vielleicht ein landwirtschaftlicher Weg? Und es wurde gänzlich dunkel vor ihm. Keine Straßenrandbegrenzung mehr, keine Mittellinie. Dazu das schwache Licht des Twingos. Doch es musste reichen und er schlitterte über diese schmale Straße. Noch immer war er sich nicht absolut sicher, den Wagen Giangs vor sich zu haben, aber schneller konnte er nicht fahren. Zum einen hieß es Sprit zu sparen und zum anderen hatte der Regen noch nicht aufgehört und die Straße war extrem glatt. Der Wagen vor ihm ging in eine Kurve und Kruger konnte ihn nicht mehr sehen. Plötzlich stotterte der Motor des Twingos. „Nein, bitte nicht jetzt!", schrie Kruger und schlug mit der flachen Hand fest auf das Lenkrad. Der Motor des Kleinwagens hustete noch einmal und nahm wieder Gas an. Kruger jubelte innerlich. Doch noch bevor er die Kurve erreicht hatte, wurde das Motorengeräusch leiser, starb dann röchelnd ab. Kruger hatte sofort den Gang herausgenommen und ließ den Renault ausrollen. Kopfschmerzen hielten ihn zunächst von jeglichem klaren Gedanken ab.

Etwas lief aus seiner Nase. Er musste nicht darüber nachdenken, was es war. Andere Probleme plagten ihn gerade mehr, der Motor musste laufen! Er drehte den Zündschlüssel, der Anlasser gab lautstark zu erkennen, dass er willens war. Doch der kleine Vierzylinder sprang nicht an. Wieder und wieder versuchte es Kruger. Doch der Motor hatte kein Erbarmen und sicher auch keinen lebensnotwendigen Sprit mehr. Der Wagen stand. Mitten im Nirgendwo. Kruger schaltete das Licht aus. Er musste die Batterie schonen. Da saß er nun in der Dunkelheit, irgendwo in ‚Meckpomm', ohne Sprit. Was sollte er nun tun? Er zwang sich nachzudenken: Giang könnte noch etliche Kilometer fahren, sicher war er cleverer, was den Tankinhalt seines Fahrzeugs anging. Kruger verließ den Renault und horchte in die Dunkelheit. Nichts! Totenstille. Oder doch? Dann zuckte ein Blitz durch den Wald und sofort folgte der Donnerschlag. Das Gewitter musste genau über ihm sein. Tod durch einen Blitz? Auch nicht schlecht. Hinter ihm in der Ferne meinte er Fahrgeräusche zu hören. Sicher die Hauptstraße, auf der man sich in Richtung dieses … Boizenburg … quälte. Regentropfen liefen Kruger über sein Gesicht. Er spürte, wie sein T-Shirt langsam durchnässt wurde. Er war planlos und das machte ihm schwer zu schaffen. Eigentlich hatte er immer einen Plan, warum nicht heute? Kruger fragte sich kurz, warum er keine Taschenlampe eingesteckt hatte. Andere nutzten ihr Handy als Leuchte, wusste er. Aber das kam bei seinem alten Gerät nicht infrage. Resignierend nahm er seine Jacke aus dem Innenraum des Renaults und zog sie über. Der trockene Stoff gab ihm Wärme und Kruger fühlte wieder etwas

Lebensenergie aufsteigen. „Ich darf nicht aufgeben", sagte er zu sich selbst. Er schob den Kleinwagen etwas an den Rand der Straße und spazierte dann die vielleicht fünfzig Meter in Richtung Kurve. Kruger spürte den Matsch unter seinen Turnschuhen und auch die Feuchtigkeit, die nach und nach seine Zehen abkühlen ließ. Nein, er war gerade nicht für Waldspaziergänge ausgerüstet. Auch die Schmerzen kamen zurück und sein Spray lag im Auto. Er ignorierte es.

Die Kurve war eng und über Krugers Kopf lugte irgendwo zwischen den Gewitterwolken ein wenig der Mond heraus. So war er in der Lage, zumindest annähernd zu erkennen, wo genau er sich hinbewegte. Als die Kurve endete, traute er seinen Augen nicht: Da stand – keine Hundert Meter von ihm – ein Fahrzeug quer auf dem Asphalt. Dessen Scheinwerfer leuchteten hinein in ein kleines Wäldchen.

*

Krugers Herz schlug bis zum Hals, als er sich in die Nähe des Wagens schlich. Er schaute nach oben. Das Gewitter war etwas abgezogen. Wollte wohl mit der Sache hier nichts zu tun haben, lachte er, als er sich dem Pkw näherte. Der Motor lief nicht, aber sein Besitzer hatte das Fernlicht eingeschaltet. Vielleicht saß Giang noch drinnen? Wenn es überhaupt das Gefährt des Vietnamesen war. Vielleicht war der Fahrer ins Schleudern geraten – von den Straßenverhältnissen her äußerst denkbar – und hatte einen Unfall? Ja, auch das war möglich. Zögerlich näherte er sich dem Wagen. Krugers Blick ging dabei rastlos nach rechts und nach links in die Dunkelheit. Wenn sich der Eigentümer des Fahrzeuges versteckt hielt und auf ihn wartete? Als er fast dort angekommen war, war ihm schon klar, dass es sich um einen VW handelte. Niemand saß am Steuer, das Fahrzeug schien leer. Kruger vergewisserte sich, dass sich keine Person auf der Rückbank versteckt hielt. Jetzt konnte er auch den roten Lack erkennen. Alles sprach dafür, dass es Giangs Wagen war. Er überprüfte das Kennzeichen. LWL! Jawohl, das traf zu. Einige Extrasystolen machten ihn kurz atemlos. Doch wo hielt sich der Vietnamese auf? Krugers Blick folgte dem Lichtstrahl der beiden Halogen-Scheinwerfer. Diese endeten etwa fünfzig Meter vor dem eigentlichen Wald. Wo zum Teufel war der Mann? Bisher hatte Kruger nur die Feuchtigkeit gespürt, nicht die Kälte. Nun kam alles zusammen und ergab diesen Mix an Ungemütlichkeit. Hinzu kam Angst. Keine Panik, nein, die unterdrückte er. Noch! Er entschied, parallel zum Scheinwerferstrahl zu schleichen, und bewegte sich langsam und gebückt durch das hohe und feuchte Gras bis zum Ende des Lichts. Vielleicht hatte er ja Glück und hier lag das ersehnte Depot?

*

Während Kruger noch in Bewegung war, fiel ihm ein, dass er erneut die Pistole im Auto vergessen hatte. Und gerade jetzt, wo er sie wirklich dringend benötigte. Er war nachlässig geworden und das löste eine leichte Depression in ihm aus. Nein, nicht jetzt! Er versuchte die dunkle Wolke vor seinen Augen beiseitezuschieben. Erneut tropfte Blut aus der Nase und lenkte ihn ab. Plötzlich kam ihm der Gedanke zurückzulaufen, doch dann hörte er unweit seines Standortes leise Geräusche. Sie mussten sich wenige Meter vor ihm entwickeln. Kruger ging noch tiefer in die Hocke, verharrte auf der Stelle. Seine Beinknochen schmerzten, er glaubte fast wahnsinnig zu werden. „Reiß dich zusammen, so kurz vorm Ziel!", rief er sich innerlich zu und konzentrierte sich. Wo genau kamen die Geräusche her? Er bewegte den Kopf zur Orientierung. Es musste etwas seitwärts aus dem Bereich der kleinen Lichtung herkommen, und sein Blick fixierte den Punkt. Genau dort, zwischen einem Hain an Tannen, endete das Fernlicht des Volkswagens, und wie ein Geist aus der Tiefe erschien plötzlich ein Kopf aus der Erde. Kruger erschrak, obwohl er mit Ähnlichem gerechnet hatte. Es handelte sich auf jeden Fall um den Kopf eines Asiaten und es schien, als klettere der Mann aus einer Kanalisation. Kruger jauchzte innerlich. Feuchtigkeit, Kälte und Schmerzen waren mit einem Mal verschwunden. Endorphine beglückten ihn und ihm war klar, er hatte mit Giang endlich den richtigen Riecher. Unterhalb des Mannes musste sich ein kleiner Aufbewahrungsbunker der Siebzigerjahre befinden. Einer, den die DDR-Führung hatte bauen lassen, um sie in der Nähe der „Westdeutschen Grenze" zu verstecken. Gefüllt mit Sprengstoff, Waffen und sicher auch mit haltbaren Lebensmitteln, um den Agenten die Möglichkeit zu geben, sich vorzubereiten und ihren Anschlag auszuführen. „Geht da nicht ein wenig meine Fantasie mit mir durch?", fragte sich Kruger und machte sich noch kleiner.

Nach dem Kopf erschienen nun auch Arme und Oberkörper Giangs und er legte etwas vor sich in der regennassen Wiese ab. Kruger fand, es war an der Zeit einzuschreiten. Vielleicht war es gar nicht nötig, den Agenten zu töten, und es reichte, ihn nur aufzuwecken und in die Flucht zu jagen? Mit einem Satz sprang Kruger auf und brüllte den Kleingewachsenen vor sich mit lautem Geschrei an. Kruger war selbst überrascht über seinen Ausbruch und spürte, wie sein Herz hochtourig einstieg. Giang schaute erst verblüfft in die Scheinwerfer, schien dann Kruger neben sich bei der Bodenöffnung erkannt zu haben. Der Vietnamese riss seine Arme hoch, verlor plötzlich den Halt auf der Leiter oder worauf immer er stand und strauchelte. Erst schlug er mit dem Hinterkopf auf den Rand der Öffnung. Kruger konnte es genau verfolgen. Es gab einen dumpfen Knall, der ihm durch Mark und Bein zog. Dann schrie der Vietnamese laut auf, zappelte mit gestreckten Armen, und nach einigen Sekunden folgte erneut ein Geräusch, als ob Knochen brechen würden, aber einige Meter tiefer.

Mit einem Satz war Kruger bei der Öffnung angekommen. Es handelte sich um eine Art Schacht, daneben lag ein begrünter Deckel, vielleicht einen knappen Meter im Durchmesser, und Kruger schaute skeptisch hinunter. Er sah nur Dunkelheit in dem Loch, mehr konnte er bei bestem Willen und unter voller Anstrengung seiner Augen dort unten nicht erkennen. Kruger hielt den Atem an. Keinerlei Geräusche wie Atem oder Stöhnen drangen an sein Ohr. Vielleicht wollte Giang ihn nur in Sicherheit wiegen, um dann zuzuschlagen? Oder er hatte schon eine entschärfte Handgranate zum Wurf bereit? Solche Szenarien gingen Kruger durch den Kopf, als er plötzlich Wagengeräusche hörte. Das fehlte noch, ein Förster oder ein Bauer, der hier anhielt und seine Hilfe anbot. Kruger rannte in Panik zurück in Richtung Straße, um das Licht des Wagens auszuschalten. Die Wiese war glatt und er drohte seinen Halt zu verlieren. Endlich hatte er den Kleinwagen erreicht. Doch wo war beim VW der Lichtschalter? Seine Herzfrequenz spürte Kruger bis in seinen Kopf schlagen. Der Druck verhinderte es, einen klaren Gedanken zu treffen. Endlich fand er ihn und schaltete das komplette Licht durch die offene Fahrertür aus. In der Verlängerung der Straße, vielleicht einen Kilometer entfernt, war tatsächlich ein Motor zu hören. Fuhr der Wagen in seine Richtung? Ja, er wurde lauter, und jetzt konnte er den Wagen ganz deutlich hören. Sicher war es besser, Giangs Wagen von der Straße zu entfernen. Kruger sprang auf den Fahrersitz des VW Up, startete den Motor. Doch sofort leuchtete das Abblendlicht wieder auf. Er erschrak dermaßen, dass er Angst hatte, seine Blase würde sich entleeren. Er kniff die Beckenmuskulatur zusammen, legte einen Gang ein und fuhr den VW schnell auf die Wiese. Dann schaltete Kruger den Motor aus und das Licht erlosch zum Glück. Er wollte die Handbremse ziehen, doch der Wagen blieb schon von selbst im feuchten Morast stecken. Kruger bückte sich tief nach unten. Sein Nacken schmerzte und er spürte, den Toilettengang nicht mehr lange hinauszögern zu können. Zur Not würde er es einfach laufen lassen, sagte er sich. Das Brummen wurde nun lauter. Keine Sekunde später hörte er die Motorengeräusche eines großen Dieselaggregats, ganz nah neben sich. Dann ein Lichtschein, er vernahm Abrollgeräusche von grobstolligen Reifen genau hinter seinem Versteck und ein Wagen polterte vorbei. Kruger blickte kurz zur Seite, es musste sich um einen schweren Geländewagen gehandelt haben. Doch der war zum Glück schon hinter der Kurve in der dunklen Septembernacht verschwunden. Kruger sprang aus dem VW und entleerte seine Blase.

*

Schwer atmend setzte sich Kruger zurück in den Wagen des Vietnamesen. Sein Herz drohte zu überdrehen und er bemühte sich, die Frequenz zu verringern. Endlich spürte er Erleichterung und lehnte sich zurück. Der Fahrgastraum roch extrem nach kaltem Rauch und kam ihm sehr ungepflegt vor. Zwei Dinge, die dem Mann missfielen. Kruger überprüfte im spärlichen Licht des Mondes das Handschuhfach des Volkswagens. Er verzichtete auf das Einschalten von Licht. Was er fand, waren alte Zeitungen sowie Verpackungsreste von Schokoladenriegeln. Ganz unten lag eine kleine Flasche Mineralwasser. Sie war noch ungeöffnet. „Natürlich habe ich weder an Verpflegung noch an Getränke gedacht", ärgerte er sich. So war er froh über seinen Fund. Mit einigen großen Schlucken trank er die Flasche leer. Erst wollte er sie hinter sich werfen, ließ es dann und legte die Flasche auf das Armaturenbrett. Er öffnete die Tür des Wagens und erschrak, als die Innenraumbeleuchtung anging. Er stieg aus. „Hier ist es still wie auf einem Friedhof", dachte er und atmete tief durch. Der Geländewagen würde schon im Ort Gresse sein und wenige Meter vor ihm, im Bunker, tat sich auch nichts.

Sicher hatte Giang beim Sturz schweren Schaden genommen. Kruger stieg noch einmal zurück in den Volkswagen, suchte vergebens nach einer Taschenlampe. Dann schaltete er das Abblendlicht des Wagens ein und lief zur Öffnung in der Lichtung. Er grübelte, aus welchem Grund man damals den Bunker genau in dieser Gegend in der Erde versenkte. Er kam nicht darauf. „Es ist zu lange her", entschuldigte er seine Vergesslichkeit.

Vor der Bunkeröffnung hatte Giang einige Gegenstände abgelegt und erst jetzt erkannte Kruger, dass darunter auch eine moderne Stabtaschenlampe lag. Er nahm sie auf und tatsächlich, sie funktionierte. Daneben lag eine kleine Kiste mit elektrischen Zündern, das konnte Kruger auf dem schon etwas verwitterten Aufkleber des Bakelits lesen. Er trat näher zum Rand, stets damit rechnend, dass der Vietnamese plötzlich aus der Öffnung auftauchte und ihn angriff. Doch nichts dergleichen geschah. Kruger schaltete die Taschenlampe erneut ein und wagte es, mit dem Strahl in die Öffnung zu leuchten. Es ging zwei, maximal drei Meter nach unten, schätzte er und bewegte die Lampe etwas hin und her. Da waren Beine, ein Arm. Die Lage der Extremitäten erschien ihm nicht normal. Kruger hatte früher viele verunfallte Menschen gesehen. Giang war gestürzt und musste sich dabei schwer verletzt haben. Aber was sollte er tun, wenn der Vietnamese noch lebte? Ihn dort unten töten? Kruger kniete sich vor die Öffnung und rief nach unten: „Hallo! Geht es Ihnen gut?“ Er bekam keine Antwort, steckte den Kopf etwas tiefer in den Betonbunker und versuchte es erneut: „Giang, hallo, sind Sie verletzt?“ Da war nichts. Weder Atemgeräusche noch menschliches Stöhnen. Kruger hoffte, dass Giang tot war, das sparte seinem Gewissen etwas Energie. Kurzerhand kletterte der gebürtige Berliner die Metallsprossen hinab.

*

Der Vietnamese Giang war tatsächlich tot. Kruger hatte kurz die Vitalfunktionen überprüft, wobei schon die vor Schreck entstellten, offenen Augen des Mannes genügend Aussagekraft boten. Der Oberkörper Giangs lag über einer großen Kiste, auf der in riesigen Lettern TNT stand, sein Kopf hing seitlich, extrem überdreht, zur eigentlichen Körperposition. Giang musste dort aufgeschlagen sein und sich das Genick gebrochen haben, vermutete Kruger. Eine Reihe ungepflegter, dritter Zähne baumelte aus Giangs Mund. Kruger hatte genug gesehen. Es fröstelte ihn und der beißende Geruch hier unten zeugte nicht von sauberer Überlebensluft. Brechreiz schob sich Richtung Magen und Kruger spürte, wie das eben getrunkene Mineralwasser, verbunden mit seiner Magen-

säure, zurückschlug. Er schluckte, um das Würgen im Griff zu halten. Dann schob er die Leiche zur Seite.

Der Strahl von Giangs Lampe wanderte durch den kleinen Betonbunker. Der Raum hatte eine Ausdehnung von etwa drei mal zwei Metern. Die Stehhöhe war für ihn ausreichend. Jedoch war der eigentliche Inhalt des kleinen Bunkers äußerst gering und erste Zweifel wuchsen in Kruger. Außer zwei Kisten mit TNT – eine davon war Giang zum Verhängnis geworden – lagen dort noch eine originalverpackte Zündmaschine und eine kleine Kiste, die – wie Kruger überprüfte – Sprengschnur, Zündschnur und Verbindungselemente beinhaltete. Die Zweifel wichen. Ganz hinten erkannte er im Lichtstrahl zwei Militärkraftstoffkanister und eine Vielzahl runder Fässer. Die Kanister weckten sofort das Interesse des Mannes. Er trat zu ihnen, öffnete den Verschluss und hoffte, keinen Dieselkraftstoff vorzufinden. Eigentlich war er sich absolut sicher, dass es sich um Benzin handeln musste. Die wenigsten Kleinfahrzeuge der NVA oder der DDR-Bevölkerung fuhren mit Dieselmotoren. Und dass man hier mit großem Gerät hingefahren wäre, konnte er nicht glauben.

Tatsächlich, beim Inhalt der beiden Kanister handelte es sich zweifelsfrei um Benzinkraftstoff. Zwei Mal etwa zwanzig Liter. Das passte Kruger hervorragend in den Kram. Dass Giang einen Reservekanister im Wagen hatte, war ungewiss. Egal, der aufgefundene Sprit würde ihn von hier wegbringen. So langsam war es an der Zeit, den Bunker zu verlassen. Der Würgereiz wuchs und auch die Atemluft schien sich trotz der Öffnung über ihm nicht zu verbessern.

Die Aufschrift auf den gelben Fässern lautete ‚Liquid Explosive'. Englisch? Kruger schätzte, jedes der zehn Fässer könnte einen Inhalt von etwa Hundert Litern haben. Ob das Gollasch reichen würde? Ihm konnte es egal sein, er hatte seinen Job gemacht. Kruger versuchte, einen Benzinkanister unter die Sprossen zu schieben. Er schaffte es kaum, die knapp zwanzig Kilo anzuheben, und spürte, wie sein Herz dabei in Höchstfrequenz schlug. Seine Lunge atmete im Sekundentakt diese unsäglich stinkende Luft ein und der Mann schob den Stoff seines Shirts vor die Nase. Plötzlich fiel ihm eine dunkle Tasche auf. Sie lag auf dem Boden neben dem toten Giang, er hatte sie bisher wohl übersehen. Offensichtlich handelte es sich um eine olivfarbene Segeltuchtasche, wie man sie früher bei der NVA für die Fahrzeugpapiere genutzt hatte. Sie war vielleicht etwas dünner. Er klemmte die Tasche unter den Arm.

Der Kanister war deutlich zu schwer und so kippte Kruger einen Großteil des Inhaltes auf den Boden des Bunkers. Der Sprit würde sich – bis zum Eintreffen Gollaschs – verflüchtigt haben. Sofort stank es bestialisch und er bekam Angst, die Dämpfe könnten ihn einschläfern. Hatte er denn nichts dazugelernt? Nun würde er womöglich zusammen mit dem Vietnamesen hier im Bunker verrecken. Er packte den leichter gewordenen Kanister samt Einfüllstutzen und machte einen schnellen Schritt zum Ausstieg. Unter Schmerzen und Atemnot kletterte Kruger mühsam Sprosse für Sprosse zur Erdoberfläche. Endlich war es geschafft. Nachdem er die letzte Stufe bewältigt und den Kanister draußen abgestellt hatte, musste er sich übergeben.

Schwer atmend lag Kruger rücklings auf dem nassen Waldboden und schaute über sich in die Dunkelheit. Der Regen hatte ein Einsehen und so blieb er zumindest von oben trocken. Einige Minuten lag er da und alles, was er die letzten Tage erlebt hatte, ging ihm durch seinen Kopf. Man hatte Erbarmen mit ihm. Kurz vor dem Ende hatte er doch noch Erfolg und mit Giang den großen Fang gemacht. Würde sich nun alles zum Guten wenden? Zumindest für seine liebe Ehefrau und die drei Kinder. FÜR SIE MACHTE ER DAS, NUR FÜR SIE.

*

Kruger verschloss den Bunker und schob noch einige Äste darüber. Er wollte sicher gehen, dass man das Versteck nicht noch in letzter Minute entdeckte.

Er schaute zurück auf den dunklen Ort, den er gerade verlassen hatte, dann hatte er die Kurve passiert und befand sich auf dem Weg in den Ort Gresse. Er hatte es wirklich geschafft, den Kanister bis zum Twingo zu schleppen und dessen Inhalt in den Tank zu gießen. Ob der Wagen ansprang?, hatte er sich gefragt. Erst jetzt war ihm bewusst geworden, dass der Sprit ja schon über dreißig Jahre hier lagerte. Doch tatsächlich setzte sich der Wagen – nach wenigen Umdrehungen des Anlassers – in Bewegung. Kruger war zum Bunker zurückgefahren und hatte den VW Up tief in den Wald gelenkt. Es bedurfte mehrerer Versuche, ihn aus dem Schlamm zu fahren, und er hatte schon nicht mehr daran geglaubt, als der kleine, zähe Frontantriebler plötzlich mit einem Satz über die Wiese schoss. Kruger fuhr ihn tief in den Wald. So tief, dass man ihn die nächsten Tage sicher nicht finden würde. Zweige taten ihr Übriges, den VW Up zu tarnen, und Kruger kam sich vor wie ein Trapper. Riesige Regentropfen fielen erneut auf seinen Kopf, auf seine Schulter.

Kruger hatte nicht zurückgeschaut, war in den Renault gestiegen und, so schnell es der glatte Asphalt des Waldweges zuließ, weiter in Richtung Gresse gefahren. Das Motorgeräusch des Twingos und das Trommeln der Regentropfen auf dem Dach des Wagens beruhigten ihn.

*

Achtundvierzig Stunden später stand Kruger wieder in seiner Datscha. Zurück in Wilhelmsburg, hatte er dort einige Stunden verbracht und war zur Ruhe gekommen. Dann hatte er Gollasch die aus dem Navigationsgerät abgelesenen Koordinaten des Bunkers geschickt. Alles Weitere würde Gollasch erledigen. Kruger hoffte, dass der flüssige Sprengstoff nach seinem Tode zum Einsatz käme. Zu Hause hatte er mehr als zwanzig Minuten unter der heißen Dusche verbracht. Seine Frau – schon ängstlich geworden – war aufgetaucht und vergewisserte sich, dass es ihrem Ehemann gut ging.

„Alles ist in Ordnung!“, hatte Kruger durch die Dampfschwaden gerufen und weitergeduscht. Zwei Tage brauchte er, um wieder auf die Beine zu kommen. Sein Nasenspray war inzwischen aufgebraucht und sein Rezept hatte er in einer Wilhelmsburger Apotheke eingelöst. Das war mit Sicherheit eine der letzten Besuche in einer Apotheke, dessen war er sich absolut bewusst. Auf die Fragen seiner Kinder, wo er gewesen sei, hatte er von Berlin und vom Besuch bei alten Freunden erzählt. Sie hatten, wie vermutet, nicht weitergefragt. Den Augen seiner Frau jedoch war abzulesen, dass sie ihm die Geschichte keinesfalls abnahm. Aber sie hakte auch nicht weiter nach. Schon am nächsten Tag hatte sich ein Versicherungsvertreter gemeldet und ihm erklärt, die Police einer Lebensversicherung über 250.000 Euro, ausgestellt am 9. November 1989, sei auf dem Postweg zu ihm unterwegs.

Danach hatte Kruger sich eine Thermoskanne heißen Kaffee mitgenommen und war zur Gartenlaube in die Zeidlerstraße nach Wilhelmsburg gefahren. Dort saß er nun wieder auf einem der Holzstühle. Die Papiere, die sich in der alten Segeltuchtasche befanden, waren gut erhalten. Es handelte sich dabei um Kartenmaterial und strikte Anweisungen für den DDR-Agenten. Darin wurde ein Attentat auf das Kernkraftwerk Krümmel beschrieben. Es las sich wie ein besserer Comic, fand Kruger. Vor allem schienen ihm die Ausführungen sehr dilettantisch. Heute würde man ganz anders vorgehen, aber es waren auch dreißig Jahre vergangen, und die Agenten und ihre Planer hatten inzwischen viel dazugelernt. Kruger hatte sich gleich wieder an diesen

Sabotageakt erinnert. Unmittelbar nachdem das westdeutsche Kernkraftwerk Krümmel Mitte der 80er-Jahre an das Netz ging, wurden DDR-Agenten für Anschläge zum Wohle des Volkes ausgebildet. Und in jener Zeit wurde wohl auch dieser Bunker für das notwendige Material gebaut. Wieso war er nicht gleich darauf gekommen? Krümmel lag keine dreißig Kilometer vom aufgefundenen Sprengstoff entfernt, bei Geesthacht an der Elbe. Inzwischen – so wusste er – hatten die Verantwortlichen das AKW Krümmel schon lange abgeschaltet.

ZUFRIEDEN ÜBER SEINEN ERFOLG NAHM KRUGER EINEN SCHLUCK HEISSEN KAFFEE.

Kapitel 15

Als Sandra den toten Leonhard Kruger verlassen hatte, ließ sie sich zunächst auf eine Bank vor dem Krankenhaus nieder. Um sie herum tobten Kleinkinder, aber sie blendete den Lärm aus. Hörte auch nicht den Rettungshubschrauber, der unweit von ihr zum Landemanöver ansetzte. Ihre Gedanken waren immer noch bei dem, was Kruger ihr erzählt hatte: Schläfer wecken, Gresse, flüssiger Sprengstoff. Was sollte sie davon halten? Inzwischen reimte sie sich eh schon Dinge zusammen, die keinerlei Sinn ergaben. So viele Zufälle gab es doch gar nicht und gerade war erneut der Name Gollasch gefallen. Auch noch im Zusammenhang mit Sprengstoff. Sie griff nach dem Handy und suchte die Nummer von Armin Stahl, dem Polizeientschärfer. Stahls Anrufbeantworter meldete sich und sie stellte ihm die Frage nach flüssigem Sprengstoff. Dann legte sie auf und nahm den Bus Richtung Hauptbahnhof. Es war spät und Müdigkeit überfiel sie. Sandra schrieb Soko im Bus noch eine WhatsApp, er möchte bitte für morgen alles über Gresse herausfinden. Zu Hause angekommen, legte sie sich gleich schlafen.

*

„Sandra, also: Gresse ist eine Gemeinde im Landkreis Ludwigslust-Parchim in Mecklenburg-Vorpommern. Sie liegt etwa siebzig Kilometer von hier, an der A24, in Richtung Berlin. Ein fucking Kaff. Ich habe nach kriminellen Machenschaften geschaut, Mafia und so. Nichts, tot, ausgestorben! Gibt es einen besonderen Grund, dass ich danach recherchieren soll?"

Soko hatte wieder ein neues Shirt an und die morgendliche Neugierde, was er trug, hatte inzwischen die ganze Abteilung in ihren Bann gezogen. Womöglich schon das gesamte Polizeipräsidium. Andauernd fragten Kollegen nach Soko und Sandra vermutete inzwischen, viele nur, um sein aktuelles T-Shirt betrachten zu können. Sicher gab es schon Wetten, was der Mordermittler gerade trug. Sandra glaubte, das sporne den jungen Kollegen kleidungstechnisch an, und sie sah im Geiste, wie Soko Hunderte von unterschiedlichen T-Shirts bestellte, nur um aufzufallen. Aktuell trug er ein Shirt, auf dem das Logo der *Ghostbusters* nachempfunden war. Es zeigte jedoch den US-Präsidenten Ronald Rumb und darunter „Rumbbusters". Ob Kriminalrat Jensen das Shirt schon gesehen hatte? Sicher wäre er ‚not amused'.

Sandra winkte ab, ihr Handy klingelte gerade. Soko trottete mit enttäuschtem Blick aus dem Büro.

„Sandra Holz!"

„Einen wunderschönen guten Morgen, hier ist Armin Stahl. Sie hatten gestern Abend angerufen, leider war ich im Kino."

Sandra hatte eher erwartet, der großgewachsene Stahl sei irgendwo dabei gewesen, Bomben oder sonstiges, gefährliches Zeugs zu entschärfen. Aber im Kino, darauf wäre sie nie gekommen.

„Ja, Kollege Stahl. Ich möchte Sie etwas fragen: Was können Sie mir über flüssigen Sprengstoff berichten?"

Stahl schwieg einen Moment, und nur sein Atem war durch den kleinen Lautsprecher zu hören. „Das sind ja Fragen am frühen Morgen. Sind Sie nicht bei der Mordkommission?"

Sandra lachte. „Das ist wahr, aber ich habe da Informationen über solch einen Sprengstoff erhalten und benötige Antworten."

„Also, wenn das ernst gemeint ist! Flüssigsprengstoffe werden im zivilen sowie im militärischen Bereich heute eher selten verwendet, da sie – aufgrund ihres Aggregatzustands – wesentlich schock- und schlagempfindlicher sind als Sprengstoffe in fester Form. In manchen Landminen war Flüssigsprengstoff als Hauptsprengladung eingebracht. In der ehemaligen DDR wurde viel davon hergestellt und nach der Wende mussten Tonnen davon entsorgt werden. Das Zeug ist sehr ineffizient. Eine Tonne hat die Sprengkraft von vielleicht 400 Kilogramm TNT, außer man streckt es mit Kohlenwasserstoffen, sprich Benzin. Aber dann ist die Menge natürlich schwer zu befördern. Im Großen und Ganzen nichts für Terroristen, meine ich. Man hat es irgendwann mal aufgegeben, flüssigen Sprengstoff zu produzieren – ist aus der Mode gekommen. Aber

Sie haben mich neugierig gemacht, erzählen Sie doch mal etwas über die Hintergründe?"

Sandra hatte nicht vor, noch einen Kollegen nervös zu machen. So erklärte sie Stahl, später davon zu berichten, bedankte sich und beendete das Gespräch.

Was hatte Soko noch erzählt? Ach ja, Gresse sei ein kleiner Ort und es schien nichts Spektakuläres daran. Soko war gründlich, das wusste Sandra. Wenn er nichts herausfand, brauchte auch sie nicht weiter zu recherchieren. Die Aussage des inzwischen toten Krugers schien also eine Sackgasse zu sein.

Wenn es keinen flüssigen Sprengstoff gab, Gresse eine Fehlinformation war, dann hatte auch Gollasch innerhalb der Geschichte keinen Nährwert. Blieben nur die 50.000 Euro. Die waren real.

*

Gollasch und Dr. Nischer-Durand saßen im Büro im Chilehaus und rauchten dicke Zigarren. Sie hatten große Cognacschwenker vor sich stehen und stierten sich durch die Nebelwolken der *Cohiba Behike*-Zigarren an.

„Hast du das Gefühl, wir fliegen auf?"

Nischer-Durand hatte gerade an der Zigarre gezogen. Er verschluckte sich und hustete wild. Gollasch war aufgesprungen und klopfte ihm fest auf den Rücken. Endlich atmete der Staatsanwalt wieder normal.

„Blödsinn, wie kommst du denn darauf? Nur weil die kleine Kommissarin rumschnüffelt? Jensen ist neu und unerfahren. Ihn habe ich schon auf Linie gebracht. Also, alles bestens!"

„Die kleine Kommissarin war gestern im UKE."

Nischer-Durand hatte den Kopf abrupt erhoben. „Ja und? Vielleicht hat sie einen Krankenbesuch gemacht."

„Genau das ist es. Sie war in der Palliativ."

Der Staatsanwalt hob fragend die Hände.

„Dort liegt auch Kruger."

Nischer-Durand wollte gerade die Zigarre in den Mund stecken, ließ es aber dann. Sein Gesicht verfinsterte sich. „Du meinst, sie hat Kruger besucht?"

Gollasch zuckte mit den Schultern. „Ich weiß es nicht. Habe aber Sascha losgeschickt, Krugers Ehefrau auszuquetschen."

Nischer-Durand nickte grinsend und zog erneut vorsichtig an der teuren Zigarre.

*

Frau Kruger hatte sich für zwei Tage freigenommen. Ihr Mann war verstorben, das war Grund genug. Lärmende Kinder fremder Eltern waren im Moment nicht das Richtige. Ihre eigenen Kinder befanden sich in der Schule. Die plötzliche Krankheit und der schnelle Tod Leonhards hatte sie wie ein Blitz getroffen. Das Ehepaar war inzwischen eher zu Freunden geworden. Trotzdem fühlte sie sich von ihrem Mann verraten. Er hätte ihr alles erzählen und ihr Gelegenheit geben müssen, sich vorzubereiten. Aber so! Ihre Psyche schwankte zwischen Depression und verlorenem Selbstwertgefühl.

„Leo, warum hast du mir nichts gesagt?“, schrie sie laut in das leere Wohnzimmer. Was war mit dem Geld und dann plötzlich die Police einer Lebensversicherung? Und die Kommissarin der Mordkommission am Totenbett – wo steckte Leo da drin?

Plötzlich klingelte es an der Haustür. Frau Kruger erschrak und das durch den Körper schießende Adrenalin schob sie schlagartig aus den dunklen Wolken ins Licht.

Wer konnte das sein? Leo war verstorben, nun lief wahrscheinlich der Automatismus ab: Bestattungsunternehmen, Friedhof usw. Durch den Türspion sah sie einen jüngeren Mann mit dunklem Haar im grauen Jackett. Frau Kruger glaubte an einen Bestattungsunternehmer und öffnete die Tür.

„Hallo, Frau Kruger!“, grinste der Unbekannte.

„Ja?“

„Sascha ist mein Name! Wie ich weiß, ist Ihr Mann schwer krank und ich wollte mal fragen, wie es ihm geht?“

Die Stimme des Fremden besaß einen russischen Unterton, obwohl er von den Gesichtszügen her keineswegs wie ein Russe aussah. Er hatte sich ohne Gegenwehr durch die Haustür in die Wohnung geschoben und schaute sich nun neugierig um. Frau Kruger wunderte sich, ließ ihn aber kraftlos gewähren.

„Setzen wir uns ins Wohnzimmer", legte der Mann fest und trat durch die offen stehende Tür des Raumes. Sofort ließ er sich auf Omas Sofa nieder.

„Mein Mann ist gestern verstorben!", erklärte die Witwe ohne jegliche Emotionen.

„Oh, das tut mir leid!", erklärte der Fremde, aber Frau Kruger glaubte in seiner Stimme keinerlei Betroffenheit über den Tod ihres Mannes zu hören.

„Hatte er denn noch Besuch im UKE? Ich meine, Freunde und Kollegen, die sich verabschieden wollten?"

Frau Kruger verstand nicht. Wie fremdgesteuert antwortete sie. „Nur eine Kommissarin war da. Und natürlich die Familie."

Der Typ war aufgesprungen und lief nervös im Zimmer hin und her.

„Woher kannten Sie denn meinen Leonhard?"

Der Mann hörte kaum zu, schien nachzudenken. Meinte aber dann: „Wir arbeiteten zusammen."

„Ach so! Ich schau mal schnell nach unserer Tochter, sie liegt mit Fieber in ihrem Zimmer." Frau Kruger verschwand aus dem Wohnzimmer und rannte in das Zimmer ihres Ältesten. Dort lag Jens' Handy. Er durfte es nicht in die Schule mitnehmen. Sie schaltete es ein und drückte die Ziffern 1-1-2.

*

Die Kommissarin wurde wenig später von Frau Kruger persönlich über den seltsamen Besucher informiert. Sie fuhr sofort in den Rüdemannweg. Die Frau schien gefasst und eine uniformierte Kollegin saß bei ihr auf dem alten Sofa.

„Hat er Sie etwa angegriffen?", wollte Sandra wissen.

Frau Kruger schüttelte den Kopf. „Er kam plötzlich in Jens' Zimmer, sah mich telefonieren und stürzte aus der Wohnung."

„Und Sie glauben, es handelte sich um einen ... Kriminellen?"

„Also, irgendetwas stimmte da nicht. Nach Ihrem Besuch gestern und dem Geld." Die letzten Worte flüsterte die Frau und schaute vorsichtig zur Beamtin, die inzwischen am Fenster stand.

„Graues Jackett, Mitte bis Ende dreißig. Gibt es sonst noch einen Anhaltspunkt?"

„Er nannte sich Sascha, ist definitiv russischer Abstammung und fuhr in einem weißen Audi weg. Das Kennzeichen lautet HH IS 3331 und ...", Frau Kruger lief zu einem alten Schrank, griff nach etwas und kehrte dann zurück. Sie drückte Sandra plötzlich ein kleines Handy in die Hand. „Ich habe ein Foto von ihm gemacht, Frau Kommissarin, als Sascha das Haus verließ."

*

Die erste Euphorie Sandras legte sich schnell. Die Qualität des Handyfotos von Sascha war nicht besonders gut. Doch die Kommissarin hoffte auf ihre Kollegen von der Fotobearbeitung im Polizeipräsidium. Kurz darauf rief Soko an. „Sandy, ich war eben in Gresse. Da gibt es sogar einen kleinen Imbiss. Nette Leute, echt! Habe ihnen mein T-Shirt dagelassen. Sie standen voll drauf."

„Gresse? Wieso bist du hingefahren?"

„Sechster Sinn?"

„Okay, und welches T-Shirt meinst du?"

„Das mit dem *Held der Arbeit!*"

„Du hast aber auch Shirts – und das wolltest du mir erzählen?"

„Shit, nein. Sie haben mir beim Bier erzählt, dass dort in den letzten Tagen in einem nahe gelegenen Wald ein Großaufgebot von Fahrzeugen aufgetaucht sei."

„Polizei?"

„Jein! Keine Streifenhörnchen, eher neutrale Kollegen. Oder Staatsschutz."

„Und der Hintergrund?"

„Sie wussten es nicht genau. Beim einzigen Fahrzeug, das ihrer Aussage nach ‚fucking Police' aussah, handelte es sich um einen gepanzerten Entschärfer-Wagen der Meckpomm-Polizei."

Sandra schwieg.

„Hörst du mir noch zu?"

Sandra bestätigte das.

„Ich bin dann an die Stelle gefahren."

„Und?"

„Dort war alles abgesperrt. Drahtzäune und so."

„Soko!"

„Gut, ich bin dann reingeklettert und habe mich umgeschaut. War ja keiner da und ich hoheitlich unterwegs." Der Kollege lachte wie ein Schüler. „Dort befand sich ein Bunker in der Erde, klein, leer und kühl. Den hätte ich bei der Hitze ganz gut brauchen können. Aber es stank ohne Ende dort unten. Und was die Abdrücke auf dem Betonboden anging, lagerten dort Kisten, Kanister und ... kleine Fässer."

„Kleine Fässer?"

„Ja, aber kein Wein! Nein, Spaß beiseite. Etwas davon war ausgelaufen, ich habe es abgekratzt und gerade im Labor abgegeben!"

Sandras Herz raste. Gresse war – dank des unermüdlichen Kollegen – ein Treffer.

„Bin ich nun dein Held?"

„Ja, mein Held der Arbeit, und die Kosten des verschenkten Shirts übernehme ich!"

*

Am Abend telefonierte Sandra mit Caro. Sie erzählte ihm vom Zusammentreffen mit Kruger und dessen

Worte, aber auch von Gresse und ihrem Verdacht auf flüssigen Sprengstoff. Sie verriet ihm auch vom Besuch des Unbekannten im weißen Audi bei Frau Kruger.

Der Hauptkommissar und Freund staunte: „Da hast du ja schon eine Menge Ermittlungsergebnisse. Aber auf den Sprengstoff kann ich mir keinen Reim machen. Nun fehlt noch etwas Handfestes, und ihr könnt zuschlagen!"

„Wenn das so einfach wäre!"

„Wie sieht es mit dem Staatsschutz aus? Soll ich mal mit denen telefonieren?"

„Danke für das Angebot, Schatz. Aber lass mal. Ich werde mich später selbst drum kümmern."

„Pass auf dich auf, Sandra!"

Sie versprach ihm das.

Das Gespräch mit ihrem Freund gab ihr Kraft und sie plante, am nächsten Morgen zu Gollasch ins Chilehaus zu fahren und alles auf eine Karte zu setzen.

Kapitel 16

Das Butenfelder Labor meldete sich am frühen Morgen bei der Kommissarin. Die Probe, die Soko aus dem Bunker in Gresse mitgebracht hatte, ergab definitiv flüssigen Sprengstoff. Man glaubte zwar vonseiten der Fachleute an eine Überlagerung, wollte aber nicht ausschließen, dass der Sprengstoff noch über ausreichend Explosionsenergie verfügte.

Anschließend hatte sich die Kommissarin im Polizeipräsidium abgemeldet und war mit der U-Bahn zum Chilehaus gefahren. Bei der Station *Wartenau* verließ sie die Bahn. Die Ecke war menschenleer und nur der Straßenverkehr hatte seinen stetigen Fluss nicht eingebüßt.

Das Büro des Hausmeisters war trotz der frühen Zeit noch geschlossen und Sandra benutzte die Treppen in den siebten Stock des Chilehauses. Ihr fiel ein, dass sie die letzten Tage kaum Bewegung hatte und die Treppen schienen eine gute Möglichkeit, ihre Kondition etwas aufzubessern.

Als sie oben ankam, stand – zu ihrer Verwunderung – die Tür zur Agentur *Infinite Freedom* offen. Sandra betrat den Empfangsbereich – niemand war zu sehen. Hatte Frau Liebig Urlaub und jemand der Au-pairs vergessen, die Tür zu schließen? Ein Schauer lief ihr über den Rücken, doch sie zwang sich weiterzugehen und spazierte Richtung Büroräume. Laut rief sie: „Hallo, ist da wer?“

Niemand antwortete und die Kommissarin erreichte das Büro des Inhabers. Auch dessen Mahagonitür war nur angelehnt und vorsichtig schob sie sie auf. Sie steckte ihren Kopf hinein. Dr. Gollasch stand hinter seinem Schreibtisch und schaute ihr genau in die Augen. Hatte Sandra seinerseits Überraschung erwartet, wurde sie enttäuscht. Aber irgendetwas stimmte hier nicht. Gollaschs Blick war nervös, seine Pupillen zuckten merkwürdig hin und her. Dann fing Gollasch an, russisch zu reden. Sandra griff nach ihrer Pistole, als eine Hand wie aus dem Nichts auftauchte, sie packte und zu Boden riss. Sie stürzte und kam mit dem Bauch zum Liegen. Sie schob den Angreifer mit dem Arm etwas beiseite, fühlte das Leder seiner Jacke, ein Fingernagel brach ab und sie dachte plötzlich an die nervige Sitzung im Nagelstudio, die nun auf sie zukam. Die Arme des Mannes drückten sie fest nach unten. Gegen den Stärkeren konnte sie wenig ausrichten, das war ihr klar. Warum hatte sie keinen Kollegen mitgenommen? Sie spürte ein Knie des Angreifers in ihrem Rücken, schlug mit den Händen, wehrte sich, so gut es ging, als eine weitere Person von der Seite dazutrat. Zuerst roch Sandra süßes Parfüm, dann kalten Zigarrenrauch und plötzlich spürte sie einen schweren Fuß auf ihrem Hinterkopf, der sie zusätzlich fixierte. Sie sah eine Hand auf sich zukommen, die eine dünne Spritze hielt. Die Kommissarin bekam wenig Luft, bemühte sich immer wieder, den Kopf zu lösen und gleichzeitig ihren Widersacher von sich zu schieben. Auch versuchte sie mit der Hand ihre Waffe zu erreichen. Außer Atem schrie sie: „Lassen Sie mich los!“ Der Mann fand den richtigen Halt auf dem Rücken der Frau und bog gewaltsam ihre Arme nach hinten. Noch immer hatte er sein Gesicht von ihr abgewandt. Das Atmen fiel Sandra inzwischen schwer und sie fühlte, wie die Atemnot bei ihr Angstwallungen erzeugte. Dann ein leichter Pikser in ihren Hals, der fixierende Fuß wurde vom Kopf entfernt. Sie drehte ihr Gesicht zur Seite und schaute genau in das Gesicht eines Mannes und in seine meerblauen Augen. Es handelte sich um Sascha aus dem weißen Audi.

„этого должно быть достаточно (Das sollte reichen!)“, rief er grinsend zu Gollasch und sie roch noch faulen Atem, bevor sie in ein tiefes, schwarzes Loch fiel.

*

Sandra wurde durch das Knurren ihres Magens wach. Sie öffnete die Augen, aber es nutzte wenig. Die Dunkelheit um sie herum war geblieben. Nein, etwas Grünes leuchtete in geringer Entfernung. Die minimale Helligkeit hier reichte gerade, um ihre Finger vor Augen erkennen zu können. Der Boden, auf dem sie lag, war unbequem und hart und sie wollte sich aufrichten. Weit kam sie nicht, etwas um ihren Hals hielt sie schmerzhaft zurück. Sofort wurde ihr bewusst, man hatte ihr eine Kette um den Hals gebunden. Sie zog fest daran und das Metall schnitt ihr in den Hals. Sie stöhnte und schrie. Vor Schmerz oder Wut, es war ihr egal. Was war nur geschehen? Sie hatte Gollasch verhaften wollen und ihn in seinem Büro im Chilehaus aufgesucht. Dort hatte man sie überwältigt, eingeschläfert und hierher geschleppt. Wo war sie? Sie rief laut um Hilfe. Verhielt sich dann aber für einen Moment ruhig. Ihr Magen knurrte hinein in diese Stille. Der Schrei um sie herum verhallte und sie war sich sicher, sie lag in einem gemauerten oder betonierten Keller. Ihre Hände ließen sich bewegen. Trotzdem schmerzten sie, ebenso wie die Brust. Das Atmen verursachte Beschwerden. Stammte dies vom Kampf mit dem Unbekannten? Ihre Beine taten ebenfalls weh und auch die hatte man gefesselt. Sandra konnte sich nur ein wenig aufrichten und dazu ihre Arme bewegen: KEINE GEWALTIGEN AUSSICHTEN AUF FREIHEIT. Wieder knurrte ihr Magen. Sie hatte gut gefrühstückt, bevor sie zu Gollasch fuhr, erinnerte sie sich. Wenn ihr Magen knurrte, hieß das, sie war schon länger als einige Stunden hier eingeschlossen. Wie lange hatte die Betäubung angehalten? Niemand würde ihr hier diese Frage beantworten. Auch nicht, was Gollasch mit ihrer Freiheitsberaubung bezweckte.

„Warum hast du mich nicht gleich umgebracht?“, schrie sie wütend unter Atemschmerzen hinaus in die

Dunkelheit. Ihre Kollegen, aber auch Caro würden nach ihr suchen. Und sicher als Erstes im Chilehaus, bei Gollasch. Sie legte sich wieder auf dem Betonboden ab, versuchte ruhig und gleichmäßig zu atmen. *Keine Panik auf der Titanic* fiel ihr ein Song von *Udo Lindenberg* ein. Der Typ hatte gut reden, lag er doch nicht gefangen in einem Keller. Der Gedanke hatte sie etwas abgelenkt. Die Temperatur hier empfand sie als äußerst angenehm. Es handelte sich wohl eher um ein altes Gebäude, denn draußen hatte ein Hoch erneut eine Hitzewelle nach Deutschland gebracht. Wie lange konnte sie es hier aushalten? Sie bewegte jeden Arm vorsichtig im Halbkreis in der Hoffnung, dabei auf etwas Essbares oder zumindest auf Wasser zu stoßen. Aber um sie herum war absolute Leere. Gollasch wollte sie hier einfach verrecken lassen. Angst stieg in ihr auf und schnürte ihr die Kehle zu, ließ ihre Atemfrequenz ansteigen, was zu neuen Schmerzen in der Brust führte. Sie begann an ihre kleine Tochter zu denken. Vielleicht lenkte sie das ab. Lara Sophie, meine große Liebe. So weit bist du von deiner Mutter entfernt und lebst in Italien. Vermisst du mich? Sie wusste, wenn Kinder plötzlich ein Elternteil verlieren, verlagerten sie ihre Liebe auf den verbleibenden Teil. Wenn neue Partner auftauchten, konnten sich besonders Kleinkinder schnell damit abfinden. Ob Lara noch hin und wieder an sie, ihre leibliche Mutter, dachte? Sandra war froh, mit der kleinen Tochter die Tage in den Staaten verbracht zu haben. Die würde ihnen keiner nehmen, auch wenn sie selbst vielleicht jetzt hier starb.

Sie hatte die Augen geschlossen und hörte in die Dunkelheit. Außer ihrem Magen gab es keinerlei Geräusche. Nun kam plötzlich ein Summton dazu. Wie eine Waschmaschine beim Schleudern. Eher leiser oder weiter entfernt von ihrem Gefängnis. Sandra richtete sich auf und brüllte: „Hallo, kann mich jemand hören? Ich bin Kriminalbeamtin!“ Das Schreien fiel ihr schwer und eher leiser flehte sie: „So helft mir doch!“

Die Kette am Hals schmerzte. Sandra winkelte ein Bein an, zog den Turnschuh und einen Strumpf aus. Die Socke schob sie zwischen Hals und Kette. Der Schmerz verringerte sich deutlich.

„Noch bin ich nicht tot“, rief sie und schlief ein.

*

Erneut wurde die Kommissarin durch das Pfeifen geweckt. Sie versuchte zur Ablenkung herausfinden, um welches Geräusch es sich handeln könnte. Das würde ihr die Angst nehmen. Sie tippte auf eine Waschmaschine oder eine Heizung, die in ihrer Nähe arbeitete. Durst überfiel sie, von Hunger ganz zu schweigen. Die Mundhöhle war wie ausgetrocknet und ihre Zunge angeschwollen. Erneut suchte sie mit den Händen ihre Umgebung ab. Nichts! Dann probierte sie es mit den gefesselten Füßen. Sie stieß an einen Gegenstand. Hoffnung keimte in ihr auf. Hatte Gollasch ihr doch Wasser dagelassen und sie sich in dem Mann getäuscht? Jetzt nur nicht unvorsichtig werden. Mit dem nackten Fuß untersuchte sie das Objekt. Es handelte sich, so glaubte sie, um einen Topf, eine Kanne oder etwas Ähnliches. Das Material war kalt. Also Ton oder Keramik. Ihr Herz machte große Sprünge – Wasser? Wenn nur ihre Füße nicht gefesselt wären? Sie kippte einen Fuß etwas zur Seite, um näher an das Produkt zu kommen. Endlich hatte sie es geschafft. Vorsichtig zog sie den Fuß zurück. Stürzte die Kanne oder um was immer es sich handelte, war vielleicht alles verloren. Das Teil bewegte sich, sie jubilierte innerlich. Doch weit kam sie nicht. Der Winkel zum Gegenstand und dazu die gefesselten Füße machten ihr einen Strich durch die Rechnung. Sie griff zum Gürtel – Mist, man hatte ihr diesen abgenommen. Enttäuscht legte sie sich wieder auf den Beton und dachte nach: Was hatte sie noch an? Die Hosentaschen waren leer, die Lederjacke fehlte, auch der Gürtel. Was blieb? T-Shirt, Jeans, Schuhe, Socken ... und der Büstenhalter? Ob sie mit diesem ...? Sie zog das Shirt aus und legte es zur Seite, dann den BH. Es wurde ihr etwas kalt am Oberkörper und sofort zog sie das Shirt wieder über. Diese Anstrengung hatte sie viel Kraft gekostet. Sie legte sich hin und schlief – mit dem Büstenhalter auf der Brust – wieder ein.

Sandra träumte von einem riesigen Buffet voller Obst, dazu blauer Ozean, in dem sie und Caro badeten. Lara Sophie schwamm auf einer Luftmatratze neben ihnen und warf ihrer Mutter Kusshändchen zu.

Die endlosen Schmerzen in den Gliedern, aber auch beim Atmen ließen sie erneut aufwachen. Sie suchte mit den Händen und fand ... den Büstenhalter. Sie schob ihn an ihrem Körper entlang hinunter in der Hoffnung, das Kleidungsstück den Zehen ihres Fußes übergeben zu können. Nach Hunderten von Versuchen hatte sie endlich einen Träger des Büstenhalters zwischen ihren Zehen. Sie bewegte vorsichtig die gefesselten Füße, um die Kanne zu treffen und dann zu sich zu ziehen. Weit konnte sie nicht mehr von ihr entfernt sein. Sie hörte das Geräusch stets, wenn der Verschluss des Kleidungsstücks das Material des Gefäßes traf. Plötzlich bekam sie einen Krampf in die Wade. Sie richtete sich auf, um mit der Hand zu den Zehen zu gelangen. Aber die Halskette verhinderte das – wie bisher auch. Sie schüttelte die Füße wild hin und her, schlug mit den Fersen auf den Beton, was zusätzliche Schmerzen verursachte. Aber kam es darauf an? War sie nicht schon tot? Wie damals, als Setzer die jugendliche Sandra eingeschlossen hatte, ihr mit dem Messer ... ein lautes Geräusch beendete den Wadenkrampf und brachte sie fast um den Verstand. Das Gefäß war umgefallen und ... auseinandergebrochen.

Sie spürte im Gesicht kleine Splitter, die umherflogen. Hatte sie ihre letzte Chance auch vertan? Sie weinte, aber es waren Tränen der Wut und der Verzweiflung. Sie schob sich so weit wie möglich zur Seite, konnte Teile des zerbrochenen Gegenstands fühlen. Etwas Scharfes schnitt in ihre Hand. Eine Scherbe. Sie spürte Schmerzen am Handballen – Blut? Dort am Boden war keine Feuchtigkeit zu spüren. Also kein Wasser? Enttäuscht stöhnte sie auf. Gollasch hatte sie nicht mit der überlebenswichtigen Flüssigkeit versorgt. Sollte sie hier einfach austrocknen und verhungern? Sie zog die Scherben zu sich. Eine nach der anderen, größere und kleinere. Ohne Rücksicht auf weitere Verletzungen. Wie ein seltener Schatz, den sie hortete und nie wieder hergeben würde. Dann fiel Sandra Holz wieder in dieses tiefe, schwarze Loch.

Waren das grüne Wiesen, die sie dort sah? Langsam öffnete Sandra ihre Augen. Immer noch war es dunkel um sie herum. Nur dieses leichte Grün oben in gewisser Entfernung verhinderte eine völlige Dunkelheit. Sie versuchte, die Richtung Angst und Verzweiflung abdriftenden Gedanken wieder zu ihrer Rettung einzusetzen. WAS LEUCHTETE DA SO GRÜN?

Sie bemühte sich, ihre vom Dunkel geschwächten Pupillen auf dieses Grün zu fixieren. Es schien verschwommen zu sein, wie hinter einer Milchglasplatte. „Du musst dich mehr anstrengen. Es geht um nichts weniger Wichtigeres als um dein Leben!", rief sie laut. Und es half. Die Unschärfe legte sich und es blieb ... eine Fluchtwegleuchte. Enttäuscht warf sie sich wieder auf den Rücken. Lieber Gott, was soll mir das bringen? Ich werde hier verhungern oder verdursten und vielleicht findet man meine Leiche erst nach Monaten. Plötzlich erinnerte sie sich an ihr Gespräch mit dem Hausmeister. Hatte er ihr nicht etwas über diese grünen

Leuchten erzählt? Lag sie vielleicht wirklich in einem der Keller des Chilehauses? Hatten normale Kellerräume auch Fluchtwegleuchten? Sie versuchte sich zu konzentrieren. Sie hatte am Handy gespielt, während der Hausmeister für sie uninteressante Dinge erzählte. Jetzt könnte es vielleicht lebenswichtig sein. Sie konnte sich nur an Gesprächsfetzen erinnern: „Notausgangsbeleuchtung vernetzt", „im Handy angezeigt", „sofort reagieren". Sandra fasste neue Hoffnung und richtete sich unter schlimmen Schmerzen vorsichtig auf. Hatte der Hausmeister es ernst gemeint, dass er akribisch jede defekte Fluchtwegleuchte im Chilehaus umgehend instandsetzen würde? Hieße das, wenn sie, die Eingeschlossene, es schaffte, diese Leuchte am Ende ihres Blickfeldes zu zerstören, würde Hausmeister Giesecke umgehend auftauchen? Sandras Hoffnung überwog die Schmerzen für einen Moment. Sie mussten Freude und Zuversicht Platz machen. Doch sofort wechselte ihr Gefühlszustand wieder in Resignation.

„Wie soll ich das schaffen? Die Leuchte ist so weit entfernt!"

Entschlossen griff sie ihren Schuh und warf ihn in Richtung des Grüns. Doch die Lampe, so erkannte sie schon beim Abwurf, befand sich auf dem Flur, in Höhe von Maueröffnungen, die wohl für die Sauerstoffzufuhr im Kellerraum sorgen sollten. Sie hörte, wie der Schuh unverrichteter Dinge an der Wand hinunterfiel und liegen blieb. Vor Wut schreiend, haute Sandra mit der Handfläche auf den Beton. Das lenkte sie für einen

Moment ab. Als dieser Schmerz etwas nachließ, sammelte sie ihre Gedanken: Die Splitter der Kanne eigneten sich eher nicht als Wurfobjekt. Aber vielleicht zum Üben? Und bevor sie den letzten Schuh opferte, musste sie unbedingt üben. Sie entschied sich, große Splitter zu zerkleinern, um mehr Wurfgeschosse zu besitzen. Beim Zerschlagen fügte sie sich Wunden an der Hand zu. Sie ignorierte sie. Endlich hatte sie genügend Material und begann. Nach und nach warf sie die Splitter der Kanne in Richtung der Beleuchtung. Mehrfach gelang es ihr dabei, durch die Maueröffnung den Kunststoffdeckel der Fluchtwegleuchte zu treffen. Dann gab es stets ein Geräusch, das ihr durch Mark und Bein ging. Insgeheim hatte sie gehofft, einer der Splitter zerstöre die Leuchte. Doch nichts geschah. Als alle Splitter verbraucht waren, legte sich Sandra einen Moment auf den Rücken, bemüht, gleichmäßig zu atmen. Nun musste sie all ihre Konzentration auf diesen Wurf legen. Es war ihr letzter Versuch und vielleicht entschied er über Leben und Tod.

Nach einer Verschnaufpause machte sie sich daran, den zweiten Turnschuh auszuziehen. Die Schnitte an den Händen schmerzten, doch sie nahm sie nicht zur Kenntnis. Was waren diese Schmerzen gegen ihr Überleben? Als sie den Schuh endlich in der Hand hielt, führte sie ihn zum Mund und küsste das kühle Leder.

„An dir, Nike, hängt mein Leben, versau es nicht!“

Sie schickte noch ein Stoßgebet zum Himmel, dann warf sie mit aller Kraft den Schuh in Richtung der

Fluchtwegleuchte. Es gab ein Geräusch, als ob Kunststoff zerbrach. Dann herrschte absolute Finsternis im Gefängnis der Kommissarin.

SIE HATTE ES GESCHAFFT!

Das Nächste, an das sich die Kommissarin in der Dunkelheit des Kellers erinnern konnte, waren Schritte, das Aufschließen einer Tür sowie der Schein einer grellen Taschenlampe. Dann eine Männerstimme, die erst brummig, dann freundlich und anschließend fürsorglich auf sie einredete.

*

Die dreißigminütige Fahrt ins Albertinen-Krankenhaus in der Süntelstraße bekam sie schon nicht mehr mit. Irgendein Bestandteil der Infusion des Arztes hatte etwas von „Hau mich weg" und sie war froh darüber.

Als sie wach wurde, hatte sie zunächst Angst, die Augen zu öffnen. Wer sagte ihr, dass sie trotz eines veränderten Geruchs und der Helligkeit über den Augenlidern nicht doch noch in den Händen ihrer Entführer steckte?

„Frau Holz, ich bin Doktor Willkomm, hören Sie mich?"

Die Stimme des Mannes klang ehrlich und konnte keinem Verbrecher gehören. Der Satz beruhigte sie und Sandra sah die Person vorsichtig blinzelnd an. Dann blickte sie aus dem Fenster in einen Park, genau auf eine riesige Eiche, und meinte, das sei der schönste Ausblick, den sie je hatte genießen dürfen.

„Wie geht es Ihnen?"

Sandra überlegte kurz und versuchte sich aufzurichten. Es gelang. Sie lag in einem Krankenbett – alleine im Zimmer. Links befand sich ein kleines, weißes Schränkchen, vollgestellt mit Blumensträußen. Auf dem Boden standen, dicht gedrängt, weitere Sträuße in bunten Vasen. Das Blumenmeer nahm kein Ende. Der Mann im weißen Kittel neben ihr hatte etwas von Uwe Seeler. Aber eher der Uwe Seeler im jüngeren Alter, und er lächelte sie freundlich an.

„Sie haben viele gute Freunde, Frau Kommissarin. Sogar der Generalkonsul der Vereinigten Staaten hier in Hamburg hat einen Strauß geschickt. Und dieser hier", der Arzt zeigte auf einen Riesenstrauß an Sonnenblumen, „wurde über Fleurop aus den USA in Auftrag gegeben. Aber lesen Sie später gerne die beigefügten Karten. Nun, wie fühlen Sie sich?"

Sandra war noch immer überwältigt von dem Meer an wunderschönen Blumen und erklärte: „ Sagen Sie es mir!"

„Gut, also: Sie sind etwas dehydriert, das haben wir mittels Infusionen gut im Griff. Dazu haben sie etliche Schnittverletzungen an den Händen. Nichts Dramatisches. Aber es wird Sie eine Zeit lang im täglichen Ablauf behindern. Morgen können Sie die Klinik wieder verlassen. Dann noch eine Woche zu Hause auf der

Couch und schon sind Sie wie neu. Das Abheilen der Verletzungen dauert wohl noch etwas länger. Bitte nicht gleich wieder Kampfsport ausüben."

Sandra lachte erleichtert auf.

„Eines noch, Frau Holz. Ihr Kollege Jensen wartet schon etwas länger vor der Tür. Wollen wir ihn reinlassen?"

Sandra nickte.

Jensen schaute etwas betroffen, als er das Krankenzimmer betrat. So als habe er ein schlechtes Gewissen. Er nickte Sandra zu und zeigte auf das Heer an Blumenwünschen. „Einer der tausend Sträuße hier ist von Ihren Kollegen, Frau Holz. Das heißt ... auch von mir. Ich soll Ihnen die besten Genesungswünsche der Abteilung ausrichten!"

„Vielen Dank!"

„Sie haben sich in große Gefahr begeben."

Sandra wollte etwas entgegnen, aber Jensen hatte die Hand erhoben.

„Sagen Sie nichts, es war auch meine Schuld. Ich hätte Ihre Ermittlungen ernst nehmen und besser begleiten müssen."

Es klopfte an der Tür, sie öffnete sich und Sandras Freund Caro Lutteroth schob seinen Kopf durch den Rahmen.

„Ist hier der Blumenladen von Sandra Holz?" Lutteroth hatte eine Orchidee in der Hand und lachte: „Ich möchte gerne etwas umtauschen!" Mit einem Sprung hatte er den Raum durchquert und sich neben

Sandra auf die Matratze gesetzt. Er packte die Kommissarin und drückte sie fest. Sandra ließ es gerne geschehen.

„Oh, Familie! Dann verabschiede ich mich mal. Wir sehen uns dann." Kriminalrat Jensen war in Richtung Tür spaziert. „Und dann noch etwas, Frau Kollegin, Gollasch ist verschwunden!"

Kapitel 17

Die heißen Tage schienen endgültig vorbei zu sein. Sah es noch bis Ende August des Jahres aus, als gehöre das Sahara-Wetter ab sofort zum Alltag, wendete sich das Blatt Anfang September. Kälte und früher Frost zogen in den Norden der Republik ein. Die sonst eher milden Tage des Septembers hatte der Sommer aufgebraucht und die Bundesbürger litten nach extremen Hitzewellen über Wochen nun an klirrender Kälte, vor dem eigentlichen Herbstbeginn.

Die Kommissarin Sandra Holz war schon Montag wieder zum Dienst erschienen. Den dicken Verband an den Händen hatte sie selbstständig entfernt, nur die vielen Pflaster belassen.

Kriminalrat Jensen war die Woche über bei einem Treffen aller ‚LKA Leiter Mord' im bayrischen Oberstdorf, so konnte er über ihren verfrühten Arbeitsbeginn kein Veto einlegen. Aber auch die anderen Kolleginnen und Kollegen waren ‚not amused' über Sandras frühes Erscheinen.

„Sandy, are you crazy?", grinste Soko, bekleidet mit einem Shirt, das er sicher extra zu Sandras Rückkehr besorgt hatte. Es zeigte einen Mann mit einer Zahnbürste und darüber stand: „Weiß und gesund, strahlt's aus dem Mund."

Darunter hatte der Verfasser geschrieben: „So, jetzt poliere ich Ihnen die Fresse!“, mit dem Vermerk „professionelle Zahnreinigung!“

Sandra musste trotz anhaltender Schmerzen in den Händen und der Einnahme von Ibuprofen lachen. „Wie schaffst du es nur, uns immer wieder mit deinen T-Shirts zu belustigen?“

Sokos eben noch grinsende Gesichtszüge verdunkelten sich: „Wie, belustigen? Das ist Kommissar-Weiterbildung!“ Nun mussten beide lachen.

„Nein, Spaß beiseite, Sandra. Wenn du nicht weiterkommst – mit den ‚bloody fingers‘ – call me!“

Sandra nickte.

Dr. Gollasch schien tatsächlich auf Nimmerwiedersehen verschwunden zu sein. Kriminalrat Jensen hatte eine Fahndung nach Gollasch herausgegeben und alle Mitarbeiter dazu verdonnert, nach ihm zu suchen. Es schien, als wäre es Jensens erklärtes Ziel, die Entführung der Kollegin umgehend aufzuklären. Doch Kollegin Meyfeld hatte nur schlechte Nachrichten diesbezüglich: „Gollasch war hier in Hamburg wohl nur zu Besuch. Sein Mercedes war ein Mietwagen und wir fanden ihn abgestellt vor seiner Wohnung, einem Penthouse in einer stilvollen Wohnanlage in Bergedorf. Aber auch das Penthouse war nur angemietet. Eine Durchsuchung dort ergab nichts, was uns weiterbringen würde. Es sah dort aus, als ahnte er, dass seine Verhaftung bevorstand. Gollasch hat alles mitgenommen und woanders untergebracht. Trotzdem wohnte er sehr steril. Nutzte wohl oft das hauseigene Hallenbad, so die Aussagen seiner Nachbarn. Und von heute auf morgen hat ihn niemand mehr gesehen."

„Und die Agentur?"

„Wird ab sofort von Doktor Kneiser, seinem Geschäftsführer, geleitet. Aber wie ich hörte, wird Kneiser die Agentur schließen, wenn alle in Hamburg befindlichen Au-pairs wieder in ihre Heimat zurückgekehrt sind."

„Meinst du, der Typ steckt mit drin?"

Emma zuckte mit den Schultern. „Bisher können wir ihm nichts nachweisen. Aber die Kollegen beschatten ihn seit Tagen."

„Was ist mit Nischer-Durand?"

„Was soll mit ihm sein? Er geht höchstwahrscheinlich seinen staatsanwaltlichen Geschäften nach – business as usual!"

*

Der Typ war groß und hager, trug zum Kapuzenpulli eine schlabbrige Jogginghose und Turnschuhe. Er lungerte schon einige Minuten in Hamburg an der Ecke Wagnerstraße/Uferstraße herum. Die Nähe des Eilbekkanals konnte man riechen und die Dunkelheit der Nacht verstärkte diese Empfindung noch. Der Bursche schien nervös, denn keine Sekunde stand er still. Entweder drehte er seinen Kopf zu einer der Seiten oder er bewegte seine Füße. Die Hände waren in den Taschen seines Hoodies vergraben. Der Verkehr auf der Wagnerstraßenbrücke war zu dieser späten Stunde gering. Nur hin und wieder überquerte ein Fahrzeug die Brücke und bei jeder Überfahrt drückte sich der Unbekannte gegen eine Hauswand. Er schaute auf seine Uhr und fluchte leise. Von der gegenüberliegenden Seite der Brücke vernahm er plötzlich Stimmen. Erst leise, dann immer lauter werdend. Der Mann glaubte zwei Männer zu hören, die sich angeregt unterhielten. Sie kamen ihm genau auf seiner Straßenseite entgegen. „Ich erwarte aber nur eine Person!", flüsterte er sich selbst Mut zu. Die Stimmen waren erneut lauter geworden. Er konnte einzelne Wortfetzen verstehen: „Gegen Kiel verloren" und „Aufstieg vermasselt". Die beiden Unbekannten schienen sich über das in Hamburg immer und allgegenwärtige Thema ‚HSV' zu unterhalten. Der Mann verließ mit leisen Schritten seine Position. Nach wenigen Metern bückte er sich hinter einen alten, abgestellten T4-Bus. Als beide Männer an ihm vorüber waren, kehrte er zurück. Er ärgerte sich, sein Abnehmer war schon zehn Minuten über die Zeit. Aber was hieß das in diesen Kreisen? Da waren Schritte zu hören. Ganz leise. Sie kamen aus der Wagnerstraße direkt auf ihn zu. Hätten sie doch ein Zeichen abgemacht. Zu spät, eine Person – etwas kleiner als der Hagere selbst – stand plötzlich vor ihm. Er sah nicht aus wie ein Drogensüchtiger. Aber sahen Dealer nicht eher weniger nach Abhängigkeit aus?

„Hast du etwas für mich?“, fragte der Kleinere.

Der Hagere schaute sich nervös um. Irgendetwas an der Situation kam ihm nicht geheuer vor. Der Dealer schaute sich nicht um. Selbstsicher und stark trat er vor ihm auf.

„Was meinst du?“

„Was wohl, das Koks!“

„Und wenn?“

Der Kleinere zog einen bisher nicht sichtbaren Rucksack vom Rücken und begann ihn aufzuknöpfen. Dem Hageren standen – trotz der Kälte – Schweißtropfen auf der Stirn. Nervös trat er einen Schritt zurück.

„Keine Angst, du machst das wohl zum ersten Mal?“

Der Hagere stöhnte ein Wort, das man als ‚Ja‘ verstehen konnte.

Inzwischen hatte der Kleine etwas aus dem Rucksack gezerrt. Es schien sich um ein in Zeitungspapier gewickeltes Paket zu handeln. Er zog ein Handy aus der Tasche und aktivierte die Taschenlampenfunktion. Der Strahl traf das Bündel und mit einem lauten Geräusch riss er es auf. Die Handy-LED beleuchtete einen Stapel Euro-Scheine. Lauter Hunderter.

„Gut, gut! Mach das Licht aus. Wenn uns einer sieht!“

„Hast du das Koks?“

Der Hagere riss den Reißverschluss seiner Jacke auf, griff hinein und zog ein in Plastik eingehülltes Päckchen heraus. Noch immer brannte die LED und erhellte das nächtliche Szenario. Ein Fahrzeug kam über die Brücke. Erneut forderte er: „Mach das Licht aus!“

Endlich reagierte der Typ und drückte das Smartphone an seine Brust. Das Fahrzeug fuhr vorüber.

„Es hat einige meiner Kunden erwischt!"

„Wie erwischt?"

„Tot, von deinem Koks!"

Der Hagere wurde starr und stotterte: „Was ... was kann ich ... dafür?"

„Das Zeug vom letzten Mal war nicht rein. Eine Mischung, die man nicht überlebt."

Der Hagere hatte genug. Er schlug dem Kleinen das Handy aus der Hand und machte Anstalten wegzurennen. Doch der Angegriffene stellte dem Widersacher ein Bein. Der Hagere stolperte, fiel auf die Knie und rollte dann auf den Rücken. Er stöhnte laut vor Schmerzen. Seine Kapuze fiel herunter und gab den Kopf frei.

Der Kleine hob das Handy auf, machte einen Schritt zu dem Gestürzten und leuchtete dem Hageren ins Gesicht.

„Mein Gott, Nischer-Durand, der Staatsanwalt", zischte der Kleine. Der Mann am Boden nutzte den Überraschungseffekt aus und war aufgesprungen. Er rannte wie besessen in die Dunkelheit. Seine Schritte waren nach wenigen Sekunden verklungen.

Der Kleine stand noch eine Weile sprachlos, mit dem leuchtenden Smartphone in der Hand, an der Wagnerstraßenbrücke. Dann drehte er sich kopfschüttelnd um und verschwand ebenfalls im Dunkel der Nacht.

*

Sandra Holz erfuhr als Erste von dem nächtlichen Ereignis. Der ehemalige Leiter des Hamburger Rauschgiftdezernats, Sigbert von Zentis, hatte sie angerufen. Er hatte um ein kurzfristiges Treffen gebeten und sie einigten sich auf den Kiosk bei der U-Bahn Alsterdorf.

Von Zentis stand dort in Begleitung eines jüngeren Mannes und erwartete sie schon. „Was haben Sie mit Ihren Händen angestellt, Dosen aufgeschnitten?"

Sandra winkte ab.

„Wer ist das?", Sandra zeigte auf von Zentis' Begleiter.

„Oh, ich vergaß. Darf ich vorstellen: Der Erste Hauptkommissar Jeltzek. Gunnar ist stellvertretender Leiter der Abteilung 43, Rauschgift und Arzneimittelkriminalität."

Sandra hielt dem Mann ihren Arm hin, als Ersatz für die Hand, und der Mann ging darauf ein.

„Sie sind noch immer nicht ganz im Ruhestand!", grinste die Kommissarin, als sie die U-Bahn-Station mit einem heißen ‚Coffee to go' verlassen hatten und Richtung Heubergredder spazierten.

„Sie sollen es als Erste wissen, Frau Kollegin", begann Jeltzek seine Erläuterung.

„Wir sind seit Längerem hinter den Dealern her, die in Hamburg verunreinigtes Kokain verkaufen. Der vermehrte Tod von Konsumenten in den letzten Tagen und Wochen hat uns natürlich enorm angespornt. Dazu erzählte mir Sigbert von Ihrer Vermutung, dass möglicherweise Rauschgiftbestände aus den Asservatenkammern entwendet und im In- und Ausland verkauft würden. Das passte exakt in unser Schema und wir haben es genauer überprüft. Tatsächlich wurden wir, sowohl hier im Polizeipräsidium als auch in der Kammer der Staatsanwaltschaft fündig. Und obwohl es sich die Betroffenen mittels Manipulation der Videoüberwachung und auch einer aufwendigen Verschleierung der Entwendung von Kokain nicht einfach gemacht haben, wurde von meinen Leuten belastendes Material gefunden. Gestern konnten wir zahlreiche Verdächtige festnehmen. Aber noch ist nicht alles aufgeklärt. Auch die Klärung der Hintergründe eines Diebstahls von einer Tonne Kokain aus einer riesigen Containerlieferung im letzten Jahr steht noch aus. Doch wir sind zuversichtlich. Gestern Nacht ist uns dann ein ganz besonderer Coup gelungen!", grinste Jeltzek. „Einer der Auftraggeber – nennen wir es Drogenbosse – wurde von einem unserer Maulwürfe erkannt."

Sandra war schon ganz ungeduldig und sie spürte die Eiseskälte schon nicht mehr.

„Es handelte sich um Dr. Nischer-Durand!"

Sandra schauderte es, doch sie spürte keinerlei Freude über diese Nachricht. Irgendwie hatte sie jegliche Energie verloren.

„Die schlechte Nachricht, Frau Kollegin, ist, Nischer-Durand konnte entkommen. Wir haben sofort einen internationalen Haftbefehl ausgestellt. Vor allem die Kollegen in Frankreich wurden sofort informiert. Wie Sie sicher wissen, besitzt der Gesuchte auch die französische Staatsangehörigkeit."

Sandra nickte müde. „Ich glaube, wir sollten zurückgehen. Ich fühle mich nicht besonders!"

*

Keine sechsunddreißig Stunden später saß die Kommissarin Sandra Holz in einer ‚Air France-Maschine' in Richtung Nizza. Kurz vor Dienstende hatte man ihr vonseiten der Staatsanwaltschaft mitteilen lassen, dass Dr. Nischer-Durand, ehemaliger Hamburger Staatsanwalt, auf dem ‚Aéroport Nice Côte d'Azur' festgenommen wurde. Mit einem gefälschten Pass hatte er versucht, eine Maschine nach Algerien zu besteigen. Zum Glück waren die französischen Polizeibeamten auf der Hut und erkannten ihn auf einem Fahndungsfoto. Da der Haftbefehl durch die Bundesrepublik ausgestellt worden war, fragte man in Hamburg nach, ob von dort – vor der Auslieferung – eine Vernehmung gewünscht wurde. Polizeipräsident Andres beauftragte sofort die Hauptkommissarin und Sandra ließ sich den nächsten Flug an die Côte d'Azur buchen.

Ihre Müdigkeit war wie verflogen. Die Maschine war angenehm leer. Doch das täuschte nicht darüber hinweg, dass Sandras Meinung nach Flugreisen schwer nachgelassen hatten. Verbesserungen sah sie nur im Einchecken, da hatte man Wartezeiten an Schaltern mittels Digitalisierung abgebaut. Ansonsten hatte sich der Urlauber durch die „Geiz-ist-geil"-Mentalität sein eigenes Grab geschaufelt, ärgerte sie sich. Unkomfortable Sitzplätze mit wenig Beinfreiheit zum Nachbarn und zum Vordermann, keinerlei Essen und Getränke während des Fluges – außer man buchte sie zu. Und später am Zielurlaubsort unsaubere Hotels mit billigen Buffet-Restaurants und ‚All-inclusive-Cocktails' aus Automaten. Für den Preis, den früher ein erholsamer Urlaub kostete, konnte man heute drei schlechte buchen. Kein gutes Geschäft für die ‚schönsten Wochen des Jahres', fand Sandra.

Kapitel 18

Ein junger Mann in Jeans und einreihigem Blazer erwartete die Kommissarin am Ausgang des Flughafens. Er hielt ein handgemaltes Schild vor sich mit der Aufschrift *Mme Sandra Holz,* und zielstrebig lief Sandra auf ihn zu.

„Madame Holz?"

„Oui!" Sandra hatte schon im Flieger all ihr Schulfranzösisch zusammengesucht. Musste aber schnell feststellen, um viel handelte es sich dabei nicht.

Zum Glück sprach Capitaine Peppin – wie der französische Kriminalbeamte sich vorstellte – hervorragendes Deutsch.

„Maman ist in Bensheim geboren, also im deutschen Hessen, Papa in Beaune in der Bourgogne", erklärte Peppin, während sie in einem Aufzug in Richtung Tiefgarage fuhren. „Sie haben sich beim Treffen der beiden Partnerstädte vor Jahrzehnten kennen- und ...", Peppin grinste, „lieben gelernt. Ich werde Ihnen mit Freuden dolmetschen. Vielleicht ist Ihr Französisch aber auch ‚très bien'?"

Die Kommissarin winkte ab. Sie hatten die Tiefgarage erreicht und Peppin öffnete einen Renault ZOE. Sandra stieg auf der Beifahrerseite ein. Leise glitt der

Wagen – dank Elektroantrieb – aus der Flugplatztiefgarage über die *Promenade des Anglais* in Richtung Nizza-Stadt. Hinter abgestellten Flugzeugen wurde das Mittelmeer sichtbar und so etwas wie Urlaubsstimmung machte sich bei der Kommissarin breit. Wenn doch Caro hätte mitfliegen können!? Gemeinsam ein paar Tage an der Côte ausspannen, das wäre toll gewesen.

„Ihr erster Besuch in Nice?“

Sandra nickte. Sie bewunderte das azurblaue Wasser des Mittelmeers, das sie – nur getrennt durch eine breite Promenade – rechts gleichmäßig begleitete. Zahlreiche Spaziergänger, Fahrradfahrer, aber auch Inlineskater hatten den sonnigen Tag genutzt und flanierten beziehungsweise rollten die Meile entlang.

„Sie erinnern sich an den Anschlag am 14. Juli vor zwei Jahren?“

Sandra musste schon in der Maschine an diesen schlimmen Tag im Jahr 2016 denken, hatte aber bisher verzichtet, den französischen Kollegen darauf anzusprechen.

„Eine schlimme Sache!“

„Ja, die Deutschen mussten auf dem Berliner Weihnachtsmarkt eine ähnliche Tragödie erleben.“

Sandra nickte stumm.

„Was ist nur los in unserer Welt? Nimmt der Terror kein Ende? Jetzt, wo sich die Menschheit ein gutes Leben erarbeitet hat, nur Mord und Terror!“

„Wie wahr!“

„Hier auf dem Boulevard ist Mohamed Lahouaiej Bouhlel mit dem Lkw durch die Menschenmenge gerast.“ Peppin zeigte nach rechts, wo gerade Hunderte von Spaziergängern – sich angeregt unterhaltend – umherschlenderten. Vor etwas mehr als zwei Jahren verloren 86 Menschen hier ihr Leben. Und das aus, für westliche Verhältnisse, kaum nachvollziehbaren Gründen.

Links zog Hotel an Hotel vorbei. Prachtbauten aus dem 19. Jahrhundert, dazwischen Restaurants. Sicher kosteten die Übernachtungen hier in Nizza ein Vermögen, überlegte die Kommissarin, während sich der *Renault* ZOE geräuschlos immer noch auf der berühmten Seepromenade parallel zum Mittelmeer bewegte.

Fahrer Peppin hatte sich nun links eingeordnet und wartete auf ein grünes Ampelzeichen.

„Das *Commissariat Central de Police* liegt in der Avenue du Marechal Foch“, erklärte Peppin und fuhr jetzt durch die enger werdenden Straßen der Altstadt von Nizza.

„Wir sind nun in *Vieux Nice.* Ich habe extra einen Umweg durch die Altstadt gemacht. Vielleicht werden sie keine Stadtführung erhalten, Madame Olz.“

Sandra lachte, Peppin verschluckte bei ihrem Namen stets den Buchstaben *H* und das klang komisch. Neugierig betrachtete sie die vorbeigleitenden, alten Bauten der Hafenstadt.

*

Die Kriminalpolizei von Nizza hatte ihren Sitz in einem leicht heruntergekommenen, fünfstöckigen Gebäude in der Altstadt. Peppin parkte den ZOE vor einem blauen Blechschild mit der Aufschrift *Chef SGO*.

Galant hielt er ihr die Tür des Gebäudes auf und lief dann voraus.

Das Klima im Gebäude war sehr angenehm. Sandra konnte keine Klimaanlage entdecken, die Kühle musste durch das dicke Mauerwerk kommen. Sie nutzten die Treppe nach oben in den dritten Stock und das Treppensteigen kam ihr – nach dem langen Sitzen im Flugzeug – ganz recht. Hinter einer weißen Doppeltür mit alten Milchglas-Butzenscheiben lag das Büro, in das Peppin Sandra brachte. Im Flur begegnete sie einigen weiblichen, aber auch männlichen Kollegen des französischen Kommissariats. Doch bis auf eine in zivil gekleidete Frau Mitte dreißig, die freundlich grüßte, musterten sie alle anderen hier eher kritisch. Doch ihr war es egal.

Peppin bot ihr Platz auf einem in die Jahre gekommenen Schreibtischstuhl an und entschuldigte sich. Sandra setzte sich. Dann verließ er das Büro. Es roch nach kaltem Rauch und etwas Unwohlsein machte sich bei ihr breit. Da saß sie nun in einem unaufgeräumten Büro neben einem riesigen Schrank voller Akten. Der verchromte Aschenbecher vor ihr quoll über von filterlosen Zigaretten und sie nahm ihn mit den Fingerspitzen auf und stellte ihn auf die Fensterbank.

Peppin ließ sich Zeit. Inzwischen waren über fünfzehn Minuten vergangen und es erinnerte Sandra etwas an ihre eher seltenen Besuche beim Facharzt. Obwohl dort zumindest noch deutsche Illustrierte auslagen. Der Flur schien wie ausgestorben zu sein, Sandra schaute auf die Uhr: 12.30 Uhr. Sicher waren alle französischen Kollegen in der Mittagspause. Ihr eigener Magen knurrte bei dem Gedanken. An Bord der Air France-Maschine gab es nicht einmal mehr ein Brötchen; von Kaffee ganz zu schweigen. Sandra nahm einige offene Akten vor sich in Augenschein, konnte aber mit der französischen Sprache, in der sie geschrieben waren, wenig anfangen. Endlich kam Bewegung auf im Flur; die Tür des Büros öffnete sich. Nischer-Durand trat als Erster herein, gefolgt von Capitaine Peppin. Der ehemalige Hamburger Staatsanwalt war mit Handschellen gefesselt und die Kommissarin fand, er sah noch hagerer aus als bei ihrem letzten Treffen. Seine Augen funkelten wütend und sie bemerkte das Zittern seiner Hände.

„Asseyez-vous!", brüllte Peppin und Nischer-Durand setzte sich ungelenkig auf einen Holzstuhl der Kommissarin gegenüber. Peppin nahm etwas abseits Platz.

„Können wir die Vernehmung aufzeichnen?", wollte die Kommissarin wissen.

Peppin schüttelte den Kopf. So nahm Sandra einen Block und einen Stift aus ihrer Lederjacke.

„Guten Tag, Herr Nischer-Durand!"

„Doktor Nischer-Durand, Frau Holz. So viel Zeit muss sein. Man hat mir zwar den Titel Staatsanwalt aberkannt, aber nicht meine Promotion."

„Gut, Doktor Nischer-Durand, ist mir recht. Sie wissen schon, dass in Hamburg Ihretwegen mindestens fünf junge Menschen sterben mussten?"

Der Mann lachte plötzlich und es klang wie irr. „Was glauben Sie, wie viele politische Tote es täglich weltweit gibt? Und da reden Sie von fünf verweichlichten und verzogenen Gören, die nur unter Drogen unser wunderbares Land ertragen können?"

Die Kommissarin wechselte das Thema: „Wo finde ich Dr. Gollasch?"

„Was weiß ich? Und wenn ich es wüsste, würde ich es Ihnen nicht sagen. Hans Gollasch ist ein Kämpfer wie ich. Wir und unsere autonomen Brüder werden die Staats- und Gesellschaftsordnung überwinden und die unsinnige Demokratie durch ein kommunistisches oder anarchistisches System ersetzen. Erst dann werden die Menschen frei und alle gleich sein."

„Sie und Gollasch haben das aus den Asservatenkammern entwendete Rauschgift benutzt, um es in anderen Ländern zu verkaufen."

„Aber, werte Frau Holz! Solch eine Politikänderung im Land kostet Geld, das sollten Sie als Steuerzahlerin doch wissen. Und Rauschgift bringt noch immer die höchsten Zinsen."

„Warum dann zusätzlich der Verkauf des schlecht gestreckten Kokains?"

Nischer-Durand fiel etwas in sich zusammen, seine Gesichtshaut wechselte ins Fahle. „Das muss ich Ihnen nicht erzählen, werde es aber trotzdem tun." Er blickte rüber zu Peppin und dann wieder zu Sandra Holz.

„Mein Freund Gollasch hat so seine Eigenarten." Wieder lachte der Mann sonderbar. „Hans ist ein Asket, gibt selbst kein Geld aus, hortet alles für die gemeinsame Sache. Sicher liegt das an seinem früheren Leben in der DDR. Aber im Gegensatz zu ihm kann ich es mir auch gut gehen lassen, Sie verstehen? So benötigte ich etwas Geld, um ... na ja, Sie wissen schon. Ich hatte keine Ahnung, dass die Kollegen das gestohlene Kokain aus den Kammern durch Gestrecktes austauschten, um nicht aufzufallen. Das hatte man mir wohl vorenthalten."

Sandra ging ein Licht auf. „Und Sie haben das gestreckte Kokain erneut gestohlen und verhökert, um an Barmittel zu kommen?"

Nischer-Durand versuchte frech zu grinsen, aber sein Mienenspiel erinnerte eher an eine plötzliche Gesichtslähmung.

„Auch wir höherwertigen Menschen machen Fehler!"

„Inwieweit tragen Sie und Ihre höherwertigen Menschen denn Verantwortung für die Ausschreitungen des G-20-Gipfels?"

Nischer-Durand hatte seine Fassung wiedergewonnen. „Ob die Ausschreitungen bei der Eröffnung der Europäischen Zentralbank oder der dämliche Hamburger Gipfel: unsere Bewegung wird täglich stärker, und ich sage Ihnen, der Tag ist nahe, an dem die ganze Welt sieht ..." Der Deutsch-Franzose schwieg plötzlich, als habe er sich auf die Zunge gebissen.

„Was genau wird die Welt sehen und wann?"

Sandra hatte aufgehorcht – doch Nischer-Durand schwieg sofort.

Peppin mischte sich ein. „Geben Sie Madame Holz bitte Antwort auf ihre Frage!"

„Wussten Sie, dass unserer politischen Vereinigung inzwischen über 5.000 Straftaten zugeordnet werden? Ich, als Organ der Exekutive, musste einige meiner Brüder ins Gefängnis stecken – gegen meine Gesinnung, aber im Sinne der Sache. Sie alle werden nun die Chance bekommen, in einer neuen politischen Umgebung ihre Ziele zu vertreten ...!"

„Stopp – es reicht!", unterbrach die Hauptkommissarin den ehemaligen Staatsanwalt. „Ich glaube, er hat genug dummes Zeug gefaselt!"

*

Die Maschine nach Hamburg ging erst in knapp zwei Stunden und Capitaine Peppin lud Sandra Holz auf einen Kaffee und ein Sandwich in das Flughafenbistro ein.

„Hat sich Ihr Flug hierher gelohnt, Frau Kollegin?"

Sandra zuckte mit den Schultern. „Ich bin mir nicht sicher. Aber dennoch eine nette Ablenkung des dienstlichen Alltags!"

„Inzwischen gibt es etwas Neues, ich wollte es Ihnen nicht im Beisein Nischer-Durands erzählen. Er und seine Frau, also Ex-Frau, haben ein Haus in Algier. Eine Villa im Nobelviertel *Bordj El Kiffan*, direkt am Strand. Ich glaube nicht, dass dies seine Brüder von der ‚Linken Front' wissen. Vielleicht sollten Sie das mal in Hamburg propagieren? Dann wird die ... wie sagt man ... die Verputz etwas bröckeln."

Sandra verschluckte sich vor Lachen fast an ihrem Schinkenbrötchen.

„Ich werde es mal der MOPO stecken."

Peppin verstand nicht, lachte aber mit.

Kapitel 19

Vieles war geklärt, einiges nicht. Gollasch blieb verschwunden trotz Suche in allen europäischen Ländern und darüber hinaus. Auch in Nischer-Durands Haus in Algier trafen die algerischen Kriminalbeamten den Gesuchten nicht an. Sandra glaubte inzwischen daran, der ehemalige Stasi-Funktionär habe sich in den neuen Bundesländern versteckt. Sicher verfügte er dort noch über Freunde alter Seilschaften. Aber auch über diesen Russisch sprechenden und Audi fahrenden Sascha gab es keinerlei Hinweise. Nur ein schlechtes Fahndungsfoto. Doch hatte man inzwischen insgesamt sechzehn Beamte verhaftet, drei davon aus dem Polizeipräsidium, vier weitere waren bei der Staatsanwaltschaft Hamburg beschäftigt. Bei den restlichen Verdächtigen handelte es sich um Beamte der Bundespolizei, aber auch um einige zivile Mitarbeiter. Allen warf man Diebstahl von Asservaten und Beteiligung am Verkauf von Rauschgift mit Todesfolge vor.

Sandras Hände waren – bis auf etwas Kruste – wieder hergestellt und momentan konnte man glauben, in Hamburg drehe sich alles nur um den Fußball. Kurzfristig und für viele unverständlich, wurden die Hamburger vom Ersten Bürgermeister über ein Länderspiel informiert, das am 22. August im *Hamburger Volksparkstadion* stattfinden sollte. Die Nationalmannschaft der Bundesrepublik spielte dann gegen die Mannschaft der USA. Sandra wunderte sich, dass die Pleite von Russland so schnell vergessen war. „Auf ein Neues – Wiederaufbruch!", lautete die Devise in den Medien.

*

Kommissarin Holz saß in ihrem Büro, als das Telefon klingelte. Dr. Pellin war am Apparat.

„Hallo, Sandra, war ein paar Tage auf einer Fortbildung in Wien, soll dich auch schön grüßen von Doktor Kensbock. Wir haben von deiner Entführung gehört – schlimme Sache –, ist zum Glück gut gegangen. Ich habe positive Nachrichten für dich: Wilbert Sachs ist aus dem Koma aufgewacht. Sein Zustand ist mir unbekannt. Aber wie ich dich kenne, wirst du sofort zum Holstenglacis fahren. Muss mir noch zwei Leichen anschauen, du weißt ...!" Pellin hatte aufgelegt, bevor Sandra etwas erwidern konnte.

Sachs war tatsächlich aufgewacht? Das waren eigentlich gute Nachrichten. Obwohl, auch ohne seine Aussage hatten sie den Fall nahezu gelöst. Wie Sachs an den Schlüssel zur Wohnung im Luisenweg gekommen war, konnte inzwischen auch geklärt werden: Er hatte dort einige Zeit bei einer Witwe gelebt und von deren Hausschlüssel eine Kopie erstellen lassen. Sandra hoffte, der Mann konnte ihr vielleicht etwas über diesen Sascha erzählen.

Dieses Mal fuhr sie den normalen Weg zur Untersuchungshaftanstalt am Holstenglacis. Sie hatte sich in der dortigen Krankenabteilung angemeldet und sich das Aufwachen von Häftling Sachs bestätigen lassen. Sachs könne nicht reden, erklärte ihr die verantwortliche Ärztin. Der Strick um seinen Hals habe seine Stimmbänder schwer verletzt. In einer aufwendigen Operation wolle man später mindestens eines der Bänder wieder retten. Er kommuniziere über ein Tablet und mit einem Eingabestift. Viel Aufwand für einen 2-fachen Mörder, fand die Kommissarin.

*

Sachs lag in einem Metallbett, noch immer an zahlreiche Kabel und Schläuche angeschlossen. Ein Arm war mit einer Handschelle an ein Rohr des Bettes gekettet. Sandra hatte kein gutes Gefühl, als sie das *Zentralkrankenhaus des Hamburger Justizvollzugs* betrat. Das lag zum einen an ihrem eigenen Aufenthalt in der Untersuchungshaftanstalt vor wenigen Wochen. Zum anderen mochte sie generell keine Krankenhäuser. Und die letzten Tage wurde ihr das doch etwas zu viel. Aber dieser Besuch heute musste sein.

Ein uniformierter Beamter und eine Krankenschwester brachten die Kommissarin zu Sachs. Der Uniformierte schob ihr einen Metallstuhl an das Bett und verschwand wieder. Die begleitende Schwester murmelte etwas von „wenigen Minuten“ und „Anstrengung vermeiden“. Dann verließ auch sie Sachs’ Zimmer.

Patient Sachs schaute seinen Besuch mit müden Augen an. Sie kannten sich nicht näher. Ihr einziger Kontakt war vor wenigen Wochen, als die Kommissarin ihn – zusammen mit Soko – vom Strick geschnitten hatte.

„Sie haben mein Leben gerettet!“, schrieb Sachs unter großer Anstrengung auf das kleine Tablet-Display. Sandra war erstaunt, wer hatte da geplaudert?

Sie nickte. Erst wollte sie den Häftling zu den Morden an den beiden jungen Frauen befragen. Aber dann ließ sie es, das sollten doch die Kollegen übernehmen. Sachs’ Schuld war eh unumstritten.

„Wollten Sie sich tatsächlich das Leben nehmen?“, fragte sie langsam und deutlich.

Sachs schüttelte den Kopf. Dann nahm er den weißen Stift wieder auf und kratzte etwas auf das Computerdisplay. Müde legte er das Tablet vor sich ab. Sandra musste sich erheben, um seine Nachricht lesen zu können.

„Gollasch hat Sascha geschickt“, stand dort geschrieben.

Die Kommissarin setzte sich wieder. Erneut war der Name dieses Sascha gefallen.

„Antworten Sie einfach mit einem Nicken oder Kopfschütteln, Herr Sachs. Ist dieser Sascha die rechte Hand Gollaschs?“

Sachs nickte zaghaft.

„Ein Deutsch-Russe?“ Wieder nickte er.

„Wohnt er in Hamburg?“

Sachs zuckte mit den Schultern. Er wusste es nicht und Sandra glaubte ihm.

„Er hat Ihren Kopf in die Schlinge gesteckt und Sie das Treppengeländer hinabgestoßen?“

Dieses Mal dauerte das Nicken Sachs’ etwas länger.

Sandra erinnerte sich, dass Gollasch, als sie ihn zum ersten Mal in seinem Büro aufsuchte und von den Morden berichtete, angeblich seinen Rechtsbeistand benachrichtigen wollte. Ob er stattdessen Sascha angerufen und zu Sachs geschickt hatte? Das schien ihr sehr wahrscheinlich. Sie hätte Gollasch nicht aus dem Zimmer lassen sollen, ärgerte sich die Kommissarin im Nachhinein.

„Wo treibt sich dieser Sascha rum?“, fragte sie, als sie ihre Fassung wiedergefunden hatte.

Sachs hatte inzwischen die Augen geschlossen. Er schien eingeschlafen zu sein und antwortete nicht.

„Herr Sachs, dieser Sascha wollte Ihren Tod. Das hat er nicht erreicht. Ich denke, er kommt wieder! Also noch einmal, wo finden wir ihn?“

Der Kranke riss plötzlich die Augen so weit auf, dass die roten Irisringe sichtbar wurden. Angst spiegelte sich darin und wie wild griff er zu Stift und Tablet. Mit blassem Gesicht reichte er Sandra nach einigen Sekunden den Computer.

Dort stand kaum leserlich geschrieben: Restaurant Kuchnia, St. Pauli.

*

Dieser kriminelle Sascha schien einem Geist gleich zu sein. Es gab nur ein schlechtes Foto von ihm, dazu keinerlei Hinweise zu seinem vollständigen Namen. Das Einzige, was die Kommissarin mit Sicherheit wusste, war sein Vorname: Sascha.

Sicher barg dieser Mann den Schlüssel zu Gollasch. Und wenn Sascha hinter Schloss und Riegel saß – da war sie sich sicher –, konnte man auch die Au-pair-Sache endlich zu den Akten legen.

Das Restaurant *Kuchnia* lag in der Talstraße im Hamburger Stadtteil St. Pauli. Es galt im Netz als absoluter Geheimtipp. In der ehemaligen Schlachterei bot man Spezialitäten wie Borschtsch, Pierogi und Blini an. Sandra stand nicht unbedingt auf die osteuropäische Küche. Aber sie hatte sich in den Kopf gesetzt, Sascha aufzuspüren und festzunehmen. Da musste sie auch in den sauren Apfel beziehungsweise in ein fremdes Gericht beißen. Laut Internet befand sich im Gebäude in der *Talstraße 87* bis vor wenigen Monaten noch ein türkisches Restaurant. Die Lokalitäten dort kamen und gingen. Die Parkmöglichkeiten vor und seitlich des Gebäudes – das hatte sie überprüft – waren begrenzt und stets von Anwohnern besetzt. Neben dem Restaurant befand sich eine Hofeinfahrt.

Sandra hatte sich eine Chillouts-Mütze übergezogen. Damit glaubte sie zu verhindern, dass der Mann, sollte er ihr gegenübertreten, sie sofort erkannte. Kollege Sokolowski an ihrer Seite trat heute, was seine Shirt-Wahl anging, etwas zurückhaltender auf. Beide Kriminalbeamte verabredeten sich gegen 17 Uhr an der S-Bahn-Station *Reeperbahn.* Sandra war schon früher auf *St. Pauli* eingetroffen und hatte das Hamburger Polizeikommissariat 15, die *Davidwache,* aufgesucht. Sie erklärte den Kollegen ihren Plan und übergab ihnen Kopien von Saschas Foto, das die Kollegen im Labor nur wenig verbessern konnten. Dazu bat sie um Unterstützung, den Gesuchten dingfest zu machen. Man versprach, ab 17 Uhr, der Öffnungszeit der Kuchnia, bis Mitternacht die Gegend verstärkt zu bestreifen. Auch ein MEK-Trupp wurde vorsichtshalber in Alarmbereitschaft versetzt. Zusätzlich gab man der Kommissarin ein Funkgerät mit. So war sie in ständigem Kontakt mit den Kollegen.

„Ich habe riesigen Hunger!", erklärte Soko, während die beiden Kriminalbeamten in Richtung Talstraße spazierten. Sein weißes T-Shirt mit der Aufschrift ‚*Ich brauche keine Therapie, ich muss einfach nur nach Hamburg*' schien der Kommissarin angemessen. In dem Moment, als die *Kuchnia* öffnete, schoben sie sich – zusammen mit einigen russisch aussehenden Personen – in den Gastraum des Restaurants hinein.

*

Das Restaurant *Kuchnia* war nicht besonders groß, die Räumlichkeiten gekachelt, die Einrichtung irgendwo zwischen Minimalismus und Kitsch, und noch während Sandra sich nach einem geeigneten Tisch umschaute, strömte eine weitere Schar gut gelaunter Gäste hinter ihnen in den Raum.

„Lass uns schnell Platz nehmen, sonst müssen wir an der Bar stehen!", erklärte ihr Kollege und war dabei, eine kleine, instabile Biertischgarnitur an der schattengrün geputzten Wand zu annektieren. Ein junges Pärchen wollte ihm die letzten Plätze im Raum streitig machen, doch Sandra hatte geistesgegenwärtig die Sitzbank belegt. Die Arme ausgebreitet, steckte sie ihren Besitz ab. Sie bewunderte die Decke auf dem Tisch, die im Muster an Matroschkas erinnerte und von Papierdecken geschont wurde. Das Pärchen drehte enttäuscht und mit bösem Blick Richtung Bartresen ab. Die beiden nahmen widerwillig auf zwei der vier Barhocker Platz.

„Puuh, das war knapp!", brüllte Soko gegen den Lärm russischer Musik.

Sandra nickte stolz.

Zwei junge, weibliche Bedienungen in Schürzen liefen gut gelaunt durch den Raum und nahmen die ersten Bestellungen der Gäste auf. Sandra langte nach einer leicht abgegriffenen Speisekarte, die vor ihr auf dem Tisch lag. Essen hatte für sie selbst im Moment keinerlei Priorität. Es ging ihr einzig und allein um die Festnahme von Sascha. Die Kommissarin musterte alle Anwesenden, doch der Typ mit dem weißen Audi war nicht dabei.

Soko hatte schon bestellt: Blinis mit Lachs und Sauerrahm, dazu einen slowenischen Weißburgunder. Als Sandra bei seiner Getränkewahl den Kopf schüttelte, wechselte er schnell um auf ein Alster. Sandra selbst bat um Bedenkzeit und die Bedienung trollte sich.

„Schau mal!", Soko zeigte auf ein selbst gemaltes Plakat mit einem Einhorn an der Wand. Darauf bot man einen Cocktail aus Birkensaft und Gin, Kiefern-Wodka, Lemon und Dill an.

Hinter dem Brett, das als Biertresen diente, mixte eine männliche Person Getränke im Akkord. Über und hinter ihm Handgehäkeltes und Geklöppeltes – liebenswerte Folklore. Daneben befand sich der Durchgang zur Toilette. Der Lärm im Raum war noch immer gewöhnungsbedürftig, aber vielleicht war das der Ausführung ihres Auftrags eher dienlich.

„Das klingt lecker!", Sokos Blick klebte noch immer an dem Plakat. „Ich werde die Tage nach Dienst mal hierherkommen und diesen Drink probieren." Dabei wechselte er den Blick in Richtung Speisekarte und Sandra glaubte zu erkennen, wie ihm das Wasser im Mund zusammenlief. Sie ärgerte sich, dass Soko die Sache – ihrer Meinung nach – nicht ganz ernst nahm. Der Aufenthalt im *Kuchnia* hatte den Zweck, einen Kriminellen zu fangen und nicht an das eigene Wohl zu denken.

Die Bedienung brachte Kümmelbrot mit Butter und Soko legte sofort los.

Auch seine Blinis wurden wenig später serviert. Sie glichen deutschen Pfannkuchen und Soko machte sich gleich darüber her. Er schien wie ausgehungert zu sein.

„Soko, denke daran, wir suchen einen Mörder, und mit vollem Magen ...!"

Kauend nickte der junge Kriminalbeamte und steckte dazu eine weitere Gabelfüllung in seinen Mund.

Um die Kommissarin herum dominierte die russische Sprache. Nur hin und wieder waren Bruchstücke von deutschen Stimmen zu hören. Erneut trat die Bedienung mit fragendem Blick an den Biertisch.

„Gut, dann bringen Sie mir drei Pierogies und eine Flasche Mineralwasser", bestellte Sandra resigniert und mit der Gewissheit, die Teigtaschen nicht essen zu wollen. Sie ließ ihren Blick nicht von der Eingangstür. Soko bat um eine weitere Portion Hefe-Blinis, ihm schien es hervorragend zu schmecken.

Sandra war alles andere als zum Essen zumute. Die Waffe hatte sie im Halfter unter ihrer Lederjacke und damit war sie – bei der Hitze im Restaurant – absolut zu warm gekleidet. Aber Ausziehen war gerade nicht drin. Soko trug seine Waffe am Gürtel und hatte ein buntes Halstuch darübergehängt. Doch wie es aussah, achtete niemand im Raum auf solche Nebensächlichkeiten.

Der Kollege hatte schon seinen zweiten Teller aufgegessen und tat sich nun an der Schokomousse mit Moosbeeren gütlich. Sandras Pierogies lagen noch immer unberührt auf dem Teller, was die Bedienung während des Vorbeilaufens mit verachtendem Blick bestrafte. Aber Sandra mochte keine Teigtaschen und im Augenblick schon absolut gar nicht. Sie ärgerte sich kurz über ihre dämliche Bestellung.

„Möchten Sie noch eine Wodka-Beratung?", fragte die Bedienung, während sie Sokos Teller abräumte. In dessen Augen blitzte kurz Freude auf, doch dann winkte er dankend ab. Sandra legte einen Zwanzigeuroschein auf den Tisch und erklärte: „Ich gebe einen aus."

In diesem Moment stand neben ihnen ein Paar auf und spazierte in Richtung Ausgangstür. Es machte Anstalten, das Restaurant zu verlassen. Irgendetwas ließ Sandra hochschrecken, sie wusste aber nicht, was. Noch während sie den Kopf drehte, sah sie durch die offen stehende Tür, dass ein hochgewachsener, dunkelhaariger Mann vor dem Gebäude auf das Verlassen des Pärchens wartete. Anschließend trat er durch die geöffnete Holztür in den Gastraum. Er schlenderte, ohne einen Blick auf die Gäste zu werfen, zum Tresen, rief dem Barkeeper etwas zu und verschwand dann – so schnell wie er gekommen war – in Richtung Toilette: Sascha!

„Soko, das war Sascha!" Der Kollege hatte den kaum zehn Sekunden dauernden Vorgang nicht mitbekommen. Sandra griff nach dem Funkgerät und informierte die Kollegen der Davidwache: „Sascha hat das Restaurant betreten. Er ist auf der Toilette verschwunden. Bitte vor dem Gebäude *Talstraße 87* und auch dahinter Stellung beziehen. Und vorsichtig mit Schusswaffengebrauch. Hier befinden sich jede Menge unbeteiligter Personen." Sie rannte in Richtung Tresen, als die Bedienung dabei war, ein Tablett mit einem gefüllten Teller in Richtung Toilette bringen zu wollen. Die Kommissarin sprang vor die Frau und nur mit Mühe konnte diese den Teller vor einem Sturz retten.

„Sind Sie nicht ganz dicht?", brüllte die junge Frau gegen den Lärm.

„Polizei! Wo bringen Sie das Essen hin?"

Die Bedienung schaltete schnell und stellte das Tablett umständlich auf dem Tresen ab. „Hoch zu Sascha, wie fast jeden Abend."

Sandras Kollege war hinter die beiden getreten.

„Bleib du bei der Frau, Soko, ich schaue mal nach!"

Sandra spazierte – Gemütlichkeit vortäuschend – Richtung Damentoilette. Eine ältere, slawisch aussehende Frau kam ihr entgegen und musterte sie.

An der Seite der beiden Toiletten befand sich eine weitere Tür. Die besaß ein Milchglasfenster, und vorsichtig öffnete die Kommissarin die mit Metall verkleidete Tür. Ihr Blick streifte einen Innenhof. Leere Bierkästen und große Plastikmülltonnen waren dort aufgestellt. Seitlich befand sich ein Weg, der in einen Grünbereich führte. Am Boden lagen jede Menge Zigarettenkippen, hier schienen die Bedienungen ihrer Nikotinsucht nachzugehen. Im Hof gegenüber hatte man wohl nachträglich ein Wohnhaus gebaut. Eine Aluminiumtür führte ins Innere. Da hinein musste Sascha verschwunden sein, vermutete die Kommissarin. Sie hob den Kopf nach oben. Das vierstöckige Haus schien noch nicht so alt zu sein und besaß oben eine Art Penthouse. Ob Sascha so feudal wohnte?

Sie lief zurück ins *Kuchnia* und traf auf Soko und die Bedienung.

„Sascha lässt sich regelmäßig das Essen hochbringen", informierte sie der Kollege. „Er wohnt oben im Penthouse. Ein Lift und eine Treppe führen nach oben."

Die Bedienung neben Soko nickte bestätigend.

„Frau Holz, David 1, bitte kommen!" Das Funkgerät meldete sich.

Die Kommissarin trat einen Meter zur Seite und antwortete.

„Wir haben Position vor der *Kuchnia* bezogen. Sollen wir das Restaurant sicherheitshalber räumen?", fragten die Polizeikräfte.

Sandra bestätigte dies und bat um weitere Informationen: „Wie sieht es hinter dem Gebäude aus? Sascha bewohnt ein Penthouse im Hinterhof."

„Ich schicke sofort weitere Kollegen dorthin", versprach die Stimme und Sandra beendete das Gespräch. Sie kehrte zum Tresen zurück und wandte sich an die Servicekraft: „Gehen Sie zurück, das Restaurant wird geräumt." Und zu Soko gewandt: „Nun werden wir Sascha festnehmen!"

*

Kommissar Sokolowski hatte die Treppe genommen und Sandra den Lift. So wollten die Beamten verhindern, dass der Gesuchte flüchten konnte. Das Funkgerät hatte die Kommissarin auf lautlos gestellt, nur ein Vibrationsalarm informierte sie über eingehende Anfragen der Kollegen.

Der Lift endete im vierten Stock; es gab also keinen direkten Zugang vom Aufzug in die Wohnung, stellte die Kommissarin beruhigt fest. Sandra hatte ihre Waffe gezogen und entsichert. Etwa zeitgleich mit dem Kollegen kam sie oben an, Soko war ebenfalls bewaffnet.

Der Flur endete vor einer massiven Aluminiumtür.

„Achtung, Sandra, schau mal da!"

Sandra blieb abrupt stehen. Soko zeigte mit der Hand auf den Boden, wo jeweils links und rechts eine kleine schwarze Dose, in einer Höhe von etwa zwanzig Zentimetern angebracht war.

„Eine Lichtschranke, Sascha möchte gerne wissen, wer ihn besucht."

Soko hob beim Weiterlaufen ein Bein nach dem anderen, um den Lichtstrahl nicht zu unterbrechen, was dann sofort Alarm auslöste. Sandra hatte sich noch weiter umgeschaut. An der gegenüberliegenden Flurwand hatte sie eine kleine Kamera entdeckt. „Mist, ich glaube, er hat unseren Besuch schon mitbekommen. Hör!"

Innen in der Wohnung hörte man Gepolter und laute Schritte.

„Kannst du die Tür auftreten, Soko?"

Der Kommissar zuckte mit den Schultern und warf sich gegen die massive Tür, doch die gab keinen Zentimeter nach.

„Auah!", stöhnte er und griff sich an seine schmerzende Schulter.

„Geh etwas rüber!" Sandra zielte auf das Schloss der Tür. Dann gab sie zwei Treffer ab. Die Schüsse brachen sich im Flur und verursachten große Schmerzen in ihren Ohren, doch sie ignorierte es. Soko trat nun mit dem Fuß gegen das Aluminium und endlich gab die Tür nach.

„Sascha, geben Sie auf, das Haus ist umstellt!"

Sandra horchte in die Wohnung. Nichts und niemand war zu hören. Sie betrat einen weiß gekalkten, nahezu möbelleeren Flur. Der Kollege folgte ihr. Am Ende des Flures zweigten drei Türen ab. Alle waren geschlossen. Die rechte Tür besaß einen Aufkleber mit einem *Manneken Pis*.

„Gästetoilette", flüsterte die Kommissarin, öffnete sie und schob vorsichtig ihren Oberkörper hinein. Soko sicherte sie.

„Nichts!"

Hinter dem nächsten Durchgang befand sich das Bad. Auch hier hatte sich Sascha nicht versteckt.

Seitlich an das Mauerwerk gedrückt, versuchte Sandra die letzte Tür aufzudrücken. Nichts tat sich. Im selben Moment waren laute Schritte aus dem Flur zu hören. Sandra erschrak und drehte sich – die Waffe in ihrer Hand – um. Zwei uniformierte Kollegen des MEK, mit schwarzem Helm und Schutzweste, sprangen von der Treppe in den Flur. Sie zuckten etwas zurück, als sie auf die Frau mit der auf sie gerichteten Waffe trafen.

„Vorsichtig, Frau Kollegin – wir übernehmen!“

Einer der dunkel gekleideten Beamten brach die verschlossene Tür mit einem Tritt auf. Dann sprang der zweite hinein, der andere sicherte seinen Kollegen und für einige Sekunden hörten Sandra und Soko drinnen nur Lauf- und Trittgeräusche. Endlich tauchte einer der Männer wieder auf. „Der Flüchtende ist die Feuerleiter hinunter. Aber weit kommt er nicht, zwei weitere Kollegen warten unten schon auf ihn.“

Die vier Kriminalbeamten rannten so schnell sie konnten die Treppe hinunter. Im Hof des Gebäudes war niemand zu sehen. Sandra schaltete schnell ihr Funkgerät wieder auf laut. Leichte Dämmerung war schon aufgezogen. In der *Kuchnia* selbst herrschte inzwischen gähnende Leere. Auch draußen vor dem Gebäude schien – bis auf zwei Uniformierte der Davidwache – keiner zu sein.

„Der Gesuchte läuft über die Paul-Roosen-Straße, Richtung *Große Freiheit!*“, meldete ein Kollege per Funk. Sofort rannten die Kollegen los.

*

Rechts neben dem Gebäude befand sich eine Toreinfahrt. Soko schaute seine Kollegin an, beide nickten und liefen dort hinein. Es handelte sich um den Zugang zu einer Grünanlage, die weiter vorne in einen großen Parkplatz endete. Sandra warf ihre Mütze in die Ecke und sprintete über den gepflasterten Weg. Ihr Kollege kam kaum nach. Kurz dachte Sandra über Sokos Essorgie nach.

Endlich betraten beide durch ein offen stehendes Metalltor die Straße *Große Freiheit*. Sascha war nirgends zu sehen. Aber auch keine Kollegen der Sondereinheit. Nur zwei Frauen in kurzen Röcken liefen – sich lautstark unterhaltend – nah an den Kommissaren vorbei. Sie musterten das ungleiche Paar und schauten erschrocken auf deren Waffen. Sandra versteckte ihre Pistole hinter sich. Weiter unten auf der *Großen Freiheit* lud ein Getränkehändler aus einem Bierwagen Getränkekästen aus. Er beachtete die beiden Beamten nicht. Die grelle Leuchtreklame der Kneipen, Discos und Erotikshows hatte man noch nicht eingeschaltet. Auch die sonst dröhnende Musik blieb noch aus. Die Amüsiermeile rüstete sich gerade für das Abendgeschäft, das in knapp einer Stunde startete.

Aus einer Kneipentür trat lachend eine Gruppe Senioren. Sicher hatten sie an einer Nachmittagsveranstaltung teilgenommen. Vielleicht bei *Olivia Jones*, dachte Sandra. Vergnügt liefen die älteren Menschen auf die Kommissare zu und spazierten dann an ihnen vorbei.

Plötzlich sprang aus einem Hauseingang gegenüber ein Mann in schwarzem Outfit heraus. Der Blick gehetzt, das Haar stand ihm wirr um den Kopf. Sein

Körper zuckte vor Schreck zusammen, als er vor der Seniorengruppe die Kommissarin erkannte. Sandra hob ihre Waffe und brüllte laut: „Legen Sie sich sofort alle auf den Boden."

Die Personen der Gruppe glaubten wohl zunächst an einem Scherz und blickten ungläubig. Nur einzelne reagierten. Sandra gab schnell einen Warnschuss in die Luft ab. Er klang durch die *Große Freiheit* wie die Fehlzündung eines hochkalibrigen Wagens. Im Nu lagen alle Personen auf dem Boden. Nur Sascha nicht. Mit einem weiteren Satz riss er eine der Seniorinnen vom Boden hoch, zog die Schreiende vor sich und hielt ihr ein Cuttermesser an den Hals. Er ging hinter ihr in Deckung.

„Werfen Sie die Waffe weg, kleine Kommissarin, sonst ist die Lady tot!", rief Sascha.

In Sekundenbruchteilen wägte Sandra die Situation ab. Doch noch bevor sie ihre Waffe senken konnte, brach erneut ein Schuss über das zukünftige ‚Immaterielle Kulturerbe Große Freiheit'. Die Kommissarin schaute auf ihren Kollegen, aber Soko hielt die Hand mit der Waffe nach unten. Vor ihr brach Sascha – unter schrillem Gekreische der Frau – zusammen. Sein Messer fiel auf den Boden und mit zwei Schritten war Sandra dort und schob es mit dem Fuß zur Seite. Hinter ihr erschien ein MEK-Kollege, in der Hand eine Waffe mit Zielfernrohr. In Sandras Funkgerät berichtete eine Stimme: „Zielperson unschädlich gemacht!"

Kapitel 20

Eigentlich wollte die Kommissarin am 22. August 2018, dem Tag des Fußballspiels zwischen Deutschland und den USA, nicht in Hamburg unterwegs sein. Jo Willems, der Erste Bürgermeister der Hansestadt, hatte alle Bürger gebeten, am heutigen Mittwoch zu Hause zu bleiben. Der Einzelhandel hatte sofort zugestimmt, alle Läden, bis auf die Grundversorgung, in einem 10-Kilometer-Ring um das Volksparkstadion geschlossen zu halten, und auch viele weitere Unternehmen und Firmen hatten sich beteiligt und ihren Mitarbeitern freigegeben. Die Bewohner Hamburgs und der Umgebung hatten sich gefragt, wer entschieden hatte, dieses Spiel mitten in der Woche stattfinden zu lassen. Oberbürgermeister Willems hatte dann in einem Fernsehinterview erklärt, dieser Termin wäre der ausdrückliche Wunsch Ronald Rumbs gewesen, und obwohl wenige Tage später die neue Bundesligasaison startete, hätte man sich nicht verweigern können.

Sandra selbst besaß Informationen darüber, dass annähernd Tausend Polizeibeamte rund um das Fußballstadion in Stellung gegangen waren. Dazu hielten sich noch zahlreiche Hundertschaften in Bereitschaft. Sie wunderte sich, dass man bei diesem Aufwand und der derzeitigen Gefährdungslage das Spiel USA gegen Deutschland nicht gleich abgesagt hatte. Aber die Begegnung musste wohl politisch sehr wichtig sein, und sie selbst hatte diese Entscheidung zum Glück nicht zu verantworten.

Hauptkommissar Lutteroth hatte als Dank für die Arbeit beim *Ermittlungsteam G-20* zwei Freikarten bekommen, und da Sandra anderes im Kopf herumging, hatte sie angeregt, die Karten doch an die Kollegen Sokolowski und Meyfeld – beide große Fußball-Fans – abzugeben. Caro hatte traurig zugestimmt.

Die Temperaturen waren – nach diesem Jahrhundertsommer – noch immer extrem kalt. Drei Monate waren durchgehend geprägt von Sonnenschein und, bis auf einige Gewitter, ohne jegliche Niederschläge im Norden des Landes. Die Tourismusbranche in Deutschland erklärte stolz ein Plus im zweistelligen Prozentbereich. Die Kommissarin selbst freute sich eigentlich auf den bevorstehenden Herbst und den Winter. Doch nicht ganz so früh. Denn seit Ende letzter Woche zeigte das Thermometer im Norden maximal kühle sieben Grad an und die Heizungen in Sandras Wohnung und auch im BMW-Mini liefen schon wieder. Sie verließ gerade die Innenstadt Richtung Norden und plante mit dem Wagen nach Sehmsdorf zu fahren, um sich die Hausruine dort ein letztes Mal anzuschauen. Inzwischen war es zwei Jahre her, dass Verbrecher das gemeinsame Wohnhaus des Ehepaars Holz-Ferraro angezündet hatten, und bisher war dort noch alles unverändert. Endlich hatte Luca von Italien aus eine heimische Baufirma beauftragt, die Trümmer wegzuräumen, und er schien auf dem Grundstück neu bauen zu wollen. Was genau, wusste Sandra nicht. Der Besuch würde sicher viele Emotionen bei ihr lostreten, trotzdem bog sie auf die Autobahn A 1, Richtung Bad Oldesloe, ab.

Im Radio gab es nur ein Thema: Das Fußballspiel zwischen den USA und dem stark veränderten Kader der deutschen Nationalmannschaft. Der neue Bundestrainer Jürgen Klopp, Nachfolger von Jogi Löw, hatte nur noch drei der ehemaligen WM-Teilnehmer im Stamm. Ansonsten hatte er die Mannschaft komplett verjüngt. Sandra lag nicht viel an Fußball, aber das frühe Ausscheiden der Deutschen bei der WM in Russland in diesem Jahr hatte auch bei ihr große Verwunderung erzeugt.

„Die Air Force One mit dem US-Präsidenten Rumb setzt gerade zum Landeanflug an, wir berichten live aus Fuhlsbüttel …“, klärte der Moderator von NDR2 auf.

Sandra drehte das Radio etwas leiser, um nachdenken zu können.

Rumb war noch immer der Ekel-Präsident der restlichen Welt und Sandra war verwundert, wie sich der Amerikaner so lange im Amt halten konnte. Auch in der Bundesrepublik gab es laute Stimmen linker Gruppierungen, die den Tod des US-Präsidenten – noch vor dem der Bundeskanzlerin – als ihr erklärtes Ziel angaben.

Wäre das Flugzeug des Präsidenten nicht hervorragend geeignet, ein Attentat auf ihn zu verüben?, überlegte die Kommissarin. Aber die Umsetzung schien ihr nicht so einfach zu sein. Noch immer fehlte ihr jeglicher Plan, welche Rolle der *flüssige Sprengstoff* in dieser Geschichte spielte. „Man könnte ihn ja als Ersatz für Kerosin in Rumbs Präsidentenmaschine einleiten!", lachte sie. Plötzlich wurde dieser Gedanke bei ihr transparent. Sie fuhr den Mini auf den Seitenstreifen und schaltete die Warnblinkanlage ein. Vielleicht war ihre Idee gar nicht so abwegig. Sicher gab es noch andere Möglichkeiten, *flüssigen Sprengstoff* in das Flugzeug einzuleiten. Ihr fiel der Ex-Kollege Silwer ein. Noch immer gab es keine Handhabe, ihn festnehmen zu lassen und von seinem Sicherheitsposten am Airport zu suspendieren. War Silwer die Schnittstelle zum inzwischen seit Tagen verschwundenen und per Haftbefehl gesuchten Gollasch?

Sie ließ sich mit Frau Rosche verbinden. Die Kommissarin hatte Glück, man stellte sie nach etwas Druck und dem Hinweis auf Dringlichkeit zur Flughafenverantwortlichen durch.

„Frau Rosche, ich möchte Sie nicht verrückt machen. Aber besteht die Möglichkeit, bei der Nachbetankung der Präsidentenmaschine etwas anderes als Treibstoff einzufüllen?", begann die Kommissarin.

Die Frau schwieg einen Moment. Sie schien zu überlegen.

„Gibt es denn Hinweise auf ein geplantes Attentat, Frau Holz? Mir persönlich ist nichts davon bekannt."

Sandra hörte in der Stimme der Frau aufkommende Nervosität und darüber hinaus ihre Unsicherheit.

„Nein, nein, beruhigen Sie sich! Das war nur so eine Idee. Sollte es konkrete Hinweise dafür geben, werden Sie natürlich umgehend informiert."

„Na, Sie haben mich aber ganz schön erschreckt! Und um Ihre Frage zu beantworten: die Präsidentenmaschine nimmt an keinem zivilen Flugplatz der Welt Treibstoff auf. Auch keine anderen Flüssigkeiten. Bis zum Abflug steht die Maschine – von US-Sicherheitskräften streng bewacht – auf dem Flugfeld. Und sollte der *Air Force One* das Kerosin ausgehen, fliegt der Pilot sie zu einer amerikanischen Militärbasis. Hier in der Bundesrepublik wäre das zum Beispiel Rammstein."

Sandra bedankte sich bei Frau Rosche und fuhr wieder zurück auf die Autobahn A 1. Das Radio drehte sie wieder etwas lauter. Wie nicht anders zu erwarten, war noch immer Hamburgs Thema Nr. 1 das für morgen anberaumte Fußballspiel. Der Moderator hatte einen ehemaligen HSV-Spieler als Gast eingeladen und gemeinsam alberten sie rum: „Zum Elfmeterschießen wird Rumb mit der Nummer 00 eingewechselt ...", lachte der Fußballer.

„... vorher wird der Ball von seinen eigenen Sicherheitskräften ausgetauscht oder zumindest durchleuchtet."

Sandra fand die Aussage spaßig und lachte mit.

„Aber bei den Temperaturen hier in Deutschland wird Rumb sicher in der VIP-Lounge bleiben. Die wird bestens geheizt und es gibt ein leckeres First-Class-Buffet."

Der ehemalige Spieler des Zweitligisten HSV machte sich weiter lustig: „Ich glaube eher, die schalten extra für Rumb die Rasenheizung ein, damit es ihn beim Torschuss nicht friert."

Die beiden Moderatoren bekamen sich vor Lachen nicht mehr ein.

„Rasenheizung?"

Sandra hatte genug gehört – sie musste unbedingt schnellstens zurück in ihre Dienststelle. Sie beschleunigte den Wagen, verließ die Autobahn in Hammoor, um dann sofort wieder entgegengesetzt in Richtung Hamburg zu fahren.

*

Sandras Frage nach einer Rasenheizung wurde durch das Internet schnell und ausführlich beantwortet. Sie hatte inzwischen einiges darüber in Erfahrung bringen können. Das Wichtigste aber war, dass unter dem Rasen des Volksparkstadions tatsächlich eine solche Rasenheizung installiert war.

Nach zwanzig Uhr saß die Kommissarin – zusammen mit ihrem Kollegen Sokolowski – noch immer vor den Rechnern im Polizeipräsidium beim Bruno-Georges-Platz. Soko selbst war fußballerfahren und konnte Sandra erklären, dass alle großen Stadien seit Jahrzehnten über solche Rasenheizungen verfügten.

„Stell dir vor, es ist schon im Oktober oder auch im April fucking kalt. Ein Spiel abzusagen, weil Schnee oder Eis den Rasen bedeckt, kostet jede Menge ‚Euronen'. Daraufhin hat man beim Bau des Stadions unter dem Rasen Rohre verlegt und füllt diese – bei Bedarf – mit warmem Wasser. So wie die Fußbodenheizungen in meiner Wohnung, you know?"

Der Kollege widmete sich weiter seiner Computerarbeit.

Die Kommissarin überlegte eine Weile. Dann schrie sie voller Begeisterung auf: „Soko, meinst du, jemand könnte in diese Rohre Sprengstoff leiten und wenn, würde das zu einer großen Explosion führen?"

Soko schaute sie erschrocken an. „Sandy, jetzt geht aber deine Fantasie etwas mit dir durch. Ich bin kein Fachmann, das solltest du einen Entschärfer fragen. Und wenn, das ganze Stadion wimmelt von ‚Millionen fucking Policemen'. Jeder Raum, jede Ecke wird bewacht. Wie sollte sich da jemand unbemerkt an der Anlage zur Befüllung der Rasenheizung zu schaffen machen ...?"

„Obwohl, warte mal", unterbrach er seinen Redefluss, außer sich. Man konnte ihm die Anspannung ansehen. Laut las er vor: „Die Rasenheizung des Volksparkstadions wird extern mit warmem Wasser versorgt. Das Wasser kommt von einer nahe gelegenen Müllverbrennungsanlage." Er drehte seinen Kopf zu Sandra, hob grinsend den Daumen und las weiter: „Vom BioWerk der Hamburg GmbH & Co. KG an der Schnackenburgallee 100. Hier steht weiter: 15.000 Liter Wasser befinden sich in den Rohren unter dem Rasen des Volksparks – you've got it!"

*

„Kannst du bitte mal an mein Handy gehen, Rainer?"

Entschärfer Armin Stahl kniete erschöpft auf dem Parkplatz vor dem Volkspark über dem Manipulator-Fahrzeug, das den ganzen Tag rund um das Fußballstadion präventiv im Einsatz gewesen war. Das kleine, funkbetriebene Kettenfahrzeug hatte bisher ohne Murren seinen Dienst verrichtet, und gerade als Stahl es auf die Ladefläche eines seitlich stehenden kleinen Transporters fahren wollte, streikte plötzlich der Antrieb. Der Kollege mit Vornamen Rainer nahm das Handy, das auf der Ablage des Fahrzeuges lag und laut und kontinuierlich die ersten Takte eines alten *Dire Straits*-Songs zum Besten gab. Dann lief er ein paar Schritte seitwärts. Stahl hörte Gesprächsfetzen und es klang für ihn, als wolle der Anrufer dem Kollegen eine Lebensversicherung aufschwätzen. Oder besser noch, ihm selbst. Der Kollege war nun neben ihn getreten und drückte Stahl das Handy in die Hand. Er meinte: „Da ist eine Frau dran, Kommissarin soundso. Sie erzählt konfuses Zeug über flüssigen Sprengstoff und dass der Volkspark bald in die Luft fliegt.“ Kopfschüttelnd übergab er Stahl das Handy zurück. „Die hat garantiert etwas geraucht und lässt sich auch nicht abwimmeln, Armin!“ Der Kollege hatte resigniert die Arme hochgerissen und übernahm die bisherige Arbeit Stahls am kleinen Kettenfahrzeug.

„Ja, hallo? Hier ist Armin Stahl!“

„Na endlich! Kollege Stahl, hier ist Sandra Holz, Kommissarin der Mordkommission.“

Die Stimme der Frau klang nervös und die Sätze sprudelten nur so aus ihr heraus.

„Frau Holz? Ja, hallo! Hatten wir nicht vor einigen Tagen schon einmal ...?“

Die Kollegin hatte ihn doch vor Kurzem schon einmal kontaktiert, fiel ihm plötzlich ein, und er ärgerte sich gerade darüber, so leichtfertig seine Handynummer herausgegeben zu haben.

„Erinnern Sie sich an meine Frage zum flüssigen Sprengstoff, Kollege?“

Stahl erinnerte sich. Aber er hatte gerade wenig Lust auf Konversation. Schon gar nicht mit hysterischen Frauen, denn diese Person klang momentan so. Es war ein langer Tag, eigentlich waren es schon zwei für den Kriminalbeamten und Stahl freute sich, in zwei Stunden – also nach dem Spiel – endlich nach Hause fahren zu dürfen.

„Frau Holz, ich bin hier am Volkspark extrem eingespannt.“ Er bemühte sich, seine Sätze trotz ablehnender Haltung freundlich und kollegial zu verpacken. „Was halten Sie davon, wenn wir uns …“, ein Schrei, der aus dem Lautsprecher dröhnte, unterbrach seinen Satz und Stahl hielt das Handy etwas von seinem Ohr weg. „Hallo, Frau Holz …!“

„Jetzt hören Sie mir mal zu, Herr Stahl. Ich möchte von Ihnen wissen, ob die Möglichkeit besteht, dass man flüssigen Sprengstoff in großen Gebinden befördern und gegebenenfalls in die … in die Rasenheizung des Stadions einbringen könnte?“

Unweit des Entschärfers ertönte plötzlich ein gewaltiges Jubeln. Tausende Stimmen im nahe liegenden Stadion reagierten auf eine Ansage des Stadionsprechers. Sicher hatte man Ronald Rumb, den 45. Präsident der Vereinigten Staaten von Amerika, im Volkspark angekündigt, mutmaßte Stahl. Der Jubel brach unterdessen nicht ab und für einen Moment konnte der Mann die Fragen der Kollegin am Handy nicht verstehen.

„Frau Holz, hier ist solch ein ohrenbetäubender Lärm … einen Moment bitte!“ Stahl lief zum Transporter, setzte sich auf den Beifahrersitz und schloss die Tür. „So, jetzt ist es etwas besser. Sie fragten erneut nach flüssigem Sprengstoff, dem sogenannten Sprengwasser? Doch über den praktischen Einsatz dieses Sprengwassers bin ich nicht informiert. Und was genau meinten Sie mit Rasenheizung?“

*

„Ja, ist denn dieser Stahl etwas schwer von Begriff?" Sandra und Kollege Sokolowski saßen noch immer im Polizeipräsidium. Sandras Hirn arbeitete seit Stunden auf Hochtouren. Langsam schmerzte es, aber was konnte sie tun? Irgendwo bei der Leitstelle der Polizeiverantwortlichen anrufen, machte wenig Sinn. In Hamburg befand man sich noch immer in einer Art Ausnahmezustand und bis jemand ihren Anruf ernst nahm, befand sich Ronald Rumb schon wieder in der Air Force One. Lebend oder … Plötzlich fiel Sandra wieder der gut aussehende Entschärfer von Fuhlsbüttel, Armin Stahl, ein. Zum Glück hatte sie ja dessen Nummer damals am Hamburger Airport abgespeichert und schon drückte sie erneut den Kontakt.

Doch wider Erwarten schien Hauptkommissar Stahl nicht so flexibel, wie Sandra glaubte. „Also, noch mal, Herr Stahl …!"

„Sandra, Sandra!"

Ihr Kollege Sokolowski hatte sein eigenes Telefonat beendet und den Kopf zu Sandra gedreht. Sein Gesicht glühte und er rief. „Die haben einen mit Benzin gefüllten 15.000-Liter-Tankwagen geklaut. In Hannover, auf dem Hof einer Raffinerie, gestern!"

Sandra ballte die Faust, riss den Arm hoch und dann nach unten. Nun hieß es, diese Situation nur noch dem Entschärfer begreiflich zu machen.

*

Auch das Gehirn des langjährigen Entschärfers Armin Stahl glühte. Er zählte sich nicht zu den Menschen, die etwas auf die leichte Schulter nahmen. Das brachte schon sein Beruf mit sich. Es war nicht so, wie man es in den *Lethal Weapon-Krimis* zeigte: stets der rote oder der schwarze Draht. Nein, ihr gefährlicher Job als Entschärfer bedeutete ein Abwägen der Risiken gegen den Erfolg. Und Hauptkommissar Stahl wägte gerade ab, ob nur ein wenig dessen, was diese hysterische Kommissarin Holz durch das Handy brüllte, der Realität entsprach. Noch immer wollte diese überdrehte Frau mit ihren skurrilen Ideen nicht aufgeben. Resigniert öffnete Stahl die Fahrzeugtür, um seinen Kollegen zu rufen. Er legte seine Hand auf das Mobilfunkgerät.

„Rainer!“

Der Mann hatte es gehört, die Arbeit eingestellt und war sofort zu Stahl geeilt.

„Ja?“

„Diese Kommissarin der Mordkommission lässt nicht locker. Sie besteht darauf, es gebe Hinweise dafür, dass Terroristen Sprengwasser gemischt mit Kohlenwasserstoff in die Rasenheizung des Stadions eingefüllt hätten und dieses zur Umsetzung bringen wollten!“

Das Gesicht des Mannes mit dem Namen Rainer wurde leichenblass. „Sprengwasser in der Rasenheizung, Scheiße! Wenn das stimmt?“

„Warte ...“, bat Armin Stahl und lauschte wieder angestrengt den Sätzen der Kommissarin. Dann nickte er und meinte: „Alles klar, Frau Holz, wir kümmern uns darum. Ja, ich habe alles verstanden. Das MEK ist auch zum BioWerk an der Schnackenburgallee unterwegs? Gut, dann bis gleich!" Mit einem Satz hatte Stahl den Transporter verlassen. Er funkte einen weiteren Teamkollegen herbei. Als er das Gespräch beendet hatte und die Klappe des Transporters schließen wollte, fragte ihn der Kollege: „Wie soll das mit dem Sprengwasser laufen, Armin?" Man merkte Rainer an, dass dem sonst so erfahrenen Entschärfer diese Meldung ganz schön zu schaffen machte.

„Das warme Wasser für die Rasenheizung wird nicht im Stadion produziert, sondern aus Energieersparnis vom BioWerk rübergepumpt." Stahl wies mit der Hand in die gegenüberliegende Richtung des Volksparkstadions. „Steig ein, Rainer, wir treffen uns alle dort. Wenn es nicht schon zu spät ist!"

Frenetischer Jubel und tosender Applaus schallte aus dem Stadion, als die beiden Entschärfer den Parkplatz Richtung Schnackenburgallee verließen.

*

Der Anruf von Kommissarin Sandra Holz erreichte Hauptkommissar Hinz, Leiter des MEK, kaum zwei Minuten vor dem Gespräch mit dem Entschärfer. „Deine Idee, Sandra, vom flüssigen Sprengstoff finde ich etwas gewagt", erklärte er. „Aber nachdem ich dich ja schon etwas länger kenne, gehe ich davon aus, dass du weißt, von was du da redest. Es entspricht nicht dem Dienstweg, dass eine junge Kollegin der Mordkommission mir nichts, dir nichts das MEK anfordert. Doch ich werde – aufgrund der Gefahr im Verzug – sofort mit meinen Männern losfahren. Wir treffen uns beim BioWerk!"

Hinz hatte in der knappen Zeit nur drei der im Stadion verstreuten Teamkollegen loseisen können und gemeinsam waren sie im neutralen Transporter über den Fußweg zum BioWerk gefahren. „Lasst uns den Wagen hier abstellen!", ordnete Hinz an, als sie die Brücke über dem riesigen Recyclinggelände erreicht hatten. Er war ausgestiegen und schaute nach unten. Auch hier griff noch die eingerichtete Sperrzone und Hinz war sich nicht sicher, ob es einem Lkw gelungen sein konnte, auf das Gelände zu fahren.

„Nehmt nur Maschinenpistolen mit und den Türöffner!", rief Hinz den drei Männern zu und leicht erstaunt gehorchten sie. Die vier sprangen über das Brückengeländer und rannten den Hang zur unbefahrenen und wie tot daliegenden Schnackenburgallee hinunter. Den ganzen Tag über hatte sich der Himmel bewölkt gezeigt, doch seit wenigen Minuten ließ sich die Sonne etwas blicken. Seitlich des riesigen Gebäudekomplexes des BioWerks leuchtete einsam ein weißer Transporter gegen eine braune Wand und Hinz vermutete darin die Kollegen des Entschärfungsteams. Tatsächlich sprangen drei Männer im Polizeikombi aus dem Wagen, als sich das MEK näherte.

„Hallo Armin!"

Stahl hob grüßend die Hand.

„Kann man das glauben, was diese Kommissarin erzählt?"

„Ich denke schon! Ist sie inzwischen eingetroffen?"

Stahl schüttelte den Kopf. Lautes Jubeln aus dem Volkspark drang aus wenigen Hundert Metern Entfernung an das Ohr der Männer.

„Wir müssen uns beeilen. Zieht eure Schusswesten über!"

*

Die sieben Kriminalbeamten schlichen sich seitlich des inneren Zaunes in Richtung Innenhof. Hohe Silos, Förderbänder und dazwischen Hunderte von gelben Tonnen tauchten im Hof des BioWerks auf. Doch nirgends war ein Tankwagen zu sehen. Hinz kündigte per Hand eine Richtungsänderung an und sie bogen hinter einem braunweißen Gebäude ab.

„Wir hätten uns informieren sollen, wo das Wasser für die Heizung eingelassen wird", flüsterte einer der Entschärfer.

„Hätte, hätte, Fahrradkette", grinste Hinz und zog das Tempo noch etwas an. Sie schoben sich – fast im Laufschritt – vorsichtig zwischen einer Mauer und einem riesigen Rohrleitungssystem hindurch und erreichten den rückwärtigen Hof des Werks. Einige 20-Fuß-Container standen übereinandergestapelt herum und seitlich hatte man eine Batterie von Großgerät abgestellt. Doch auch hier war kein Tankfahrzeug zu sehen. Plötzlich stoppte Hinz, der immer noch vorneweg lief, an der Ecke des nächsten Gebäudes seine Bewegung. Er schob seinen Kopf etwas um die Hauswand. „Tatsächlich, dort steht ein Tankwagen. Daneben liegen einige kleine Fässer und dazu ein Typ, der alles bewacht!", flüsterte er nach hinten. Er erlaubte den Kollegen einen kurzen Blick. Der Tanklastwagen besaß eine blaue Fahrerkabine und auf der Ladefläche befand sich ein großer Tank. Das Fahrzeug hatte man seitlich, nahe der Hauswand, abgestellt und man konnte hören, dass der Motor des Wagens lief. Ein kräftiger, dunkelhaariger Mann mit Bart lehnte rauchend am Fahrzeug.

„Ich werde zunächst alleine nachschauen und mich um den Wachposten kümmern!"

Schon war Hauptkommissar Hinz verschwunden. Knapp zwei Minuten später war er zurück.

„Der Wagen steht vor einem vergitterten Fenster. Man hat eine der Scheiben eingeschlagen und einen dicken Schlauch hindurchgelegt. Die Eisentür nach innen ist verschlossen. Wir müssen sie gewaltsam öffnen", er deutete auf den Kollegen mit der riesigen Brechstange.

„Was ist mit der Wache?", fragte einer der Männer.

„Hat sich erledigt!", grinste Hinz durch seine Gesichtsmaske und machte ein entsprechendes Handzeichen.

„Gut, aber warum hast du den Motor des Wagens nicht abgestellt?"

Hinz nickte: „Das wäre aufgefallen und hätte die Terroristen sicher alarmiert." Der Fragesteller nickte ernst und zustimmend. „Bist du sicher, dass da drin wirklich Sprengwasser in die Rohre der Rasenheizung gefüllt wird?"

„Was sonst?", meinte Hinz laut und deutlich, „und nun kommt!"

Plötzlich hörte man lautes Jubeln aus dem Volkspark, gefolgt von einer dunklen, unsympathischen Männerstimme, die in arroganter Tonlage erklärte: „Ik bin ein Hamburger!"

*

Die Eisentür im BioWerk gab mit einem leisen Knarzen ihren Widerstand auf und öffnete sich. Einer der Männer konnte sie noch festhalten, bevor sie an die Wand geknallt wäre. Für einige Sekunden hielten die Polizeibeamten den Atem an. Aber alles blieb ruhig. Die Tür befand sich etwa zehn Meter seitlich des Lkws und vor ihnen auf dem Boden lag ein Mann. Er hatte einen Knebel im Mund und war an Händen und Füßen mit Kabelbindern gefesselt. Die Männer grinsten sich an.

„Wenn ich mich nicht irre, sind die Terroristen rechts von uns in einem der Räume", flüsterte Hinz und machte ein Zeichen, dass alle ihm folgen sollten. Die Gruppe betrat eine Werkstatt, es hätte sich aber auch um eine Abstellhalle für kleinere Maschinen handeln können. Es roch nach Öl oder Dieselkraftstoff. Große, vergitterte Fenster ließen genügend Helligkeit in die Halle. Leise schlichen die Männer – die vier vom MEK vorneweg – bis zu einer weiteren Tür, welche die Werkstatt vom nächsten Raum trennte. Hinz hielt einen Finger vor den Mund und alle nickten. Mit einem Mal vernahmen sie Stimmengeräusche. Ganz deutlich. Die Stimmfetzen mussten aus dem Raum hinter der Tür kommen und von ihrer derzeitigen Position konnten sie auch den laufenden Motor des Mercedes-Tankwagens deutlich hören.

„Die Entschärfer bleiben etwas seitlich!“, ordnete Hinz flüsternd an und die drei Kollegen zeigten mit einem Kopfnicken, dass sie ihn verstanden hatten. Hinz drückte in Zeitlupe den Türgriff nach unten. Dann stieß er fest mit dem Fuß gegen das grün lackierte Blech. Das Quietschgeräusch, das plötzlich die Stille brach, war unerwartet laut und sofort ärgerte er sich über den Unbekannten, dessen Pflicht es gewesen wäre, das Scharnier zu ölen.

„Runter!“, schrie er laut und die Männer warfen sich sofort zu Boden. Keine Sekunde zu früh. Schüsse aus automatischen Waffen dröhnten durch die Halle wie ein Gewitterhagel. Kugeln schlugen über ihnen in den Türrahmen ein und zischten durch die Werkstatt. Dann plötzliche Ruhe.

„Los und Feuer frei!“

Dem Ruf des MEK-Leiters folgte sein Aufspringen und auch das seiner Männer. Unmittelbar antworteten diese auf den Angriff der im Raum befindlichen Unbekannten mit Schüssen aus ihren Waffen. Wieder hörte man sekundenlang nur das Knallen und Pfeifen von Projektilen. Laute Schmerzensschreie unweit der Beamten deuteten an, dass sie ihre Ziele getroffen hatten. Staub, den unkontrollierte Geschosse beim Einschlag in die Wände verursacht hatten, versperrte die Sicht.

„Feuer einstellen!", rief Hinz laut gegen die Knallgeräusche der Automatikpistolen aus der Deckung. Sofort kehrte Stille ein und der Leiter des MEK richtete sich vorsichtig auf. Langsam legte sich der Staub und Hinz entdeckte an der Wandseite der Halle die Körper dreier Männer. Bewegungslos lagen sie auf dem Boden und zeigten keine Lebenszeichen mehr.

*

Sandra Holz und ihr Kollege Kommissar Sokolowski hatten mit Verzögerung das BioWerk in der Schnackenburgallee erreicht. Zigmal hatten sie sich auf der Fahrt ausweisen und den Grund ihrer Fahrt angeben müssen. Den Kollegen hatte man wohl eingeschärft, auch Extremisten mit gefälschten Polizeiausweisen und in roten Minis könnten sich Zutritt verschaffen.

Soko hatte während der Fahrt auf den nahezu leeren Hamburger Straßen seine Kollegin mit einem Fußball-T-Shirt überrascht. Sandra war es vor lauter Aufregung gar nicht aufgefallen. Nun schaute sie genauer hin. Es zeigte einen riesigen Fußball. Darunter stand: *Beim Fußball geht es nicht um Leben und Tod – die Sache ist viel ernster.* Sie schüttelte lachend den Kopf und wandte sich wieder der Straße zu.

Endlich hatten sie ihr Ziel erreicht. In dem Moment, als sie aus dem Wagen stiegen, rief Stahl auf Sandras Handy an.

„Ich beglückwünsche Sie, Frau Kollegin, Sie hatten tatsächlich recht. Wenige Minuten später wäre ein Gemisch von 15.000 Litern Benzin und flüssigem Sprengstoff in die Rasenheizung eingeleitet worden. Die Terroristen hatten zu unserem Glück Probleme, den richtigen Rohradapter des Tankwagens aufzutreiben. Das hat uns in die Karten gespielt. Ach, ich sehe gerade, Sie und Ihr Kollege sind schon da!"

Plötzlich erkannte Sandra Armin Stahl wenige Meter an einer Gebäudewand stehen, und er winkte ihnen zu.

*

Die drei toten Männer lagen – durch die Gewalt der eindringenden Geschosse verdreht – auf dem Rücken; einer von ihnen auf dem Bauch. Kommissar Stahl hatte

Sandra und Soko in die Halle geführt, wo Kommissar Hinz schon auf sie wartete.

„Glückwunsch, Kollegin, Sie beweisen immer wieder einen guten Riecher!"

Zum Spaß verzog der Leiter des MEK die Nase und atmete mehrfach durch sie ein. Die Anwesenden lachten. Auch Sokos T-Shirt kam gut an.

Sandra unterbrach die Lebensfreude der Männer mit einem Hüsteln. „Kann ich mir die Männer anschauen?", fragte sie ernst.

Hinz überlegte kurz und nickte dann. „Sie sind alle tot, habe ich selbst überprüft. Die Spurensicherung wird in dem Dreck hier eh keine verwertbaren Spuren finden und geschweige denn zuordnen können. Also los!"

Sandra spazierte vorsichtig an den schmutzigen Arbeitsgeräten vorbei, bis sie den ersten Toten erreicht hatte. Die Hallenluft roch nach einem Gemisch von Nitropulver und Dieselkraftstoff und der Spaziergang kam ihr sehr surreal vor. Es fröstelte sie und sie zog den Reißverschluss ihrer Lederjacke ganz hoch. Wieder überkamen sie Gedanken, diesen geliebten Beruf an den Nagel hängen zu wollen. Aber was käme dann? Wie schwer hatte sie die Jahre über kämpfen müssen, um bis hierher zu gelangen? Und nun sollte sie aufgeben? Es wurde ihr etwas schwindelig und sie bemühte sich um Konzentration.

Den ersten Toten kannte sie nicht. Ein schlanker Mittvierziger mit Ziegenbart und langen Koteletten.

Mit Helmschale und Lederweste könnte sie sich den Typen als Harley-Fahrer vorstellen. Er würde nie wieder ein solches Gefährt besteigen. Auch der zweite, unweit des ersten gelegen, war ihr nicht bekannt. Da war etwas Weiches in seinen starren Gesichtszügen und leichte Wehmut zog in Sandra hoch. Wie schnell wurde doch so ein Menschenleben ausgelöscht? Von ihren Müttern aufopfernd großgezogen, von Lehrern und Professoren hochwertig ausgebildet, um dann in einer schmutzigen Halle auf dem Boden zu enden? Die Kommissarin trat zum nächsten Körper. Er befand sich etwas weiter entfernt von den anderen, hatte aber auch – wie seine Kumpane – dunkle Kleidung an. Der Mann lag auf dem Bauch. Seine Haare wurden von einer Mütze verdeckt. Graue Strähnen hingen heraus. Die Kommissarin blickte hinter sich, Hinz und Stahl beobachteten das Tun der Kollegin und sie nickte ihnen zu. Dann beugte sie sich nach vorne und drehte den Toten vorsichtig auf den Rücken. Es war nicht ganz einfach, aber endlich rollte der Körper herum.

SIE SCHAUTE IN DIE STARREN AUGEN DES TOTEN DR. HANS GOLLASCH.

Kapitel 21

Ein leises Geräusch ließ die Kommissarin aufschrecken. Sie erhob sich vorsichtig aus der Hocke und blickte hinüber zu den Kollegen. Bis auf Hinz und seinen Kollegen war niemand zu sehen. Da war wieder ein Geräusch und dieses Mal klang es wie das Entsichern einer Handfeuerwaffe. Auch Kollege Hinz schien es gehört zu haben. Sandra spürte förmlich, wie die Kollegen erstarrten.

„Auf den Boden, Sandra!", schrie Hinz plötzlich. Doch noch bevor sie seine Anweisung ausführen konnte, brach ein Schussgeräusch die Stille der Halle und Sandra spürte einen Schmerz am Oberarm. Auch ihre Trommelfelle drohten zu platzen. Sie ließ sich fallen und kam ausgerechnet auf Gollaschs Leiche zum Liegen. Sie spürte seinen noch warmen Körper und roch den Schweiß des Toten. Es ekelte sie. Gleichzeitig suchte sie nach dem Schützen und einer Erklärung der veränderten Lage.

„Wenn ihr nicht sofort die Halle verlasst, schieße ich der Kommissarin in den Kopf."

Die männliche Stimme klang wütend und sie konnte nicht weit von ihr entfernt sein. Hatten sie jemanden der Bande übersehen? Sandra traute sich nicht, sich zu bewegen. Der Geruch des toten Gollasch trieb ihr den Mageninhalt in Richtung Speiseröhre. Der Schmerz hielt an und ihr war klar, sie war am rechten Arm getroffen. Sie bewegte den Arm, nur ganz wenig. Er schien in Ordnung, also konnten keine Sehne und auch kein Knochen verletzt sein. Das beruhigte sie. Sandra wollte nicht tatenlos hier liegen und bewegte ihre Hand vorsichtig zum Gürtel. „Natürlich hängt die Waffe rechts", ging es ihr durch den Kopf. Dort, wo die Hand des verletzten Arms nach ihr greifen müsste. Sie spürte plötzlich ein Taubheitsgefühl in den Fingern. Der Zustand trieb ihr Schweiß auf die Stirn. Waren doch Sehnen verletzt? Wenn sie nun nicht mehr ...!

Ein weiterer Schuss zerriss die Totenstille.

„Hinz, nimm deinen Kollegen und verlasse sofort die Halle. Ansonsten schieße ich auf Sandra!" Die Stimme räusperte sich. Dann fügte sie hinzu: „Und glaube mir, ich mache keine Scherze!"

Sandra vernahm Geräusche aus der Richtung, in der die Kollegen bisher gestanden hatten. Die Stimme des Mannes war ihr nicht fremd. Trotz der Schmerzen – die inzwischen stärker wurden – strengte sie ihr Hirn an: „Wer fehlte noch in der Sammlung der Verbrecher?" Dann fiel es ihr ein: Silwer!

„Bernd, ergib dich. Wir haben alle Beweise!", rief sie ins Leere.

Ein krächzendes Lachen war die Antwort. Sie hörte Geräusche an der Tür. Sicher hatten Hinz und seine Männer sich zurückgezogen. Sie wollten nicht, dass ihr etwas passierte, aber die Männer würden sie auch nicht Silwer überlassen, da war sie sich sicher. Eher sorgte sie sich um ihren Ex-Kollegen.

„Alle sind tot!"

„Ja, und du hast sie auf dem Gewissen!" Die Stimme war nun unmittelbar neben ihr zu hören. „Steh auf!"

*

Die Kommissarin konnte Silwers Schuhe sehen, während sie unter Schmerzen von Gollasch hinunterrollte. Und endlich sah sie auch sein Gesicht. Es war gerötet wie bei einem Bluthochdruck und der Atem des Mannes ging stoßweise. Silwer schien sich der ausweglosen Situation wohl bewusst zu sein. Langsam stellte sich Sandra auf. Sie stützte sich dabei mit dem gesunden, linken Arm ab. Silwer hielt eine Schusswaffe in der Hand und schaute nervös mal zu ihr, mal zur entfernten Hallentür.

„Los, mach, ich brauch dich, um hier wegzukommen!"

Er riss Sandra am Arm und der anhaltende Schmerz wurde noch intensiver und machte die Frau fast ohnmächtig. Sie strauchelte, doch bevor sie fiel, hatte Silwer sie am gesunden Arm festgehalten.

„Los!" Er schob Sandra in eine bestimmte Richtung und sie gehorchte. Was machten die anderen? Sicher rannten die Kollegen um die Halle und würden sie dort in Empfang nehmen. Der finale Rettungsschuss würde Silwer töten und ihr Leben retten.

„Glaube ja nicht, dass ich denen in die Hände gerate, Sandra. Du weißt, ich hatte einen guten Lehrmeister: Alexander Schweiss."

Die Hallenwand war erreicht. Dort lagerten große Holzrollen, auf denen gelbe Folien gewickelt waren. Kurz überlegte Sandra ihren Verwendungszweck, doch schon hatte Silwer sie mit der Waffe in den Rücken gestoßen. Seitlich der Rollen war bodennah eine Metalltür, vielleicht einen Meter im Quadrat. Auf diese lief Silwer zu. Er überholte Sandra. Ohne seine Waffe und den Blick von ihr zu wenden, öffnete er einen Metallbügel und riss die Tür auf. Dunkelheit schlug ihnen entgegen.

„Ich habe so etwas Ähnliches erwartet, Sandra. Ich kenne dich, du bist immer für so was gut. Vor allem, wenn man nicht mehr daran denkt. Gollasch ist aber auch ein Arsch. Ich habe ihm gesagt, nimm mehr Leute zur Absicherung mit. Aber er wollte um keinen Preis auffallen. Nun ist er tot und die von ihm so gehassten Politiker noch am Leben. Mir soll es recht sein – da rein!"

Der Mann drückte Sandra regelrecht in den dunklen Schacht. Weit hinten war Licht zu sehen, stellte die Kommissarin zu ihrer Erleichterung fest.

„Wenn du glaubst, Hinz oder Stahl erwarten dich da hinten, hast du dich getäuscht. So dumm ist ein Silwer nicht. Kriech los!"

*

Nach wenigen Metern hatten die beiden eine Öffnung erreicht. Sandra konnte schon erkennen, dass sie zum Außenbereich des BioWerkes gelangten. Sie glaubte nicht, dass Silwer die Flucht gelingen würde, außer er besäße einen Hubschrauber. Aber auch das war ihm zuzutrauen. Wieder stützte sie sich mit dem gesunden Arm an der Wand ab, während sie sich außerhalb des Schachts langsam aufrichtete. Links und rechts nahm die Kommissarin große, braune 20-Fuß-Container wahr. Sie waren übereinandergestapelt und sie selbst stand genau zwischen den riesigen Metallbüchsen. Noch immer hatte sie keine Idee, was der Ex-Kriminalbeamte vorhatte.

„Nach rechts!", flüsterte er nun. Sicher hatte er Angst, die MEK-Beamten würden ihn hören. Ich könnte laut schreien, überlegte Sandra kurz, und damit meinen Standort verraten!

„Wenn du schreist, töte ich dich!" Als habe Silwer ihre Gedanken gelesen, drückte er ihr seine Waffe fest in den Rücken. Sie versuchte dem schmerzenden Druck zu entkommen und bewegte sich – wie befohlen – rechts der Container entlang. Noch bevor sie sich ganz aus diesem Bereich herausgeschoben hatten, fiel Sandra ein großer Gegenstand auf. Jemand hatte ihn mit einer alten Plane abgedeckt. Sie tippte auf Silwers Fluchtwagen, der sich darunter verbarg.

Plötzlich spürte sie Silwers Hände an ihrem Hintern. Sie erschrak, was hatte der Mann vor? Doch Silwer nahm ihr nur ihre Handschellen ab und ihr war klar, was jetzt passierte.

„Mein Arm schmerzt und blutet", jammerte sie. Gerade war ihr – anhand der Rotverfärbung der Lederjacke – bewusst geworden, dass sie Blut verlor.

Silwer antwortete nicht. Blitzschnell entfernte er die Plane und ein schwarzer Audi TT Sportwagen kam zum Vorschein. Er riss die Beifahrertür auf und schob die verblüffte Kommissarin – immer noch unter vorgehaltener Waffe – in Richtung Wagen.

„Reinsetzen", flüsterte er, „und mach keine Mätzchen. Denke an deine Tochter."

Ein Schreck durchfuhr Sandra und warf sie aus dem Gleichgewicht. Sie versuchte sich noch mit der Hand am Wagen festzuhalten, doch die Finger gehorchten nicht mehr ihren Befehlen. Die Kommissarin stürzte hart gegen das Türblech und es wurde ihr schwarz vor Augen. Das Letzte, was sie hörte, waren die Worte: „Dumme Kuh".

*

Das Brummen eines Motors weckte Sandra aus ihrer Bewusstlosigkeit. Sie hoffte auf einen Traum und ließ die Augen noch geschlossen. Was war geschehen? Sie erinnerte sich an Silwers Erscheinen und an die Geiselnahme. Doch wie lange war das her? Sie sondierte die Schmerzen: Der Arm tat mittlerweile sehr weh, hinzu kamen Kopfschmerzen. Sie wollte sich mit der linken Hand an den Kopf fassen, doch der Arm verweigerte seinen Dienst. Sandra riss die Augen auf und schaute auf das Armaturenbrett eines Wagens. Ihre linke Hand war mit Handschellen rechts am Türgriff angekettet. Als sie den Kopf nach links drehte, grinste Silwer die Kommissarin an: „Na, ausgeschlafen?"

Sie antwortete nicht, schaute nach vorne aus dem Fenster. Wie lange war sie bewusstlos? Noch immer war heller Tag und sie befuhren eine asphaltierte Straße, parallel zu einem Deich. Sie mussten noch in Hamburg sein. Silwer hatte es tatsächlich geschafft, Hinz zu entkommen.

„Sicher fragst du dich, wie ich den Trotteln entkommen konnte?"

Sandra gab keine Antwort.

„Ich war halt schlauer als sie, und wenn du glaubst, mit einer Großfahndung und einem riesigen Polizeiaufgebot suchen sie nach uns, hast du dich auch da getäuscht. Die Hamburger Polizei hat gerade anderes zu tun, als nach einer kleinen Kommissarin zu suchen. Oh entschuldige, Hauptkommissarin!"

Sandra hatte bemerkt, dass sie ihre Lederjacke nicht mehr trug. Auch der Arm ihrer rechten Bluse war aufgeschnitten und ein weißer Verband schaute darunter heraus.

Silwer war ihr Blick aufgefallen: „Ich wollte nicht, dass du verblutest, liebste Kollegin. Ich brauche dich ja noch lebend!“

Nervös schaute der Fahrer ständig in den Rückspiegel. So sicher über eine ausbleibende Verfolgung schien er doch nicht zu sein, glaubte die Kommissarin zu wissen. Sie fühlte sich schlapp und machte den Blutverlust dafür verantwortlich. Das Einatmen viel ihr schwer, aber sie spürte, wie die Kopfschmerzen etwas zurückgingen und ihr trüber Blick sich klarte.

„Was hast du vor, Bernd?“

„Das würdest du wohl gerne wissen, Sandra?“

*

Der Wagen wechselte auf eine größere Straße und nun fuhren sie in einen kleinen Ort, der Bostelbek hieß. Laut Ortsschild handelte es sich um ein Ortsteil des Hamburger Stadtteils Heimfeld. In diese Ecke hatte sich Sandra noch nie verirrt. Was hatte Silwer vor und wo wollte er hin? Sie marterte ihr Hirn, aber nichts fiel ihr dazu ein.

Silwer schwieg die letzten Minuten. Er raste regelrecht durch die Ortschaft. Ihm schien alles egal zu sein. Hier auf dem Land hatte er – sicher auch bedingt durch die Großlage in Hamburg – nicht mit der Polizei zu rechnen. Sie befuhren nun die Bundesstraße 73 und nach einigen Kilometern bog Silwer nach Fischbek ab. Er fuhr mitten durch den kleinen Ort. Inzwischen hatte es stark zu regnen begonnen, doch der Fahrer nahm auf die Witterung keinerlei Rücksicht. Mit überhöhter Geschwindigkeit lenkte er den Wagen durch die kleinen Straßen und auch rote Ampeln interessierten ihn wenig. Dabei hatte er Glück, dass Fischbek wie ausgestorben war. Sicher saßen alle Bewohner vor dem Fernseher und schauten das Spiel *Deutschland – USA* an, überlegte Sandra. Und ihr war es zu verdanken, dass der Fußballnachmittag nicht durch einen Terroranschlag jäh unterbrochen wurde.

Noch immer schwieg Silwer. Sie fuhren durch eine kleine Siedlung und ließen den Ort Fischbek hinter sich. *Scharlbargstieg* konnte Sandra noch lesen, während der schnelle Audi durch einen Wald fuhr. Die Bäume flitzten nur so an ihnen vorbei. Sandra wurde es übel und sie schloss die Augen. Hatte Silwer hier vielleicht eine Hütte? Oder war dort der Rückzugsort der Bande, die ja nun extrem dezimiert sein musste? Es war nicht ausgeschlossen, dass Silwer sie töten würde; er hatte sicher nicht mehr viel zu verlieren. Sie hatte bisher wenig über den ehemaligen Kollegen recherchiert. Das tat ihr etwas leid, vielleicht hätte sie den Kollegen damals nach seinem Ausscheiden aus dem Dienst einmal besuchen und mit ihm reden sollen. Aber sie hatte zu der Zeit genug mit sich selbst zu tun.

Sie fuhren am *Schullandheim „Am Scharlbarg“* vorbei und bogen kurz danach links ab. Weiter vorne war die

Straße durch ein großes Tor versperrt, und noch während Sandra nach dem Grund der Absperrung suchte, hielt Silwer den Audi vor einem alten Schild mit der Aufschrift: *Segelflug-Club Fischbek e. V.*

SANDRA SCHWANTE BÖSES!

Kapitel 22

Silwer hatte den Audi in einen leeren Hangar gefahren und das Tor wieder zugezogen. Angekettet im Wagen war Sandra zum Zuschauen verdammt. Sie registrierte, dass der Mann sich den Schweiß von der Stirn wischte und telefonierte. Sandra versuchte Teile des Gesprächs mitzubekommen, aber Silwer stand einige Meter entfernt und schien zu flüstern. Er entnahm gerade der braunen Pilotenjacke, die an der Wand hing, eine Zigarettenpackung. Dann zog er aus selbiger Jacke ein Feuerzeug, steckte die Zigarette an und sog den Rauch tief in seine Lunge.

Sandra überdachte ihre Chancen: Sie befanden sich auf einem kleinen Sportflugplatz nahe Fischbek. Sicher rief Silwer jemanden an, der hier eine Maschine besaß. Würde er sie hierlassen und alleine verschwinden? Plötzlich klopfte es an der Scheibe. Silwer grinste sie an. Langsam öffnete er die Wagentür. Angekettet wie sie war, musste sie sich mit der aufgehenden Tür bewegen: Es verursachte ihr extreme Schmerzen.

„Du hast doch keine Flugangst, Sandra?"

Silwer beabsichtigte also, sie mitzunehmen, glaubte Sandra zu wissen. In der Luft waren die Erfolgsaussichten ihrer Kollegen auf Zugriff noch schlechter als auf dem Boden. Im Moment war also Silwer am Zuge.

Der Mann selbst hatte sich über die offene Tür gebeugt und begann – in der einen Hand die Waffe, in der anderen den Schlüssel – Sandras Handschellen zu öffnen. Die Kommissarin witterte ihre Chance, und als Silwer zwischen Tür und Chassis hing, zog sie fest an der Handschelle. Die Wagentür klemmte Silwers Körper ein und der Mann schrie vor Schmerzen laut auf. Sandra zog mit der ihr zur Verfügung stehenden Kraft. Ihr war klar, das war ihre letzte Möglichkeit, bevor weitere Personen auftauchten und sie im Flugzeug außer Landes brachten. Silwer hatte die Schlüssel fallen lassen und schlug mit der frei gewordenen Hand auf Sandras rechten Oberarm. Der Schmerz, der durch ihren Körper fuhr, fühlte sich an wie ein heftiger Stromschlag. Sandra versuchte einzuatmen, doch die Lunge schien ihren Dienst zu versagen. Röchelnd fiel die Kommissarin in sich zusammen.

*

Wieder weckte sie ein Motorgeräusch auf. Doch dieser Motor war lauter und kräftiger. Es roch nach Benzin oder Abgasen und Sandra öffnete ihre Augen. Draußen hatte das Tageslicht etwas eingebüßt, doch noch konnte sie rechts aus dem Fenster Straßen und Gebäude in

Miniatur erkennen. Sie befand sich definitiv in einem Flugzeug. Silwer saß links von ihr und hielt das Steuerhorn in der Hand. Sie selbst trug dicke Kopfhörer und war erneut mit den eigenen Handschellen an die Tür der Maschine gekettet. Doch in diesem Fall einige Hundert Meter über dem Erdboden.

„Da staunst du, was? Wer hätte gedacht, dass Silwer fliegen kann?"

Tatsächlich war Sandra total überrascht über die Situation.

„Als ich noch beim LKA war, hat niemand nach mir gefragt. Wer sollte also davon wissen? Ich glaubte mit Alexander Schweiss einen guten Kollegen, fast einen Freund zu besitzen. Aber auch er war ein Egoist. Dachte nur an sich. Warum hat er nicht die Kensbock genommen und ist im Ruhestand geblieben? Nun ist er tot, hat nichts davon gehabt. Gut, mir wird es vielleicht auch so gehen. Aber ich trage die Schuld dafür. Habe mir diese Scheiße selber eingebrockt."

Seine letzten Worte waren leiser geworden und es schien Sandra, als weine der Ex-Kollege. Ihr war klar geworden, hier oben konnte sie niemand retten. Hinz und sein MEK konnten am Himmel keine Straßensperre errichten und sie freischießen. In Hunderten Meter Höhe war sie Gott bedeutend näher, als ihr lieb war.

„Weißt du, Sandra, dieses ganze linke Gedöns von Gollasch und Nischer-Durand war mir scheißegal. Mir ging es nicht um tote Politiker, um Weltveränderung. Ich wollte meine Frau wiederhaben, meinen Sohn. Nun haben sie mir alles genommen. Nur wegen dieser Schulden und ... meiner Spielsucht." Er weinte tatsächlich. Sandra nutzte die Zeit und schaute sich im Flieger um. Noch war es hell genug. Es handelte sich wohl um eine kleine, einmotorische Maschine. Vor ihr verrichtete ein einzelner Propeller akkurat seinen Dienst. Hinter ihr befand sich eine einfache Sitzbank. In diesem Flugzeug hatten wohl maximal vier Personen Platz. Auf der Rückbank lag die braune Lederjacke von eben. Einen Fallschirm konnte sie nicht finden. Gab es in der Maschine vielleicht noch einen Stauraum? Wenn ja, musste er von außen zugänglich sein. Hier innen war keine Klappe oder dergleichen zu sehen.

Der Motor wurde plötzlich leiser und das veranlasste die Kommissarin, ihren Kopf wieder nach vorne zu richten. Silwer hatte den Gashebel etwas herausgezogen und schob und drückte an irgendwelchen Reglern herum. Sandra war schon einige Male in Oldenburg in einem ähnlich kleinen Flugzeug mitgeflogen. Der befreundete Pilot damals hatte ihr auch ein wenig das Fliegen erklärt. Sogar das Steuer durfte sie bedienen. Leider hatte sie seinen Ausführungen nicht zugehört. Sie empfand einfach zu wenig Interesse an der Fliegerei. Vielleicht sollte sie Silwer mit seinem Hobby etwas aufmuntern, bevor er noch Dummheiten machte.

„Ich bin auch mal geflogen!", rief sie gegen den Lärm.

Silwer hatte überrascht zu ihr rübergeschaut.

„Aber einen Flugschein hast du nicht?“ Es klang, als habe er Angst davor, dass die Kommissarin mit einem ‚Ja‘ antwortete.

„Um Gottes willen, Fliegen ist nichts für mich. Ich durfte mal bei einem Freund mitfliegen.“

„Das ist gut!“, meinte der Pilot und es schien Sandra, als sei er über ihre Aussage erleichtert.

„Ist das dein Flugzeug?“, fragte sie, um das Gespräch nicht abflachen zu lassen.

Silwer schüttelte den Kopf. „Weißt du, dass du mir den Arm gebrochen hast?“

Sandra verstand nicht.

„Deine Aktion mit der Tür meines Audis. Du hast mir dabei den Arm gebrochen.“ Er zeigte auf seinen linken Arm, der seitlich vom Sitz herunterbaumelte.

Sandra erschrak. „Das wollte ich nicht, ich wollte nur ...!“ Silwer hob die Hand und die Kommissarin unterbrach den Satz. Mit einem verärgerten Blick zog er den Gashebel ganz zu sich heran. Der Motor verlor an Drehzahlen und wurde auf einen Schlag leise. Dann starb er ganz ab. Das Flugzeug begann zu schaukeln, machte dann eine Abwärtsbewegung, die Sandras Magen Probleme bereitete. Auch war es plötzlich totenstill geworden. Die Situation verängstigte Sandra so sehr, dass sie laut aufschrie.

„Fliegen ist für mich das Höchste“, rief Silwer und drückte einen Knopf. Ein Anlassergeräusch ertönte und der Propeller vor ihr begann wieder zu drehen. Erst langsam, dann nahm er die volle Drehzahl auf. Die

Maschine richtete sich langsam auf, das Wackeln ging zurück. Das Flugzeug lag nun ruhig in der Luft. Erleichtert bemühte sich Sandra, mit der Schulter die Tränen von der Wange zu wischen – vergeblich.

„Was sollte das?", fragte sie.

Silwer zuckte mit den Schultern. „Ich bin der Herr über dein Leben und über deinen Tod!"

„Was hast du davon, wenn du mich tötest?"

Wieder zuckte er mit den Schultern. „Was habe ich davon, wenn ich dich weiterleben lasse?"

Diese Frage konnte Sandra nicht beantworten. Doch so langsam kehrte Sandras Sicherheitsgefühl wieder zurück.

„Ich würde gerne fliegen lernen!"

Silwer lachte und beugte sich nach vorne. Plötzlich unterbrach er das Lachen mit schmerzverzerrtem Gesicht. „Scheiß Arm, schau, was du angerichtet hast!"

„Es tut mir leid!", flüsterte die Kommissarin in den Mikrofonbügel. Silwer riss das Steuerhorn nach links und die Maschine machte eine Drehung. Sandra kam es vor wie eine Fahrt auf der Achterbahn. Dann riss der Pilot das Steuerhorn nach rechts und das Flugzeug gehorchte. Sie spürte Übelkeit aufsteigen und suchte schon mal nach einer Tüte. Vergebens. Draußen war es inzwischen noch etwas dämmriger geworden. Unter ihnen, auf der Erde, hatte man hier und da schon die Straßenbeleuchtung eingeschaltet. Sie überflogen kleine Dörfer. Hamburg, die Großstadt, musste weit hinter ihnen liegen. Sandra hatte keinen Plan.

„Was soll ich nun machen, Sandra?“

„Flieg mich zurück. Stell dich. Ich werde ein gutes Wort für dich einlegen. Du gehst ein paar Jahre ins Gefängnis. Aber du bist noch jung.“

„Und meine Lora?“

Darauf wusste Sandra keinen Rat. Sie wollte ihm das Ganze auch nicht schönreden. „Frauen können auch verzeihen!?“, flüsterte sie.

„Meinst du?“

Sie nickte.

„Eigentlich habe ich auch noch keine Lust auf den Tod!“ Mit einem Ruck hatte Silwer das Steuerhorn nach links gerissen und begann eine Kurve zu fliegen. Sandra hoffte, er trat den Rückflug an.

*

„Wo befinden wir uns?“, wollte Sandra wissen. Silwer war etwas umgänglicher geworden.

„Hier unten muss Geestland sein – in der Nähe bin ich geboren.“

„Ach, Geestland!“ Sandra tat, als kenne sie den Ort.

„Wie weit ist es zurück nach Fischbek?“

Silwer schaute ruckartig zu ihr rüber. „Du bist keine Dumme. Dass wir in Fischbek gestartet sind, hast du wohl geschnallt?“

Sandra rührte sich nicht. Sie fand, es sei besser, sich momentan nicht zu äußern. Gerade schien sich die verfahren geglaubte Situation etwas zu beruhigen.

Mit einem Mal begann die kleine Maschine zu vibrieren, dann wurde aus der Vibration ein Schaukeln. Erst glaubte die Kommissarin, Silwer habe erneut etwas getan, um sie zu verängstigen. Dann sah sie im Gesicht des Piloten, dass auch er nach der Ursache suchte. Und plötzlich hatte sie diese erkannt. Links und rechts neben dem einmotorigen Flugzeug hatte jeweils ein Militärjet der Luftwaffe Aufstellung genommen.

*

Silwer war außer sich. „Diese Idioten!“ Er drehte am Knopf eines Gerätes, das nach Radio aussah. Die Frequenzen wurden digital angezeigt. Und jedes Mal, wenn er den Knauf etwas gedreht hatte, hörte Sandra ein „Ihr verdammten Arschlöcher“ im Kopfhörer. Sie wollte ihren Arm auf den seinen legen, um ihn zu beruhigen, doch ihr eigener Arm schmerzte und den anderen hatte Silwer angekettet.

„Bernd, Bernd!“

Endlich drehte er sich zu ihr herüber. Seine Augen waren blutunterlaufen. Noch nie hatte Sandra einem Menschen in sein Gesicht gesehen, der so wütend und verletzt aussah. Ihr war bewusst, mit Worten konnte sie ihn nicht mehr beruhigen.

Die beiden Militärjets schoben sich noch etwas näher an die kleine Maschine, was starke Turbulenzen auslöste. Zum Glück schienen es die Piloten bemerkt zu haben. Plötzlich drehten sie seitlich ab – blieben aber in Sichtweite. Silwer bekam regelrecht Atemnot vor Wut. Er riss seinen verletzten Arm hoch, der unkontrolliert auf das Steuerhorn knallte. Voller Schmerz schrie er auf. Er griff seitlich in die Tür des Fliegers und brüllte. „Alles ist vorbei. Ich weiß nicht weiter ...!“ Er beschleunigte die Maschine, flog eine Rechtskurve. Sandra hatte Angst, sie kollidierten mit den Jets. Dann beendete der Pilot den Kurvenflug, drückte einen Knopf. Das in Bewegung geratene Flugzeug beruhigte sich wie auf Kommando. Silwer zog plötzlich eine Pistole hervor, hielt sie sich unter das Kinn und drückte ab. Der Schuss zerriss Sandra fast die Trommelfelle. Ein Druck im Kopf stellte sich ein, der die andauernden Schmerzen im Arm vergessen ließ.

Kapitel 23

Es dauerte eine Weile, bis Sandra registrierte, was sich hier abgespielt hatte. Und auch, was der aktuelle Zustand Silwers für sie bedeutete: Sie saß in einem kleinen Flugzeug, irgendwo über Niedersachsen, neben sich einen Toten, dessen Hirn seitlich an der Scheibe verteilt war. Es musste später Nachmittag bis früher Abend sein, irgendwo war sicher eine Uhr, und wenn die Schmerzen im Schädel nachgelassen hatten, würde sie nach ihr suchen. Der Motor des kleinen Flugzeugs brummte vor sich hin und die Kommissarin stierte auf das kleine, runde Loch in der Decke, das Silwers Projektil hinterlassen hatte. Ihr Arm schmerzte und die Blase meldete sich zu ihrem Leidwesen auch noch. Alle Zeichen standen auf Sturm. Doch irgendwie konnte sie noch von Glück reden. Silwer hätte auch den Motor treffen können oder sie selbst. Aber vielleicht wäre das besser gewesen. Wie es nun weitergehen würde, da hatte sie keinen Plan. Sie fing an, mit sich zu reden: „Wieso fliegt die Maschine so ruhig?"

Silwers Körper lag verkrümmt und zurückgelehnt auf dem Sitz, den Kopf an der Scheibe.

„Sicher gibt es einen Autopiloten!"

Sandra versuchte die Instrumente des Cockpits zu erkennen, doch ihr Kreislauf machte zunächst einen Strich durch die Rechnung. Mit Schleiern vor den Augen erschienen ihr die beleuchteten Instrumente nur unscharf. Sie begann gleichmäßig ein- und auszuatmen. Langsam wurde die Sicht nach vorne klarer.

„Was ist mit den freundlichen Begleitflugzeugen?"

Sie schaute aus dem Fenster. Sie konnte die Militärmaschinen nicht mehr sehen.

„Schon aufgegeben?"

Sie spürte, wie ihr diese Aussage den Mut nahm. Tränen liefen ihre Wangen hinunter. Sie konnte sie nicht aufhalten. Der rechte Arm schmerzte bei jeder Bewegung. Der linke war an der Tür mit Handschellen befestigt. Sie atmete tief ein und machte sich selber Mut.

„Noch lebe ich! Gut, alle wichtigen Instrumente des Flugzeugs sind vor dem Sitz des Piloten, also links angeordnet. Das macht auch Sinn – wenn der Pilot lebt. Aber ganz ohne Instrumente bin ich zum Glück nicht weggekommen", sie lachte, um sich etwas positiver zu stimmen.

„Na, und was haben wir denn da? Ach, schau mal, die vielen Knöpfe und der Gashebel!" Wo die Motorgeschwindigkeit des Flugzeugs verstellt wurde, hatte sie während des Fluges mitbekommen. Zu ihren Füßen lagen zwei Pedale, auf denen *Piper* stand. „Also *Piper* heißt du, kleines Flugzeug. Dann kann ich dich ja jetzt ansprechen? Aber ich muss dringend mit jemandem reden. Mit einem, der mir hier oben helfen kann."

Sie hatte vor dem Kopfhörer einen Mikrofonbügel, war also technisch vorbereitet.

„Da haben wir ja ein Funkgerät. Ich werde mal die Frequenzen testen. Irgendwer wird mich schon hören."

Das mittig gelegene Gerät war in zwei Hälften aufgeteilt, in COM und NAV. Es zeigte auf dem Display altmodische rote LED-Ziffern.

„Wie ein altes Radio."

Sandra entschied sich für COM. Sie drehte an dem Knopf, der darunter lag und wohl für die Wellenlänge zuständig war. Doch die Ziffern veränderten sich so schnell, dass sie erst nachdem sie losgelassen hatte, die neu eingestellte Frequenz ablesen konnte. Sie drehte den Knopf nun etwas vorsichtiger und damit lief es auch langsamer. Nach links gedreht wurde die Zahl kleiner, nach rechts größer. Plötzlich gab es wieder diese Turbulenzen, wie eben, als die beiden Flugzeuge auftauchten. Sandra hielt den Atem an und schaute nach links. Dort war keiner der Jets zu sehen. Doch rechts, in einiger Entfernung, tauchte die silbergraue Maschine mit dem Eisernen Kreuz und der Nummer 3092 auf.

„Wenn du doch zu mir rüberkommen könntest, wie in *Mission Impossible*? Oder war es *Stirb langsam?*" Ihre Mutter hatte diese Filme geliebt und Sandra erinnerte sich daran, einen gesehen zu haben, in dem ein Pilot in die fliegende Maschine einstieg und sie später sicher zu Boden brachte. Aber ihr war auch klar, das würde heute hier nicht funktionieren. Der Pilot im Jet nebenan machte irgendwelche Handbewegungen.

„Ja, ja, alles okay“ Sandra nickte. Lieber hätte sie den ‚Daumen hoch‘ gezeigt, aber das war nicht möglich. Oder doch? Sie riss fest an der Handschelle, bis ihr das Metall tief in den Arm schnitt. Die Summe der Schmerzen lag gerade jenseits aller physischen Qualen, die sie je erlitten hatte.

„Nein, stopp, das wird nichts. Noch einen verletzten Arm brauche ich nicht. Wo sind die verdammten Schlüssel?“ Plötzlich fiel ihr das Handy ein. Sicher hatte Silwer es ihr abgenommen, aber vielleicht hatte er dieses oder sein eigenes Smartphone in der Jacke hinter ihr?

Doch als Erstes mussten die Handschellen ab. Sie war sich sicher, dass Silwer die Schlüssel in der Hosentasche hatte. Oder in der Jacke. Wenn sie sich in der Pilotenjacke befanden, war sie aufgeschmissen. Dorthin kam sie nie und nimmer.

„Komm, Arm, zusammen schaffen wir es!“

Sie hob ihren verletzten Arm etwas hoch und spürte sofort, wie sich der Schmerz veränderte. Es wurde ihr schwarz vor Augen und sie stoppte die Aktion für einen kurzen Augenblick. Dann nahm sie einen zweiten Anlauf. Nun ging es schon besser.

„Nur bis auf den Schoß!“

Der Arm gehorchte. Die Schmerzen waren schlimm, aber was war das gegen ein Zerschellen auf der Erde.

„Ich brauche euch Finger, um in seiner Hosentasche nach dem Schlüssel zu suchen.“ Sandra drehte den Oberkörper in Silwers Richtung. Seine offenen Augen blickten sie an, als beobachte er ihr Tun. Sie glaubte, jeden Moment könne Silwer sich bewegen.

„Nein Bernd, du bist tot! Mausetot!"

Endlich hatte sie die Hand an seiner Hose. Die Öffnung der Hosentasche lag zu ihr gewandt und erst fühlte sie weiter unten nach dem Schlüsselbund.

„Da ist doch etwas!", frohlockte sie. „Hoffentlich nicht deine Haustürschlüssel!" Sie war sich irgendwie nicht bewusst darüber, dass sich diese Angelegenheit gerade in einer Höhe über tausend Meter abspielte. Unter Schmerzen steckte sie ihre Hand in Silwers Hosentasche. Sie konnte den kleinen Schlüssel schon fühlen. Noch nie hatte sie sich so sehr auf dieses kleine Metall gefreut.

„Ich liebe dich, kleiner Schlüssel."

Ihre Finger spielten ihr einen Streich. Ring- und kleinen Finger konnte sie kaum bewegen, geschweige denn zugreifen.

„Ihr anderen, ihr schafft es!" Konzentriert, mit geschlossenen Augen fummelte sie sich bis zum Schlüssel durch. Sie packte ihn und zog ihn dann vorsichtig heraus.

„Na, habe ich dich?"

Sandra legte die beiden kleinen Schlüssel auf ihren Schoß, um sich zu erholen. Der Arm schmerzte so sehr, als ob er jeden Moment abfallen würde. Sie schaute nach rechts. Die Militärmaschine war noch immer da. Nach einigen Sekunden Pause ergriff sie den Schlüssel, brachte den Oberkörper in Position und hob ihn zur Handschelle hoch.

„Meine Aussichten sind eh beschissen. Da werde ich doch diesen kleinen Schlüssel in die Öffnung bringen!"

Der erste Anlauf misslang. Sie blickte schräg nach vorne auf die Instrumente.

„Alles läuft prima, weiter so!"

Sie startete einen zweiten Versuch und schaffte es, zumindest den Schlüssel in das Loch zu stecken. Nur umdrehen schien unmöglich. Der Schmerz raubte ihr fast die Sinne.

„Nicht ohnmächtig werden, Sandra. Schlafen kannst du später zu Hause", lachte sie laut durch die Schmerzen. Sie blickte zum toten Silwer, als ob ihn dieses laute Lachen wecken könnte. Als die Schmerzen wieder im erträglichen Bereich waren, drehte sie schnell den Schlüssel. Die Handschelle löste sich, sie fiel herab: Der Arm war frei. Sandra lehnte sich erschöpft, aber zufrieden zurück und hob die Hand zur Türscheibe. Das Blut schoss ihr in den Arm und es kribbelte wie tausend Ameisen. Aber das war ihr egal. Sie reckte den Daumen so hoch sie konnte, und der Flugzeugführer des Militärjets reagierte seinerseits, dass er verstanden hatte. Dann schloss sie die Augenlider des toten Piloten.

*

Endlich hatte sich Sandra komplett der Handschellen entledigt.

„Welch ein befreiendes Gefühl! Es gibt viel zu tun, packen wir es an!", lachte sie. Sie griff nach hinten zur Lederjacke und zog sie nach vorne. Dann durchsuchte Sandra die Außentaschen. Außer einer Geldbörse fand sie nichts. Innen stieß sie auf ein Smartphone und schrie vor Glück auf. Es handelte sich nicht um das ihre, sondern um Silwers Handy. Doch der hatte es gesperrt. Das Handy verlangte nach dem Code oder einem Fingerabdruck. Wenn sie jetzt den Code mehrfach falsch eingab, war es dauerhaft außer Betrieb. Aber einen Notruf abzusetzen, das ging doch eigentlich immer? Sie schaute auf das Display, *Kein Netz* wurde angezeigt, sie versuchte es trotzdem und wählte die 112. Nichts geschah. Sie musste dringend das Handy aktivieren. Wenn nicht mit Code, dann per Fingerabdruck. Silwer lag doch neben ihr. Erst zögerte sie, seine Hand zu nehmen und die Finger auf den Sensor zu drücken. Dann überwand sie sich und begann. Die Finger der rechten Hand entsperrten das Handy nicht. Sie hoffte nun auf Silwers linke. Sandra zog seinen linken Arm hervor und legte ihn über seinen Oberschenkeln ab. Der Daumen der linken Hand entsperrte das Handy endlich und nun zeigte es eine Vielzahl an Apps an. Doch noch immer war kein Netz verfügbar. Vermutlich lag es an der Höhe, sie musste die Maschine tiefer bringen.

Die Kommissarin griff vorsichtig an das Steuerhorn vor ihr. Sicher war es nicht gut, daran zu reißen.

„Ob der Autopilot sich dann abschaltet? Nein, das müssen wir unbedingt verhindern."

Die Turbulenzen kehrten zurück, dieses Mal aber massiver. Sandra bekam Angst. Was war los? „Lieber Gott, bitte keinen Ärger." Die Militärmaschine war ihr sehr nah gekommen.

„Mach, dass du wegkommst", schrie sie laut, „damit hilfst du mir nicht!"

Plötzlich war am Cockpitfenster des Jets etwas Weißes zu sehen. Ähnlich einem Blatt Papier.

„Hast du mir eine Botschaft geschrieben?"

Tatsächlich standen auf dem Papier Zahlen. Aber Sandra konnte sie nicht lesen. Es war zu dunkel dort drüben. Dann leuchtete plötzlich im Cockpit des Jets ein Licht auf. Wie die LED eines Handys. „121,5", las sie laut vor.

Ihr war klar, der Pilot hatte ihr die Sprechfrequenz mitgeteilt.

„Du willst mit mir reden. Aber gerne!" Der Jet hatte wieder abgedreht.

Sandra drehte vorsichtig am Knopf des Funkgerätes, bis die Anzeige die Zahl 121,5 anzeigte. Als sie den Knopf losließ, hörte sie eine Stimme: „Frau Holz, hören Sie mich? Delta-Echo-Bravo-Uniform-Foxtrott – bitte kommen!" Freudentränen schossen Sandra aus den Augenhöhlen. „Ja, ich höre Sie, hier bin ich!"

Wieder ertönte die Stimme: „Frau Holz, können Sie mich hören? Drücken Sie gegebenenfalls den Schalter am Steuerhorn."

Erleichtert suchte Sandra nach dem Schalter und fand ihn auch. Vorsichtig drückte sie ihn. „Das wird doch nicht der Autopilot sein?"

„Hallo, hallo. Frau Holz, ich habe Sie gehört. Wenn Sie mit mir reden wollen, drücken Sie den Knopf. Am Ende Ihrer Worte bitte erneut drücken. Vielleicht zeigen Sie den Abschluss Ihres Satzes durch das Wort ‚Over' an!" Die Stimme des Mannes im Nirgendwo klang ruhig und besonnen und sofort keimte in Sandra die Hoffnung auf, dass der heutige Tag doch nicht ihr letzter sein würde.

„Ja, hallo! Hier spricht Sandra Holz!"

„Prima, was ist mit dem Piloten der Maschine, diesem Silwer, over?"

„Er ist tot, hat sich in den Kopf geschossen, over."

Einen Moment war Schweigen auf der anderen Seite. Dann: „Das macht die Sache nicht leichter. Aber gut, Sie haben die Botschaft des Piloten gelesen, das ist hervorragend. Er hat die Frequenz auf eine Kotztüte geschrieben. Normalerweise führt man in Militärjets keine Schreibblöcke mit."

„Doch eher Waffen?" Sandra lachte laut und ihre gute Laune schien dem Mann zu gefallen. „Ach, Sie sind nicht der Pilot der Maschine neben mir?"

„Nein, ich muss mich noch schnell vorstellen: Ich heiße Wolfgang Blecher, bin pensionierter Pilot und Fluglehrer der Lufthansa. Privat fliege ich die gleiche Maschine, in der Sie sitzen, eine Piper Archer II. Man hat mich angerufen, mir Ihre Situation geschildert und nun befinde ich mich auf dem Tower des Hamburger Airports. Mit einem Heli bin ich zu Hause in Bergedorf abgeholt worden – also nur vom Feinsten. Und von hier aus werde ich die Piper und dich – ich darf doch ‚Du' sagen? – gesund nach unten bringen!"

„Das klingt gut. Was muss ich tun, Wolfgang?"

„Zunächst ein paar Fragen: Liegt die Leiche des Mannes in einer Position, die das Steuern der Maschine einschränken könnte?"

Sandra verneinte das.

„Gut, schau bitte auf die Tankanzeigen. Das ist das Einzige, was ich von hier unten aus nicht sehen kann. Die Instrumente befinden sich seitlich von dir, links unter den Rundinstrumenten."

Selbst neugierig geworden, beugte sich die Kommissarin rüber. „Links auf fünf und rechts etwas darunter."

„Gut, damit kommen wir nicht nach New York. Aber da wollen wir auch nicht hin."

„Wohin denn?"

„Nach Fuhlsbüttel!"

*

Sandra hatte bei dieser Aussage fast der Schlag getroffen. Ihr Herz raste und sie stellte sich vor, wie sie die kleine Maschine auf dem riesigen Airport landen sollte.

„Keine Panik, Sandra. Es macht wenig Sinn, dich auf einem unbeleuchteten Segelsportflugplatz landen zu lassen. Aber dazu später mehr. Nun müssen wir die Maschine wenden."

Erneut raste Sandras Puls im oberen Drehzahlbereich. Es wurde ihr ganz schwindelig. Sie musste unbedingt etwas Wasser haben. Aber in dieser Maschine gab es weder zu essen noch zu trinken.

„Stell dir vor, du möchtest deinen BMW Mini drehen, um 180 Grad." Wolfgang schien – was ihren privaten Fuhrpark anging – gut informiert zu sein, fand Sandra.

„Und genau das werden wir nun testen. Später drehst du das Lenkrad – in diesem Fall hier das Steuerhorn –, bis du dich in der entgegengesetzten Richtung befindest. In der Luft ist das etwas komplizierter. Es kommen Auf- und Abwärtsbewegungen der Maschine dazu. Aber das weißt du. Wenn ich dir erkläre, wo sich der Knopf des Autopiloten befindet, drückst du diesen und hältst dabei das Steuerhorn fest. Weder ziehen noch drücken. Nicht links, nicht rechts, festhalten! Okay?"

Sandra bestätigte das, wollte noch erwähnen, dass ihr rechter Arm nahezu unbrauchbar sei, ließ es dann aber.

„Und behalte den künstlichen Horizont im Auge, er liegt in der oberen Reihe links. Er zeigt dir die Lage der Maschine an. Ansonsten richte dich nach dem, was du draußen erkennen kannst." Blecher machte eine kurze Pause.

„Der kleine Hebel, silberfarben, liegt in der Reihe über dem Steuerhorn des Piloten. Der dritte von rechts, *AP/CN* steht auf einem Aufkleber darunter."

Sandra hatte den Knopf gleich entdeckt.

„Hast du ihn gefunden?"

Sie bejahte es.

„Gut, dann drücke ihn ... jetzt!“

Der Bedienhebel des Autopiloten war tatsächlich gut zu erreichen, aber sie musste ihn zunächst nach unten schieben und konnte erst dann – aufgrund des verletzten Arms – das Steuer wieder übernehmen. Vorsichtig näherte sie sich dem Knopf mit der gesunden Hand. Er kam ihr vor wie der Auslöser von etwas, was über Leben und Tod entschied. Doch es nutzte nichts. Sie schob den Minihebel runter und griff sofort zum Steuerhorn. Doch schon das Umgreifen brachte die Maschine ins Trudeln. Sie hielt eines der Hörner fest. „Mit einer Hand geht das nicht“, schrie sie ins Mikrofon.

„Was ist los? Sprich mit mir, Sandra!“, rief ihr Helfer.

Sie riss unter Schmerzen den rechten Arm hoch, griff mit dem aktiven Finger an das Steuerhorn und zog den Hebel zurück. Vorne konnte sie durch den Propeller hindurchsehen. Ein Blick zum künstlichen Horizont zeigte ihr, die Maschine befand sich in Schräglage. Sie drehte das Steuer vorsichtig nach rechts. Die Maschine reagierte und endlich lag sie wieder gerade.

„Sandra, bestätige, dass alles geklappt hat!“

Sie drückte den Sprechknopf und erklärte: „Ich bestätige! Fliegen ist doch einfach, over!“ Sie versuchte spaßig zu sein. Aber es klang wohl eher ängstlich.

„Gut, Autopilot wieder rein, und schau auf den Kompass, das Rundinstrument rechts in der oberen Reihe.“

Sandra führte alles aus und hatte auch das Instrument schnell gefunden.

„Ich habe den Kompass gefunden."

„In welche Richtung zeigt die Nadel?"

„Auf die 30, zwischen West und Nord."

„Hervorragend. Wir müssen die Maschine so drehen, dass diese Nadel auf die Sechs zeigt. Also oberhalb von Osten."

Sandra fand es beruhigend, dass Wolfgang von ‚wir' gesprochen hatte.

„Links oder rechts herum?"

„Natürlich, entschuldige, das hätte ich dir sagen müssen. Fliege eine Rechtskurve, das ist näher. Warum das so ist, erzähle ich dir vielleicht später einmal. Und den Autopiloten nicht vergessen!"

Sandra schaltete den Autopiloten ab und drehte das Steuerhorn vorsichtig nach rechts. Das Flugzeug gehorchte exakt und das machte ihr Mut. Sie drehte etwas mehr.

„Dreh nicht zu viel ein, sonst bekommst du Probleme mit der Strömung. Und schaue bitte auf den Kompass. Die Nadel beziehungsweise die Anzeige wird sich mit nach rechts drehen. Wenn ‚E' wie East angezeigt wird, drehe das Steuer wieder vorsichtig gerade. Dann solltest du genau auf der Vier ankommen. Wenn es so weit ist, melde dich. Ich lasse dich nun in Ruhe fliegen. Over!"

Sandra spürte plötzlich ein beruhigendes Gefühl. Als ob sie schon immer am Steuer eines Flugzeuges saß. „Ich schaffe das", brüllte sie laut heraus. Dann fiel ihr ein, dass Wolfgang ja nicht mithörte, und sie schwieg.

*

Es dauerte einige Minuten, bis Sandra die Maschine in die vorgegebene Richtung gedreht hatte. Sie wurde richtig übermütig dabei. Schaute zwischenzeitlich auch auf die Anzeigeninstrumente vor dem toten Silwer. Mal auf die Tankfüllung, mal auf den künstlichen Horizont. Dann wieder auf den Kompass. Als sie die Vier erreicht hatte, drehte sie das Steuer wieder gerade und drückte – ohne Aufforderung von Wolfgang – den Knopf des Autopiloten.

„Läuft – over!", rief sie in das eingeschaltete Mikro.

„Gut, dann den Knopf des Autopiloten drücken, over."

„Habe ich schon!"

„Wie, du arbeitest selbstständig?"

Plötzlich bekam sie ein schlechtes Gewissen. Sicher war es ratsam, erst die Anweisungen des Piloten abzuwarten.

„Entschuldige!"

„Kein Problem, du hast ja alles richtig gemacht. Ab sofort keine Extratouren mehr."

„Versprochen!"

„Laut Flugüberwachung befindest du dich kurz vor der Nordsee. Genauer gesagt: über Dorum. Wenn du hinunterschaust, solltest du eine Autobahn sehen."

Tatsächlich schlängelte sich unter ihr eine breite Straße. Sie konnte sogar die Lichter der Fahrzeuge erkennen. Überhaupt, was war mit Licht? Wie lange hatte sie noch genügend Tageslicht, um sicher zu landen? Sie blickte nach links, wo sie in einem der Rundinstrumente die Uhr entdeckt hatte. Sie zeigte 18.47 Uhr an.

„Wie ist es mit der Dunkelheit? Schaffe ich es rechtzeitig bis Hamburg?"

Zunächst herrschte Stille auf der anderen Seite. Sandra war klar, Wolfgang wollte ihr nichts Falsches mitteilen. Oder er rechnete nach. Dann ertönte seine beruhigende Stimme: „Keine Sorge, laut Sonnenkalender wird der Sonnenuntergang heute gegen 19.37 Uhr stattfinden. Das heißt aber noch nicht, dass dann absolute Dunkelheit herrscht. Die gute Nachricht ist, wir werden für dich *Helmut Schmidt* sperren, bis du sicher unten angekommen bist."

Die beiden Worte *Helmut Schmidt* verursachten bei der Kommissarin eine extreme Gänsehaut. Sie fror plötzlich ungemein und sehnte sich nach ihrer Lederjacke. Was hatte Silwer bloß mit ihr gemacht? Diese Jacke war über die Jahre auch zu ihrem Glücksbringer geworden und gerade in dieser verfahrenen Situation hatte sie sie nicht dabei. Angst machte der bisherigen Euphorie Platz und leise weinte sie vor sich hin. Sie legte sich Silwers Pilotenjacke über ihre Schultern.

„Sandra, was ist, alles wird gut!"

Mist, sie hatte den Sprechfunk angelassen.

Nein, sie durfte sich keine Blöße geben. Schon für ihre kleine Tochter nicht. „Was soll ich machen? – over."

*

Pilot Wolfgang Blecher erklärte ihr die Funktion eines Flugzeugs. „Starten und Landen ist das Schwierigste beim Fliegen. Ich sage dir das nicht, um dich zu verängstigen. Aber es ist nun mal so. Die gute Nachricht ist, den Start hast du schon hinter dir. Auch ist die Piper eine Maschine, die nahezu von selbst landet. Aber trotzdem werde ich dir ein wenig Hilfeleistung geben. Den Gashebel vor dir kennst du, ja?"

Sandra bestätigte das.

„Schiebe ihn auf mein Kommando vorsichtig zurück, also zu dir. Die Motorleistung nimmt dann ab. Halte dabei den Höhenmesser, oben mittig neben dem künstlichen Horizont, im Auge. Er zeigt deine Höhe in altmodischen Feet, also Fuß, an. Die Einteilung des Höhenmessers geht von null bis 10.000 Fuß. Stell dir das Instrument wie eine Uhr vor, statt einer Zwölf- nur eine Zehn-Stunden-Einteilung. Bei null befindest du dich auf dem Boden und bei 10.000 Fuß in etwa 3.000 Metern Höhe über Grund."

Sandra unterbrach ihn mit einer Frage: „Bis zu welcher Höhe habe ich ausreichend Sauerstoff?"

„Du meinst die Dienstgipfelhöhe? Sie liegt bei 13.500 Fuß. Also keine Angst, in den geringen Höhen, in denen wir uns bewegen, kannst du prima atmen."

Das ‚wir' fand Sandra wieder am sympathischsten.

„Also weiter! Laut Major Gerstenecker, dem Piloten des Eurofighter, flog die Piper beim Zusammentreffen in einer Höhe von knapp 8.000 Fuß, also auf etwa 2.400 Meter. Schaue auf dein Höhenmesser, der kleine Zeiger muss etwa auf der Acht stehen. Wir werden die Maschine nun gemütlich nach unten bringen. Auf 4.000 Fuß. Einverstanden? Dann Autopilot raus und los – over!“

Sandra bekräftigte es. Erst schaute sie auf die Anzeige des Höhenmessers. Das Instrument zeigte tatsächlich die angegebenen 8.000 Fuß an. Sie schaltete den Autopiloten ab, ergriff das abgenutzte Plastik des Gashebels. Vorsichtig zog sie den Griff zu sich und drückte dabei das Steuerhorn. Sofort spürte sie starke Veränderungen an der Maschine und es wurde ihr leicht übel in der Magengegend. Die Zeiger des Instruments wanderten entgegen des Uhrzeigersinns nach links – die Maschine verlor an Höhe. Sandra atmete schnell aus und ein. Wenn die andauernde Übelkeit zum Erbrechen führen würde, wäre das nicht gut.

„Sandra, du atmest etwas seltsam. Probleme? Over!“

„Ich verliere an Höhe – over!“

„So soll es sein, gut gemacht. Aber halte diesen Zustand, bis ich es dir sage beziehungsweise bis die Anzeige um 4.000 steht. Sollte es dir zu schnell werden, ziehe vorsichtig am Steuerhorn. Dir gehört momentan der gesamte Luftraum von Hamburg bis zur Nordsee. Das konnten bisher noch nicht viele von sich behaupten.“

Sandra lachte. „Sie starb als Besitzerin des gesamten Luftraums um Hamburg ...!“, frotzelte sie. Es lenkte sie von der Angst ab und ließ sogar ein helles Lachen zu.

„Mach keine Witze, Sandra, wo steht die Anzeige?"

Sandra schaute nach: „6.500, Tendenz fallend!"

„Es geht ein bisschen zu schnell. Zieh das Steuer etwas zu dir. Gib leicht Gas."

Sie folgte den Anweisungen und das Leergefühl im Magen reduzierte sich.

„Noch ein Tipp: Siehst du das kleine Rad links neben deinem Sitz, over?"

Sandra konnte das kleine Rad sehen und bestätigte das.

„Gut, durch Drehen des Rades werden die Steuerflächen von Höhenruder, Querruder und Seitenruder entsprechend ausgerichtet. Sollte die Maschine also unruhig werden, ist dieses Rad deine erste Wahl. Später, bei der Landung, benötigen wir es wieder. Ansonsten steht in Hamburg gerade nur eine Startbahn zur Landung zur Verfügung. Die Piste 15/33 wird noch renoviert. Aber das kann dir egal sein. Du benötigst nur eine. Du wirst die 05/23 nehmen, Niendorf/Langenhorn. Das passt aber super. Du kommst sechs Grad rein und dann etwas rüber und schon bist du exakt über der Landebahn."

Sandra waren so viele technische Erläuterungen etwas zu viel auf einmal, auch wusste Wolfgang ja nicht, dass sie nur eine echte Hand zum Fliegen hatte. Aber sie fragte nicht weiter nach. In wenigen Minuten würde sie Hamburg erreicht haben. Dann sollte sie die kleine Maschine landen. Was aber, wenn es nicht klappte? Wenn die Maschine über einem Vorort abstürzte. Womöglich in ein Hochhaus, wie 9/11?

„Sandra?"

„Ja!"

„Alles okay?"

„Soweit schon. Es geht bergab!"

„Das muss so! Weißt du, die beiden Eurofighter eben ...!"

„Ja?"

„Ich war früher selbst Pilot eines Militärjets, F4F Phantom. Nach meiner damaligen Entlassung als BO 41, also mit 41 Jahren im Jahre 1990, habe ich umgeschult auf zivile Muster, flog lange für *Germanwings* und *LUFTHANSA*. Und trotzdem habe ich noch immer gute Kontakte zur Luftwaffe."

„5.500!"

„Prima! Die beiden Jets kamen von einer Übung aus der Türkei und waren auf dem Weg zur Zielbasis Laage in Meckpomm. Ich konnte sie deinetwegen etwas umleiten."

„Wow, du musst ja gute Connections haben!"

„Es geht so. Wie viel?"

„Gleich ist es so weit."

„Gut, wenn du auf 4.000 oder etwas drunter bist, beschleunige ein wenig und ziehe die Nase wieder hoch. Dann drücke den Autopiloten. Du fliegst noch Richtung 6?"

„Überforderst du mich nicht etwas?"

„Sag du es mir!"

„Nein!"

Die Anzeige fiel auf 3.500 Feet, als Sandra die kleine Piper wieder aufstellte. Sie drückte den Gashebel etwas nach vorne, was der Motor mit mehr Lärm beantwortete. Stolz registrierte sie, dass der künstliche Horizont gerade stand. Sie aktivierte den Autopiloten und lehnte sich nach hinten. Das lief alles viel zu glatt. So etwas gab es doch nur in Fernsehfilmen. Sicher würde ihr die Landung zum Verhängnis werden. Ihre Blase machte ihr gerade mehr Probleme als die Schmerzen im Arm. Sie musste gefüllt sein wie ein Luftballon.

*

„Ich glaube, ich kann die Lichter der Stadt Hamburg sehen", lenkte sich Sandra ab.

„Ja, es ist auch langsam an der Zeit. Wir haben nur noch wenig Rest-Tageslicht. Ich werde dich jetzt einweisen, was den Ablauf der Landung betrifft. Bist du bereit?"

„Ich bin bereit!"

„Gut! Um zu landen – das weißt du –, musst du mit dem Flieger auf null, sprich: die Anzeige, die sogenannte Altitude, wird beim Auftreffen auf die Landebahn nahezu null anzeigen. Das setzt voraus, dass wir die Landebahn in einem schönen flachen Winkel erreichen. Stell dir das vor wie auf einer Zeichnung: Unten eine Gerade, darüber eine Schräge. Du bist ganz oben an der Schräge und exakt in diesem Winkel solltest du unten aufkommen. Die Landung wird dann am einfachsten verlaufen", beruhigte sie Blecher.

„Ja, ja! Wenn ich sie nur schon hinter mir hätte."

„Lass uns gemeinsam weiter an der Landung arbeiten, Sandra. Wir werden gleich das Gas und somit die Geschwindigkeit vorsichtig rausnehmen. Wenn wir es schaffen, die Dosierung genau einzuhalten, wirst du exakt in der Mitte der Startbahn auftreffen."

„In der Mitte?"

„Ja, du benötigst keinen Bremsweg wie ein Airbus. Du solltest, wenn du die Bremsen zu deinen Füßen einsetzt, etwa Hundert Meter später zum Stehen kommen."

„Welche Länge hat denn die Startbahn?", wollte die Kommissarin wissen.

„3.250 Meter und 46 Meter Breite. Also das Doppelte deiner kleinen Piper Archer."

„Das beruhigt mich ungemein."

„Das dachte ich mir", lachte Blecher. Es war das erste Mal, dass er lachte, fiel Sandra auf. Sicher hatte er inzwischen mehr Vertrauen in ihre Flugkünste. Wenn sie das überlebte, würde sie den Rentner aus Dankbarkeit mit ‚White Russian' abfüllen.

„Gut! Wenn du die letzten Meter bis zum Boden vor dir hast, sollte die Nase der Maschine nicht mehr nach unten zeigen. Verstehst du das?"

„Die Nase soll nicht mehr nach unten zeigen!"

„Du sollst es mir nicht nachplappern, sondern verstehen."

„Ja, Herr Lehrer, ich habe es verstanden!"

„Wenn du also über die Startbahn fliegst, nimmst du das Gas raus – also Hebel ganz zu dir und die Nase leicht angestellt. Heißt: Auch Steuerhorn etwas zu dir. Nicht zu viel. Verstanden?"

„Habe verstanden. Aber ob ich das schaffe, steht in den Sternen."

„Apropos Sterne, schau mal raus, das Abendrot. Siehst du das?"

Tatsächlich, die Archer Piper flog genau auf das Abendrot zu.

„Jetzt etwas Gas raus, Nase nach unten, wir wollen auf 1.000 Fuß runter. Es sind noch drei Kilometer bis zur Landebahn."

Ihre Übelkeit kehrte schlagartig zurück. Sie atmete heftig, um ein Würgen abzuwenden. Trotzdem wurde es nicht besser. In wenigen Minuten würde sie wieder Kontakt zur Erde haben. So oder so. Was war mit Caro? Ob er von ihrer Situation wusste? Sicher saß er neben Blecher, aber sie wollten Sandra nicht beunruhigen.

„Caro, Caro, bist du da?"

Sandra horchte in die Kopfhörer, doch es kam keine Antwort. Dann endlich die Stimme des Lebensgefährten: „Sandra, du schaffst das. Wir glauben alle daran. Du hast schon andere Wunder vollbracht. Jetzt muss Wolfgang Blecher wieder übernehmen. Ich liebe dich!"

„Ich liebe dich auch, grüß Lara Sophie von mir!"

„Sandra, hier Wolfgang wieder. Nun kommen wir zum Showdown. So heißt es doch im Milieu der Mordkommission, oder?"

„Sicher!" Sandra ließ ihn in dem Glauben. „1.000 Fuß sind gleich erreicht – over!"

„Nimm noch etwas Geschwindigkeit zurück. Aber nicht zu viel. Sollte die Maschine absacken, drücke den Gashebel wieder nach vorne."

Sandra zog den Hebel zurück und schon fiel das Flugzeug nach unten. Es erinnerte sie an einen früheren Urlaubsflug, bei dem die Maschine aufgrund von Turbulenzen an Höhe verlor. Sofort gab sie wieder etwas mehr Gas. Die Maschine beschleunigte – es war an der erhöhten Lautstärke des Motors zu hören – und gewann, wie am Höhenmesser erkennbar war, an Höhe.

„Du kommst zu hoch rein, Sandra", rief Wolfgang Blecher lautstark, „du musst das Mittel finden."

Sandra schob und drückte, bis sie glaubte die Maschine im richtigen Gleitwinkel zu haben. Die innere Anspannung war riesig und seit einer Weile hatte sie das Atmen vor Aufregung eingestellt, nun musste sie die fehlenden Züge nachholen. Doch inzwischen empfand sie ein gutes Gefühl, die Piper auch sicher landen zu können.

„Was ist mit deiner Atmung, Sandra? Alles gut? Ansonsten klasse, genau richtig gemacht. Und nun geht's zum Endspurt – over!"

*

Plötzlich und ohne Vorwarnung begann die kleine Piper zu trudeln. Das einschießende Adrenalin verursachte bei der Kommissarin ein Konzentrationsgewinn sondergleichen, trieb aber auch gleichzeitig Schmerzen in ihren rechten Arm, die sie fast ohnmächtig werden ließen.

„Sandra, was ist los?“

Ihre ganze Aufmerksamkeit war auf das Steuerhorn gerichtet, um die Turbulenzen auszugleichen. Aber es gelang ihr nicht.

„Die Maschine wackelt!“, brüllte Sandra, indem sie den Knopf der Sprechanlage drückte.

„Geben Sie etwas Gas!“ Blecher war vor lauter Aufregung wieder zum *Sie* zurückgekehrt. „In dieser Höhe ist das normal, damit müssen Sie sich abfinden. Ansonsten drehen Sie am Rad!“

Sandra wollte schon mit einem Scherz antworten, ließ es aber und drückte den Gashebel nach vorne. Das Gewackel reduzierte sich etwas, dafür sah es aus, als gewönne sie wieder an Höhe.

„Achte auf den Höhenmesser, du musst langsam runter. Stell dir einfach vor, du befindest dich bei Sturm auf einem Riesenrad!“

Sandra verstand Wolfgangs Vergleich nicht. Doch langsam beruhigte sich die Piper wieder. Die Sonne war gerade dabei, sich zu verabschieden; in weniger als dreißig Minuten würde es stockdunkel sein, und es gab nur diese Möglichkeit, die Maschine per Sichtflug zu landen. Sandra empfand wieder mehr Selbstsicherheit. Der verletzte rechte Arm hatte sich anscheinend mit ihr arrangiert. Er schmerzte durchgehend, doch packte die Hand das Steuerhorn gleichmäßig fest.

Sandra schaute sich um, jeden Moment erwartete sie die Großstadt Hamburg mit ihren Tausenden Lichtern zu sehen. Aber irgendwie kam sie nicht näher. Wälder, Wiesen, kleinere Ortschaften und Straßen zogen unter ihr vorbei. Von einer Metropole keine Spur. Vielleicht lag es an ihrem Anflugweg.

„Ich kann die Stadt nicht sehen!?", teilte sie Blecher mit.

„Du kommst über Niendorf rein. Ich versprach dir eine entspannte Landung. Kein Stress, kein Großstadtgetue. Ich hörte das oft von Linienpiloten, die zum ersten Mal Hamburg anfliegen. *Hamburg Airport is like a small airfield*, erklären sie, wenn sie über die Startbahn 05 eingeflogen sind."

„Das klingt beruhigend!"

„Hast du inzwischen Sicht auf die Startbahn? Man hat sie deinetwegen komplett beleuchtet. Aber keine Angst, Kriminalrat Jensen hat die Stromrechnung abgesegnet", lachte Blecher.

Wer zum Teufel drehte hier noch am Rad? Jensen? Saß der auch im Tower oder von wo immer Blecher sie leitete? Wahrscheinlich verfolgte die komplette Abteilung des Polizeipräsidiums ihre Konversation mit dem pensionierten Piloten. Aber was scherte sie das? Es ging ja nur um ihr kleines Leben.

„Du fliegst ziemlich genau darauf zu. Nur deine Höhe musst du etwas reduzieren. 600 Fuß aktuell wären super, aber es wird vielleicht etwas ruppiger. Wir haben leichten Crosswind. Heißt: der Wind kommt von der Seite, over."

„Noch irgendwelche Hiobsbotschaften, over?"

„Nein, ansonsten nur gute: Hier stehen schon diverse ‚White Russian' bereit."

Sandra musste schmunzeln. Was hatte Caro wieder alles über sie erzählt? Vielleicht sollte sie die Piper doch in den Boden rammen? Nein, sie hing am Leben, hatte noch so viel vor. Sie würde niemals aufgeben. Die kleine Maschine hatte auch ein Recht darauf, nach der Landung wieder aufsteigen zu dürfen. Und sie selbst musste sich um die Beisetzung von Silwers Leiche kümmern.

Die Vibrationen verstärkten sich wieder und Sandra hatte Bedenken, dass die kleine Einmotorige in der Luft auseinanderbrach.

„Was hält so ein Flugzeug aus? – Over.", keuchte sie ins Mikrofon.

„Genug! Vor dir ist die Landebahn, Höhe? Over!"

„300!"

Tatsächlich, zwischen einem grünen Feld lag – rundherum beleuchtet – die angekündigte Start- und Landebahn. Die *Piper Archer* überflog gerade eine Ansammlung größerer Hallen, aber auch von Einfamilienhäusern. Und bei jedem überflogenen Gebäude dankte die Kommissarin dem Herrn, dass die Menschen darin nicht durch sie gefährdet wurden.

„Noch mal, Sandra, bleibe lieber länger über der Startbahn, bevor du das Gas rausnimmst. Und nicht zu früh, sonst fällst du ... wie ein Stein hinunter."

„Danke für die aufmunternden Worte, Wolfgang."

„Es ist, wie es ist, und ich möchte es nicht beschönigen. Schau auf die Höhe, sinke durch geringen Druck des Steuerhorns. Immer etwas Gas zurück. Das Trimmrad seitlich – drehe es jetzt bitte auf die Markierung zwanzig. Damit erreichst du den besten Auftrieb bei weniger Speed für die Landung. Auch die Vibrationen werden etwas nachlassen, over."

Sandra blickte durch die Frontscheibe, alles schien in Ordnung zu sein. Sie fühlte sich gut und überlegte schon, ob Fliegen nicht ihr neues Hobby werden würde. Aber sie wollte zunächst einmal die Landung abwarten. Sie wandte sich dem Trimmrad zu. Der verletzte Arm musste das Steuerhorn halten und tat es. Sie drehte die Markierung, bis die ‚Zwanzig' oben stand. Die Maschine stieg leicht an und beruhigte sich tatsächlich.

„Warum hast du das nicht gleich gesagt?", fragte sie Blecher, stellte dann fest, dass sie vergessen hatte, den Sprechknopf zu bedienen.

Sandra drückte die Piper nach unten, korrigierte dann die Geschwindigkeit. Sie fühlte sich wie ein Profi.

„Klasse, Sandra, ab morgen gebe ich dir persönlich Flugunterricht. Aber nur Theorie, die Praxis hast du absolut im Griff!"

„Schleimer!“

„Na!“

„Was ist, wenn ich erst am Ende der Startbahn runterkomme? Durchstarten?“ Sandra erinnerte sich an zahlreiche Filme, wo diese Disziplin zum Nervenkitzel gehörte.

„Nein, das wird nicht geschehen. Du landest die Maschine beim ersten Mal, verstanden?“

„Jawohl, Chef!“

„Schaue nach vorne, wir sehen dich. Du kommst gut. Etwas tiefer noch, 200 wären super!“

Sandra spürte, wie die kleine Maschine sich gegen eine Landung wehrte. Ihre Passion war es, zu schweben und nicht schaukelnd wie eine Postkutsche durch die Lüfte zu eiern.

*

Die Startbahn kam viel schneller näher, als Sandra es für möglich gehalten hatte. Sie schob und zog am Steuer, reduzierte die Geschwindigkeit und beschleunigte wieder.

„Was machst du? Du bist kein Kunstflieger, weniger Gas, tiefer das Steuerhorn.“ Aus ganzen Sätzen wurden Blechers Instruktionen nun zu abgehackten Anweisungen und Sandra war froh darüber. Sie antwortete nicht. Sie benötigte beide Hände, um die Maschine ruhig zu halten.

Gerade befand sich die bunt erleuchtete Landebahn genau vor ihr. Rechts hinten konnte Sandra durch die Seitenscheibe die großen Hallen des Hamburg Airports sehen. Keine Hundert Meter trennten sie vom Beginn der Landebahn. Doch die – wohl zu ihrer Sicherheit – seitlich aufgestellten Feuerwehrfahrzeuge empfand sie noch als sehr klein. Auch die Personen daneben kamen ihr wie Miniaturfiguren einer Märklin-Eisenbahn vor. Die Piper flog definitiv noch zu hoch.

„Zu hoch, tiefer!" Blecher brüllte es und Sandra erschrak.

Sie drückte das Steuerhorn gewaltsam nach vorne und die Maschine ging in eine Art Sturzflug über.

„Wenn nicht so, dann Kamikaze!", munterte sie sich selbst auf. Als sie glaubte, die Sonderfahrzeuge seien in einer vernünftigen Größe, riss sie den Gashebel komplett zurück. Die Maschine überlegte kurz, was sie davon halten sollte. Dann fiel sie nach unten. Wie ein Stein, hatte Blecher gesagt.

„Schiebe das Gas sofort wieder rein und zieh!"

Sandra drosch mit der rechten Hand auf den Gasknüppel, vergaß dabei jeglichen Schmerz. Die linke Hand umklammerte panisch das Steuer. Der Asphalt kam in Großformat auf sie zu. Sie riss am Steuerhorn, zog das Gas wieder komplett zurück. Unsicherheit machte sich breit, ihr Körper badete gerade in Schweiß. Die Piper bäumte sich plötzlich auf wie ein wildes Pferd. Dann stand die Einmotorige für einen Moment unschlüssig in der Luft. Um anschließend aus der gefühlten Höhe eines Einfamilienhauses nach unten zu fallen. Sandra hörte noch das Brechen von Metall. Sicher das Fahrwerk, dachte sie im Bruchteil einer Sekunde. Blechers Stimme im Kopfhörer maulte: „Ich sah schon bessere Landungen ...!"

Dann verspürte Sandra etwas Warmes, Feuchtes an ihrem Unterleib. Es wurde schwarz vor ihren Augen und sie hatte nur den Wunsch, nie wieder aufzuwachen.

Epilog

Die gleichmäßigen Geräusche der Meeresbrandung, hier am State Beach USA im kalifornischen *Carpinteria* an diesem 6. Januar 2019, ließen alle Sorgen vergessen. Bei der kräftigen Luft, dazu kühler Wind und der Geruch von unendlicher Weite, verschlug es Sandra Holz erneut die Sprache.

Sie und ihr Lebensgefährte Caro Lutteroth waren spät in der Nacht mit dem Flieger in Los Angeles angekommen. Die Flüge selbst hatten Sandra stark mitgenommen, obwohl sie sich am Steuer der Flugzeuge professioneller Piloten sicher sein konnte. Bei ihrer Ankunft in L.A. bestanden sie darauf, eine Taxe nach Carpinteria zu nehmen, und nach einer herzlichen Begrüßung durch ihren Halbbruder Jayden hatten die beiden sich – nach wenigen Stunden Schlaf – Richtung Pazifischer Ozean abgesetzt.

„Du musst sofort das Meer sehen!“, hatte Sandra schon in der Boeing 777 geschwärmt und Caro stand nun sprachlos neben ihr. Es handelte sich auch um salziges Meereswasser, wie an der Ost- oder Nordsee in ihrer Heimat. Aber hier im Santa Barbara County schien die Natur an erster Stelle zu stehen, nicht die Wirtschaft. Vergeblich suchte man Ferienanlagen, riesige

Hotels, Restaurants am Strand oder überdimensionale Parkplätze. Die Natur hier genoss sämtliche ihr zur Verfügung stehenden Freiheiten und sie nutzte sie auch.

„Hier möchte ich für immer leben!", rief Sandra laut gegen den Wind. Sie zog den Reißverschluss der Pilotenjacke noch etwas höher. Sie hatte Silvers Jacke behalten, nachdem ihre (so geliebte) Lederjacke nicht mehr aufgetaucht war.

Caro lachte und nahm sie in seinen Arm. Sandra zuckte etwas zurück, die Schusswunde am Arm verursachte ihr noch immer Schmerzen. Instinktiv bewegte sie die Finger der rechten Hand. Dem Ring-, aber auch dem kleinen Finger fiel es noch immer schwer, in Bewegung zu kommen. Ebenfalls ein Überbleibsel ihrer Verletzung.

„Es wird einige Monate dauern, bis Ihre Muskeln und Sehnen wieder gemeinsames Spiel machen", hatte ihr der Physiotherapeut erklärt – und recht behalten. Zum Glück kam sie um eine Operation der Schulter herum.

„Entschuldige, Schatz, wenn du hier leben möchtest, gehe ich sofort los und kaufe uns ein kleines Zelt."

„Ja, wir angeln und ernähren uns nur von Krabben und von Fisch."

„Und laufen nackt über den Strand!"

Sandra boxte Caro sauft auf den Arm. „Das hättest du gerne, du Spinner!"

„War nur Spaß, Feigenblätter dürfen es schon sein."

„Wie Adam und Eva?"

„Richtig!“

„Da muss ich aber noch einige Kilo abnehmen“, lachte Sandra und zog ihre Sandalen aus. Ausgelassen und vergnügt rannte sie in die seichte Dünung. Caro lief neben ihr her, setzte sich aber nach einigen Metern in den feinen Sand.

Sandra hatte recht, fand er, in Kalifornien war die Welt noch in Ordnung. Sicher waren auch die Lebensunterhaltskosten hier überschaubar – sofern man bescheiden blieb. Er selbst bekam seit einer Woche eine kleine Pension. Wenn er die Wohnung in der *Hamburger Langen Reihe* verkaufen und eines der Holzhäuser am Strand erwerben würde, könnten sie sicher gemeinsam gut leben.

Seine Lebensgefährtin rief nach ihm: „Komm rein! Zumindest mit den Füßen, bitte!“

Caro gehorchte. Das Wasser war kühl und ließ den noch andauernden Jetlag sofort vergessen. Sein Adrenalinspiegel fuhr kurz hoch, um sich dann in pure Lebensfreude zu verwandeln. Er nahm eine Handvoll Meereswasser und warf sie in Richtung Sandra, die neben ihm stand.

„Ich werde die Wohnung in Hamburg verkaufen.“

„Und dann?“

„Kaufen wir solch ein Holzhaus!“ Lutteroth zeigte auf eines der farbenprächtigen, auf Stelzen gebauten Häuser, die kaum hundert Meter entfernt aus dem Sandboden ragten.

„Wie wäre es erst einmal mit vermieten?“

„Auch gut!"

Schweigend spazierten sie Hand in Hand, ufernah, durch das Wasser des Pazifischen Ozeans.

„Ich überlege, das Sorgerecht für Lara abzugeben."

Es war Caro, als erhalte er einen Schlag in die Magengrube. „Was?" Er löste seine Hand von ihr und mit einem Satz war er am Strand und setzte sich wieder in den Sand. Sandra war ihm gefolgt.

„Ich wollte es dir die ganze Zeit schon mitteilen, aber bisher habe ich mich ... nicht getraut."

„Das meinst du doch nicht im Ernst?"

Caro sah, dass sich Tränen in den Augen seiner Lebensgefährtin bildeten. Er sprang auf und nahm sie in den Arm.

„Es geht um das Kindeswohl, Caro. Und die Kleine liebt ihren Papa und die Oma. Ich glaube, auch Lucas neue Frau nimmt sie gut an. Ich möchte nicht, dass Lara hin- und hergerissen wird. Ich werde immer ihre Mama sein, und das weiß sie."

Noch immer hatte Caro nichts gesagt. Beide schauten nun auf das weite Meer. Ein Schiff fuhr in großer Entfernung vorüber.

„Sicher hast du recht. Es ist auch nicht meine Sache, dir da reinzureden. Überlege es dir bitte noch einmal, ich würde Lara Sophie gerne bei uns aufnehmen."

Sandra bückte sich zu Caro und streichelte seine Wange. „Ich weiß das, Liebster!" In einiger Entfernung zog leise ein nicht enden wollender Zug hinter ihnen vorbei. Sie drehte sich um und schaute ihm beim Vorbeifahren zu. *Surfliner Amtrak California* stand auf der Lok an seinem Ende.

„Sogar die Züge haben hier in Kalifornien etwas Beruhigendes“, meinte Caro.

Sandra nickte. „Mama hat mir das Haus vererbt und eine schöne Summe Bargeld. Ich wusste gar nicht, dass sie so sparsam gewesen war.“

Caro nahm Sand auf und ließ ihn durch seine Hände gleiten.

„Ich könnte den Polizeidienst verlassen und Sheriff werden!“

Ein Ruck ging durch Lutteroths Körper. Er drehte den Kopf und schaute Sandra skeptisch an.

„Warren wird mich adoptieren. Dann bin ich amerikanische Staatsbürgerin und könnte einmal Sheriff von Carpinteria werden.“ Die beiden Sätze klangen trotzig und auch ihr Blick drückte diese Stimmung aus.

Caro lachte: „America first!“

Sie boxte ihn auf den Oberarm.

„Hör auf, Sandra. Ich habe schon blaue Flecke!“

„Und wer mich heiratet, erhält automatisch die US-Staatsbürgerschaft.“

Caro schüttelte den Kopf.

„Was ist?“, fragte Sandra, plötzlich ganz kleinlaut geworden.

„Heißt es nicht: Sheriffin?“

Erneut boxte sie ihn auf den Arm, dann zog sie sein Gesicht zu sich und küsste ihn.

Danksagung

- Schreiben ohne vernünftige Recherche käme für mich niemals infrage. Sie macht einen großen Teil der Freude aus, die ich beim Anfertigen meiner Texte empfinde. So habe ich lange in den Terminals und rund um die Gepäckbänder des „Hamburg Airport" recherchiert (und geschnüffelt). Sehr geholfen hat mir dabei Angela Lipinski vom Aviation-Terminalmanagement des Flughafens „Helmut Schmidt".
- Die exakte Beschreibung der Passage rund um die Verleihung der kalifornischen Auszeichnung „Medal of Valor" an meine Kommissarin Sandra Holz ist Dr. Heiko Herold vom US-Generalkonsulat Hamburg zu verdanken. Ich war damals im September schon einige Minuten zu früh am Alsterufer und hatte noch Zeit bis zum abgesprochenen Termin mit dem Pressereferenten. So lief ich dort bei Hitze hin und her und bemerkte, wie zwei uniformierte und bewaffnete Beamte an der Wache des Generalkonsulats auf mich aufmerksam geworden waren und wechselte meinen Standort – sicherheitshalber – etwas hinter den Baumbestand. Als ich dann pünktlich bei der Wachmannschaft eintraf, erklär-

ten die diensthabenden Polizeibeamten, sie hätten mich stets im Blick gehabt und waren kurz davor, mich festzuhalten und eine Personenüberprüfung durchzuführen. Zum Glück hatte ich genügend Lesezeichen in Sarg-Form dabei und signierte diese mangels Rotstift „ausnahmsweise" mal in Blau.

- Das verunreinigte Kokain bereitete mir einiges an Kopfzerbrechen, aber das Problem konnte mein Neffe, Stephan Roos, schnell klären. Ja, es ist schon ein großer Vorteil, wenn man einen Chemiker in der Familie hat.
- Das Chilehaus ist riesig und eigentlich in den Geschäftszeiten jedem zugänglich. Zumindest die Flure. Aber wie kommt man in die Kellerräume? Möglich gemacht hat dies für mich Herr Werner Rose vom Hausmeister-Team des Chilehauses. Einer seiner Kollegen war erst etwas skeptisch. Später lernte ich dann die knapp vier Kilometer langen Gänge und etwa Tausend – wenn es reicht – Kellerräume kennen. Danach zeigte mein Fitness-Armband (ja, so etwas benötigt ein Autor) genügend Schritte für die restliche Woche an.
- Die Szene, in der Sandra Holz zur Pilotin wird, fiel mir sehr spät ein. Ich habe schon selbst einige Erfahrungen mit dem Fliegen, war ja 33 Jahre bei der Luftwaffe. Auch besaß ich früher einen Flugsimulator und es gibt ja auch noch genügend Anflug-Videos auf Hamburg im YouTube-Kanal (Danke!). Trotzdem war es mir wichtig, die Szene

auch für echte Piloten (fast) fehlerlos zu schreiben, und ich griff auf meinen Musikkameraden Wolfgang Ballach zurück. Zwischen diversen Lufthansa Europa-Flügen vervollständigte der Airbus-Pilot meine Geschichte und gab mir wertvolle Tipps.

- Ein Buch ohne Lektorat, also ein Buch voller Rechtschreib- und Kommafehler, eines, wo hinten und vorne nichts stimmt, sei der Killer jeder Schriftstellerkarriere. Und das, bevor diese überhaupt begonnen hat, schreibt das Internet. Aber auch beim Lektorat gibt es große Unterschiede. Doch was habe ich für ein Glück! Lektorin Brigitte Mück lebt ihren Ruhestandsjob, und das ist kein Spruch. Kein Fehler ist vor ihr sicher und ich kann ihr nicht genügend für diese Penibilität danken.
- Die Produktion und letztendlich die Veröffentlichung eines Buches läuft stets über einen Verlag. Viele meiner Autorenkollegen kennen die Mitarbeiter ihrer Verlage nur von Mails oder maximal vom Telefon. Ich kenne das großartige CW Niemeyer-Team persönlich. Es ist eine Freude zu erleben, wie man in Hameln jedes Buch – und das Jahr für Jahr – mit Lust veröffentlicht: Formatierung, Cover-Gestaltung, Verlagskataloge, Werbung, Auslieferung usw. Es ist so viel zu tun, um das „Produkt Buch" später im Regal des Buchhandels zu präsentieren. Aber auch, um es auf dem E-Book-Reader darstellen zu können. BEI CW NIEMEYER LIEBT MAN BUCH! Großes Lob dafür!

- Wenn ein riesiger Mann mit einem kleinen Hund an der Leine an unserem Küchenfenster in Bad Oldesloe vorbeispaziert, fällt mir stets eine Frage zur Hamburger Polizei ein. Und mein Nachbar, der Hamburger Kriminalbeamte Detlef Spielmann, ist nie um eine befriedigende Antwort verlegen. Gut, einmal als ich den 57-jährigen Kommissar Alexander Schweiss 2015 bei „Start Ziel Tod" erst mit 65 in den Ruhestand schicken wollte, hat er mich mit der Wahrheit (dass die Hamburger Kriminalbeamten schon mit 60 Jahren in Pension gehen) sehr ernüchtert. Ansonsten ist er meine Quelle an Informationen, die hoffentlich nie versiegt.
- Familie ist, wo Leben beginnt und Liebe niemals endet. Danke unseren beiden Kindern Suzanne und Jan und natürlich dem Enkel Joris (Oooopa!).
- Meine liebe Ehefrau Ingrid und ich sind nun 42 Jahre verheiratet. Und ich gebe ungern öffentlich zu, dass ich kein einfacher Mensch bin. Erst die langen Jahre bei der Bundeswehr, danach der frühe (Un)Ruhestand und jetzt noch meine wechselhafte Autorentätigkeit. Das verlangt Liebe und gute Nerven von der „besseren Hälfte". Zum Glück habe ich es immer wieder geschafft, wenn Resignation sich breitmachte, sie zum Auspacken ihrer Koffer zu bewegen. Und dabei bin ich nicht auf mich stolz, sondern auf sie, meine liebste Ehefrau Ingrid. Was wäre ich ohne diese perfekte Frau?